福建師範大學文學院百年學術論叢　第五輯

聞一多詩學論

陳衛　著

本成果受「開明慈善基金會」資助

第五輯

總序

　　光陰似箭，歲月如流。從西元二〇一四年福建師範大學文學院與臺北萬卷樓圖書公司合作刊印「百年學術論叢」第一輯，至今已經走過了五個年頭，眼下論叢第五輯又將奉獻給學術界。

　　回顧已刊四輯，前兩輯的作者，大多數為德高望重的老先生；後兩輯，約有一半是中青年學者。由此，我們一方面看到老輩宿師攘袂引領的篤實風範，另一方面感受到年輕後學齊頭並進的強勁步武。再看第五輯，則幾乎全是清一色中青年英彥的論著。長江後浪推前浪，我們的學術梯隊已經明顯呈現出可持續發展的勢頭。

　　略覽本輯諸書，所沁發出的學術氣息，足以令人精神一振，耳目一新：陳穎《中國戰爭小說綜論》，宏觀與微觀交替，闡述中國戰爭小說發展史跡及文化意義，並比較評析海峽兩岸抗日小說創作；郭洪雷《小說修辭研究論稿》，綜括小說修辭研究史及中國小說修辭意識的發展現狀，力圖喚醒此中被遺忘的文學意識；黃科安《現代中國隨筆探賾》，梳理現代中國隨筆的發展歷程及其對中外隨筆傳統的傳承與創新，總結隨筆創作的經驗教訓；陳衛《聞一多詩學論》，以意象、幻象、情感、格律、技巧為核心，展開對聞一多詩學與詩歌的論述；林婷《出入之間——當代戲劇研究》，結合入乎其內、出乎其外兩種研究思路，為中國當代戲劇研究獻一家之言；黃鍵《京派文學批評研究（修訂版）》，考察中國現代文學史上「京派」的文學批評成就，發掘其對當代中國現代文藝批評的啟示性意義；李詮林《臺灣現代文學史稿》，從文本創譯用語的角度構建臺灣現代文學史，研究臺

灣現代文學進程中獨特的語言轉換現象；劉海燕《從民間到經典——關羽形象與關羽崇拜生成演變史論》，研究關羽崇拜及關羽形象塑造的宗教接受，深入闡釋關羽形象的文學生成與宗教生成；高偉光《神人共娛——西方宗教文化與西方文學的宗教言說》，以宗教派別之外的視角審視西方宗教文化內涵及其發展軌跡，用理智言說一部宗教文化；王進安《明代韻書《韻學集成》研究》，將《韻學集成》與相關韻書比較，探尋其間的傳承或改易情實，為明代早期韻書的研究添磚加瓦。凡此十種專著，無論是學術觀點之獨到，還是研究方法之新穎，均讓我們刮目相看。

讓我尤感欣喜的是，本論叢各輯的持續推出，不斷獲得兩岸學界、教育界的良好評價與真誠祝願。他們的讚許，是激發我們學術進步的一大鞭勵，也是兩岸學術交流互動的美贍見證。我堅磧不移地認為：在當今自由開放的學術環境中，兩岸文化溝通日趨融暢，我們的學術途程必將越走越寬闊久遠。

汪文頂

西元二〇一九年歲在己亥春日序於福州

目次

題記

　　……你要相信你自己和你的感覺；萬一你錯誤了，你內在的生命自然的成長會慢慢地隨時使你認識你的錯誤，把你引到另外的一條路上。讓你的判斷力靜靜地發展，發展跟每個進步一樣，是深深地從內心出來，既不能強迫，也不能催促。一切都是時至才能產生。讓每個印象與一種情感的萌芽在自身裡、在暗中、在不能言說、不知不覺、個人理解所不能達到的地方完成。以深深的謙虛與忍耐去期待一個新的豁然貫通的時刻：這才是藝術的生活，無論是理解或是創造，都一樣。

　　　　　　　　　里爾克：《給一個青年詩人的十封信》（馮至譯）

陸序

　　陳衛在「攻博」期間，屬於「苦讀」之列。她，在柔和的外表裡，內蘊著韌性的倔強，有一種「不達目的，絕不甘休」的勁頭。我作為她的指導老師，並沒有給她什麼特殊的幫助。我所能起的作用很微弱，大概有兩點是一直堅持的：一是拿著「指揮棒」，給學子們一點啟發，指一指路，不過絕不限制他們的選題範圍，更不希望博士們走我的老路，尤其不高興他們的學術觀點和我的相近。二是拿著「鞭子」，寫文章或在學術問題研討會上發言，批評多，表揚少，對缺點和毛病有時近於「吹毛求疵」，嚴加指責，不斷給他們施加壓力，促其上達。我知道這是很陳舊、很片面的手段，大概是積習難改，所以一直沿用，而且在博士生入校期間，就對他們做了說明。這在絕大多數博士生中，產生了「攻博」很難很苦的感覺。有一位在三年攻博期間，學術水平上了一個檔次的學生，假期有時半夜作夢驚起，他夫人問他夢的內容，他說，夢見陸老師要我交論文。另一位學位論文被評為優秀和我有著深厚師生情的博士生說了一句調侃話：「如果你恨誰，就把他推薦到陸老師那兒去『攻博』吧。」陳衛的學習自覺性較高，但也不免於被剋。不過，她的這篇博士學位論文，我還是比較滿意的。

　　此前，聞一多詩學研究的成果不少。和我同輩的如孫玉石先生，年輕一點的如陳山先生等，都發表了高質量的論文。但像陳衛以這樣大的篇幅和規模，作這樣系統而全面的研究，似是第一次。著者選擇從「意象」、「幻象」、「情感」、「格律」、「技巧」五個方面切入，雖然「意象」與「幻象」、「技巧」和其他四個方面不免有交錯，同時也未

將詩與外部的關係作重點研究，不過這仍大體涵蓋了聞一多詩學的主體。作為一部專著，框架並不具有決定性的意義和價值，因為如果僅僅框架好而論述一般，則仍是失敗之作。決定論著學術水平的是：有無重要史料的發現，論點是否有新意，論述是否有深度，重點分析處是否有研究者藝術感的閃光，是否細緻入微，具有藝術感染力和很強的說服力。聞一多先生的有關史料，重要的恐已無遺漏，難以發掘出足以改變對其基本評價的史料。陳衛的著力點，是視野放得寬些，論述更深一點，新一點，細一點，從而有所前進，有所超越。

　　文學創作是個神秘的謎，沒有定規，沒有秘訣。研究者欲從中發現、尋覓規律，然而一旦將個別成功的經驗普泛化，便會因違反文學創作的特點而陷於失敗。例如詩中的意象問題，如果一位詩人總是在一、兩個意象前徘徊，就易作繭自縛。陳衛沒有誤入這種迷津，在對聞一多詩學的意象尋源時，上溯到《周易》，外探到象徵主義和意象派；對聞詩中的意象系統，是置於無限廣闊的範圍來歸納：即自然意象系統和人文意象系統，並分析了聞一多詩歌意象的美學特徵。這樣，既切合聞一多詩學的實際，又有創意。又如〈情感論〉，這是每一位詩歌研究者必然涉及的問題，陳衛的著作，不僅探討了詩歌中的情感與生活中原生狀態的情感的相同處，而且致力於尋覓二者的相異處。我以為這觸及了詩的特質，因為從生活中的情感到詩中情感，此中有一個詩化過程。日常生活中原生態的人物感情，固然也是千差萬別，但它與藝術情感在詩情含量上還是有高低、多少、粗細之別的，而經過詩化的情感，不管是明朗或陰晦，濃烈或淡漠，柔媚或剛直……，它總能誘發讀者產生美感，久久深思，使讀者的靈魂受到震動，情感自覺或不自覺地純化、高尚化。

　　〈格律論〉對聞一多詩學的重要內容之一的格律理論，作了較前人更充分的論述，史料豐富，從胡適、康白情、陸志韋到饒孟侃，到聞一多，線索清晰。在論及〈詩的格律〉一文時，注意聯繫作者另外

兩篇論文大綱〈詩歌節奏的研究〉和〈律詩的研究〉，又對聞一多的格律詩理論在當時和後來的影響，作了勾勒。說它厚實，是不過分的。

　　至於本書的缺點，我以為主要是語言缺乏魅力，至於其他，也許還可找出一二點。但那是不是缺點，在不同讀者和學者眼裡，肯定是不一致的，我也就不再浪費讀者的寶貴時間。

陸耀東

引 言

　　身在文化轉型時期的聞一多以包納古今中西文化的胸懷，提出了有關詩歌意象、幻象、情感、格律和技巧等基本的詩學思想，並提供了詩歌創作的經驗。在承接之中謀求創新，於融匯之間思取發展，完成了中國詩學從傳統到現代的轉換，這是聞一多對中國新詩史的一大貢獻。

　　理論和創作實踐，是文學整體中的兩個部分。要使理論不架空，創作不膚淺，對理論家來說，他需要實踐的體驗；對創作者來說，他需要理論的提升，而且二者都必須具備深厚的知識積澱。聞一多既是詩人，又是詩歌理論家，還是西方現代詩歌翻譯者、精通中國古典文學的學者，擅長繪畫、篆刻，熱衷編劇、演戲。這種種研究和愛好使他的詩學思想具有開放性和包容性特徵，給中國新詩史增添了另一種新的啟示。

　　因而，聞一多的詩學思想也足以成為中國新詩史上一個含蘊豐富的載體，一個能夠放大的圖像。

　　當我們透視這個載體，放大圖像的局部時，就能更細緻地觀察中國新詩史上各個環節的鏈接與裂痕，更清醒地穩固中國新詩理論和創作的基礎，更明智地尋找並接近新詩的發展軌跡。

一　歷史的顯像

　　聞一多的新詩活動分為詩歌理論探討、評論建設及詩歌創作部分，時間上從二十年代初期持續到四十年代中期，大致可分為五個時期。

　　第一個時期自清華學習時期始。一九一三年聞一多進入清華學校（即現在的清華大學前身），一九二一年就在《清華學刊》上發表了〈敬告落伍的詩家〉，這是聞一多有關詩歌的處女作。在文中他鼓動同學們「要作詩，定得作新詩」。同年發表的〈評本學年《週刊》裡的新詩〉中，聞一多從詩歌的「幻象、情感、次及聲與色底原素」等角度論述了同學的新詩創作，針對具體詩作提出其詩學見解，如注重詩歌「靈魂」附麗於「美的形體」、詩歌的感官美、詩歌書寫對象的性別、詩人情感與詩的情感關係、詩歌的節奏等問題。一九二二年，聞一多還和同學梁實秋合出版了評論集《《冬夜》《草兒》評論》。因為《冬夜》「代表現時底作風」，聞一多對它進行了音節、幻象、情感等方面的批評，指出詩歌音節不同於詞曲音節的特徵及新詩中缺乏幻象現象，並對詩歌中的一流情感和二流情感作了區分。這時期的評論風格沿襲中國傳統的印象式批評，一般從意象、幻象、音韻等幾個角度進行。

　　一九二三年，留學美國後所作的〈《女神》之時代精神〉、〈《女神》之地方色彩〉》是聞一多正式踏入文壇之作，也開始了他新詩活動的第二個時期。這兩篇評論以獨特的語言和全新的批評視角開創了中國詩歌批評的另一種風尚，其理論基礎是丹納的《藝術哲學》。聞一多依據丹納提出的文學作品與時代、種族、環境相關聯的原理，對郭沫若的新詩集《女神》進行了評論。他認為郭沫若的詩集反映了二十世紀是個「動的反抗的」時代，具有科學的時代精神，表現了全人類的更緊密的相互聯繫及物質文明給人類帶來的消極和絕望的時代徵象。同時他也批評郭沫若的詩作缺少地方色彩，提出新詩應是「中西藝術結婚後產生的寧馨兒」。針對西化的中國詩歌，聞一多還主張中國詩人當恢復「對舊文學底信仰」，「了解東方底文化」，作「中國的新詩」。這兩篇評論無疑給沉悶中的中國新詩批評界吹進了新鮮的空氣。

　　同年，聞一多聽說印度詩人泰果爾（今譯為泰戈爾）要來中國，

寫下〈泰果爾批評〉，對這位諾貝爾文學獎得主進行詩歌批評。他認為泰果爾將哲理入詩不足取，他的文藝最大的缺憾是「沒有把捉到現實」，他「不賞識官覺的美」，「沒有表現出人生的戲劇」，「只用宗教來訓釋人生」。

　　聞一多詩學對中國新詩史的貢獻集中在二十年代中期，這也是他詩學歷程的第三個時期──高漲期。一九二六年，針對詩歌的自由化氾濫傾向，聞一多寫下了〈詩的格律〉。這篇論文奠定了他在中國新詩詩學史上的地位。他主張新詩格律化，從詩歌的音韻、形式和視覺效果上提出「三美」理論。這一時期聞一多詩歌理論和創作活動同時達到高峰狀態。

　　此後，聞一多主要從事教育活動與學術研究。對《詩經》、《莊子》、《楚辭》和唐詩的研究從另一個方面促進了他詩學思想的進一步形成，從對莊子、孟浩然等的研究中他提煉出詩的情感理論，對宮體詩的研究中他提出詩歌的「宇宙意識」的現代觀念。他的新詩評論活動僅在與新月同人和學生中間進行，這是他詩學歷史的調整期。聞一多在書信或詩集序言中還談詩論詩，如致陳夢家的信中談到商籟體的形式，詩歌的謀篇布局；致臧克家的信中談及詩歌的技巧問題；在《現代英國詩人》〈序〉中談到詩歌超時代的特徵，他認為「詩人與詩人之間不拘現代與古代，只有個性與個性的差別，而個性的差別又是有限度的」。一九三三年，聞一多為臧克家的詩集作序──〈烙印序〉，由臧克家的詩而提到詩歌要有「意義」，表現不是「混著好玩」的生活，這篇文章意味著聞一多的詩學思想開始發生轉變。

　　調整期過去後的四十年代，聞一多對中國新詩的興趣又增大了。在刊物上、在大眾場合中，他發表對新詩的看法，詩歌觀念變化很大：他強調詩歌的價值和效率，強調詩歌的現實作用，強調詩歌的情緒，強調「積極的，絕對的生活欲」。他為田間的詩歌寫下了評論〈時代的鼓手〉，稱田間是時代需要的「擂鼓詩人」，在多次集會上還

談到艾青等新詩人的詩歌作品。〈詩與批評〉中，他認為「詩是負責的宣傳」，詩人應「從個人的圈子中走出來，從小我走向大我」，「不單要用效率論來批評詩，而更重要的是以價值論詩」。他的詩評在這時表現出強烈的時代感。

聞一多的新詩創作活動早於評論活動。三十年代，〈奇蹟〉誕生後，他的詩歌創作活動處於休眠狀態（一九四四年創作的《八教授頌》是未完作）。

〈西岸〉是聞一多一九二〇年九月二十四日發表在的《清華週刊》上的第一首新詩。在這之前，他已經有了新詩的創作成果，如〈朝雲〉、〈雪片〉、〈率真〉等，這些詩後被他自己編入《真我集》。《真我集》是聞一多的手抄詩歌集，寫於「五四」前後，共有詩歌十五首（包括譯詩）。據聞一多友人的書信知，聞一多自美國留學回來，還自編過一本《屠龍集》。聞一多正式出版的詩集有兩部，即一九二三年上海泰東圖書局出版的《紅燭》，共有詩作一〇三首，詩集仿照郭沫若的《女神》形式，分「序詩」、「李白篇」、「雨夜篇」、「青春篇」、「孤雁篇」和「紅豆篇」，代表作有〈紅燭〉、〈李白之死〉、〈劍匣〉、〈紅豆篇〉等。《死水》是聞一多留學回國後出版的詩集，一九二八年由上海新月書店出版。此集共有詩歌二十八首，代表作有〈靜夜〉、〈死水〉、〈洗衣歌〉、〈末日〉、〈口供〉等。它們是聞一多詩歌創作的最高成就，其中一部分為聞一多提倡新格律運動時創作。據資料最全的《聞一多全集》整理出來的詩作來看，聞一多還有新詩二十七首，舊體詩、賦二十四首，譯詩三十二首。四十年代中期，聞一多還編選了一部《現代詩抄》（未定稿），收入中國新詩人六十五家的詩作一九一首。

二 意義的確立

聞一多的詩論活動經歷了五個時期，觀點發生了一些變化，有的甚至看上去自相矛盾，他的詩集由《紅燭》到《死水》，也呈現了不大相同的特色。是什麼因素影響著他？要解開這些問題，我們不能光從聞一多詩論和詩歌的表層文字上去理解，而應把捉他的詩學理論核心，注目他詩學思想的光輝，同時也剖析他的認識侷限，以加深我們對現代詩歌、詩學和詩人的認識，確立他的詩學對於中國詩學乃至世界詩學意義。

為此，本書將採用三個視點對聞一多進行多維觀照：一是對聞一多的詩學觀念作本義上的尋源和闡釋；二是用他的詩歌創作來印證補充他的詩學觀念；三是運用現代的詩學觀念和詩歌創作現狀去驗證聞一多的詩學觀。這樣在邏輯上形成層層遞進又相輔相成的關係。

這種作法的原因是：對詩歌觀念的尋源，有利於我們看到聞一多在中國新詩史上的承接和轉換作用；將聞一多的詩論和詩歌創作相結合，有利於更全面更客觀更恰如其分地對他的詩學思想作出我們自己的判斷；運用現代的詩學觀念和創作來驗證聞一多的詩學觀，將啟發我們的現代新詩人帶著自信去走出一條富有特色的詩路。

關於本書，我還想做到：不盲目遵循權威觀點，不執意拘泥一家理論，而要重視在詩史中感知聞一多詩學思想的「存在」與發展，試圖利用美學、文化學、心理學、闡釋學、歷史學、社會學、哲學等各方面的知識透析聞一多的詩與學，展示並評價他在傳統與現代、中國詩學與世界詩學相撞相容中的姿態。

當然，在這個過程中，我還期待著里爾克所說的那個豁然貫通的光明時刻的到來。

第一章

意象論

　　聞一多步入詩壇早期，對中國傳統詩歌、詩論有著較為直接的悟覺。在他的詩歌評論中，沿襲了傳統詩評家的批評傳統，如借用傳統詩論中的批評術語，採用印象批評的方式或運用傳統的形式主義批評法對詩歌的聲韻、結構等方面進行分析。當然，在繼承傳統的評論方法時，聞一多也把自己的興趣轉向世界文學，因為在他生活的那個時代，新思潮湧進古老的中國，古國的年輕人熱衷與世界接軌。在新與舊雜糅的年代裡，貌似傳統的東西是否還是傳統的東西（真古董還是假古董），這都值得人們懷疑，因而聞一多雖在他的詩論中借鑑了傳統的一些術語，但也不能說他一定又重複了傳統術語的原始意義。比如說「意象」，若想追溯它的源頭，對聞一多來說，至少會牽涉到兩處：一處為傳統詩論中的意象理論，另一處為英美的近現代詩歌理論。

第一節　「意象」尋源

　　縱觀中國詩學，特別是在審美意識覺醒後的中國詩論裡，「意象」幾乎是論詩評詩的一個「密碼」詞彙，談詩歌必談意象。那麼，「意象」這一術語如何跨越千年，傳統詩論中又如何給它定義，特別是聞一多如何闡釋？這是值得注意的問題。

　　早在先秦時期，《周易》〈繫辭上〉就談到了「意」和「象」：

　　　　子曰：聖人立象以盡意，設卦以盡情偽，繫辭焉以盡其言。

三國時期王弼的《周易略例》〈明象〉中也有這樣的言論：

> 夫象者，出意者也。言者，明象者也。盡意莫若象，盡象莫若言。言出於象，故尋言以觀象；象生於意，故可尋象以觀意。意以象盡，象以言著。故言者所以明象，得象而忘言；象者所以存意，得意而忘象。

在這些文字裡，「意」與「象」是獨立的兩個單詞，它們各有不同的含義，二者關係相輔相成：「意」為本，「象」為表；「意」是「象」的生成本原，「象」是「意」的言傳載體；「象」從「意」中生出，作為本的「意」帶有立意者的主觀傾向性，它不但包含情感因素，也有智性因素，而表現「意」之「象」雖也有主觀色彩，但它是闡意的形式，相對「意」來說，「象」具有形象性的特點。這樣看來，「意」就是人的主觀的意旨、意向，是還未具體化的抽象觀念形態。

第一次出現合成的「意象」一詞，文學史研究者普遍認為是在王充的《論衡》〈亂龍〉中。文學理論領域中最早運用的則是南朝劉勰的《文心雕龍》〈神思〉：

> 陶鈞文思，貴在虛靜，疏瀹五臟，藻雪精神，積雪以儲寶，酌理以富才，研閱以窮照，馴致以懌詞，然後使玄解之宰，尋聲律而定墨；獨照之匠，窺意象而運斤。

之後，唐代的詩人王昌齡在他的論著〈詩格〉裡也運用了「意象」一詞：

> 詩有三格：一曰生思。久用精思，未契意象，力疲智竭，放安神思，心偶照境，率然而生。二曰感思。尋味前言，吟諷古

制，感而生思。三曰取思。搜求於象，心入於境，神會於物，因心而得。

在劉勰和王昌齡的論著裡，「意象」大概都是指詩人創作過程中主觀精神與客觀對象匯合時的一種心理狀態。到了司空圖，「意象」理論有了更多的內容，在他的《詩品》〈縝密〉[1]裡，對「意象」的表述十分形象：

> 是有真跡，如不可知，意象欲生，造化已奇。水流花開，清露未晞，要路逾遠，幽行為遲。語不欲犯，思不欲癡，猶春于綠，明月雪時。

司空圖對「意象」的闡述雖也是從創作論的角度提出，但是，他對於「意象」的美學要求，如「水流花開」等之類的表述卻從接受的角度來論。在他看來，意象不僅僅是主觀精神與客觀事物的契合，它還應該有形象的載體，像神奇的大自然造化，親眼見到它卻不知它從何而來，如同水流花開，露水在陽光下閃閃發亮時的自然渾成，如同前往遠方，走在幽靜小路上時感到的綿密幽婉，不用語言直截了當地去道破它，也不用呆滯的思路去阻止它，讓它就像春天中的綠色，明月之下的白雪，清新、親切、美麗、自然。實質上司空圖所說的「意象」就顯然包括了「意中之象」的含義。

追蹤到這裡，我們可以接近聞一多的「意象」說。在〈《冬夜》評論〉中聞一多談到《冬夜》的作者有一個「極沉痼的通病」，即「弱於或竟完全缺乏幻想力」，這樣導致的結果是──詩中「很少濃麗繁密而且具體的意象」，可見，聞一多是從創作的缺欠之因談及接

---

[1] 目前，已有一些學者認為《二十四詩品》非司空圖所作，筆者對此存疑姑且沿用舊說。

受上的不足之果的。他認為意象與幻想力有著密切的關聯，從本質上來說，意象應該「濃麗繁密而且具體」。意象如何才能「濃麗繁密而且具體」呢？聞一多從詩歌的音節談起，音節不可「繁促」，「音節繁促則詞句必簡，詞句短簡則無以載濃麗繁密而且具體的意象」，他甚至還認為意象不能發展的根由就是因為詞曲音節的限制。根據他對《冬夜》的意象評論，我們得知，他所希望的意象是有「輪廓線」的，「有香有色」的，如那「一春夢雨長飄瓦，／盡日靈風不滿旗」的仙境。這種意見，從根本上就很接近司空圖的「意象說」了。

　　細讀聞一多留美以後的詩歌評論及理論，卻不提這種類型的意象了，有何緣故？因為，那時他已接觸到了西方意象理論。西方文藝理論中的「意象」說，據研究者認為在康德的《判斷力批判》中就已深刻地談到。宗白華把它譯為表象，朱光潛譯為「形象顯現」和「具體意象」，朱光潛還指出它的含義為「把一個對象的形象擺在心眼前觀照，亦即由想像力掌握一個對象的形象」[2]。而聞一多對西方的意象接受卻更為具體，主要來自兩股潮流：一股是英美浪漫主義詩歌，聞一多對它的接受多由詩歌鑑賞所致。這涉及到一個中西詩學的比較問題，英美浪漫派詩歌在很大程度上靠近中國的抒情詩，意象構成和中國傳統詩詞意象有許多相似的地方，特別是它們都熱衷謳歌自然風光，抒寫自我心靈。對聞一多來說，接受與中國詩學相近的內容顯然相當容易。在他早期的詩論裡，甚至沒有將它們與中國古代詩學明顯區分，卻使它們相容地處在他的詩學寶庫中。此外，還存在另一個影響源——西方現代主義詩歌，它大致由兩種詩風組成：一種是象徵主義。象徵主義作為一個文學潮流盛行於十九世紀後期，以波德萊爾、魏爾侖、馬拉美等詩人為代表，他們提出「象徵主義詩歌是說教、誇張、虛假的感情和客觀描寫的敵人，它要使意念具有能摸得到的形

2　轉引自夏之放：《文學意象論》（汕頭市：汕頭大學出版社，1993年），頁172。

貌；不過，創造這種形貌並非寫詩的目的，其目的在於表達意念，而形貌則處於從屬地位，故而，自然景物，人的活動，種種具體的現象，都不會原封不動地出現在象徵主義藝術中，它們僅僅是些可以感知的外表而已，其使命在於表示它們與原始意念之間奧秘的相似性」[3]，在詩歌內涵上，他們提倡「色、香、味」的統一；手法運用上，強調暗示和象徵；在情調上，認為「憂鬱才可以說是美的最光輝的伴侶」[4]，悲哀和醜陋成為他們的意象美學追求。聞一多的〈夜歌〉、〈死水〉的意象，在一定程度上就染上了象徵主義色彩。在聞一多開始從事文學創作和批評的前後，英美青年詩人群中正形成著一個以艾茲拉・龐德（Ezra loomis Pound, 1885-1972）為代表的意象派，這一派與中國的傳統詩歌就有著遠親關係。龐德是一個「中國迷」，他熱衷研究中國的歷史哲學和古典詩歌，在悟覺與誤讀的基礎上改譯了不少中國意象詩，引起美國詩人對中國古詩的興趣，艾略特為此還給他一個稱號——「為當代發明瞭中國詩的人」[5]，該派後來在世界詩壇造成了很大的影響。他們認為意象就是「一種在一剎那間表現出來的理性和感性的集合體」，在任何情況下，它「都不只是一個思想，它是一團、或一堆相交融的思想，具有活力」。在詩歌處理上，也規定了他們的美學原則：「詩歌應該精確地處理個別，而不是含混地處理一般」[6]，並且「準確的意象」還能找到它的「情緒的對應物」[7]。意象派以上這些文學主張與當時的心理科學研究有一定的關係，他們自己

3　轉引自廖星橋主編：《西方現代派文學500題》（瀋陽市：遼寧人民出版社，1988年），頁103。

4　轉引自廖星橋主編：《西方現代派文學500題》（瀋陽市：遼寧人民出版社，1988年），頁60。

5　趙毅衡編譯：《美國現代派詩選》（北京：外國文學出版社，1985年），頁37。

6　轉引自沈衛威：《無地自由・胡適傳》（上海市：上海文藝出版社，1994年），頁39-40。

7　伍蠡甫主編：《現代西方文論選》（下）（上海市：上海譯文出版社，1987年），頁251-274。

也強調過這一點[8]。瑞士心理學家榮格在本世紀初曾探討過心理學與文學的某些聯繫，他說「當我說到『意象』的時候，我指的並不是外部對象的心理反映，而是……一種幻想中的形象（即一種幻想）。這種幻想只是間接地與外部對象的知覺有關。實際上，意象更多地依賴於無意識的幻想活動，並作為這一活動的產物，或多或少是突然地顯現於意識之中」。至於意象的內容，榮格還說道：「意象無疑表現了無意識心理內容，然而卻並不是其全部內容，而僅僅是那些在一瞬間集合起來的內容。這種集合，一方面固然是無意識自發活動的結果，另一方面也是意識處於某種瞬間狀態的結果。」[9]對比意象派的主張和榮格的意象觀，我們不難發現，二者都一致認為意象是意識（理性）與無意識（感性）瞬間結合的結果。

　　聞一多在美國留學時，先後結識了羅艾爾等意象派詩人。羅艾爾和龐德一樣，對東方藝術都十分感興趣，羅艾爾與人合譯過中國古典詩歌《松花箋》，他們使崇尚東方雅韻文化的聞一多有「他鄉遇故知」的親近。聞一多還仿照意象派詩人撒拉·蒂絲黛爾的〈讓它忘記了罷〉作過〈忘記她〉，受意象派詩人佛來琪詩歌中的色彩啟發，作過〈秋色〉等表現色彩的詩歌。在與同學的通信中，聞一多為對比胡適在白話詩運動中提出的「八不主義」，他用英文介紹過意象派的詩歌主張，他說 "Now I want to introduce to you the Imagists. For I think it is through a sincere following after their steps that our 'new poetry'can hope to be saved from becoming a mere fad"（筆者注：此文大意是，「我想給你們介紹一下意象派。通過對他們所走過道路的追求，才有希望避免我們的『新詩』陷入一種時尚」），由此我們完全可以推斷：

8　〔美〕龐德：《論文書信選》：「我用『複合體』（即集合體）這個術語——是從最新的心理學家，如伯納德·哈特等人所用的那種技術意義上說的，雖然我們在應用方面可能不完全相同。」見黃晉凱等主編：《象徵主義·現代派》（北京市；中國人民大學出版社，1989年），頁132。

9　榮格：《心理學與文學》（北京市：生活·讀書·新知三聯書店，1987年），頁11。

聞一多的意象觀與英美意象主義有著千絲萬縷的聯繫。

從聞一多對意象的表述上看，最早他強調詩歌意象的「濃麗繁密而且具體」，講究意象的圖畫性、形象可感性，他更注重感性上的審美。自他接觸英美現代詩歌理論後，他的意象觀有了新的轉變——將意象看成是由情感和意志共同作用形成的思想凝結物，默認它的歷時性與共時性及其蘊含的文化意味，這種思想在他同時期的詩歌創作中體現得更為明顯。一般說來，他都注意了用意象作思想的象徵物，用它來傳遞「感性與理性」相交融的「那一堆思想」。

如此看來，給聞一多詩歌作自然和人文意象系統分類，盡力挖掘其意象的原始積澱因素與創造性成分，指出它在中西詩潮湧動中對既有意象的超越和發展方向，將是一項具有挑戰性的工作。

第二節　自然意象系統

傳統的中國詩歌裡，自然意象是詩人的老友，就像他們桌上放置的煙酒茶一樣，常常與中國詩人們傾心交談，相對而視。草川未雨所著的《中國新詩壇的昨日今日和明日》中談到過詩歌的濃烈情緒來源之一便是自然，他認為「作詩要靠感興；感興就是詩人的心靈和自然的神秘互相接觸的時候感應而成的」，自然是一切藝術的源泉，是一切真詩好詩的陶煉廠，他還極力肯定宗白華對自然與詩歌關係的論說。宗白華以為：「直接觀察自然現象的過程，感覺自然的呼吸，窺測自然的神秘，聽自然的音調，觀自然的圖畫。風聲水聲松聲濤聲都是詩聲的樂譜，花草的精神，水的顏色，都是詩意詩境的範本」[10]。劉若愚曾在他的《中國詩學》裡也談到過這一現象，「在中國詩裡，正像別的語言的詩裡一樣，有無數的作品描寫自然美以及表現對於自

---

10 草川未雨：《中國新詩壇的昨日今日和明日》（北平：海音書局，1929年），頁28。

然的喜悅之情」[11]。描寫自然，對置身於自然中的詩人來說，彷彿是一件不言自明的事。然而一個共同的大自然，出現在屈原、謝靈運、李白、郭沫若、華茲華斯、濟慈、雪萊等中外詩人的筆下，又變化萬端，裂變為無數和詩人內心宇宙相一致的另一重「自然」。這重自然裡，它也許就保藏著沉澱了多年的原始意象，用心理學家榮格的話說，這原始意象是「同一類型的無數經驗的心理殘跡」，每一個原始的意象中「都有著人類精神和人類命運的一塊碎片，都有著我們祖先的歷史中重複了無數次的歡樂和悲哀的殘餘」[12]；它也許是詩人的私人意象，包含詩人對自然界中某種事物、某種顏色、或某種氣候的偏好。聞一多的詩歌（主要是早期的詩歌）裡也建構著一個自然世界，通過他詩歌中的自然意象系統就能把握。

自然系統的本身可以分成許多子系統，如植物、動物等生態系統；星球、海洋、沙漠、陸地等天文地理系統；從形而上的角度分，時間和空間是構成自然系統的經緯。對聞一多詩歌中的自然意象系統劃分，不妨從後一角度進行，直接將他詩歌中的自然意象再分成時間意象與空間意象。

作為聞一多個人，為什麼會熱衷自然意象？

有兩個方面的原因：一是傳統詩學的潛在影響。不管中國傳統詩學是以「詩言志」還是「詩緣情」為主，不可否認詩人們普遍都是通過寄託特定含義的物象來傳達其「志」或其「情」。物象常常有四時之分和新舊之分，譬如春花、秋月、黃昏、朝露、暮雨、殘葉、嬌蕊……時間與空間的變遷在傳統詩中特別顯著。劉若愚也說過：「大部分的中國詩表現出敏銳的時間意識，而且表達了對時間一去不回的哀歎。當然，西洋人對於時間也很敏感，但似乎他們中很少有人會像中國詩人那樣對時間耿耿於懷。而且，中國詩一般比西洋詩更明確地

---

11 劉若愚：《中國詩學》（武漢市：長江文藝出版社，1991年）。

12 榮格：《心理學與文學》（北京市：生活‧讀書‧新知三聯書店，1987年），頁9。

點明季節和早晚的時間。哀悼春去秋來或者憂慮老之將至的中國詩不可勝數。」[13]聞一多飽學傳統詩書，在這一點上即使沒有有意發現，憑他的感悟能力，他也一定會受到潛移默化的影響。事實就是如此。二是出於詩歌表達的含蓄或隱晦的需要。這一原因固然與「溫柔敦厚」的傳統詩教相關，即隱去或隔開抒情者顯露的情志，在自然之中寄託自己的情志，在意象中間體會此中情意。就聞一多個人來說，在他的筆下自然意象紛呈的時候，正是他被私人感情折磨得無處可洩的時候，為擺脫內心不可告人無法言說的失落感，他拼命地作詩，試圖從中得到感情的轉移[14]。於是，他的內心就虛構了一個沒有凡人而只有自然之物的新鮮宇宙，這樣便可在另一時空裡安放自己激蕩衝突的心。

一　時間意象

　　用時間來設置意象的詩歌，從詩題上我們就能看到：描寫四季的有〈春寒〉、〈春之首章〉、〈春之末章〉、〈初夏一夜底印象〉、〈大暑〉、〈秋色〉、〈秋深了〉、〈秋之末日〉；描寫早晚的有〈雨夜〉、〈黃昏〉、〈晴朝〉等等。但是，有了時間概念的詩並不一定就會表現時間意象，時間畢竟是一個抽象概念，它必須附著於具體的事物來體現自身，就如風需要依借樹的力量來顯形，大鐘需要被敲擊才能傳出聲音一樣。如〈二月廬〉、〈時間底教訓〉、〈末日〉等詩，它們同樣是表現時間意象的詩。

　　詩中的時間意象是指詩歌依照時間的規律，展現季節氣候、花事景色的變化，意象最終落實在事物之上。憑依這些意象，能使讀者感覺出詩歌蘊含的時間感，或是由時間而產生出來的追戀、悵恨、歡暢

13　劉若愚：《中國詩學》（武漢市：長江文藝出版社，1991年），頁62。

14　參見聞黎明、侯菊坤編：《聞一多年譜長編》（武漢市：湖北人民出版社，1994年），頁154-158。

之情，或者是鑴入的深刻的思考。而且，儘管是對自然時間的描寫，由於文化積累，時間意象還會呈現出民族性和私人性的特徵。從聞一多表現時間意象的詩裡，我們都能證實。

　　聞一多詩歌中的時間意象，也有著大自然的春夏秋冬。不過，這春夏秋冬不是被自然規律而是被詩人的感情或意志支配著。詩歌化了的春夏秋冬並不指代寒熱涼凍的溫度，它通過詩人內在的情志，顯現出與時間季節異質同構的心理或情感意象。

　　同是表現春天的喜悅之情，詩人在〈春之末章〉中就用了與〈春之首章〉不同的春天意象。〈春之首章〉中寫的是春雨、春風、池魚、花苞等。春雨是「浴人靈魂的」，因為長久的寒冬使人們的活動陷在了冬眠狀態之中，溫暖的春雨復甦了人們的靈魂，給人們帶來欣悅之情；春風從剛剛甦醒過來的土地上吹過，挾著「濕潤的土氣」，「在鼻蕊間正衝突著」，這些意象體現著春天的氣溫溫潤。也正由於氣候轉暖，所以金魚才會從水底往上游，剛長的芽兒被池水偷吞，丁香枝才可能包著「豆大的蓓蕾」。詩中意象主要描寫氣溫由冷到暖的變化。〈春之末章〉中對氣溫的變化表現卻不如前詩突出，景象中的人和物都沒有了初春的新鮮感，意象呈現出春季的恆常態勢，詩人在副詞的運用上就體現了這一特徵：詩中寫春天蝴蝶的花事：「被風惹惱了的粉蝶，／試了好幾處底枝頭，／總抱不大穩，率性就捨開」；寫春天植物的生長：「嬌綠的坦張的荷錢啊！／不息地仰面朝上帝望著」；寫春天孩子的歡樂：「小孩兒們也太好玩了啊！／鎮日裡藍的白的衫子／騎滿竹青石欄上垂釣。／他們的笑聲有時竟脆得像／坍碎了一座琉璃寶塔一般」；最後詩人還寫上了對暮春的流連，「音樂家啊！垂釣的小孩啊！／我讀完這眷之寶笈底末章，／就交給你們永遠管領著罷！」從詩中的意象描寫上我們看到了詩人在此流露出的不是〈春之首章〉中的那種新鮮感而是對春天熟悉生出的眷戀感。

　　阿米兒（Amiel）說過「一片自然風景就是一種心情」[15]，王國維也有言：「一切景語皆情語。」[16]在一個詩人那裡，一個季節就意味著一種心境，一份詩情。和描寫春天的詩相比，聞一多描寫夏天的詩充滿了煩悶和躁動的情緒。在〈初夏一夜底印象〉中，聞一多的心也似乎在一季之間變老，由敏銳活潑的少年人變成飽餐憂鬱和世故的中年人，那種清麗明快、春風般蕩漾的情懷隨季節而過了。詩歌意象的選擇就發生明顯變化：

> 紫穹窿下灑著些碎了的珠子——
> 詩人想：該穿成一串掛在死底胸前。
> 陰風底冷爪子剛扒過餓柳底枯髮，
> 又將池裡的燈影兒扭成幾道金蛇。
> 貼在山腰下佝僂得可怕的老柏，
> 拿著黑瘦的拳頭硬和太空挑釁。
> 失敗的蛙們此刻應該有些倦意了，
> 但依舊努力地叫著水國底軍歌。
> 個個都吠得這般沉痛，村狗啊！
> 為什麼總罵不破盜賊的膽子？
> 嚼火漱霧的毒龍在鐵梯上爬著，
> 馱著灰色號衣的戰爭，吼的要哭了。

　　如詩歌的副題所示，這首詩寫於一九二二年五月直奉戰爭爆發之時。時局之故，自然季節更替當中的夏天意象，在聞一多詩中成為詩

15　轉引自朱光潛：《詩的境界——情趣與意象》，參見《朱光潛全集》（3）（合肥市：安徽教育出版社，1987年），頁55。

16　王國維原著，佛雛校輯：《新訂《人間詞話》·廣《人間詞話》》（上海市：華東師範大學出版社，1990年），頁88。

歌的外層景觀，使詩歌呈現的意象也隨之變得陰沉恐怖，夏天的氣氛成為戰爭、時局的氣氛。幾乎可以說除了詩裡聒噪的蛙聲還讓人們感到這是夏天的自然意象外，其餘的物象都成為心境的對應。

秋天的繁榮與衰敗、收穫與完結，也時常給詩人帶來變化的心情和詩緒。

聞一多剛去美國留學的那年秋天，他連作了幾首關於秋天意象的詩歌。在〈憶菊〉詩中，他回憶秋天盛開的絢爛菊花：「鑲著金邊的絳色的雞爪菊，／粉紅色的碎瓣的繡球菊！／懶慵慵的江西臘喲；倒掛著一餅蜂窩似的黃心，／彷彿是朵紫的向日葵呢。／長瓣抱心，密瓣平頂的菊花；／柔豔的尖瓣攢蕊的白菊／如同美人底蠷著的手爪，／拳心裡攫著一撮兒金粟」……秋天多姿多態多彩的菊花惹起了詩人的思鄉之情；在〈秋色〉詩中，秋天的意象更加豐富多彩，有「紫得像葡萄似的澗水」，「幾片剪行的楓葉／彷彿朱砂色的燕子」，「肥厚得熊掌似的／棕黃色的大橡葉」，「成了年的栗葉」「紅著乾燥的臉兒，／笑嘻嘻地辭了故枝」，還有「白鴿子，花鴿子，／紅眼的銀灰色的鴿子，／烏鴉似的黑鴿子」，有「披著橘紅的黃的黑豆毛絨衫」的活潑小孩，還有白楊、綠楊等等，它們喚起了詩人對色彩的喜好。但是秋天是一個讓人多思多情的季節，氣候的變化與景色的更替，使秋天的意象也不斷地變遷，人的心情在意象中一絲也遮掩不住──〈秋深了〉中的秋天「在對面嵌白框窗子的／金字塔似的木板房子簷下，／抱著香黃色的破頭帕，／追想春夏已逝的榮華；／想得傷心時，／颯颯地灑下幾點黃金淚」。在這種時候，詩人的情緒一片敗落，感歎「秋是追想底時期！／秋是墮淚底時期！」

冬天的意象色彩相比春秋的來說，在聞一多的詩裡顯得異常單調。〈雪〉是一篇描寫冬天的詩歌，「夜散下無數茸毛似的天花，／織成一件大氅，／輕輕地將憔悴的世界，／從頭到腳地包了起來；／又加了死人一層殮衣」。這裡的冬天使人聞不到泥土的氣息，花的芬

芳，既沒有春天的勃勃生機，也缺少秋天滿目斑斕的風景，只有沉靜，沉靜得像世界安眠了一般。這時，詩人見到縷縷蜿蜒的青煙，不免會想到讓「向上的靈魂，／穿透自身的軀殼：直向天堂邁往」。

聞一多這些關於春夏秋冬四季時間意象的詩與中國傳統的自然意象詩歌有相同之處：聞一多和中國傳統詩人們一樣，對時間有一種心理上的感應，即對氣候、季節特別的敏感，這成為詩歌寫作的一個靈感。我們隨便打開一本中國古代詩人或古代詩歌集，經常會陷入詩人對季節的感應描寫當中：如馬致遠感受到的「枯藤老樹昏鴉」（〈天淨沙・秋思〉）給我們帶來秋天才有的蕭瑟心境，李煜的「春花秋月何時了，往事知多少」（〈虞美人〉）流露了在歲月的流逝中感受到圓滿後的殘缺之悲，王安石的「春風又綠江南岸，明月何時照我還」（〈泊船瓜洲〉），告明了春天如芳草般引發的思鄉情，蘇軾的「竹外桃花三兩枝，春江水暖鴨先知」（〈惠崇春江晚景〉）寓含著對春天的驚喜，杜牧在春雨中看到的「清明時節雨紛紛，路上行人欲斷魂」（〈清明〉）是含有春季所有的憂傷⋯⋯這些詩句的情感色彩，都來自於自然季節的變換之中。從歷史學的角度分析，有人認為，這是農業社會中的人們對氣候、季節的關注所致。這樣的分析也許有一定的道理。但，聞一多生活在工業逐步發展起來的社會當中，而且他留學到的是美國，那裡的工業已較為發達，在龐德的詩歌中，自然意象就很少作為主導意象，而聞一多的詩歌卻仍然固執地表現出時間的意象。究其原因，這是民族的一種詩歌思維定勢在影響著他，使他感時傷物，見景生情，步隨在傳統詩人的腳印裡。

在聞一多早期的一些詩篇裡，時間意象留給讀者的印象平平，遠沒有前面提到的古詩耐人尋味，對於這種現象，也不用諱言。然而，聞一多在努力走著自己的路。這就是他的時間意象的詩歌，除表現客觀氣候，還籠罩著他的私人影子。

聞一多在借時間意象來描繪當時的社會環境，展現詩人的心境

時，總有他獨特的詩意發現，使他的時間意象並不為人人所享有。比如說，用色彩來標明時間的變化，〈春之末章〉和〈秋色〉中的色彩就有明顯的季節差別：春天美在「酣綠」中的「紅」橋，秋天美在紫的澗水、紅的楓葉、棕黃的橡葉、銀白花黑的鴿子、綠的白的楊樹……這些色彩描寫很顯然是出於詩人視覺上的敏感。因為詩人有一副訓練過的畫家的眼睛。還有，他的經歷讓他的時間意象也顯出特殊。四季當中，似乎讓人們讀得最多的是關於春末傷春的詩歌：凋零的花，綿密的雨，往往使詩人生出春愁，弔懷春去。但是歡樂的校園生活倒使年輕的聞一多充滿了激情。夏季，如果不是親自去參觀了直奉大戰的現場，聞一多可能也不會感到一九二二年的夏天是如此煩悶和陰沉。還有修辭上的特點，可舉一例作為說明。〈晴朝〉中有一個「蛇」的意象，它用來比喻時間，出現在詩的首節和尾節當中。如首節：「一個遲笨的晴朝，／比年還現長得多，／像條懶洋洋的凍蛇，／從我的窗前爬過」；尾節：「一個懨病的晴朝，／比年還過得慢，／像條負創的傷蛇，／爬過了我的窗前。」這個「蛇」的意象很有挖掘的意義。我們可以將馮至的一首著名新詩〈蛇〉與〈晴朝〉進行對比，馮至的「蛇」雖也是一個比喻性的意象，但它不具有時間意識。馮至的詩是這樣寫的：

　　我的寂寞是一條蛇，
　　靜靜地沒有言語。
　　你萬一夢到它時，
　　千萬啊，不要悚懼！
　　它是我忠誠的侶伴，
　　心裡害著熱烈的鄉思：
　　它想那茂密的草原——
　　你頭上的、濃郁的烏絲。

　　　它月影一般輕輕地

　　　從你那兒輕輕走過；

　　　它把你的夢境銜了來，

　　　像一只緋紅的花朵。

　　從馮至的這首詩中可以看到，他將「蛇」的形象來指代抽象可感
但不能描畫的「寂寞」，聞一多的負創之「蛇」卻用來暗示時間的緩
慢前進狀態。這種感覺是如何得來的呢？這需要我們進入詩歌中去發
現：詩中的景物幾乎都是靜止態的──「朱樓」被「咒入夢境」，「栗
色汽車」一動不動；或是無聲息的──「傲霜的老健的榆樹」的「粗
胳膊」在日光裡「翻金弄綠」，黑人除草的聲音漸漸遠去，詩中的
「我」感到了「和平」，感到地球在「平穩地轉著」。但，讓他由晴朝
而產生「蛇」的意象是出於他的心理狀態，他想到「皎皎的白日啊！
／將照遍了朱樓底四面，／永遠照不進的是──／遊子底漆黑的心窩
坎」。原來，這條「蛇」（這個晴朝）患的是「鄉思」病，與馮至的
「蛇」患的寂寞的「相思」雖病不同，卻也令人相憐。

二　空間意象

　　聞一多對空間意象的書寫與時間意象的有所差別。若說以時間意
象為主的詩更注重與時間、心境相關的原始性物象，那麼，含空間意
象的詩歌則更具備意象的開闊性、象徵性的特點。在聞一多早期的詩
作裡，空間感較強的詩有：〈西岸〉、〈孤雁〉、〈宇宙〉、〈太陽吟〉
等。這些詩中，詩人善於通過各種物象來組成空間意象，傳顯詩人的
情志。

　　如〈西岸〉中詩人將「一道大河」作為基本物象（元物象），河
分成了東岸和西岸，空間意象的設置使河岸分別具有詩人賦予它們的

寓意。因為五四新文化運動之後，青年們都在混沌的現實和清晰的理想之中尋求一座溝通的橋梁，於是，對中國現狀深感厭惡的聞一多將自己的這種情感轉射到詩歌中。他筆下的東岸的景象是：那裡有的是「金錢底買賣，／黑夜哄著聾瞎的人馬」，那裡「沒有真，沒有美，沒有善」，沒有光明。空間概念使詩中那個「逃脫了河岸上那糾紛的樊籠」的人產生了疑義：「分明是一道河，有東岸，豈有沒個西岸底道理？」空間意象也因疑義而拓深，使這首詩又增添了另一重空間意象：「一座小島，／戴著一頭的花草：／看！燦爛的魚龍都出來／曬甲胄，理鬚橈；／鴛鴦洗刷完了，喙子／插在翅膀裡，睡著覺了」。西岸沒有東岸的「金錢的買賣」的活動，魚龍、鴛鴦都無憂無慮、無驚無險，在平和恬靜當中，悠閒自得。顯然，詩人在空間意象的表現上，採用了對比映襯的手法，先假設一個現實的空間意象，與此同時又想像出另一個對比的空間意象（即理想境界），使之包蘊著詩人的意念、願望，在二者的反差比較中流露出現實給詩人帶來的情感。

　　在建立空間意象的詩歌中，聞一多十分注意意象的流動性，這能使想像的翅膀順著虛擬的空間飛翔起來。它不像夢境中的反邏輯奇特聯結，而頗似電影當中的蒙太奇技巧，使畫面有規律地組接而不是大幅度的跳躍。比如〈孤雁〉一詩中，詩人先是勾畫了「孤雁」的生存空間：那是「水國底絕塞」，「浮雲密布」，「天是一個無涯的秘密，一幅藍色的謎語」，「蒼鷹底領土——那鷙悍的霸王啊！／他的銳利的指爪；／已撕破了自然底面目，／建築起財力底窩巢。／那裡只有銅筋鐵骨的機械，／喝醉了弱者底鮮血，／吐出些罪惡底黑煙」。在這些蒙太奇般的意象群裡，「絕塞」與「浮雲」，「藍色謎語」似的天與「蒼鷹底領土」兩兩相對應，構成描寫現實生活的空間意象，它們之中所包含的自然與非自然，強者與弱者的衝突直接突現了孤雁的生存境遇危機。詩人不忍面對此景，呼喚要遠行的孤雁時，他又為它營造著想像的空間：「歸來倨臥在霜染的蘆林裡，／那裡有校獵的西風，

／將茸毛似的蘆花，／鋪就了你的床褥／來溫暖起你的甜夢」。這裡
的空間充滿自然的溫情，而且還有著聞一多所說的那種「濃麗繁密」
的意象：紅色的蘆林、白色的蘆花、呼呼而叫的西風、暖暖的床
鋪……它們在視覺、聽覺上造成和諧的美感，與此相伴的感覺「暖」
消釋了原先心理上的危機感。與現實空間意象的那份冷絕相比，這一
組意象富蘊著溫馨的暖意。詩人就在現實與想像的空間意象倒錯、轉
換過程中，昭然顯示孤雁之「孤」境，這也是此詩沒有讓人們從同類
題材，從眾多的「孤雁」中忘記的原因。

　　在構建自然意象的詩中，無論是關注時間還是空間的詩，我們看
到聞一多有這麼一種寫作習慣：詩人總是將自身情感投注其中。用王
國維的話說，就是「有我之境，以我觀物，故物皆著我之色彩」[17]。
據朱光潛的觀點，這可稱為「移情」──以人情衡物理。以聞一多的
〈太陽吟〉為例，我們可以再細加觀照他的這種習慣。

　　作為宇宙中的星球「太陽」，它與別的物體不大一樣，它既是時
間的指示物體，又代表著巨大的空間，在藝術作品中，它可以成為空
間與時間上的雙重性意象。雖然聞一多在這首詩中用太陽運行一周來
表現出自然科學的精神，但對留學美國的他來說，「太陽」這一物象
給他帶來的則是多種可能的藝術性意象聯想。比如說，太陽是空間的
存在物，無論在中國，還是在美國，聞一多都不可能低頭不見，而
且，從心理角度論，雖然太陽是客觀的存在物，在不同人的心裡留下
的印象卻不一定相同。就人的記憶來論，人們對一個物象的記憶，不
僅包括對事物的形象記憶，環境和歷史文化積澱同樣也會在意識的深
處隱隱浮現。所以，就像許多的詩人借「月亮」的意象來表達相思之
情一樣，如辛棄疾一首被王國維高度評價的詞〈木蘭花慢〉：「可憐今
夕月，向何處，去悠悠？是別有人間，那邊才見，光景東頭。」王國

---

17 王國維原著，佛雛校輯：《新訂《人間詞話》·廣《人間詞話》》（上海市：華東師範
　大學出版社，1990年），頁79。

維認為這首詞「詞人想像，直悟月輪繞地球之理，與科學密合，可謂神悟」[18]。辛棄疾詞中之月的相思情和王國維對詞所作的科學精神與創作技巧的評論，或許被飽覽詩書的聞一多發現，因為我們發現，在〈太陽吟〉中，他除了給予「太陽」超越時空限制的非常權利，還賦予了「太陽」一種特殊的情思，並以此構築這雙重意象。

　　首先是個人情感上的——「太陽啊，刺得我心痛的太陽！／又逼走了遊子底一齣懷鄉夢，／又加上他十二個時辰底九曲迴腸！」詩人隻身來到陌生的大洋彼岸，仰望太陽，首先感到的是處處不協調：街道變了，人種變了，語言也變了，讓他覺得熟悉的只有天上的太陽，因為它的形象沒有發生任何變化。於是，太陽便成為他離開故鄉之後，最觸動他思鄉之情的物象。然而，詩人還感到了太陽刺痛他的地方不是眼睛卻是心靈，太陽撩起了他對故鄉的思念之情，客體的「太陽」也成了聞一多詩中聯繫著異國與祖國，此時與彼時的一個物體意象。既然「太陽」使抒情主人公的思鄉病發作了，那客體的「太陽」就自然而然地和記憶中的「太陽」重合，讓時空疊加起來，抒情主人公的思路因而也就深入到另外的一個層次上，展開對民族文化的情思聯想——「太陽啊！六龍驂駕的太陽！／省得我受這一天天底緩刑，／就把五年當一天跑完那又何妨？」詩人從太陽神話，從古老的〈離騷〉詩句「吾令羲和弭節兮，望崦嵫而勿迫」中汲取超現實的因子，想起太陽神乘坐著六條龍駕駛的車子，由母親羲和駕馭的神話故事，企圖超越現實對時間與空間的規定，縮短時間與空間的距離，把浪漫的民族遠古神話當作治療思鄉病的秘方；詩歌中還有對祖國的景物的聯想——「太陽啊，我家鄉來的太陽！／北京城裡底官柳裹上一身秋了罷」；而人格意義上的情思聯想是充分擬人式的——「太陽啊，奔波不息的太陽！／你好像無家可歸似的呢。／啊！你我的身世

---

18 王國維原著，佛雛校輯：《新訂《人間詞話》‧廣《人間詞話》》（上海市：華東師範大學出版社，1990年），頁116。

一樣不堪設想！／／太陽啊，自強不息的太陽！／大宇宙許就是你的家鄉罷。／可能指示我我底家鄉底方向？」詩人在幻想中將太陽人格化了，把太陽的運動當成遊子回家，強調太陽和遊子一樣，都在努力尋找自己的歸宿，他還借取《易經》當中的「天行健，君子以自強不息」賦予太陽以君子品格。在詩人心中，這個為銀河系中心的太陽，為地球所環繞的太陽，它的生命存在於奔波不息的時間運動當中，存在於無邊無際的大宇宙當中，因為「日出扶桑」，「我」的故鄉在東方的緣故，這個出現在西半球的太陽一定與「我」的家鄉有一定的淵源，所以詩人儘管意識到眼中的山川、風雲不是故鄉的山川、風雲，但把它認作「家鄉底太陽」在心理上還「得失相償」，因而太陽就成為詩人幻念中朝思暮想的家鄉。一次次地呼喚著太陽，一次次地渴望借助它來縮短與故鄉的距離，詩人給太陽著上了強烈的思鄉色彩。這樣的感情和這樣的傳情，使〈太陽吟〉這首詩成為聞一多前期詩歌中的佼佼者。聞一多賦予「太陽」這空間與時間一體的意象以多重深邃的意蘊可以說得上是前無古人。

　　客觀而論，在建立自然意象系統的詩歌中，聞一多並沒有在表現手法上為中國新詩提供太多的新東西。聞一多在詩歌創作早期時，承襲傳統的成分較多，這不可否認。如「移情」，在景物中灌注詩人的情感，或曰「見物興情」，「觸景生情」，這都屬於中國詩歌讀者的「期待視野」之列的技藝。若論時空感，他的詩歌與唐代的陳子昂一首〈登幽州臺歌〉中的時空意識不能相比。論表達技巧方面，聞一多給中國詩壇帶來的陌生化效果和震撼力遠遠小於當時寫《女神》的郭沫若、寫《繁星》、《春水》的冰心和寫《微雨》的李金髮等詩人。總的來看，聞一多的早期詩作還不夠成熟，在一些詩歌、詩句上我們甚至能夠看到聞一多的模仿痕跡。但一概抹煞聞一多的詩歌創新也並不符合實際，在意象內蘊上，他還是使老樹發出新芽，就如在自然意象系統中提到的〈孤雁篇〉、〈太陽吟〉、〈晴朝〉等詩中，我們都看到詩

人逾越了意象的原型，建立起新的意象，並且使這些新意象具有其自足性。至於這點，我們將在後文予以文化意義上的闡述。

第三節　人文意象系統

人文意象系統的劃分相對自然意象系統而言。聞一多在自然意象系統的詩歌中，主要還是借助描繪自然界的事物景物生發情思，即物先於情，景早於思，詩中的自然世界是一個「擬自然世界」，恰如王國維所說的「有我之境」；而重於人文意象的詩歌則是較為純粹地對人文社會一些形而上的問題進行思考，情先於物，理早於景，一切的景物都為「人工之景」，詩中之美不一定是外景之美，而可能是人的精神、思想之美。我們甚至可以說，這裡的詩歌不以模仿自然美為美，它的美是凌駕於自然之上的智慧美。對比上一節，使我們在考察聞一多的人文意象系統時，還可了解到聞一多詩歌觀念的演變：詩是情感的語言，美的語言，然而詩還是思索的語言，抒情的語言；詩不僅表達自然美學的命題，而且還表達哲學意義的命題。

人文意象系統可粗分為三組：第一組是——生／死意象；第二組是——愛／美意象；第三組是——文化意象。

一　生／死意象

只要人們意識到生命的存在，生與死就會成為一對孿生的問題折磨著人類。在文學家那裡，對這個問題的思考也不比哲學家少：從中國莊子的《南華經》、蒲松齡的《聊齋志異》到西方莎士比亞的《哈姆雷特》、王爾德的《莎樂美》等都涉及到這一令人困惑而不得其解的問題。而聞一多，朦朧的宗教信仰、初涉婚姻之河的煩悶、留學求生的遭遇等因素促發了他對生／死問題的思考。在他留學前後的詩歌

裡，生／死意象曾緊緊地糾纏在他的詩歌中。

〈十一年一月二日作〉是一首充滿了生死感的作品。詩歌中，生的意象有四種，即詩歌前面四節中寫到的：第一節中的「火」的意象——「大自然太失管教的驕子！／你那內蘊的靈火！不是地獄底毒火，／如今已經燒得太狂了，／只怕有一天要爆裂了你的軀殼」，這一股火可以視為人的生命欲望。（據《聞一多年譜長編》中所寫，這首詩創作於聞一多為包辦婚姻而煩憂之時，那一期間的他常狂思生死問題。）第二節中的「荊棘」的意象——「被愛蜜餞了的肥心」本是「為滋養些嬉笑的花兒的，／如今卻長滿了愁苦底荊棘」，心被「越捆越緊，越纏越密」。第三節中的「大嘴」的意象——真正了解生活秘密，是「生活底惟一的知己」的「你」，遭受著生活的凶殘，「張著牙戟齒鋸的大嘴招呼你上前，／你退既不能，進又白白地往死嘴裡攢」。第四節中的「螞蟻」的意象——無足輕重的蟻子，「糊裡糊塗地忙來忙去，不知為什麼，／忽地裡就斷送在他的腳跟底」。這四個意象在組成生的意象群體時有一定關聯：第一個意象，火代表著蓬勃旺盛的生命活力。當人們的熱情為著某一事物燃燒的時候，就像那狂燒的烈火，這是生命存在的一種最理想的巔峰狀態。第二個意象，呈露出生存的現實感受——荊棘是束縛生活理想的鎖鏈。當生活被鎖起來的時候，無所謂自由，無所謂快樂，只有愁苦縈心。第三個意象將生與死直接聯繫起來，把生死比作非二元對立的而是二元同一的生存形態 —— 人的生和死都不過是被一個張著牙戟齒鋸的大嘴吞食著。這意象中流露出人對於生存無奈，對死抗爭的懷疑心態。第四個意象站在更遼遠的高度去審視生存境遇，意象的本身有著虛無感——生存不過如螞蟻一般，渺小、碌碌而無為，在生時不可找到自我，操縱自己的命運，臨死也無法預料。這四個意象的聯結，使詩歌的中心意象鮮明起來：生，固然可以似火一樣燃燒起來，但是生命在荊棘中成長，死神隨時守在生的邊上，人不過是一隻不知自身的小螞蟻。生命這般

蕭條，使詩人的歌吟逐漸為另外一種聲音所統領，那便是對死的呼
喚：「死！你要來就快來，／快來斷送了這無邊的痛苦！」在聞一多
的詩中，死，反而成為抒憤式的渴望，心甘情願的請求。在這樣的基
調上聞一多描繪著「死」的意象。

　　聞一多對死亡的讚美遠遠超過了對生存的留戀。如〈死〉一詩
中，死的誘惑在聞一多的心目中是無與倫比的：

> 啊！我的靈魂底靈魂！
> 我的生命底生命，
> 我一生底失敗，一生底虧欠，
> 如今都要在你身上補足追償，
> 但是我有什麼
> 可以求於你的呢？
> 讓我淹死在你眼睛底汪波裡！
> 讓我燒死在你心房底熔爐裡！
> 讓我醉死在你音樂底瓊醪裡！
> 讓我悶死在你呼吸底馥郁裡！
> 不然，就讓你的尊嚴羞死我！
> 讓你的酷冷凍死我！
> 讓你那無情的牙齒咬死我！
> 讓那寡恩的毒劍螫死我！
> 你若賞給我快樂，
> 我就快樂死了；
> 你若賜給我痛苦，
> 我也痛苦死了；
> 死是我對你惟一的要求，
> 死是我對你無上的貢獻。

　　詩的每一節，都體現了詩人對死的嚮往情懷。第一節中，詩人對死懷著崇拜之心，他以為死可以補償人生的缺陷，是人生追求的終極目的；第二節中，詩人把死當作了美的所在，認為死會給人以最美的感官享受；第三節，詩人向死神做懺悔，賦予死以人格道德的力量，將自己當作向「死」贖罪的教徒；第四節中，詩人就像對著上帝一般，對著死唱起讚美詩，重複著自己對死的忠誠與迷戀。從積極一點的角度講，這首關於死的讚美詩流露了近乎變態者的心理畸變，它否認了人類的生存價值。意象的神秘和怪誕使我們忍不住想問：聞一多的生死觀到底是怎樣的？為什麼他會這樣善變意象？

　　若是聯繫起聞一多接觸的西方哲學思潮與文學思潮以及他本身的一些體會，就容易理解為什麼他在意象的安排上會發生那麼大的變化。

　　聞一多在考慮生死問題時，接受了現代西方哲學的影響，尤其是曾使本世紀的文人和哲學家的思想發生了根本性改變的叔本華、尼采等思想家的哲學。叔本華和尼采都一致認為，一切生命的本質就是苦惱，人類徹頭徹尾是欲望和需求的化身，是無數欲望的凝集，人生存在這個世界上，要在推陳出新的嚴苛要求下維持自己的生存，通常都會充滿憂慮和痛苦。一旦人的欲望獲得了滿足，缺少了欲求的對象時，可怕的空虛和無聊又會襲擊他，人的存在和生存本身成為他不可忍受的重負。叔本華還說過，人生在痛苦和無聊之間像鐘擺一樣的來回擺動著，事實上痛苦和無聊兩者也就是人生的兩種最後成分，我們的生存，不過是漫長無涯的生存中一剎那的間奏而已，死後和生前並無不同，因而，生命不論對什麼人來說都沒有什麼特別值得珍惜的，因世界的真正主人是意志，如能善用機會，死亡倒是實現意志的一大轉機，能夠使人的意志掙脫原有的羈絆而重獲自由。尼采則認為，要解脫人生的痛苦，有一條途徑，就是用藝術來拯救人生。這些思想對中國五四文壇的作用力難以估計。像魯迅、許地山、廬隱、白薇等不少思辨性較強的作家在他們的作品中經常借主人公來發表自己對於生

死問題的看法，以致於形成五四時期一股不小的文學潮流。這一段時間內喜好新文學的聞一多亦受此波及（到了四十年代，特殊的國情和經歷使聞一多的生死觀又發生了相當大的變化）。

　　與死亡擦肩而過的幾次事件讓聞一多陷入對生死的思考當中。在聞一多的書信及友人的回憶錄裡記載過：一次是一位叫盧默生的同學因無感情的婚姻而致瘋之事。使聞一多的思想受到很大的震動，他以為自己之事如盧君之事，雖然他以前一直認為藝術和宗教可以使自己得到解脫，但盧君的遭遇讓他困惑，他反問自己「我怎麼敢講得這樣有把握呢？」[19]另一次由同學王朝梅因汽車失事斃命和方來病逝的事情引起。那幾天受到刺激的聞一多「神經錯亂，如有所失」，身邊的友人都以為他會瘋，聞一多向朋友傾訴道「這兩件死底消息令我想到更大的問題──生與死底意義──宇宙底大謎題」[20]。還有一次他因身體不適想起生死問題：「談及生死問題，這正是我近來思想之域裡一陣大風雲，我近覺身體日衰，發落不止，飲食不消化，一夜失眠，次日即不能支持。我時時覺死神伸出削瘦的手爪在我的喉嚨上比畫，不知那一天就要卡死我了。」[21]死亡的陰影徘徊在聞一多的生命空間裡，必然也時時讓他琢磨其中之意。

　　聞一多還屢次提到宗教可以讓他擺脫死亡，宗教可以救他。他所信奉的是什麼宗教？該宗教又是怎樣對待生死的呢？

　　聞一多的宗教觀比較複雜。在清華學校時，聞一多信奉基督教，並去教堂做過洗禮，還常常和上社的同學一起念《聖經》，有選擇地接受了部分教義。到美國後，他放棄了宗教信仰，但有時他又認同基督

---

19 聞一多：《致梁實秋吳景超》，參見《聞一多全集》（12）（武漢市：湖北人民出版社，1993年），頁68。

20 聞一多：《致吳景超》，參見《聞一多全集》（12）（武漢市：湖北人民出版社，1993年），頁78。

21 聞一多：《致吳景超》，參見《聞一多全集》（12）（武漢市：湖北人民出版社，1993年），頁122。

教教義。他曾對友人說：「我失了基督教的信仰，但我還是個生命之肯定者，我的神秘性 mysticism 還在，所以我還是有宗教的人」[22]。從《聖經》的〈哥林多前書〉中我們亦可知道教徒的生死觀，他們認為，死是對生的超脫，「死人」可以復活，「死既是因一人而來，死人復活也是因一人而來」，而且「若不死就不能生」。雖然聞一多和當時的知識分子一樣普遍受到叔本華、尼采學說的一些影響，而且他還被死亡事件刺動過，但是生命意志在他的體內一直頑強地生長著。在致吳景超的信中，他就感慨過：「死有何足畏呢？不過我同你一樣是個生命之肯定者。我要享樂，我要創造。創造將要開始，享樂還沒有嚐到滋味，就要我拋棄了生命到那不可知的死鄉去，我怎甘心呢？」因而我們也不會疑惑聞一多歌頌死亡，其實是他對生的一種肯定。從更廣泛的意義上來看聞一多的創作，都可以說那是他對生命的肯定和印證。無論處在什麼樣的精神痛苦與肉體痛苦之中，他都盡力創作與研究，將痛苦進行能量轉換，企圖彌補並不如意的生存境況，靠詩意棲居在多災多難的大地上。我們可以毫不猶豫地說，不論在聞一多的年少還是中年時期，他從來都沒有消極對待過生命。所以，我們對聞一多寫作〈死〉的同年又創作充滿生氣意象的〈青春〉等詩篇也不會覺得特別奇怪：「青春像支唱著歌的鳥兒，／已從殘冬的窟裡闖出來，／駛入寶藍的穹隆裡去了。／／神秘的生命，／在嫩綠的樹皮裡膨脹著，／快要送出帶著鞘子的／翡翠的芽兒來了。」

　　然而，我們也不能不承認：時代在變，生活在變，人的思想、感受也會發生一定的變化。經歷了留學生活，飽受了羈旅的白眼與歧視，目睹了人們在情感波瀾中的跌宕，體驗過兵荒馬亂中求生的苦難，聞一多肯定生命，也感到生的負擔如千鈞重壓。在〈什麼夢〉、〈夜歌〉、〈死水〉、〈末日〉、〈也許〉等詩歌中，生的意象便失去了

---

22 聞一多：《致吳景超》，參見《聞一多全集》（12）（武漢市：湖北人民出版社，1993年），頁122。

〈青春〉中的朝氣與清新，多的是怪誕幽晦的潛意識或夢中意象：一
位愛心未泯的寡婦被成群的大雁喚醒了生命意識，可是對她來說，
「道是那樣長，行程又在夜裡」，生存環境剝奪了她愛的機會與權
利。「生」對於這位寡婦，只是無盡的「煩悶」，猶如斬不斷的水。這
是一位失去了丈夫的妻子，卻有著孩子的母親。她如果要為丈夫去
死，估計沒有人阻止，或許還可以成為節婦。可是，她若要為了自己
而生，人們便會毫不留情地咒罵她為蕩婦。聞一多在〈什麼夢〉中製
造的就是這樣的生存意象。作為讀者，我們可以把詩中的寡婦理解為
一個舊時的婦女，也可以作為人群中的個體生存意象，詩歌展現的就
是處在生的痛苦和死的痛苦當中的人類心靈。當我們這樣讀解時，這
首詩的內涵無疑得到了加深。

　　同是描寫在生活中掙扎的棄婦，另一首〈夜歌〉的意象中既有李
金髮的〈棄婦〉中的恐怖氣氛，又有魯迅的〈頹敗線的顫動〉刻繪的
荒郊野外中的圖景，但它對生與死進行了一次神秘的聚焦：

　　　　癩蝦蟆抽了一個寒噤，
　　　　黃土堆裡攢出個婦人，
　　　　婦人身旁找不出陰影，
　　　　月色卻是如此的分明。

　　　　黃土堆裡攢出個婦人，
　　　　黃土堆裡並沒有裂痕；
　　　　也不曾驚動一條蚯蚓，
　　　　或繃斷蛸　一根網繩。

　　　　月光底下坐著個婦人，
　　　　婦人的容顏好似青春，

猩紅衫子血樣的猙獰，

蓬鬆的散髮披了一身。

婦人在號啕，捶著胸心，

癩蛤蟆只是打著寒噤，

遠村的荒雞哇的一聲，

黃土堆上不見了婦人。

　　對這首詩的理解也有多種，我們不妨將它視為具有象徵意義的詩歌。按照文化學的分析，婦人指代生命的溫床，土地便是孕育生命的子宮，如在《周易》的符號裡，乾和男性、天空相應，坤與女性、土地相應，並互為喻體。此詩以婦女、土地為中心意象，以青春的女性為土地所生，號啕大哭後又為土地所吞沒為線索，揭示出女性，乃至人類與他的生存環境的依託關係。在這個意義上，詩歌說明的是：生命即便莊重、珍貴，它也不過存在於虛無當中。

　　〈末日〉的生存意象有「露水」的哽咽，「芭蕉的綠舌頭」舔著玻璃窗，四圍的「堊壁」往後退，而作為生命個體的「我」卻感到一人「填不滿偌大的一間房」……這都是在渲染外物對人類造成了精神上的壓迫感，使人感到生的無端空虛與孤寂。詩歌還寫到「我」在心房裡燒火，用「蛛絲鼠屎」和「花蛇的鱗甲」作燃料，靜候遠道來的客人，這種神秘的幻境和不明其因的等待，流露出詩人對生命不知所依的困頓之情。詩歌的末節寫到的「雞聲」和那前來的「陰風」，都不過是外物或外在力量對人類生命發出的警告和威脅。詩歌最後，以「我」跟隨遠道來的「客人」離開房間作為結束，這正是詩人對生命是否永恆的問題作出的棄權回答。

　　這些蘊含生死意象的詩歌使聞一多告別了最初詩歌的即景式描寫。儘管在那些詩歌中也表現了詩人的心理活動與心理感受，可它們

多由自然景象引發，爾後產生感應式意象。在時間意象的詩篇裡偶爾也涉及到時間的流逝，那只是針對自然現象而來，是自然界的變化促使他思考，而不是以自覺精神對存在或本原進行探尋。由於前代詩人詩歌的傳統意象在很大程度上影響著剛剛開始詩歌創作的聞一多，並且他年少單純，閱世太淺，即便他對時間的流逝感觸較深，也難以做到對人的生命存在進行自省式的追問及本原意義上的思考。所以在最初的詩歌中的意象建構上，聞一多並沒有確立他鮮明的個人風格。其次，從人的思維發展來看，對於自身的自覺思考，對於生命意識的自覺悟知，標誌著人的意識在思想領域的進一步深入，只有這樣，人的思想才有可能貼近大地的本根。對一個現代社會的詩人來說，這就是意識形態的現代化。

從以上的詩歌分析中，我們已經看到聞一多在營造生死意象的詩歌時表現出了這種現代化傾向，而且，他本著寫詩而不是作思想的「傳聲筒」的原則，運用了現代詩人普遍偏好的誇張或荒誕的意象來說明其生存感受，用非真實的意象證實實在的生存狀況，這無疑使詩歌具有了現代意味，並達到了一定的哲理深度。

二　愛／美意象

愛與美的文學，是五四前後相應於「血與淚」的文學出現的帶有純美意象的文學。一九二一年的六月三十日，鄭振鐸在《文學旬刊》上首次提出了「血與淚」的文學主張。他認為這是一個「到處是榛棘，是悲慘，是炮聲槍影的世界」，人們應該關心「被擾的靈魂與苦悶的心神」，揭示出社會的醜惡和弊病，使人們為之「哭泣」、「痛恨」。這篇文章在五四文壇引起了相當大的反響，並引發出一場文學討論。在這場討論中人們提出了「愛與美的文學」，他們強調：「因為人生要求血與淚，也要求美與愛，要求呼籲與詛咒，也要求讚歎與詠

歌」[23]，因而，「愛與美」的文學同樣也有存在的價值。在「愛與美」
的文學中，愛與美雖是一體，但它們還不是狹義形式上的愛與美，也
不是單指美麗的語言外表或美好的愛情夢想，是指因為愛而生出愛美
之心、讚美之意，因美而爆發出對人生和世界的愛。比如汪靜之描寫
少年戀愛情感的詩集《蕙的風》，在當年就被認為是「愛與美」的文
學。由於某種緣故，我們的文學史在很長的一段時期內，只接受血與
淚的文學，並把這類文學命名為現實主義文學，卻忽視了愛與美的文
學同樣也表達現實內容，矯枉過正地將它一概定性為唯美主義文學，
連同它們的創作者，一同被壓在文學史的底部。聞一多和徐志摩、朱
湘等這些曾被打入另冊的「唯美」詩人相比，還屬幸運。因為他為正
義而犧牲，他突出的學術成果，都給他帶來了很高的聲望。可是，他
的愛國詩為廣大的研究者和讀者讚譽，抒寫愛與美的詩篇卻很少為人
提及，然而，它們卻不少，還是聞一多詩歌的一大組成部分。如果沒
有創作這些詩歌的經歷，聞一多後來不一定會那麼執著地堅持詩的藝
術性，提出詩的三美理論，甚至也難被人們公認為優秀、傑出的詩
人。這類詩作有〈李白之死〉、〈劍匣〉、〈愛之神〉、〈收回〉、〈雪〉、
〈你指著太陽起誓〉、〈狼狽〉、〈你莫怨我〉、〈也許〉、〈忘掉她〉、〈我
要回來〉、〈相遇已成過去〉、〈奇蹟〉等。

　　對詩歌愛與美的意象追求，首先是聞一多自覺的藝術精神所致。
聞一多認為，藝術是改造社會的急務，藝術不僅要求能修飾自然的粗
率性，讓自然在藝術中顯出其精緻的一面，同時還要滲漬人性。他甚
至還說過，詩歌需要感情，而男女間戀愛（後又認為是愛國思鄉）的
情感是最真最高的，也是最美的情感。其次是聞一多對血與淚文學有
意識的反駁。這種反駁一方面出於聞一多「素喜反抗權威」的性格，
他不願與某種潮流趨同，而甘願做一個逆潮流的弄潮兒。當血與淚的

---

23 朱自清：《朱自清全集》（4）（南京市：江蘇教育出版社，1996年），頁53。

文學像洪水般充斥文壇的時候，他願意用另外一種情態表現人生的愛
與美；另一方面是聞一多受到當時傳播的英美浪漫主義文學影響，英
美文學對愛與美的張揚與聞一多的文學思想有著某種契合，因此，他
會贊同並實踐這一文學主張；其三，聞一多想用愛與美的藝術來彌補
自身血與淚的人生缺憾，為理想的轉移建設新的橋梁。

　　對於愛與美的意象營造，常常是結合自然意象，突現官能上和感
覺上的美感。例如〈我要回來〉這首詩，在抒寫愛的同時就展現了美
的意境。這裡以其中的一、二節為例：

　　　　我要回來，
　　　　乘你的拳頭像蘭花未放，
　　　　乘你的柔髮和柔絲一樣，
　　　　乘你的眼睛裡燃著靈光，
　　　　我要回來。

　　　　我沒回來，
　　　　乘你的腳步像風中蕩槳，
　　　　乘你的心靈像癡蠅打窗，
　　　　乘你的笑聲裡有銀的鈴鐺，
　　　　我沒回來。

　　這首詩的第一節寫的是肉體、姿態的官能之美：其中第二句將
「你」的拳頭和未開的蘭花聯繫起來，突現視覺上的美，第三句從觸
覺上體現撫摸「你」的頭髮與接觸細膩的絲線有著相同的感受，第四
句描繪了「你」的眼睛，把「你」對愛的激情通過「靈光」的投射而
反射出來。第二節的意象同樣是圍繞著「你」，不是視覺上的，而是
感覺上的美：「風中蕩槳」的意象，並不求它細節的真實，但它能夠

啟發讀者記憶中的體驗，將它嫁接在「腳步」上，留下輕輕而柔緩的節奏聲。「癡蠅打窗」本不是一個美的圖景，可是由癡蠅身上體現出的是一份癡情，就像在說，「你」若有所思不知何故的發呆宛如癡蠅在盲目地打著窗臺。這樣一個比喻間接地把「你」的怦怦心跳的情態饒有趣味地展露出來。「笑聲裡有銀的鈴鐺」，是詩人借用通感的表現手法來形容「你」的聲音留給「我」的銘心印象。

　　聞一多的這類詩歌可能會使一些人提出疑問：這樣的詩歌到底說明或表現了什麼？它們的現實意義何在？其實，表現愛與美的詩歌，它被質問的不應該是它所謂的中心思想或教育意義，它體現的應該是愛與美的本身。我們不排除文學不但包含著純美的意象，而且也有它的社會意義及其他可能的意義。然而，由於我們在文學接受上長期存在著一個固定的為人們所認同的思維模式，以為每一篇作品非得透露作者的思想感情或立場觀點不可，不然，讀者就難以接受它。人們的這種觀點和作法在無形中已經造成了文學消費上的偏食症，嚴重影響了讀者對文學作品的多角度接受。對於一個作者來說，他的創作不一定都是代上帝而言，代救世主而言，他可能想代自己而言，可能想在作品中體現崇高，表現他認為的美，表達他的愛。人們也許還會問：若是愛與美的文學有其具體標準，它們又是什麼？儘管文學中愛與美的具體標準在每一個接受者和創作者心中都不盡一致，就像文化人類學家證明每個民族都有他們各自獨特的道德觀和審美觀一樣，然而，在某種程度上又不可否認：它們都是對人類的愛的禮讚，美的頌歌。最為重要的是，它們要讓人們感受到人間的溫暖和聖潔的感情，使人們的理想和憧憬不至於像泡沫一般很快地從現實中消逝。愛與美的文學可以為人們保留著永久的希望、熱情、純潔、信念和理想。正因如此，我們對聞一多這類詩的接受也應抱著寬容的態度，只有這樣，我們才能夠平心靜氣地對聞一多，乃至對新月詩人作出重新的評論，給他們的風格以實事求是的評價。像新月詩人，再往後還有現代派作

家，他們與「血與淚」的作家們普遍不同就在於：他們不樂意成為身外事物的贗本，也不想傳達過於普通的合聲，常常渲染或偏愛表達自己對靈智的感覺，這樣的文學絕不是無價值的文學。就如面對美術大師所作的人體肖像或素描圖畫，對一個美術工作者來說，這裡藏蘊了高超的技巧和豐富的語言，而對一個外行來說，肯定會認為它遠不如相片寫實、清楚。聞一多的詩歌體現愛與美的價值也正像美妙絕倫的人體肖像或素描圖畫，它們給我們帶來感官上的超凡享受，使我們會被它牽引著去奮力追尋傑出的靈智和美好的信念。

　　一旦拋棄明確的功利審美目光，我們還會看到聞一多詩歌在表現愛與美時，常超脫現實中的愛與美，到想像當中去尋找愛和美的集合體。譬如〈劍匣〉中的「劍匣」就是這樣的一個意象。詩中的抒情主人公曾是一個執劍沙場的驍將，後來成為一個遠離塵世喧擾的工匠，他每天沉迷的工作不是拼殺和激戰，而是把所有的珍寶「鑲在劍匣上」，描出「白面美髯的太乙／臥在粉紅色的荷花瓣裡，／在象牙雕成的白雲裡飄著」，用「墨玉同金絲／製出一只雷紋鑲嵌的香爐；／那爐上炷著嫋嫋的篆煙，／許只可用半透明的貓兒眼刻著」，在「煙痕半消未滅之處，／隱約地又升起了一個玉人」，還雕著三頭六臂的梵像，用「珊瑚作他口裡含著的火，／銀線辮成他腰間纏著的蟒蛇」，鑲出的「瞎人」在「竹筏上彈著單弦的古瑟」，讓「翡翠，藍瑠玉，紫石瑛，／錯雜地砌成一片驚濤駭浪；／再用碎礫的螺鈿點綴著，／那便是濤頭閃目的沫花了，／上面在籠著一張烏金的穹隆，／只有一顆寶鑽的星兒照著」，在劍匣的邊上，裝飾了「盤龍，對鳳，天馬，辟邪底花邊」和「芝草，玉蓮，卐字，雙勝底花邊」，「又有各色的漢紋邊／套在最外的一層邊外，盒子的角花鑲著蝴蝶」，「玳瑁刻作梁山伯，／璧璽刻作祝英臺，／碧玉，蘇瑛，白瑪瑙，藍琉璃，……／拼成各種彩色的鳳蝶」。讀著詩人對這樣一只精工細雕的劍匣的描寫，我們也好像跟他走進了故宮的珍寶館。詩中的匠工為之

陶醉，不分晨雞報曉還是燭光抹額，最後為劍匣的美收起了立過戰功
的兵器，甚至把自己的生命也敬獻給了這份美。如果我們要從常理上
去分析詩歌的意思，它絕對違背了我們傳統教育中要求建功立業的教
諭。一位蓋世的驍將不在沙場馳騁，卻在雕刻喪志的玩物，從這一層
面去看，詩歌簡直就沒有任何積極的社會人生意義。要是從美的角度
去欣賞這首詩，我們便可以參與詩人的想像，體悟他在劍匣上創造出
來的耀目奪彩、精心雕畫的美，體會匠工在創造時對劍匣產生的愛，
這份愛完全超越世俗，是一種純精神的愛。這時，我們還會聽到美在
召喚……。

　　愛與美的意象，顯然與自然意象不同：自然意象借助自然的物象
傳達情志，愛與美的意象卻常用自然物象作為象徵意象，傳達出個體
對愛與美的精神上的追求。〈劍匣〉中匠工對於劍匣就是如此，劍匣
被匠工（詩人）當作了愛與美的意象。與此相似的，還有被新月同人
認為是「奇蹟」（聞一多停筆三年後的創作）的〈奇蹟〉，那詩中為詩
人苦苦等待的「奇蹟」，也正是愛與美的象徵。「奇蹟」美在何處？詩
人從沒正面去描寫它的美，就像那個被世人當作絕代美人的海倫一
樣，為她掀起的一場戰爭足以說明她的美貌。此詩中，詩人只是說，
沒有這「奇蹟」，「靈魂是真餓得慌」，他要的「本不是火齊的紅，或
半夜裡、桃花潭水的黑，也不是琵琶的幽怨，／薔薇的香」。從視
覺、聽覺、嗅覺上，詩人都拒絕了這些本來就迷人的東西，即使是人
們認為高尚的道德品格，詩人也不滿足，他承認「我不曾真心愛過文
豹的矜嚴，／我要的婉孌也不是任何白鴿所有的。／我要的本不是這
些，／而是這些的結晶，／比這一切更神奇得萬倍的一個奇蹟」。與
「奇蹟」相比，詩人還認為「一樹蟬鳴，一壺濁酒，算得了什麼；／
縱提到煙巒，曙壑，或更璀璨的星空，／也只是平凡，最無所謂的平
凡」。詩人還說，只要等來了「奇蹟」，他就要馬上「拋棄平凡」，也
不再去鞭撻著「醜」，他只想要「整個的，正面的美」。為此，他願意

等，「不管等到多少輪迴以後」，只求等到那「日，月，一切的星球的旋動早被／喝住，時間也止步」的一剎那，永恆的時刻來臨，能夠見到「半啟的金扉中，一個戴著圓光的你」，那個等待已久的「奇蹟」。這個「奇蹟」本身成為詩人賦予的一個象徵，它象徵著人生的終極追求，對愛與美的追求。就〈奇蹟〉的創作目的和創作內容來說，不似血與淚的文學那樣，把人們都拖入黑暗污濁的現實社會，而用純潔的愛和美，將人們的靈魂引入了極美極愛的超俗殿堂。

三　文化意象

　　文化意象是指用傳統文化中的典故加工合成的意象。如果說，聞一多詩歌的生死與愛美意象加重了詩歌的哲學色彩，那麼，文化意象則使他的詩歌顯示出歷史意義，展現了歷史蘊藏和文化積澱。

　　聞一多一向注意自己的國學修養，無論是在學校還是在家中，他常常流連於中國傳統的文化典籍。留美時，他參加組織了「大江學會」，學會的章程就是提倡國家主義，熱愛民族文化，「文化乃國家之精神團結力也，文化摧殘則國家滅亡矣，故求文化之保存及發揚，即國家生命之保存及發揚也」[24]。坦承自己是熱愛東方雅韻文化的「東方老憨」聞一多，為了提倡國家主義，展開救國運動，他創作了不少的愛國主義詩篇，如〈我是中國人〉、〈長城下之哀歌〉、〈秦始皇帝〉、〈南海之神〉、〈愛國的心〉、〈七子之歌〉、〈醒呀〉、〈漁陽曲〉等。雖然這些詩歌和前面所提到的兩類詩歌有很大差別，即詩歌很少從自然景物中借取意象，在詩歌寫作上也有明確的功利目的，按照我們傳統的文學史和固有的接受觀，人們或許對這一類詩歌的興趣更大。事實上，詩歌意象中所包含的文化因素更值得探究。

---

24 參見聞黎明、侯菊坤編：《聞一多年譜長編》（武漢市：湖北人民出版社，1994年），頁291。

　　這類含有文化意象的詩歌，它們的意象大致由以下幾種物象組成：

　　一是歷史上著名的人物和史實。如〈秦始皇帝〉、〈漁陽曲〉等詩，取自於歷史，又不同於歷史詩。歷史詩是在完全真實的歷史事實上書寫，而聞一多的這類詩歌在意象的形成中包裹了詩人的意向，是詩化的歷史。

　　在聞一多的文化意象詩歌中，我們能夠與曾出現在子史經集中的學者文人老聃、宣尼見面，也能遇到「吟著香草美人」的屈原，還有「餓死西山和悲歌易水的壯士」（〈長城下之哀歌〉）；同時，我們還會在聞一多的提示下，想到自己「心裡有堯舜底心」，「血是荊軻的血」（〈我是中國人〉）；還可能在詩歌眾多的文化意象中重新解讀歷史。譬如，眾所周知的秦始皇，他被載入史冊的功績是滅六國、統一中國、統一文字，可是，聞一多的〈秦始皇帝〉以這些歷史為背景，用了一個「黑狼」的中心意象來表現秦始皇。詩是這樣寫的：

　　　　荊軻的匕首，張良的大鐵錘，
　　　　是兩隻蒼蠅從我眼前飛過。
　　　　我肋骨檻裡囚著一隻黑狼，
　　　　這一隻黑狼他終於殺了我。
　　　　我吞噬了六國來餵這黑狼，
　　　　黑狼餵肥了，反來吞噬了我；
　　　　我築起阿房來讓黑狼遊戲，
　　　　他遊倦了，我們一齊都睡著。
　　　　如今什麼也驚不醒我們了，
　　　　鉅鹿的干戈和咸陽城的火……
　　　　多情的刺蝟抱著我的骷髏，
　　　　十丈來的青蛇纏著我的腳。

　　這隻「黑狼」絕對沒有被歷史學家或文學家寫進過典籍經書當中，這是聞一多獨特的意象，它用來指代什麼呢？從詩歌的抒情人物與黑狼的關係看，黑狼是抒情人物「我」的肋骨中的一個生物，然而它又不屬於「我」（「我」曾吞噬六國，以此來推測，「我」即是秦始皇），即是說，黑狼不屬於秦始皇。第二節中寫到黑狼反倒吞噬了秦始皇，秦始皇為了它築起了阿房宮。那麼，黑狼是秦始皇的對手，還是秦始皇的俘虜，或是秦始皇的野心呢？聞一多並沒有直接給我們答案。但我們可以從詩中加以判斷，它應該是後者。因為第三節給我們提示：儘管秦始皇取得過足以彪炳史冊的功勳，可是，野心使他無情地毀滅了自己，最後僅剩刺蝟與青蛇與他作伴，陪著他的屍骨。從詩歌的意象創作上來說，黑狼是秦始皇的一個意象指代，是一個充滿了文化含義的獨特意象。

　　另一類是由祖國的山河物象組成。這與空間意象不完全相同，此類意象並不含自然界中的山河物象，它們是具有歷史文化意義的山河，幾乎沒有四季的變化，實際上是經過人格化了、道德化了的山河。

　　如〈七子之歌〉中，它就有澳門、香港、臺灣、威海衛、廣州灣、九龍、旅順、大連七個地方作為詩歌的物象，詩人將它們意象化，把中華民族比喻成母親，將「與中華關係最親切」的七地比喻成七個兒子。在詩中，詩人還注意在地理因素之外滲入它的文化積澱。以第三首臺灣之歌為例，詩歌共有七句，其中第三、四句就顯露了歷史的痕跡：「我胸中還氳氤著鄭氏的英魂，／精忠的赤血點染了我的家傳」，詩句中暗示了明代鄭成功率軍到臺灣，趕走倭寇，收復臺灣島的歷史。有了這一歷史魂靈，東海琉球群島中的這座寶島就不只有自然的意義，而有了歷史和文化的意義。第五、六、七句是「兒子」（臺灣）向「母親」（中華民族）請戰：「母親，酷炎的夏日要曬死我了；／賜我一個號令，我還能背城一戰。／母親，我要回來，母親！」這麼幾句富有表演性的詩句容易讓我們聯想到許多歷史片段，

諸如岳母刺字送兒抗金，楊家將舉家報國、為國雪恥等忠孝之舉。這些民族性的歷史積澱就滲透隱藏在詩句中。

　　還有一類用了典型的民族物象。如〈憶菊〉，這首詩的創作因中國傳統的重陽節而作。按中國的風俗，在重陽節這一天，人們以登高、飲酒、賞菊作為敬老活動。詩人也就借其中的菊花為主要意象，盡量鋪寫對菊花的回憶，將菊花當作民族的象徵，將菊花的歷史當作民族的歷史。他歌頌菊花是「東方底花，騷人逸士底花」，問道：「那東方底詩魂陶元亮／不是你的靈魂底化身罷？／那祖國底登高飲酒的重九／不又是你誕生底吉辰嗎？」經過詩人意象化了的菊花，更有了它的民族性和歷史性含蘊，這又使詩人會對回憶中非自然物的菊花深情地稱頌：「啊！四千年華冑底名花呀！／你有高超的歷史，你有逸雅的風俗！」另一首〈口供〉中的第一節同樣也集結了含有中國文化意蘊的多種物象。如詩中象徵人格高尚的「白石」、「青松」、「高山」和「菊花」，都與詩人胸中的民族情結分解不開。

　　就以上聞一多詩歌文化意象的構成來說，他用的是典故，並有其用典特色。遠與宋代的江西詩派的風格來比較，因為時代的原因，江西詩派體現出學者文人的理性化特色，他們遵循「奪胎換骨，點鐵成金」的寫作法則，從古代的經典或詩歌中借用意象來書寫自己的情志。聞一多生活的特殊環境促使他走了另一條路，那是一條與現實密切結合的路。聞一多詩歌中的文化意象儘管也包含著文化典故，可是他非常自覺地採用種族的意象，類似榮格所說的民族的「原型」意象。近與郭沫若詩歌中的文化意象相比，聞一多所作的又是另外一種選擇。郭沫若的詩歌無論是〈鳳凰涅槃〉還是借自阿拉伯與中國神話傳說的〈女神〉，甚至在他的戲劇〈卓文君〉等作品中，他都是以一種狂飆突進的時代精神作為取捨標準，有從大處著筆，大聲鏜鎝的氣象。聞一多「點鐵成金」的不是文化的經典，也不是五四時期那種時代的召令，他的生存境況更讓他想到民族的生存空間，種族的生存精

神和生存方式，所以他的文化意象選擇了具有民族特色的種種個體物象，如祖國的山河大地、種族歷史、民族偉人，還有象徵民族精神的花草等。並且，由於其種族特性，使它們本身附著的民族文化的實質內容，乃至細節的特徵也得以突現。對中國當代詩歌有所了解的讀者或許還會在聞一多的這類文化意象詩中看到許多熟悉的東西，如朦朧詩之前的大部分政治抒情詩，有著和聞一多的詩歌意象相一致的地方：令詩人們常常熱情高歌的是對於祖國、民族、人民和領袖的一種愛。從意象的成分上分析，這類詩歌和聞一多的詩歌還是有著本質上的差別：前者帶有明顯的政治態度，詩歌作者們總是懷著感恩戴德的心理對勝利者進行歌頌，共性淹沒了詩人的情感個性，表現出一種類型化的感情。聞一多這類詩歌的意象出於對民族文化的感念，又依據他個人的理解，有的詩歌被賦予了非常濃烈的個性化感情，因而它們至今還能感動讀者。

第四節　意象的美學特徵

詩歌的意象與詩人一樣，千差萬別。就聞一多同時代的詩人而言，郭沫若詩歌意象中的「天狗」、「女神」等都煥發著青春氣息，對於前面橫亙的世界，有不可一世的爆炸力和摧毀力。它們永往直前，無所羈絆。徐志摩的詩歌意象，或如嬌弱含羞的蓮花，或如康橋邊的夕陽，都充滿了柔媚的情調。聞一多與這兩位詩人相比，他的詩歌意象又另有一樣風格。若論構成意象的心理狀態，我們可把詩歌意象成熟期的郭沫若比作好動的少年，徐志摩比作多情的青年，聞一多卻只能比作少年老成的人——他時而天真如稚兒，時而嚴謹如書齋中足不出戶的老文人。就他的詩歌說，自然意象的詩篇多為早期創作，充滿了浪漫主義色彩，風格秀麗而神奇，意象隨意轉換、承繼的特點比較明顯。聞一多含有人文意象的詩篇漸入創作佳境，如「死水」、「靜

夜」等詩歌意象代表了聞一多意象的最高成就。它們神秘而冷峻，詩
中的意象風格至今還是聞一多的專利，享有聞一多特殊的防偽標誌。

　　自然意象向人文意象轉變的過程，是聞一多詩歌由浪漫風格向現
代風格轉變的過程，標誌著他的意象從傳統走向現代。當我們將聞一
多的詩歌置於中國現代詩歌史，可以認為，聞一多是一個自浪漫主義
向現代主義過渡的詩人。

　　無論是人類的思想史還是文學史，都涉及到一個常識性問題：人
類是先認識自身還是先認識自然？這一問題雖貌似平常，就如「蛋生
雞還是雞生蛋」的問題一樣，對思想家和科學家又都是棘手的難題。
我們可以不對它們作出回答，但是不妨作一段歷史的快速掃瞄：文學
作品的歷史開始於人們改造大自然而生出的感慨和對大自然的描繪；
然後，又有因大自然變化而產生的人生感觸之作；之後，人類才將自
己與周遭的生存環境聯繫起來，尤其是在生存環境失去常態平衡，對
人類生存造成壓迫、形成危機的時候，人類或依舊面向自然或轉向自
身，作品也有了不同的指向。一般說來，無論何種形式，只要人類的
思考不停滯，每一天都有可能給文學帶來一個巨大的轉機，劇烈的社
會改革運動也會在文學中得到強烈的反映。文學審美就這樣隨著思想
史社會史的推進在變化著。單就中國文學看，由於中國的思想家成熟
於先秦時期，儒家文化作為中國的主流文化一直統治著意識形態，中
國文學的主流意識毫無疑問也從屬於它，這樣便形成了中國文學以儒
家的「溫柔敦厚」、「中和為美」為核心的政教倫理與審美結合的主
流。思想家的先期工作在中國文學尚未成熟之前完成，使中國的文學
家得以卸去思想啟蒙或思想傳播的重任，儘管也有很多文人始終以屈
原為憂患意識的文人典範，文人終究很少成為獨立的思想家。我們曾
為自己的傳統詩歌自豪，一旦對比西方詩歌歷史，就會發現：唐代以
後，我們詩歌機體內漸漸缺少新鮮的血液，無論是對自然抒情，還是

抒發自己的大志，對身邊的危機總是隔靴搔癢，麻木不仁，主體意識日趨微弱，直至現代詩歌，太像一個貧血的病人。在這個意義上，我們再評價五四新詩運動，可能就會想到，胡適等人的革新雖一步難以到位，仍背著沉重的包袱，但他們畢竟指出了部分病症，引起了「療救的注意」。在這樣的文學背景當中，我們再來看聞一多的詩歌意象，也一定會重新對他的詩歌作出更恰當的評價。

聞一多的詩歌意象從對自然的模仿起步，從對前代詩人自然意象的揣摩開始，這對於任何一個詩歌隊伍中的新成員似乎都不必大驚小怪，這不僅是人們思想發展的一個規律，也是文學創作的正常狀態，他拾起的不過是人類長河中的一塊小小的「碎片」。在聞一多自然意象的詩篇裡，有春天的活躍的生機顯露、嫩綠的小芽初長、浴人靈魂的雨剛過；有秋天斑斕的色彩，紅的、黃的、粉的菊花，白的、綠的、金黃的楊樹……它們美麗卻並非真實地生存在大地上，它們的美麗或許源於一種想像，是聞一多早期以「美」為藝術的鵠的的結果。這些浪漫的意象在想像中安頓下來，給聞一多青春浮動的情感以詩意的休憩，也使聞一多感到自己與古代詩人詩脈的連通。雄奇與秀麗、豪放與纏綿在聞一多的詩歌中交織成象，它們使聞一多敞開了多情、無羈的年少心靈。

聞一多在建構自然意象的時候，也是他醞釀詩歌新意的時候。在那些自然意象詩篇裡，我們讀到了自然世界的言語，春夏秋冬的情思變化，這都有他的主體意識間入，並使詩歌擺脫了春憂秋愁的常規模式，具有詩人獨特的時空意識。他雖也使用了一些常規物象，然而，他的意向滲透使這些傳統意象出乎傳統，帶上了現代人的思想品格。

在〈紅燭〉、〈孤雁篇〉、〈紅豆篇〉等詩篇中，儘管聞一多不避嫌疑，在詩的題頭引用過這些意象的原始出處，他仍敢於大膽地借助它們原有的部分含義，賦予新的意義。聞一多的「紅燭」已不是李商隱的流淚相思燭，他的紅燭被灌注了一種類似宗教性質的獻身精神：

「莫問收穫，但問耕耘」；聞一多的「孤雁」雖也是一個遊子的象徵，但孤雁甘願孤身前行，拋卻原先的種種舒適和友人同情的呼喚，為的是實現自己的使命；聞一多的「紅豆」寄託了相思之情，然而相思不但有苦味、甜味，還有酸味、鹹味，這是因為詩人在用自己的思想來咀嚼它。

人文意象的出現，使聞一多的詩歌意象全面地成集團軍式地向現代詩歌演變。儘管詩歌對「生與死」、「愛與美」的思考還沒有哲學家來得深沉，可是它們在加深詩歌內涵的基礎上，使詩歌的現代意義更加鮮明，透射傳統陰影的光芒更加銳利，詩歌意象更顯出現代詩歌的沉思性和悲劇性品格。

甚至我們還可以這樣評價：在象徵主義詩歌風格上，聞一多與李金髮一樣，在二十世紀二十年代，促長了中國現代主義詩歌的萌芽。

聞一多早期自然意象的詩歌含有象徵的意味，這時的象徵僅僅作為一種創作手法被用來表現自然意象，用「紅燭」來象徵一種人的道德品格，用「孤雁」來指代脫離家園的遊子，用「西岸」來象徵真善美的一種理想的境界，究其風格，仍被浪漫主義風格所統領，意象上多有浪漫主義的感傷或激情。象徵主義與浪漫主義的美學標準背道而馳，它們在逃避直抒胸臆，在客觀世界中尋找傳達情感的「客觀對應物」，講求用冷靜替代抒情，用對醜的揭示取消對美的歌頌。在聞一多的人文意象和文化意象的一部分詩歌中，我們會發現聞一多一改對王爾德、歌德、丁尼生、濟慈的崇仰，將真善美作為詩歌的終極寫作目標，卻另在詩中豎立了新的偶像和新的寫作範式，那就是波德萊爾及其象徵主義跟隨者，和他們以醜為美的奇特風格。

一八六六年，在巴黎的《費加羅報》上，詩人讓‧莫雷阿斯發表的〈象徵主義宣言〉一文中，正式提出「象徵主義」的概念，並表示該理論反對白描外物和刻板描述抽象概念，也不同意直抒情感，而是要求詩人通過暗示、聯想或通感的手法，隱秘曲折地表現內心對外物

的感應，並用色、味、香的具體形象表現出來，總體風格則追求神秘和朦朧。

　　假若嚴格地按照西方的象徵主義宗旨來看聞一多的詩歌，具有象徵主義風格的應是：〈死水〉、〈夜歌〉、〈末日〉、〈奇蹟〉等這些富有生命意識的詩歌。如果不從意象的構成而從道德的標準上來判斷，這些詩歌幾乎都與善無關。和常人眼中的美比較，它們與世俗的美也不相符。

　　聞一多為什麼會穿越浪漫主義豐茂的大草原而步向象徵主義充滿幽魂的墳場呢？

　　這有他自身的原因。

　　一九二〇年，聞一多注意到了現代藝術的發展趨勢，在同年發表的〈電影是不是藝術〉中，他就提出了「現代藝術底趨勢漸就像徵而避寫實」。二十年代中期後，現實對理想的槍殺，把聞一多的「愛走極端的」性格激化出來，於是就有了「以美為美」向「以醜為美」發展的趨勢。而且，英美象徵主義此時正在中國廣泛傳播，《新青年》、《新潮》、《學燈》、《小說月報》、《創造週刊》、《少年中國》、《語絲》等在年輕人中頗有影響力的報刊雜誌上，大量地刊登了象徵主義的譯詩、理論介紹文章，比如波德萊爾《惡之花》一類的詩歌在那時候就通過周作人及其他詩壇前輩的譯介，在中國文壇熱鬧地開放了。留學美國的聞一多和國內友人通信時，常常提到或介紹一些外國詩作，早期以浪漫派歌德、濟慈、丁尼生等人的作品為主，後期則大談特談象徵派和意象派的詩歌，可見他對西方現代詩歌的偏愛。意象派和象徵派本身有著某種類同，象徵主義追求詩歌的音樂性、造型性和神秘性，意象主義詩人則認為詩歌的意象存在於形式、顏色和聲音中，包含很強烈的抽象意義，這些都和強調要有「濃麗繁密而且具體」的意象的聞一多的詩學觀有相似之處，自然會引起聞一多的強烈共鳴。國內「異軍突起」的李金髮及一群尋找反叛傳統詩歌方式的年輕詩人，

對象徵主義的效仿給詩歌界帶來新鮮氣息，無疑也對聞一多正逐漸形成的文學觀念產生直接的影響。況且，聞一多一直有融合中西藝術的想法，曾在指出郭沫若的〈女神〉是成功之作時，就提出文藝應做「中西藝術結婚後產生的寧馨兒」。由此可知，這些因素促成聞一多在創作中追求中西藝術的融合，並突破傳統意象而向現代性意象轉變。

　　然而，同是追求在中與西、傳統與現代的意象結合，聞一多的象徵主義就不同於西方的和李金髮式的象徵主義。在解讀詩歌意象時，我們不妨對此進行分辨，考察聞一多如何融匯這些意象因素，又在何種程度上影響著中國的新詩。

　　在聞一多後期具有現代氣息的詩歌裡，意象大多不是以美為美而是以醜為美，不是以善為美而是以惡為美（〈奇蹟〉除外）。神秘的筆調，也不同於早期描寫自然界生命的萌發、生長與消逝的神秘感，後期的神秘表現的是宗教信仰上的神秘。

　　如〈末日〉，是詩人對《聖經》中講述的末日的一次想像。詩歌中的所有物象無論是「芭蕉」、「露水」、「堊壁」、「蛛絲鼠矢」，還是「花蛇的鱗甲」，都沒有流露出詩人褒揚或低貶的道德批評，而是將它們的物象交融成為恐怖的意象，突出其宗教色彩，使詩歌的超驗性質和形而上的意味特別濃郁。另一首〈夜歌〉同樣含有信仰特色，也是對生死的探尋，但它與〈末日〉的文化背景又有所不同。它包含著中國民間的信仰成分，以神秘的「鬼」文化作為詩歌的背景，整首詩中回流著鬼魅的氣氛。在意象的構成上，詩人採用人們意識中的醜陋物象「癩蛤蟆」、「蚯蚓」、「荒雞」等，視覺上安排了不協調的色彩物象「黃土堆」和「血樣的猙獰」的「猩紅衫子」，還有並不優美的姿態「婦人在號咷，捶著胸心，／癩蛤蟆只是打著寒噤」來渲染詩歌的氣氛。詩歌意象的神秘性使詩歌的表現對象也籠罩著神秘色彩。在這些詩歌裡，我們不可能確指〈末日〉中的那位「客人」到底是何人，也不清楚〈夜歌〉中的「婦人」到底為何號咷大哭，又為何在雞啼聲

中莫名失蹤。〈奇蹟〉中等待的「奇蹟」又是什麼,是「半啟的金扉中,一個戴著圓光的你」!「你」又是什麼?是渴盼良久的愛情降臨,還是心儀浪漫的理想實現,或是幻想中的夢境拜訪⋯⋯都有可能,也許又都不是。這種非單一又非直接的神秘性,正是象徵主義者們所設想的朦朧暗示的藝術目標。

象徵主義詩歌往往在揭示現實的醜惡時,流露悲觀厭世的情緒,詩人們企望在詩歌的書寫中達到另一個「彼岸」。如象徵詩人魏爾侖對悲傷的抒發:「啊悲傷,悲傷是我的靈魂,／這是由於,由於一個女人」(〈啊悲傷,悲傷是我的靈魂〉)[25];夏芝感歎著「戀愛衰頹的時光已經來侵襲我們,／我們的悲哀的靈魂現在是疲倦又消損了;／讓我們分別罷,趁熱情的季候忘卻我們之前」(〈木葉之凋零〉)[26];李金髮在詩歌中也充滿了「太息」:「我恐怖衰老的傴僂來臨,／我憂懼不自愛的人類,／在我身後崩毀,我擔心／手栽的花盆,且無人灌溉,／我慮著在此擠擁的人群,／沒有我棲止的場所」[27](〈太息〉)。聞一多包含象徵主義因素的詩歌雖也有悲哀感,卻很少消沉。詩人不願隨意屈從的性格傲立在詩歌中:他用不曾破滅的理想主義繼續營造詩歌的意境,儘管詩歌中的意象已是滿目瘡痍、遍地狼藉,〈死水〉中的奇紅怪綠的那潭死水,既成為消滅詩人的內心幻想的物體,同時也是刺激詩人激情的象徵物。詩中寄予的思想和情感既和浪漫主義的風格相近,又與象徵主義的審美態度相關,而且這正是當時所需要的一種時代精神。這,體現出聞一多詩歌風格的包容性和過渡性特徵。

如果說李金髮在詩歌意象上引導了中國現代詩人向西方現代象徵主義詩歌發展的方向,而聞一多在詩歌意象上又匯出了一條連接中國古代詩歌傳統,朝著世界詩歌潮流行進的現代化道路。

25　《外國詩》(1)(北京市:外國文學出版社,1983年),頁26。

26　《〈現代〉詩綜》(南昌市:江西人民出版社,1988年),頁253。

27　《〈現代〉詩綜》(南昌市:江西人民出版社,1988年),頁52。

　　詩歌意象說，關涉到整個詩歌藝術理論和實踐：詩歌到底需要還是應該摒棄意象？假如詩歌需要用意象來構成，是否要求它們就是聞一多早期所說的「濃麗繁密而且具體的」意象？就聞一多而論，為什麼後來他不大強調意象的具體可感性而在詩歌的意象中灌注人文精神？當我們認同聞一多的詩歌意象出現了現代化傾向，是否又認定有了現代人文意象的詩歌便是好詩，進而推之，現代的詩歌一定就是好詩呢？

　　要回答這些問題，還應該把我們過去和今天的詩歌作為參照系。

　　如前所述，中國詩歌意象及其理論成熟於唐朝。唐代之後，儘管一浪接一浪的詩人對成熟的唐詩提出挑戰，詩歌意象始終作為詩歌不可缺少的重要核心成分。因為，詩歌畢竟不同於後來興起的小說、戲劇等敘事文學作品，詩歌這一體裁決定著它特殊的文學性。它的主要功能是用簡練的文字抒寫情懷，還要有把捉不盡的綿長意味，所以，詩人們和理論家們都不輕易忽視詩歌意象。近代以來，清末的「詩界運動」和五四白話文運動對詩歌意象進行過一次不小的衝擊，梁啟超、胡適和陳獨秀們強調詩歌要「我手寫我口」，「話怎麼說就怎麼寫」，這些意識形態類的指導綱領使詩歌走向了一條世俗化的敘述性道路，實際上這對詩歌的發展是不利的。聞一多在評論詩歌時多次強調詩歌的意象，在那個時代的新詩人和新批評家那裡，他的言詞和說法都顯得有些悖時，真有「東方老憨」之態，事實上也沒有取得他的預期效果。那時期大多數詩人熱衷於談論時代的精神和階級、主義、大眾，即使是不大關心社會而專注於詩歌的理論家，也把研究視域調整轉向西方的詩歌和詩論。

　　聞一多為什麼在早期重視意象，堅持意象一定要「濃麗繁密而且具體」呢？若說他的知識結構使他作出這樣的言說，有一定可能。但客觀來論，從古至今的優秀詩歌打動我們，首要的就是詩歌的意象，它始終成為詩歌領域一個古老而常新的理論問題。我們現當代的新詩

史上也列舉過不少詩人，為什麼會隨著時間的推移，在讀者的印象中，常常只有了對詩人名字的羅列，卻喪失了對他們詩歌的記憶，儘管這些詩人與我們近在咫尺。這是什麼原因？

其實，這都涉及到了詩歌意象的內在組成與外在影響因素的問題。

從詩歌的接受來論，詩歌主要不是為了滿足視覺或聽覺等感官的直接需要，也不是為了論證某一種思想觀念存在的可能或可行，詩歌最主要的本質是抒寫情懷。情感如要為人接受，它就需要有一定的形象，通過文字的傳遞才能感染讀者。因此，詩歌的意象必須突破文字的限制，使形象在讀者的內心活動起來。

聞一多「濃麗繁密而且具體」的意象說是針對讀者對詩歌「形」（造型和色彩）的要求而言，這還只是針對意象「形」的一個方面的規定。意象既可以「濃麗繁密」，當然也可以清新空靈；既可作有形有色的繪造，還可以充入各種情感因素。聞一多對意象的這種要求僅為意象風格中的一種，只代表了他的一家之言。

意象的主要任務是表現感情，為了完成這一任務，詩人可通過感受自然世界中的具體物體，尋找情感的客觀對應物，鑄造文化積澱的結晶體。然而，具體意象又與詩人的文化傳統、時代變化相聯。我們為什麼能夠很容易地進入中國古典詩歌的氛圍？因為我們從小就在中國文化的薰陶中，對許多詩歌意象如「春花秋月」、「朝霞夕陽」、「飛鴻歸雁」有特別的解讀能力。時代精神也是促使意象發生變化的不可忽視的因素。以「太陽」這一意象為例，在中國古代詩歌中，它一般作為指示時間的物體，詩人每每從望見太陽的舉止中感受到時間不可追，到了聞一多的〈太陽吟〉中，太陽卻成了思念故鄉的寄託物，其中便有物理上的原因，也有文化上的原因。在艾青和以後很多詩人的詩歌中，「太陽」又成了光明和革命的象徵，還包括為領袖的象徵。相對「太陽」、「光明」，「黑夜」、「黑暗」長久以來被人們當作是罪惡、苦難的象徵。就在這種常規的意象模式中，詩人們渴望擺脫傳

統，當代的女性詩人翟永明卻獨選「黑夜」，作為表達女性意識的一個意象，詩人認為只有這個意象，才能充分表達女性意識被蒙昧的內涵。所以，影響詩歌意象的因素還有時代精神與時代美學取向。聞一多的詩歌意象系統由自然意象系統向人文意象系統的轉變也可以說明意象的時代性問題。

在聞一多進行詩歌評論和詩歌創作的早期，由於他的知識結構還比較單一，主要接受傳統文化的薰陶，使他的意象觀停留在傳統詩論家的影響中，自然意象系統的構成對他來說是慣性的推動。農業社會中的人對自然界的關注是通過具體的物體形象來把握的，折射到藝術創作中，人們對藝術提出同樣的要求，希望通過藝術家的表現能夠再次把捉住曾經看到過或者感受過的事物，這種讀者與作者的互相影響使文學作品很少作出形而上的思考。當現代社會中的人類逐漸疏離大自然，轉向對自身、對人類的終極與本根進行思考時，自然意象也可能隨之成為人們的記憶，成為一種美好往事。在聞一多的人文意象中，這個苗頭已經出現。雖然他也運用了自然世界中的一些意象，這些意象一般只作為他思想的外衣，表達他對人類社會與現實所作的感性與理性相結合的思考。或許，我們可以據此認為這就是聞一多詩歌中對意象的新認識和新操作。

詩歌的意象系統從自然轉向人文，並不說明具有某種現代意識或先鋒思想的詩歌就是好詩。在現當代詩歌創作歷史當中，人們用所謂的標語口號作詩，是對人文精神的聲張，卻沒有為中國新詩增添新的風格和獨特的意象，反而被讀者普遍指責為缺少詩味。這又說明什麼問題呢？

詩歌是個人性的創作，在它的歷史發展過程和某些細節中，並不一定遵照優勝劣敗的自然法則，不可過於簡單地認為後來出現的詩歌就一定是傑作。聞一多的意象系統從自然轉向人文儘管體現了現代的意識，還只能說這是人類思維的一種轉變形式，轉變的本身不足以對

詩歌的藝術性作出價值評判。

可是，為什麼當今的新詩會在相當多的讀者中遭受冷遇，是因為意象遭到了遺棄嗎？不然，它又怎麼會缺少讀者的參與？

當今有的新詩不太受歡迎的重要原因不能歸咎於意象，卻與意象有一定關聯：現代詩中的意象與人們思維定勢中的傳統意象構造方式不盡相同，儘管有的詩人在反對意象，解構意象，他們不過是從一個相反的方向來建構突破傳統的意象；意象的變形、扭曲、陌生化，也有可能使讀者一時難以掌握詩人的語彙和表達策略；對意象的簡單化處理，又使詩歌缺少詩的滋味……作者和讀者方面的原因都可能造成詩歌意象不被理解或拒絕理解的現象。

這就是聞一多的意象思想給我們帶來的嚴峻的新詩建設任務：用意象重修今天的詩歌軌道，暢通明天的詩歌之路。

第二章

幻象論[1]

　　幻象，應屬於意象範疇，是詩歌意象理論中更細小的一個分支。在聞一多早期的詩論裡，他將幻象作為評論詩歌詩味濃淡的一個標誌。〈評本學年《週刊》裡的新詩〉[2]中，聞一多認為批評首重的是「幻象」；一九二三年致吳景超的信裡，他又寫道：「詩有四大原素：幻象、感情、音節、繪藻」[3]；〈《冬夜》評論〉裡他還有過對幻象的議論：「幻象在中國文學裡素來似乎很薄弱。新文學——新詩裡尤其缺乏這種質素，所以讀起來，總是淡而寡味，而且有些野俗不堪」[4]。這些言論從兩個主要的方面提出：一是詩歌的本質構成——聞一多認為幻象為詩歌不可缺少的一個重要因素；二是詩歌的美學意義——聞一多把幻象看作既是創作主體的一種創造活動，又是接受客體進行的審美活動。

　　聞一多的幻象論思想來自何處，是否有他的新意和對前人的超越呢？

第一節　揭開幻象的內涵

　　儘管中國古代詩論家已經注意到意象裡的一種特殊之象，它不同於描寫現實的寫實意象，是常人耳目所不能輕易直接體覺到的超現實的意象，神秘而怪誕，如杜牧在〈《李賀集》序〉中論李賀詩歌所說

1　注：因為聞一多對「幻象」的特別關注，所以另列一章。
2　聞一多：《聞一多全集》（2）（武漢市：湖北人民出版社，1993年12月），頁40。
3　聞一多：《聞一多全集》（12）（武漢市：湖北人民出版社，1993年12月），頁156。
4　聞一多：《聞一多全集》（2）（武漢市：湖北人民出版社，1993年12月），頁77。

的那種意象：「雲煙綿聯，不足為其態也；水之迢迢，不足為其情
也；春之盎盎，不足為其和也；秋之明潔，不足為其格也；風檣陣
馬，不足為其勇也；瓦棺篆鼎，不足為其古也；時花美女，不足為其
色也；荒國陊殿，梗莽丘壟，不足為其恨怨悲愁也；鯨呿鰲擲，牛鬼
蛇神，不足為其虛荒誕幻也。」[5]李賀詩歌中情態萬千、虛荒誕幻的
意象在杜牧看來即是一種超脫於現實的幻象。

　　從語源和語義上探討，「幻象」一詞不是源自中國傳統的文學理
論術語，它的所指也多樣化。

　　美術理論研究者認為「幻象」是西方美術理論中的用詞：「『幻
象』（Illusion）或『幻覺主義』（Illusionism）的概念，專以指藝術的
形式。原是西方人創造的文藝批評中習用的一個專門術語，用以指稱
藝術創造中出現的某些以獨特的藝術手法表現出來的藝術形象。它十
分酷似真實的物象，幾能達到以假亂真的地步。這種藝術形式大盛於
十五世紀的西方（歐洲）世界。」[6]

　　有人還將「幻象」一詞譯為「虛象」，它是指「虛幻的空間結
構」，是一個「過去從未有過的，被創造出來的空間幻象」[7]。

　　心理學家榮格認為藝術幻覺是來自人類心靈深處的某種陌生的東
西，它彷彿來自人類史前時代的深淵，又彷彿來自光明與黑暗對照的
超人世界，這是一種超越了人類理解力的原始經驗，幻覺本身在心理
上的真實，並不亞於物理的真實。克羅齊在為藝術定義的時候，逕直
說「藝術是幻象或直覺」[8]，他將幻象和直覺活動聯繫起來，皆看作

5　陳良運主編：《中國歷代詩學論著選》（南昌市：百花洲文藝出版社，1995年），頁
　　306-307。

6　徐書城：《繪畫美學》（北京市：東方出版社，1991年），頁40。

7　金開誠主編：《文藝心理學術語詳解辭典》（北京市：北京大學出版社，1992年），
　　頁301。

8　蔣孔陽主編：《二十世紀西方美學名著選》（上）（上海市：復旦大學出版社，1987
　　年），頁62。

是思維的活動。

　　著名的美國文藝理論家蘇珊‧朗格在《情感與形式》中也說及幻象，她以為：藝術作為「情感符號」，表現了人類普遍情感，而表現這種情感概念就要抽象，但這種抽象不能通過概括形成一種推理性符號，而必須保持具體視聽形式，又具有普遍意味。因此，就要通過製造幻象，使它與現實事物互相脫離，鮮明有別，並在這個過程中使人類情感化為某種力或關係的結構，寓於此幻象之中，使其成為蘊含情感概念並保持其感性特徵的「有意味的形式」。這種幻象使接受者改變對事物的認識方式而把它作為一個獨立表象來知覺，通過藝術直覺直接把握它的形式結構，從而達到對幻象情感、意味的感悟和把握。

　　這四種看上去差別甚大的「幻象」說，已經觸及到幻象的本質：幻象是一種常人從未感到過的陌生的心理感受，它需要藝術家以獨特的藝術表現方式將這一心理真實表現出來，使抽象的情感轉化為具象的「有意味的形式」。還值得一提的是蘇珊‧朗格把「幻象」引入文學理論範疇，她的某些觀點與聞一多的幻象觀存在著一致的地方，她亦從創作與接受的角度去觀察「幻象」這一思維形式，強調幻象改變現實的作用。

　　由於聞一多針對的是具體的文學體裁──詩歌，他的知識視域中含有中西混合交雜的觀念，因而與蘇珊‧朗格的觀點還是存有一定的差異。在致吳景超的信中[9]，聞一多從四個方面談到過他對於「幻

9　聞一多：《聞一多全集》（12）（武漢市：湖北人民出版社，1993年12月），頁156。
　　原文為：我以前說詩有四大元素：幻象、感情、音節、繪藻。隨園老人所謂「其言動心」是情感，「其色奪目」是繪藻，「其味適口」是幻象，「其音悅耳」是音節。味是神味，是神韻，不是個性之浸透。何以神味是幻象呢？就神字的字面上就可以探得出，不過更有較系統的分析。幻象分所動的同能動的兩種。能動的幻象是明確的經過了再現、分析、綜合三種階級而成的有意識的作用。所動的幻象是經過了上述幾種階級不明瞭的無意識的作用。中國的藝術多屬此種。畫家底「當其下手風雨快，筆所未到氣已吞」，即所謂興到神來隨意揮灑者，便是成於這種幻象。這種幻

象」的認識：

一、「幻象」之定義。聞一多認為「其味適口」是幻象，其中味即神味、神韻。

二、「幻象」的分類。聞一多從生理心理的角度把幻象分成了兩類：一類是所動幻象，另一類是能動幻象。從思維過程來講，「能動的幻象」是「經過了再現、分析、綜合三種階級（筆者注：原作如此，應為階段）而成的有意識的作用」，而「所動的幻象」同樣經歷過三種階段，只是思維處在無意識的不明瞭狀態。

三、「幻象」的創作狀態。在創作的時候，「所動的幻象」發生在創作主體身上時，表現出「興到神來隨意揮灑」的「感興」，其中有一種不可言狀的「妙趣」，它與嚴羽所說的「興趣」、「能動的幻象」不同，它有「秩序」，且「整齊」、「完全」，是一種理智型的幻象。

四、「幻象」的美學特徵。聞一多說：「其（指幻象）特徵即在荒唐無稽，遠於真實之中，自有不可捉摸之神韻。」

由於聞一多以信的形式談到「幻象」，他沒有充分地對它進行多方位的論述，這些論述卻為我們提供了幾條了解他幻象觀的路徑，從中也可知道他重視幻象的原因。

第一條路徑由中國古代詩論導向聞一多的幻象論。信中涉及了三位中國古代的詩人、詩論家，即嚴羽、王漁洋、袁枚，他們都為中國的古代詩論發出過耀眼的光芒，特別是在尋找詩歌之美時，他們曾篳路藍縷。聞一多在闡說幻象的時候將這三位詩論家的理論作為奠基，需要指出的是聞一多在吸取他們的觀點之時，對有的概念理解還不甚

象，比能動雖不秩序、不完整、不完全，但因有一種感興，這中間自具一種妙趣，不可言狀。其特徵即在荒唐無稽，遠於真實之中。自有不可捉摸之神韻。浪漫派的藝術便屬此類。嚴羽《滄浪詩話》謂「盛唐諸公，惟在興趣；羚羊掛角，無跡可求。故其妙處透澈玲瓏，不可湊泊，如空中之音，相中之色，水中之影，鏡中之象，言有盡而意無窮」。滄浪所謂「興趣」同王漁洋所謂神韻便是所動幻象底別詞。所謂「空音、相色、水影、鏡象」者，非幻象而何？

清晰。南宋提出「興趣說」[10]的嚴羽認為最好的詩歌不是以「文字」、
「才學」、「議論」寫成的詩，而是「不涉理路，不落言筌」，「吟詠性
情」的有「興趣」的詩；「唯在興趣，羚羊掛角，無跡可求」，「其妙
處透徹玲瓏，不可湊泊，如空中之音，相中之色，水中之月，鏡中之
象，言有盡而意無窮」。聞一多也認為有幻象的詩由「興趣」產生，
它不是世界本身的真實，而是現實世界的投影和折光，他的觀點接近
嚴羽的「興趣」說。倡導詩之「神韻」[11]的王漁洋指出詩「妙在神
韻」，且有「興會」，「興會」發於「性情」，若「學問」與「性情」二
者兼之，「又幹以風骨，潤以丹青，諧以金石，故能銜華佩實，大放
厥詞，自名一家」。王漁洋並沒有提到神韻的奇幻特性，而「神韻」
和「興會」是指詩歌的一種審美狀態，它來得不同尋常，聞一多的接
受僅至於此，認為有幻象的詩歌是神來之思。崇尚「性靈」說[12]的袁
枚，多次談到詩與性情、性靈的關係，認為性靈「非天才不辦」，有
性情才會有格律，「詩在骨不在格」；關於詩的生發，他認為「詩者由
情生者也，有必不可解之情，而後有必不可朽之詩」；由性情而生的
詩，袁枚認為「如出水芙蓉，天然可愛」；閱讀性情之詩時，當感到
「其言動心，其色奪目，其味適口」時，讀者便能「感發而興起」。
聞一多所理解的幻象與袁枚的「性靈」說在理論上還缺少溝通，他對
袁枚「其味適口」的解釋只是一種個人化的理解，把「滋味」解釋成
「神味」。袁枚談到由性情生詩和讀性情之詩的非常性狀態，並不是
指日常生活中的幻覺現象。聞一多認為的詩歌幻象應當不是常人一般
性的生理感受，它有常人不可揣測的神味、神韻，它更像杜牧論述李

10　陳良運主編：《中國歷代詩學論著選》（南昌市：百花洲文藝出版社，1995年），頁
　　507-524。

11　陳良運主編：《中國歷代詩學論著選》（南昌市：百花洲文藝出版社，1995年），頁
　　925-939。

12　陳良運主編：《中國歷代詩學論著選》（南昌市：百花洲文藝出版社，1995年），頁
　　987-1005。

賀詩歌的那種「虛荒誕幻」。

　　第二條路徑通向詩歌理論及評論的新思維方式。在這一點上，聞一多再一次顯現出他的現代意識。他借鑑了現代西方語言學和心理學的研究成果，科學地對幻象進行性質分類，進行了特徵上的概括，把中國古代人對於思維的混沌認識加以明確的說明，使幻象得到科學的界說。比如聞一多對幻象進行「所動」與「能動」的區分就參照了瑞士語言學家索緒爾（1857-1913）的語言學理論中的「所指」與「能指」的概念。索緒爾認為語言符號具有「概念和形象的聲音，具有『所指』和『能指』這兩重性，它們是語言符號的一部分，但又表現出整體的對立性」[13]。聞一多強調「所動」與「能動」也是為了指出幻象有兩重性，「所動」與「能動」都是意識活動的一部分，它們同時又是相互獨立的兩種矛盾的意識活動。意識與無意識的說法，明顯借助了奧地利心理學家佛洛伊德（1856-1939）的學說。佛洛伊德把人的意識活動分成三個層次：即意識、前意識、無意識。在直接覺知的範圍內活動的是意識，它是自覺的，能動的；保持易於重新覺知的資料是前意識活動；包括個人的原始衝動和各種本能、欲望的活動都是無意識活動，這種活動是不自覺的積極活動，各種欲望、本能和衝動都被壓抑或排擠到意識閾之下，一遇到機會，意識不能控制它們時，就會突圍而出，把隱藏的本能、欲望和衝動表現出來[14]。聞一多從思維的過程、意識的有無來區分幻象，突破了中國傳統詩論家以詩論詩，或用喻論詩的主觀模式，給詩歌評論界、詩歌理論界以新的思路，使之向世界性的文化觀念和新的研究視野靠攏。

　　第三條路徑可看到聞一多與當時藝術潮流的關係。聞一多在信中

---

13 參考〔蘇〕柯杜霍夫：《普通語言學》（北京市：外語教學與研究出版社，1987年），頁97。

14 金開誠主編：《文藝心理學術語詳解辭典》（北京市：北京大學出版社，1992年），頁3-4。

用上了當時文藝理論界的一個剛剛流行的詞彙「浪漫派的藝術」。因
為以華茲華斯、柯勒律治為代表的歐美浪漫派詩人高度強調詩歌的想
像力，柯勒律治在《文學傳記》中，就從心理學的角度說明想像的第
一性是「一切人類知覺所具有的活力和首要功能，它是無限的『我
在』所具有的永恆創造活動在有限的心靈中的重現」，第二性的想像
與自覺的意志並存，是第一性想像的回聲，為的是要重新創造，把對
象理想化和統一化。當他提出「良知是詩才的軀體，幻想是它的衣
衫，運動是它的生命」時，得到大力肯定的卻是想像──「想像則是
它的靈魂，無所不在，貫穿一切，把一切塑成為一個有風姿、有意義
的整體」[15]，當想像落實到詩歌意象上，就是幻象的表現。因而聞一
多認為，具有所動幻象的藝術即是浪漫的藝術，這也與中國的性靈藝
術相通。他的論述給二十年代處於多元狀態中的中國文學界建造了一
座美學理論的橋梁。長期以來中國理論界缺少與外域的對話，只簡單
地將文學特性按其內容分成言志與緣情兩種，少在審美形態上進行觀
照，對於多元的美學形態缺乏恰當的詞彙來描述。聞一多認為浪漫派
藝術的美學特徵就是所動幻象帶來的「荒唐無稽，遠於真實之中。自
有不可捉摸之神韻」，一方面溝通了中國文學藝術與西方文學藝術的
共同點，另一方面又與當下盛行的寫實主義、自然主義的美學特徵
區別開來了。從文學史的角度看，聞一多的論述有著承前啟後的連通
作用。

　　通過聞一多致吳景超的這封信，我們還可以把握他的文學主張。

　　聞一多重視情感、格律、意象、技巧及詩歌的音樂美、繪畫美、
建築美等在詩中的特殊地位，這裡，他又強調詩歌需要有幻象的介
入，需要神韻之美，將內心的情感奇幻地表現出來，使之可以用感
官、用知覺去接受。聞一多提出這樣的觀點並不怪異，雖然他不排斥

---

15 蔣孔陽主編：《十九世紀西方美學名著選》（上海市：復旦大學出版社，1990年）。

藝術的其他功能，但自始至終都強調以美唯上，「美即真，真即美」，「美的靈魂若不附麗於美的形體，便失去他的美了」。可以說，聞一多的幻象論又為他的詩歌美學增添了豐富的內容。

當然，聞一多也有談得不夠充分的地方。幻象作為一個詩學問題，還值得我們繼續探討。比如說：作為詩歌中的幻象與生理學、繪畫美學上的幻象有什麼不一致？詩歌是否一定需要幻象？是否有了幻象的詩即可成為好詩？聞一多沒有正面回答過，而幻象確實牽涉到詩歌本質性的一些問題。

我們還有必要對聞一多的幻象論作進一步的分析。

首先區分一下幻象與意象，並把想像、幻想、幻覺等也納入這一比較之中，這將有助於我們對幻象作更透徹的了解。

在我們的認識當中，幻象雖然屬於意象的範疇，從某種意義上說，二者都是一種成象，通過人的大腦作用，對外物進行感知、體悟而成。然而，它們的外延有所不同：幻象的外延小於意象，它是內在性的思維活動，由創作者與接受者分別參加，產生迷醉或神來之思的快感。作為頭腦中的成象時，它不一定帶有感情色彩，也不一定只成象於作者的大腦之中，還活躍在接受者的心中。最重要的是，它不能夠在現實中找到、抓到、摸到，它有一定的時間極限，只能憑人的意識積極感覺，剎那間顯形又迅速消失，好似宇宙間的彗星運動。意象是作者頭腦中的主觀成象，雖連接著創作者與接受者，但它是物質化了的東西，在物質化的過程中，它還蓄含著創作主體的思想情感、想像魅力和理解能力，它可以通過文字顯現出視覺、直覺可能得到的效果。體現在審美品格上，幻象主要體現了神秘荒誕的特徵，而意象則有聞一多所說的「濃麗而繁密」的品格或清新秀麗等多種品格；體現在時間性上，幻象一般不可全盤重複拷貝，有一維性特徵，而詩歌意象在時間上的要求比較寬鬆，它有反覆性，多次性的特點，甚至生發聯想。

　　幻象與幻想、幻覺、想像，皆為心理學上所描述的思維活動。想像是將人腦中原有的表象加工改造成新表象的心理過程，它可分為有意想像和無意想像。有意想像是指按照一定的目的並作出一定意志努力的想像活動，是一種自覺的表象運動；無意想像相對來說是沒有預定目的，不作出努力，也沒有意志參與的想像活動，這樣一種表象活動雖不直接作用於文藝創作之中，但它常常能夠成為引發文藝創作動機和靈感的契機，也會向有意想像發生轉變。同時，從想像與現實的關係看，有現實想像和超現實想像之分，其中超現實想像活動能夠在不同類的事物之間進行分解和綜合，形成現實中不可能出現的新形象[16]。如果這樣定義「想像」，幻象與想像的關係更相近了：幻象就是超現實的想像，同樣也包含了有意與無意兩種。但是幻象與想像畢竟是不同的一對詞彙，想像還要參照原有的表象，而幻象有脫離表象的自由思維權利。從內容論，幻想是一種特殊形式的想像，它指向未來，和人們的願望相結合。在浪漫主義的文學作品中，具有詭譎奇幻的美學特徵——後一點與聞一多所論的幻象美學特徵一致。幻象的內容無所謂時間限制，它可以超越時間與空間的任何障礙而將思維朝前或往後，四處發散或集中開掘，包含實在與非實在的存在形態。雖然人們往往將幻象與幻覺通用，它們不盡相同：幻覺通常是指沒有外在事物刺激而出現的虛假的感覺或知覺，它是一種病態的心理症狀，與從前的知覺痕跡有關，有人稱之為「白日夢」，俄國精神病學家康津斯基[17]認為幻覺與外界印象無直接的關係，對於幻覺產生者卻有客觀真實性的感覺映象。幻象，對它的產生者來說，他們都明白幻象之象是不真實的，它除了思維之時是「幻覺」運動，還是一種「象」——

---

16 金開誠主編：《文藝心理學術語詳解辭典》（北京市：北京大學出版社，1992年），頁301。

17 金開誠主編：《文藝心理學術語詳解辭典》（北京市：北京大學出版社，1992年），頁88。

潛隱於創作者與接受者頭腦當中的圖像與形象。

可以這麼說，從心理學上講，幻象是經歷了感覺、知覺和表象的思維運動，聯繫到思維主體的意識狀態，有無意識與有意識幻象之分；聯繫到現實，有超現實與現實幻象之分；聯繫到文藝作品風格，又有浪漫主義與非浪漫主義之分。幻象作為一種思維運動時，它可能是一種想像或幻想活動，也可能表現了幻覺，當它物質化了時，它又是一種圖像或形象，然而它還帶有情感上的特徵，有時間範疇，具有一維性特徵。

詩歌中的幻象還有別於生理學和繪畫美學中的幻象。雖然在幻象的活動中，都遵循著從感覺到知覺的思維過程，表現卻不一樣。生理上的幻象純屬錯覺，不需要通過言語和文字表達，為一種瞬間的思維活動。在正常的人身上，這種幻象會被理智壓抑、調正，最後如雲如煙一樣來無蹤去無聲；在非正常的人身上，人不能用理智控制的情況下，幻象會不自覺地通過某種行為體現出來，如手舞足蹈或口中念念有詞，在旁人看來像是神經失常。繪畫美學中，畫家們可以在意識的主動作用下，將幻象用顏料塗抹、寫意，用線條勾勒出來，對常人眼中的形象加以變形變色。詩歌是用文字為表達工具的藝術樣式，詩歌的幻象如果要傳達出來，一般就需要在藝術表現上加以非常規的手法，對心靈的幻象作藝術化的加工，用文字將它描述出來，再等待讀者去解讀。當幻象再一次以具體的形象呈現在接受者的心中時，幻象的成象過程才算完成。與之相比，美術中的幻象多發生在創作主體方面，接受者往往受已有的固定視覺思維影響，在頭腦中的成象很可能就是美術的作品的直觀印象，詩歌文字的非直接性促使它比美術作品多了後一個接受者再次成象的程序。然而，作為藝術中的幻象要有其藝術價值，它只有具備一種陌生化的藝術表現方式，讓人們產生從未經歷過的瞬時性藝術感受，才能實現。對藝術家來說，創造幻象是具有挑戰性的工作，因為它可以檢測藝術家思維的靈動性和藝術的天

賦；對接受者來說，感知幻象也許能估摸一下自己的藝術潛能，與藝術家的藝術才華作點有趣的對比。若要對藝術中的「幻象」有所界定，那它便是：將非常態的，或是非常人的情感用非常用的表現方式使之具象化，讓它能夠被感知，甚至在文字以外，在視聽上得到新奇的美感。

　　不用懷疑的是，儲存在世界詩歌經典文庫中的詩歌，無論是古典的還是現代的，無論是東方的還是西方的，它們大多數都有幻象的支撐，這完全由詩歌的本質特徵所決定。詩歌不僅和以視覺器官為審美中介的美術不同，和其他種類的文學體裁如小說、戲劇相比，它最需要作者和讀者的想像參與。創作者在進行創作時，不僅需要想像，還需要幻象。想像可以是常態性、常人性的，它也許能夠遵循固定的思維軌道去展開聯想，詩歌需要超拔於現象的真實而達到幻象的真實，在幻象的家園裡播灑神奇的種子。詩歌不是以敘述故事為主，也不以可視性的表演為主，而它又必須被讀者感知，接受詩人內心的情緒，通過抽象的文字符號來作為中介遠遠不夠，因此詩歌只有使文字具體化，在感官中將抽象或誇張的感情具象化，成為一種生活中不一定能夠直接體驗到的感受，也就是說通過可捉摸卻不可言傳而感覺到的圖像，即幻象，來調動讀者的情感，尋找精神上的共鳴。由於詩歌本身體式的約束，在空間上它可以擁有廣泛的疆土，像野馬一般四處狂奔，在時間的長度上它應該經濟。又因為詩歌的體式得到作者和讀者長期的認同，創作者和解讀者之間因此也養成了一定的寫作和解讀習慣，詩歌獨具的本質特徵，即詩歌的抒情特徵就成為詩歌作者和讀者的中介。

　　心理學家從現象學上證明，人們在情感激烈的時候，短期的波動性比較大，而且潛意識裡面會伴隨著一些不曾料到的幻象，它們無序地在人的大腦中活動、疊加、加深或激化人的情感活動。在我們閱讀抒情詩歌的時候，幻象就這樣生成。

　　是不是有了幻象的詩歌就是好詩呢？幻象到底能給詩歌帶來什麼樣的審美效果？

　　誰也不敢這麼斷言：有幻象的詩歌就一定是好詩。在這一點上，不知是聞一多有意迴避還是感到這個問題不值一提，他沒有給過我們答案。實際上，有幻象也未必是好詩，好詩未必皆有可解的幻象。

　　幻象是瞬間思維活動產生出來的形象，從本義上說，它具有瞬間的、不再重複的特性，當作者將它用文字定型，用作者個人風格的語言表達顯形時，這就類似禪意，言傳出來的卻不一定是原來的意味，不排除幻象的走形變異。

　　幻象即使被表達出來，成為一種表面化了的形象，它的接受又與讀者的接受水平相關，這就像設密與破密，如引起文學界興趣的文學大師詹姆斯‧喬伊絲的《尤利西斯》是公認的經典，而作者自己就說過，他在書中埋下的謎團，就是要讓文學院的教授忙個幾百年[18]。對詩歌讀者來說亦如此，讀者或許能讀到超出文本的更多的意味，但是也可能被擋在作者的門外。由於詩歌本身一般不承負解說、闡釋的任務，因而詩歌的幻象在沒有被人們感覺到時，在該讀者看來，這種幻象便是不成功的幻象。

　　詩歌的組織成分是多樣的，幻象只是其中的一個分子，對一首詩歌的評價來自各方面的信息匯集，既有內容上的也有形式上的，幻象牽涉著詩歌的文字表達，語言傳播，甚至還聯繫著音韻和創作者的心理構成。僅從這三個方面我們便難以將幻象作為詩歌好壞的判斷標準。

　　不能否認的是，好詩有時少不了幻象的成分。詩歌的抒情功能決定了它把幻象作為一個友好的盟友。我們為什麼會被一首詩打動，可能就因為它包含著幻象，幻象是能夠帶領讀者走出原原本本而引不起特別美感的現實生活的，它會讓我們的精神得到一種異常的震撼，使

---

18 載《文匯讀書週報》1997年第12期。

我們的耳目豁然開朗，從而達到精神上從未有過的審美的自由。文學畢竟不同於要求事件真實、可靠的新聞報導，文學要有想像的自由，要在精神上超越現實，並且還要改變襲成的陳舊審美觀。對於詩歌，幻象產生的天地更加開闊，它沒有永久的家。它既不依戀空間的重現，也不讓時間就此靜止。如果需要比喻，那幻象就是詩歌世界中的流雲。讀者可以從詩歌中穿過的幻象上感受到心中永久難成的畫面，難道的話語，模糊的形影，無法言傳的神韻，從而使內心的審美情感隨著幻象的漂移而活動起來，獲得審美上的絕對自由。有幻象的好詩一般都能夠在讀者欣賞時發生這樣的作用，給讀者帶來最高層次的美感。

　　那麼，詩歌怎麼設置幻象，讀者怎麼解讀幻象呢？聞一多的文學活動或許給我們提供了現成的例子。就讓我們從兩條路向聞一多的世界行進：一條路是聞一多的詩歌創作，另一條路是聞一多的詩歌鑑賞。因為從聞一多的幻象論來看，他主要是在創作與接受這兩方面去走近它，認識它的。

第二節　創作之幻象

　　幻象意識作為聞一多的主體創作意識不容我們忽視。既然聞一多在評論之初就已經多次提及幻象，他不可能不在他的創作中重視它。依據聞一多對幻象的分類標準，他的詩作裡不乏有所動幻象之作與能動幻象之作，例如〈李白之死〉、〈紅荷之魂〉、〈我是一個流囚〉等，它們的出品都經過了詩人意識的主動作用。〈李白之死〉中充滿了奇異多彩的幻象，聞一多在創作此詩時有明確的主觀目的：「此詩所述亦憑臆造，無非欲藉以描畫詩人底人格罷了」[19]；〈紅荷之魂〉受到季

---

19 聞一多：《聞一多全集》（1）（武漢市：湖北人民出版社，1993年12月），頁10。

節、景物和情景的綜合影響,「盆蓮飲雨初放,折了幾枝,供在案
頭,又聽侄輩讀周茂叔底〈愛蓮說〉,便不得不聯想及於三千里外
〈荷花池畔〉底詩人」[20];〈我是一個流囚〉也是因事而作,那是留學
生盧君為包辦婚姻幾乎逼瘋之事促動了詩人的創作靈感。按照聞一多
的定義,那經過了有意識作用的,經過了「再現、分析、綜合」的思
維階段的,秩序整齊、完全的幻象便是能動的幻象,因而這些都是由
某事某物某景引發,產生某種想要抒寫的主題的詩作,它們所含的幻
象有感興的因子,是一種合目的的感興。聞一多詩中的另一種幻象,
即所動幻象有神韻,有妙趣,不可言狀,荒誕無稽並遠於真實。這樣
的詩在聞一多的詩集中可以算得上是常客,尤其在詩歌創作的早期,
他經常沉迷於詩歌靈感所射出的光暈裡。

　　無庸諱言,聞一多在創作時踐守了他的幻象說,在此,我們不妨
從聞一多的詩歌構思、創作的過程,以及他的作品本體來探照他的幻
象實踐。

　　作為思維方式,聞一多的幻象創作有以下幾種方式:

一　幼童式的心靈成象

　　聞一多早期的詩歌創作遠離了創作者的本來身分,採用的特殊的
幼童視角。稍具文學常識和神話學知識的人都知道,在遠古時代,處
於混沌愚昧狀態中的人們對自然界的萬事萬物都存有一種莫名恐懼和
擔驚受怕的心理,為消除這種心理,他們就用另外的心理狀態來改變
或革除它。原始人是單純的,就像英國功能派人類學家拉德克利夫-
布朗(Radcliffo-Brown)在《社會學的圖騰理論》中所說:在以狩獵
和採集為主要生產方式的民族中,較為重要的狩獵對象——動物和採

---

20 聞一多:《聞一多全集》(1)(武漢市:湖北人民出版社,1993年12月),頁75。

集對象──植物等，被當作「神聖」的東西來對待，它們以各種不同的方式成為禮儀活動的對象[21]。於是，自然界中的動植物都具備了「神」的色彩。在現代社會中，人們也普遍認為只有天真無邪的兒童具有原始人心靈狀態，不少作家在作品中追求童心，有的是嚮往純真之美，而有的是借「童化」來實現「神」化。聞一多採用幼童視角就是為了加重詩歌的「神」化意味。

　　例如聞一多早期的詩作〈青春〉，是一首充滿了童真稚態的詩歌：

　　　　青春像只唱著歌的鳥兒，
　　　　已從殘冬窟裡闖出來，
　　　　駛入寶藍的穹窿裡去了。

　　　　神秘的生命，
　　　　在綠嫩的樹皮裡膨脹著，
　　　　快要送出帶著鞘子的
　　　　翡翠的芽兒來了。

　　　　詩人啊！揩乾你的冰淚，
　　　　快預備著你的歌兒，
　　　　也讚美你的蘇生罷！

　　這首小詩有著冰心體風格，比喻通俗易懂，簡單淺顯。詩的第一節中將「青春」這樣一個抽象詞彙形象化，用一個明喻把它比作成是從殘冬窟裡闖出來的「唱著歌兒的鳥兒」，這種方法類似父母對幼童講述童話故事，給一個無法用實物指出的東西以形象的描繪，以童話

---

21 轉引自葉舒憲：《中國神話哲學》（北京市：中國社會科學出版社，1992年），頁298。

式的詩句形容「青春」要經歷幾番磨難，受過幾重阻礙之後才能像一隻得到解放的鳥兒從窒息的環境中飛出來，駛向自由明麗的藍天。第二節，透過天真的眼睛表現春天生命的勃發情形。閱讀這一節容易把閱讀者引入對幼年時期的回憶中，天真混沌的孩子在觀察大自然和宇宙時，總感到有一種神秘的力量在支使著一切，孩子的學習願望就出於了解這種力量的渴望，而有了科學知識的人們又漸漸失去了天真的童心。詩中的「芽兒」快要送出，就是幼童心理的寫實。第三節直白抒情，帶有幼稚的號召力，顯示了童真的可愛。詩人將自己裝扮成兒童，正是想借用兒童的眼睛和口吻去觀察、描述大自然，使其返璞歸真，顯出可愛與神秘的幻象。

二　歷史中人事的傳奇性成象

聞一多深深地愛著祖國文化，熱情張揚民族精神，構成了他的詩歌的獨特主題。

聞一多早期追求浪漫主義文學風格那種遠於真實的荒唐無稽的神味，所以在創作含蘊歷史文化、游離於現實事實的詩歌時，不是史家式地排列歷史事實、陳述歷史人物的功過，而是運用傳奇性的幻象，使未曾謀面的人或物以生動鮮活的形象在詩歌中活動起來。

這類詩大致可以分成兩類。一類是超現實的傳奇性幻象，另一類是近現實的傳奇性幻象。前者的代表作有〈李白之死〉、〈劍匣〉等，後者以〈我是中國人〉、〈南海之神〉等為主要作品。這些詩作不僅和具體的歷史事實及人物有一定的距離，在幻象成象的過程中也有各自的原則。

超現實的傳奇性幻象詩作多數是取歷史中的一點事實並對之進行誇大修飾，根據創作主體的主旨重新構造新的形象或畫面，幻象的傳奇性色彩就表現在形象的怪誕神奇、畫面的奇姿異彩上。如〈李白之

死〉的素材取自於傳說「太白以捉月騎鯨而終」，聞一多在創作時卻
展開了極其豐富的想像。詩歌可概括為這幾重幻象：一、醉酒；二、
請月；三、月出；四、賞月；五、問月；六、醉月；七、驚月；八、
救月等。從詩中幻象起承轉合的安排可以看出，詩人進行的是有意識
的幻象寫作，幻象的豐富多采卻還得在具體的詩節當中去感受。例如
詩中「醉月」一節，無論是描述李白的醉態還是傳達他的內心幻景，
文字都像著了魔般神奇地組合起來：（李白手指著酒壺，望著天上的
月亮說）

> 若不是你們的愛護，
> 我這生活可不還要百倍地痛苦？
> 啊！可愛的酒！自然賜給伊的驕子——
> 詩人的恩俸！啊！神奇的射愁底弓矢！
> 開啟瓊宮底管鑰！瓊宮開了：
> 那裡有鳴泉漱石，玲鱗怪羽，仙花逸條；
> 又有瓊瑤的軒館同金碧的臺榭；
> 還有吹不滿旗的靈風推著雲車，
> 滿載霓裳飄渺，彩佩玲瓏的仙娥，
> 給人們頒送著馳魂宕魄的天樂。
> 啊！是一個綺麗的蓬萊底世界，
> 被一層銀色的夢輕輕地鎖著在！

以酒為引子而引出的對瓊宮景物的描寫，是靈魂出竅、出神入化
的浪漫主義描寫，是酒神精神酣暢豪放的宣洩。李白雖是歷史中一位
有名姓可道的人，但聞一多對他的酒醉神迷的摹擬，早已超出了李白
的歷史情境而呈現了超現實主義的風格，朗讀上面那段詩句時，我們
除了讓自己的神思隨文字遨遊於虛幻飄渺、奇彩麗景的情境中，還能

透過它們，感受到屈原的〈離騷〉、莊子的〈逍遙遊〉等作品中湍湍而來的浪漫精神在傳揚。

　　近現實的傳奇性幻象詩作比超現實傳奇性幻象詩作更接近現實，這類詩歌的素材傾向真實的現實，但又游離現實，使幻象富有奇幻色彩。這一點既不同於純粹的寫實主義，也不同於古典的浪漫主義。如果要標示它的特徵，可以這麼說，它不按時空的本來順序，卻在時空的錯亂當中體現事件的真實。時空的規定常常使事件顯出真正的面目，而時空的錯亂可以使事件具有傳奇效果，所以，雖詩歌近於現實，同樣需要用幻象使它成篇，才可能顯現其神韻。

　　如〈南海之神——中山先生頌〉，它是一首頌詩，歌頌的對象是中國近現代史上的一位重要人物——孫中山。歷史中的孫中山，曾多次領導群眾起來反對清朝政府，一九一一年發動的辛亥革命推翻了清朝政權，結束了中國幾千年來的封建統治。聞一多在這首詩裡稱之為「紀元之創造」，詩歌運用了時空錯亂的幻象，較為成功地表現了這一歷史事實。

　　詩人從時間的維度進行幻象寫作：將時間凝定為現在時的某一點，用物體或生物體的磨損或衰老消亡來證實時間的久遠。譬如此詩中描述的辛亥革命前的封建時代：

> 百尺的朱門關閉了五千年；
> 黑色的苔蘚侵蝕了雕樑畫棟，
> 野蜂在獸環底口裡作了巢，
> 屋脊上的飛魚、鴟吻、銅雀、寶瓶，……
> 狼藉在臭穢的壕溝裡，
> 宇宙乘除了五千個春秋，
> 積塵瘞沒了浮鷗釘，
> 百尺的朱門依然沒有人來開啟。

　　詩人將詩中的現在時間定點在他的寫作之時,然後在幻象中回溯流逝的時間。為了突現過去的五千年的封閉和保守情形,無人開啟的「百尺的朱門」成為一個固定時間的意象載體,幻象中侵蝕樑柱的「黑色的苔蘚」、在獸環口裡作巢的「野蜂」、在壕溝裡狼藉著的舊時古董,參差構造成一組複合的意象群,展現了「朱門」的內景缺少生機,浸漬荒涼,豪奢卻敗落。五千年的漫長歷史被聞一多用幻象縮微為一個瞬間、一組意象時,我們便會為這樣的歷史感到窒息。這時,孫中山出現了,聞一多的筆下也生動起來:

> 風雨如晦雞鳴不已的時候,
> 忽然來了一個愁容滿面的巨人,
> 擎著一只熊熊的火把,
> 走上門前拍一拍門環,叫一聲;
> 「開門呀!」
> 一陣蝙蝠從磚縫瓦罅裡飛出來了;
> 失了膠黏力的灰泥堊粉
> 紛紛的灑落在他頭上。
> 他耳邊但有危梁欹柱解體脫節底異響,
> 總聽不見應門的人聲。
> 滾滾的熱淚流到喉嚨裡來了,
> 他將熱淚咽下了,又大叫數聲,
> 在門扉上拳椎腳踢,
> 在門扉上拳椎腳踢,
> 他吼聲如雷,他淚灑如雨,……
> 全宇宙底震怒在他身上燒著了。

　　聞一多在設置幻象時,沒有滯於真實的事件當中,而是將歷史藝

術化，運用民間史詩中慣用的誇張手法，將要歌頌的主人公置為一個
不凡的世界當中，並且有不凡的表現。孫中山何年何月何日在何處領
導武裝起義，在詩中只用了簡練的春秋筆墨加以提示，詩歌的重心在
於將他塑造成一個有著強烈自省意識，敢於衝擊死亡般現實的「敲門
人」。壯士之命途多舛，孫中山所領導的轟轟烈烈的起義聞一多並未
實見，他用超乎現實的幻象延續著：

> 他是一座洪爐──他是洪爐中的一條火龍，
> 每一顆鱗甲是一顆火星，
> 每一條鬚髯是一條火焰。

　　創作者聞一多彷彿將自己的靈魂也釋放了出來，和故去的孫中山
在情感上融於一體。詩歌雖有異於歷史的真實，但幻象中的熱情與
當事人同樣在一起燃燒著！中國新的歷史場景，在聞一多的詩裡完全
改變了，昇華為一股騰騰向上的激情，幻象於是在激情之河中順流
而下：

> 他揮起巨斧，巨斧在他手中抖顫──
> 摩天的巨斧像山嶽一般倒下來了，
> 驍的一聲──閶闔洞開了！
> 驍的一聲──飛昂折倒了！
> 驍的一聲──黃闕丹墀變成齏粉了！
> 於是在第二個盤古底神斧之下，
> 五千年的金龍寶殿一掃而空……

　　在表現巨斧砍下去的一瞬之間，歷史發生翻天覆地變化的時候，
聞一多的思維中顯然出現了盤古開天地的神話意象，靈感的迅速運動

使他很敏捷地減縮了歷史事實與神話傳說的距離，在幻象中將歷史神話化了。

三　心理活動的格式塔式成象

　　所謂格式塔[22]，是德文 Gestalt 的音譯，意譯為「完形」。格式塔心理學派認為每一種心理現象都是一個格式塔，都是一個被分離的整體，這整體卻並不等於各部分的總和，而是先於部分存在並制約著部分的性質和意義，它在意識中顯現經驗的結構性或完整性。格式塔學派還認為心理現象都存在著「場」，如「物理場」、「環境場」、「生理場」、「行為場」、「心物理場」等，若要對某一種心理現象及其行為機制進行分析，就不能對它的部分因素，而是要對它的整個「場」進行全面的分析。

　　當這種理論運用到對一個存在著的「人」身上時，我們除了描述他的外貌形象、言談舉止，還可能會講述他的過去和現在以及生存環境、社會關係等等，但最不可理喻的，也是最無法用語詞去觸及的，就是一個人（他人）的內心世界。可是，只有觸及它，我們才能夠得到一個完整的「場」。也許，那內心世界在本人那裡如燈火通明，在身外的人那裡　，卻是黑燈瞎火一片，無所謂邊際和盡頭。然而，對一位寫作者來說，他要做就是用自己的靈光去燭照他人，構築與他人同在的「場」。

　　聞一多為了揭示他人的存在「場」，常用數個幻象將要表現的人物處在格式塔化的心理態勢當中，試圖開啟他人的心靈之門。從他的作品來看，這樣的詩作有不少，如〈什麼夢？〉、〈天安門〉等。詩人

---

22 金開誠主編：《文藝心理學術語詳解辭典》（北京市：北京大學出版社，1992年），頁289。

當然更是自己心靈的攝影師，尤其對聞一多這麼一位富有浪漫氣息的詩人來說，他有時在用詩歌中的幻象與自己對話，用它們來展露自己的內心對世界、對生命的感受。〈末日〉、〈心跳〉、〈死水〉等詩中，都留下了聞一多坦誠的內心話語，至今不曾被喧囂的噪音污染。

借〈什麼夢〉來觀察聞一多的幻象創作十分有意思。此詩明顯運用了佛洛伊德的潛意識和性意識理論，然而按聞一多對幻象的分類，詩中的幻象應是能動的幻象，有意識的幻象。因為詩歌的寫作邏輯線索分明，詩中的主人翁的心理活動昭然有序，這是創作者有意識的構思結果。與此同時，詩歌在有意識的寫作中又多次顯示了無意識的幻象。有意識地表現無意識，這就是此詩的特殊之處。

詩中的「她」，在結構主義者的研究範圍中，或許會被當成一個符號；在心理分析者的分析視域裡，或是一個性別代號，或是一種心理類型的指稱；在社會學家的筆記裡，還可能是一類需要關懷的對象。聞一多的這首詩，可以說包含了以上各種內容。但在此，作為詩歌讀者，我們需要把聞一多的「她」看作是一個幻象——想像中的人物來分析。

「她」是此詩中的第一重幻象，詩歌所要展現的「場」即為「她」的生存「場」。「她」是一個什麼樣的人物？讀過這首詩的人都不會忘記，「她」是一個性意識開始甦醒的寡婦。這樣，熟知中國文化的讀者就會立即聯想到舊時寡婦的生存之「場」：對一個舊時寡婦來說，她死了丈夫，但還有義務承擔許多責任，如養老扶小、守貞守潔。他人對她的要求就是她全身心地摒棄自己的要求，這是中國傳統寡婦的一慣命運。詩歌不是用這樣的議論來描寫寡婦的一生，而是用性意識覺醒的幻象來揭示寡婦的內心，那簡直是不可告人的心理。這樣，詩歌顯示了雙重的幻象。在另一重幻象裡，圍繞寡婦的性意識的覺醒與苦悶，設置了四個內心幻象。詩歌在每一節的安排上都是將第一重幻象與第二重幻象結合起來：從外在的情景入手寫到寡婦的內心

獨白，設置的外在情景彷彿是用來起興的，可是和獨白結合在一起看，才會感到，實際上那就是寡婦的的心理幻象。我們不妨從獨白處倒讀：第一節的三、四句是寡婦的首次獨白──

　　「人啊，人啊」她歎道，
　　「你在那裡，在那裡叫著我？」

我們再看詩的前兩句，似乎與人無關，寫到的是外在的事物：

　　一排雁字倉皇的渡過天河，
　　寒雁的哀呼從她心裡穿過，

然而，這外在事物與人相關，寡婦的心理幻象就是從這景物中生出。首先，她將自己心中的幻覺賦予寒雁：「一排雁字」的群體形象用來反襯寡婦的形影孤獨，大雁的「倉皇」又暗示著寡婦內心的慌張和悸動，大雁從寡婦「心裡穿過」則模糊了大雁的具體形象而成為情感流逝的指代。如果不是為了傳達這樣的情感，詩人就不會讓第二句中的「大雁」突然有了溫度感而成了「寒」雁，也不會讓它突然有了像人一樣的情感聲音，會「哀呼」。毫不諱言，詩中這溫度與情感的產生者就是這寡婦。賦予大雁「寒」和「哀呼」可以說是詩人的模糊化寫作，它們實質上是指寡婦內心產生了「寒」和「哀呼」的幻覺、幻聽效果。可是，寡婦為什麼不呼喚天邊飛過的「大雁」而呼喚著「人」呢？她的思維怎麼與前邊的情景脫節？這是因為她的內心又有了另一重幻象，它由「大雁」刺激而促發：「你在那裡」，說明她呼喚的人已離她遠去；「在那裡叫著我」又表明她好像聽見了那個人的聲音，那個人曾是她熟悉的人。從心理分析上講，這就是她產生的一種幻覺，並由此引入幻象的第一步。第二節的情景與另一個新的幻象融

合在一起,即表示時間的「黃昏」和表示心理感受的「恐怖」成為「向她進逼」的威脅勢力,對她造成精神的傷害。她內心的幻象不斷更替,那個從幻覺中來的「人」又在現實中消失,變為心理上的「恐怖」,這使她覺察到生命忽然間變得很空虛,現實中的任何東西對她來說,都構成了一種威脅。到了詩的第三節,她的幻象又成了:「道是那樣長,行程又在夜裡,/她站在生死的門限上猶夷」,她以為自己獨自一個人行進在黑暗的道路上,四處茫茫、無所依靠、只有彷徨。這,又是由恐怖產生的生死幻象。至此,幻象活動幾近結束,「死」的意識湧入了她的大腦,所以,她的臉上出現了「決斷的從容」。「忽然搖籃裡哇的一陣警鐘」,使幻象全盤消失,也使這個可憐寡婦的白日夢斷然破滅,並對自己加以自責。詩中所呈現的心理幻象由是更顯得殘酷無情,讓我們看到渴望人性甦醒的原因正是因為人性受到社會的壓力和規範,同時還看到,人性最終不能甦醒歸於人性自身的弱點。這與其說是一個寡婦的生存悲劇,還不如說是一個現實中人的悲劇。幻象的生成、衍化、破滅、消失,給我們展現的就是這麼一個令人深思的問題。

僅從題材上看,〈什麼夢〉其實並不是一個很新穎的題材。在五四時期的「婦女解放」的聲音裡,這樣的內容不過是時代的一個小小回聲。從表現效果來看,它遠沒有魯迅的〈明天〉、〈祝福〉等作品中塑造的寡婦形象深刻。但是,聞一多在詩歌中表現的潛意識生出的幻象,和當時多數一覽無餘的白描詩歌、白話詩歌相比,從另一方面顯示了內容的深度及其藝術性。

在聞一多的詩作裡,抒情主人公的心理活動直接成象的詩篇往往是幻象最豐富的詩篇。由於心理活動變化的隨意性大,幻象的形式也就不一,它形成的「場」也不免帶有其神秘和奇特的色彩。比如當聞一多坐在芝加哥潔閣森公園裡看到秋天的樹,產生出的連鎖幻象——先是變幻多端的雲的幻象:「哦,這些樹不是樹了,是些絢縵的祥

雲——／琥珀的雲，瑪瑙的雲，／靈風扇著，旭日射著的雲」；再是宮闕的幻象：「哦，這些樹不是樹了，／是紫禁城的宮闕——／黃的琉璃瓦，／綠的琉璃瓦；／樓上起樓，閣外架閣⋯⋯／小鳥唱著銀聲的歌兒，／是殿角的風鈴底共鳴。」（〈秋色〉）再比如那一潭在中國新詩史上「不死」的〈死水〉，也是由一個又一個的幻象疊加著：清風吹不起半點漪淪、銅的要綠成翡翠、鐵罐上將鏽出桃花、油膩織一層羅綺、黴菌蒸出些雲霞⋯⋯如果將真正的綠色翡翠、紅豔的桃花、閃著光澤的羅綺和飄渺的雲霞組成一個圖景，那將以其色彩紛呈而給人以視覺的美感，而文字的「繪畫」則能帶給讀者以無盡的聯想。它們，也就是聞一多從一溝死水中生發出的，充滿了骯髒與黴味的「惡之花」幻象。

　　〈末日〉整首詩以等待一位「客人」的事件表現了等待者的心理幻象。從詩題來看，它取自宗教題材，但與《聖經》中的「末日」無多大聯繫。《聖經》中所講的「末日」是：上帝在末日那一天將派一個使者前來，並安排最後的審判，用他的靈灌注給每個人，在天上他將顯出奇蹟，在地上他將顯出神蹟，使天地這樣：有血、有火、有煙霧、太陽要變黑、月亮要變血紅[23]。而這首詩歌從另一個方面展開，——暴露抒情主人公內心對生命即將消失的惶惑。

　　饒孟侃有一首詩叫〈客人〉，裡面走來一位神秘的「客人」：「客人送了我一壇美酒，／匆匆的一揖走出堂前，／他催我喝了就跟他走，／眉端還鑽著冷的威嚴，／是沉默替代了語言。／／我從酒惹起許多愁恨，／想敲著壇唱一曲悲歌，／無奈客人的船不能等，／門外是順風送著流波，／潮一退了灘險更多。」這首詩和聞一多的〈末日〉一樣，道出了生命中處處存在著危險的事實，但是詩歌缺少精神上產生的深刻震動力，原因就是它缺少了〈末日〉的這種奇異的幻

---

23 劉意青等譯：《聖經故事一百篇》（北京市：中國對外翻譯出版公司，1989年），頁463。

象。因〈末日〉的幻象創作有一定的代表性，特將全詩抄錄如下，以便我們能更清楚地看到幻象的一些特徵：

露水在筧筒裡哽咽著，

　　芭蕉的綠舌頭舔著玻璃窗，

四圍的堊壁都往後退，

　　我一個人填不滿偌大一間房。

我心房裡燒上一盆火，

　　靜候著一個遠道的客人來，

我用蛛絲鼠矢餵火盆，

　　我又用花蛇的鱗甲代劈柴。

雞聲直催，盆裡一堆灰，

　　一股陰風偷來摸著我的口，

原來客人就在我眼前，

　　我咳嗽一聲，就跟著客人來。

此詩在幻象構成上的一個特點是：在心理活動中將自然擬人化，或者說是神化，著力渲染神秘的超自然力量。如第一節詩中的「露水」、「芭蕉」、「堊壁」等，在「我」的眼裡和耳裡都脫去了自然界原有的形貌，神秘地由客觀的存在物變為主觀的自主物。這些物體和有運動機能、有情感活動的生物體一樣，它們會「哽咽」；而且有癖習，「舔著玻璃窗」；能夠行動，可以「往後退」……彷彿冥冥之中的神在安排一切，指使著自然界有意識和無意識的物體都生動起來，使它們充滿了靈性，具備了超自然的魔力。這是聞一多常用的幻象構成方式。

　　第二個特點比較有代表性，即擴大或轉移有限空間的容量，通過想像，開闢現實之外的另外的空間。對表現心理的作家來說，內心即是和自然宇宙同時存在的另一重宇宙，它也有自己的一套生態系統，有時間和空間。按心理學家的說法，內外宇宙是異質同構的，波德萊爾等象徵主義詩人們就強調內心對外界的感應，認為外界是內心的象徵。因而，「我」在「心房裡」照樣同房間一樣，可以「燒上一盆火」，坐在裡面等待客人的來訪。幻象中實在的「我」這時已經失蹤，虛擬的「我」卻在實在的「我」的內心宇宙中生存下來。

　　第三個特點是，詩人在幻象中將功能性的事物非功能化。譬如詩中提到的「火盆」和「劈柴」。照常理來講，禦寒的火盆需要的燃料是柴火或煤炭，聞一多卻將「蛛絲鼠矢」與「花蛇的鱗甲」取而代之。他想抵禦寒冷，並且他一定也知道「蛛絲鼠矢」和「花蛇的鱗甲」難以燃燒，沒有此種功能。這樣，我們讀者所要考慮的就不是火盆暖和不暖和的問題，而是要考慮為什麼詩人要用這非功能性的事物來進行描述。其實，這正是聞一多使用幻象的意圖，他想突出的並非是火盆的功能，而是要用醜陋的、凶惡的事物來引起讀者在感覺上的嫌惡，以此烘托出內心宇宙不合常理的動盪的奇異幻景。

　　第四個特點是對感覺的強化。如前所述，幻象本是一種感覺的形象呈現，它不同於某一個單獨的意象。幻象有一定的時間長度，而意象卻不一定占有時間，幻象還可以將幻覺中的事物擴充、完形，與聯想或推理又不同，後者有一定的邏輯思維規律可循，幻象卻像一個調皮的小精靈，可不打招呼前來拜訪，也可抽身便浪跡天涯。它一旦拜訪詩人，就一定會喧賓奪主，讓所有的意識都被它吸引。如這首詩，幻象從頭到尾貫徹著，並且一直在詩中強化它的靈動變化，中間沒有很明晰的交待句。第一節從筧筒裡露水的哽咽聲中、芭蕉用綠舌頭舔窗、四圍牆壁後退的違反常態的情景裡流露出對外部世界的恐怖意識；「我一人填不滿偌大一間房」又表明「我」被外部世界驚嚇的同

時，感到內心無比的空虛與孤獨，幻覺中的「我」因此顯得格外渺小與無能。這可以說是一個人在意識到自己不被他人需要，被世界拋棄而即將走入末路時的出於本能的一種幻象。隨後「我」的等待也就成為沒有希望和生機的等待，詩歌中所營造的意境是：「我」坐在一個燒著醜陋的爬行物分泌的髒東西的火盆邊，等待一個不知音信的人到來，直等到「雞聲直催，盆裡一盆灰，／一股陰風偷來摸著我的口」，這股來去無蹤影的陰風，把本來已經很有些陰森的氣氛弄得更加神秘。使幻象越發奇特的，是詩歌的末尾兩句，充滿著鬼氣，原先「我」所有的空虛感、孤獨感在這位「客人」出現時，頓時消滅了。作為個人的意識消滅，便意味著人的末日真正地來臨：「我」於是只好「咳嗽一聲」，跟「客人」離開房間。這房間既是人的寄身之地，也象徵著短暫的人世間。在這首詩裡，聞一多逐次無來由地貼近現實世界的終端，躑躅於死亡的邊界，用他的幻象構造了一個惶恐益深以至放棄自身的死亡過程。

在聞一多的幻象世界中，自然與人的關係是平等的。我們已知道他將自然界的事物神化的寫作習慣，這裡，還要補充說明的是：他還將人在幻象中物化。人的物化方式各不相同：有的運用了象徵手法，讓某種事物寓示人的特徵，如〈孤雁篇〉中的「孤雁」，就是遊子的具體幻象；有的運用了比喻手法，如〈忘掉她〉中，詩人把「她」當作了「一朵忘掉的花」。由於人們一般都是從修辭學的角度談到這些詩歌的寫作方法，很少從創作心理去觀照這些比喻和象徵，讀者可能會受到思維定勢的侷限，缺少另一角度的審視。其實，這些寫作方法從創作心理上論，也應算作幻象。

第三節　幻象的接受

如果靠假設強行分析聞一多的幻象接受，一定會出現「畫虎不成

反類犬」的笑話。因為幻象本來是瞬間的思維運動，其後再用言語去描繪它往往如隔靴搔癢。為了避免這樣的笑話，我們只能費點力氣去尋找實證，那就必然要到聞一多選讀的詩歌中去發掘他對幻象的具體認識。

聞一多編選的《現代詩抄》（未完稿）中，入選詩人共六十五位，詩歌作品一九一首。從詩人個體來看，入選詩歌最多的作者是徐志摩，有十三首；其次是艾青和穆旦，各有十一首；再次是陳夢家，有十首。從詩歌流派來看，聞一多所選的詩歌流派主要有（按照文學史的常規劃分）新月派、象徵詩派、現代詩派和七月詩派、西南聯大詩人群。如果我們再統計一下，新月派的詩人有十位，為總人數的六分之一，詩歌有五十一首，占總數的百分之二十七；現代派的詩人有十九位，為總人數的六分之二，詩作十九首，占總數的百分之十；七月詩派的詩人有二十六位，為總人數的五分之二，詩作七十二首，占總數的百分之三十八；西南聯大的詩人有八位，為總人數的八分之一，詩歌三十四首，占總數的百分之十八（其他還有郭沫若、冰心二位詩人不算在派別之內，他們的詩歌作品有十五首），這幾個詩歌流派的創作在中國現代文學史上可以說代表了中國現代新詩的最高成就。

從詩人們的共同特點及其詩歌主張來論，他們都十分注意詩歌創作的主觀性，這可以從人們的評價和他們自己的主張表述上看到：聞一多和徐志摩領導了新月詩派的創作，他們以中國的性靈派和英國的浪漫主義（也含象徵主義、意象主義）詩風為主導，書寫感官的幻覺和心靈的快感，走向審美的理想聖地。朱自清曾肯定過他們這一派是一種「理想」的創作。象徵詩派強調詩歌的暗示功能，重視詩歌的造型，但這種造型卻不是對現實世界的照搬或模仿，通過詩人心靈的主觀成象，在經歷藝術改造、變形後，才賦予形象一種人為的特殊含義。現代詩派延續了象徵派的藝術手法，他們注重表達現代人類的內心感受，在藝術上追求藝術的陌生化，常常在感官上突出描寫對象的

新奇與怪異，表現它有別於現實中對象的另一種形象。西南聯大詩人群繼續現代派的風格，對感知功能也十分重視，內心化處理和思想直覺化就是該派的總特徵。七月詩派強調「主觀擁抱客觀」，雖然研究者普遍認為該派在詩歌的風格上體現出現實主義的特徵，但不可否認其主觀感情的鮮明。可以這麼說，幻象是這些詩派誕生藝術的最為受寵的胚胎。

　　從詩作的整體看，含有幻象成分的詩篇大約占有一半以上。單從個人作品論，入選詩作最多的徐志摩的十三首詩歌中，如〈雲遊〉、〈月下雷峰影片〉、〈常州天寧寺聞禮懺聲〉裡都有超乎實景的幻象在展翅飛翔。以聞一多自己的詩作為例，有九首入選，其中幻象成分較濃的是〈也許〉、〈末日〉、〈春光〉、〈死水〉、〈奇蹟〉，占總數的一半以上。

　　此外，還可統計一下聞一多的譯詩，聞一多的譯詩主要來自英國近現代的詩歌，作者共九位，幾乎都屬浪漫派。在他們的詩歌中，主觀抒情性是其明顯的標誌。按照我們對幻象的定義，主觀的抒情是幻象滋生蔓延的土壤，幻象是浪漫詩歌的創作硬件。

　　然而，這幾乎是詩歌領域中的一個常識——詩派不同、詩人的個性不同、詩歌創作的時代不同的情況下，將詩歌按某種風格劃到一起是非常困難的。「風格」僅是一個具有歷史範疇的詞彙，但如果向「幻象」尋求幫助，倒是不用強作巧婦。用它作為統一這些詩歌的黏合劑，有利於我們進一步認識聞一多接受上的幻象觀。

　　聞一多編選詩歌時有一個不宣自明的幻象原則，那就是神秘性原則。在浪漫主義的美學原則中，神秘是美的本質。十九世紀法國的浪漫派作家夏多布里昂就說過：「除了神秘的事物以外，再沒有什麼美麗、動人、偉大的東西了」[24]。聞一多在選譯詩的時候以神秘作為作

---

24 蔣孔陽主編：《二十世紀西方美學名著選》（上）（上海市：復旦大學出版社，1987年），頁323。

品的入選條件：有的詩展現宇宙的神秘，有的勾勒出感知覺的神秘，有的營造著另一個非現實世界的神秘……它們讓人們的靈魂超越現實的時間和空間、知覺和感情，到一個神秘的不知名的上空周旋。

　　舉例說來，展現宇宙的神秘的詩篇有 John Macbeiull 的〈我要回海上去〉、哈代的〈幽舍的麋鹿〉、郝士曼的《「從十二方的風穴裡」》、徐志摩的〈月下雷峰影片〉、方瑋德的〈微弱〉、陳夢家的〈雞鳴寺的野路〉、郭沫若的〈筆立山頭展望〉、〈立在地球邊上放號〉、〈夜步十里松原〉、冰心的《春水》〈一二四〉、王獨清的〈月光〉、蘇金傘的〈雪夜〉、林庚的〈秋之色〉等。由這些詩歌建築出的宇宙是神秘的：荒涼的海上「一只樓船，一顆星兒作她的嚮導，／還有龍骨破著浪，風聲唱著歌，白帆在風裡搖，／海面上一陣灰色的霧，一個灰色的破曉」（《我要回海上去》）；幽舍裡，「有人從外邊望進來，／從窗簾縫裡直望；／窗外亮晶晶的滿地發白」，而房內的人被「桃色的燈光輝映著」，「看不見那一雙眼睛」，於是「直發楞，閃著光，／四隻腳，踧著望」（〈幽舍的麋鹿〉）；十里松原，有「無數的古松」，它們都「高擎著」「手兒沉默著在讚美天宇」，「他們一枝枝的手兒在空中戰慄，我的一枝枝神經纖維在身中戰慄」（〈夜步十里松原〉）；雪夜，有「甘美醉人的」「夜雪的靴聲」，「雪片潛入眉心，銜啄心中新奇的顫震，像錦鷗投身湖泊擒取游魚」（〈雪夜〉）；當月光「在海面上畫出了銀色的裝飾一條」，風輕輕、輕輕「把海面吻起了顫抖的歡聲」，「我」就想讓「海底歎息把我圍在中央，／我好一步步地踏著光明前往，／好走向，走向那遼遠的，人不知道的地方」（〈月光〉）……詩中的神秘性常常表現為詩人的魂靈被宇宙的偉力、美力所震懾而恍惚迷離，不知所然。

　　勾勒出感、知覺神秘的有〈白朗寧夫人的情詩〉、勞倫斯·霍普的〈沙漠裡的星光〉、郭沫若的〈天狗〉、方瑋德的〈幽子〉、〈風暴〉、俞銘傳的〈以呢帽當雨傘〉、〈夢去了〉、羅莫辰的《永夜》、陳

夢家的〈當初〉、陳江帆的〈欲曙〉、何其芳的〈河〉、史衛斯的〈獨遊〉、玲君〈鈴之記憶〉等。這些詩都由外物觸發詩人的感覺和知覺，但不被外物震懾，而在心中產生一種從未有過的新鮮滋味，它誘使創作主體乃至接受客體不由自主地去追蹤它的來源，可它是天外來風、神來之感，無影無蹤，即使遇上了精明神算的福爾·摩斯，也會讓他失職。如白朗寧夫人被愛情激活後，突然間感到「我想全世界的面目已經改變，／自從我聽見你那靈魂的步履／經過我的身邊，悄悄的走去，／通過了我和幽冥的絕墾，心裡盤算，／定是沒救了，誰知道卻是過慮，……／愛把我一手撈起，還教了我一曲／生命的新歌」（〈白朗寧夫人的情詩〉七）；如郭沫若以為自己異化成了一隻「天狗」，要吞日月、星球、宇宙，還要自食：「我剝我的皮，／我食我的肉，／我嚼（筆者注：《女神》版中「嚼」為「吸」）我的血，／我齧我的心肝」（〈天狗〉）；史衛斯的目光「一倦停在白雲上」時，他感覺「一搐鞭」，就動起了他的「鄉思」，於是他眼裡的山變得「多鬱」，耳邊響著的鐘聲重得也能夠「壓住行人的帽子」（〈獨遊〉）；俞銘傳「以呢帽當雨傘」是為了「頭的感覺漸漸和心的感覺平衡」，因為他的心既沉重又雜亂，渴望一種超脫，能像「阿拉伯人騎一匹駱駝／獨過月光下的千里沙漠」（〈以呢帽當雨傘〉）……這些詩人的內心常常湧現的就是《滄浪詩話》中最原始意義上的「水中之月，鏡中之像」、「羚羊掛角，無跡可求」的幻象，它們可見而不可觸摸，可感而不知其因。創作主體感覺上的神秘感不僅突現了主體自覺性的加強，也帶動讀者對自己潛睡的感知狀態生出極大的興趣。

營造另一個非現實世界的神秘性的詩中，詩人一方面保留一些現實的影子，一方面調動想像功能，並將幻象中的世界寓言化。有關此類題材的詩有戴望舒的〈夜行者〉、俞銘傳的〈郊〉、〈隱居者〉、廢名的〈理髮店〉、聞一多自己的〈也許〉、徐志摩的〈雲遊〉、玲君的〈山居〉、汪銘竹的〈法蘭西與紅睡衣〉、艾青的〈青色的池沼〉、〈透

明的夜〉、穆旦的〈詩八首〉、王佐良的〈詩〉……這些詩雖有的將現實作為藍本，但是通過詩人的藝術思維，原來的世界幾乎改變了原先的模樣，呈現出神化的性質。基本上是由詩人潛入內心捕捉飄渺的思緒，再建造一個「海市蜃樓」。在那裡，看上去是凡人的一顰一笑、一哀一歡，可讀者仔細一琢磨，都含有神秘莫測的意味。

穆旦的〈詩八首〉，由於他採用了暗示、隱喻的表現手法，使詩歌相應地衍生出多種解讀方式，它的內容也就有了多元指向：像是訴說一種無望的愛情經歷，又像是描述理想的失落，還像是陳述一段內心的幻夢。詩中的「我」與「你」都因詩人賦予的抽象意義而產生出神秘性質。

廢名的詩歌，由於他的奇特聯想和佛學色彩而富有神秘的意味。如他的〈理髮店〉一詩，雖描寫了他身邊的理髮店，可是他神游萬仞，將「理髮匠的胰子沫」和宇宙的關係與「魚」和江湖的關係聯繫起來，將「匠人手下的剃刀」與人類的理解聯繫起來，將「牆上下等的無線電」的打開與「靈魂之吐沫」聯繫起來，這種種關聯，使詩歌出現了現實與非現實的兩重世界。被陳述的現實世界容易認識，然而，另一重被聯想的世界對詩人思想之外的讀者無疑顯得神秘難測。

可以說，現代派詩歌在為人所接受的原因之一，就是因為它們展現了詩人瞬息變化的內心活動，而這樣的活動對詩人來說，非常豐富；對讀者來說，是豐富的神秘。

不僅現代派詩歌這樣，被人們認為是代表了現實主義最高成就的詩人艾青的詩歌，即使是描繪夜景的詩篇，也不排斥神秘色彩。如〈透明的夜〉所描繪的：一群酒徒，「闊笑」著，走到殺牛場去喝牛肉湯，他們是「夜的醒者」，「火一般的肌肉」裡充滿著「痛苦、憤怒和仇恨的力」，吃完肉、喝完酒後，這群人「離了沉睡的村，向／沉睡的原野／譁然的走去」。這神秘之處在於，詩人既未交代前因，也未安排後果，一切的前因後果都被詩人小心地掩蓋了。詩中雖提到酒

徒的身分、表情、舉止，但都設置了一定的空白讓者的想像去補充。這段空白，便是神秘的空白。所以，艾青的詩雖看上去有真實的景物和人物作襯托，由於空白的設計，使詩歌產生出象徵的神秘意味，無論是人物還是景物，都失去了現實的真實，所有的是詩人造夢般的虛幻。

聞一多的幻象論思想來自中國傳統的性靈派詩學思想，同時也受到歐美文學思想的薰陶，他崇尚幻象，認為幻象是詩歌中一大重要的元素，而且它既是一種創作活動，也是一種審美活動，在創作上有能動與所動之分，從接受美學上說，它具有神韻和奇誕的特徵。在營建幻象的詩歌創作中，聞一多遠離詩人現實中的身分，塑造幼童式的成象，並將歷史與現實中的人、事著上傳奇的色彩，還給詩歌中的人物心理活動以格式塔式的成象，用幻象的斷裂、疊加來合成詩歌的意義，將自然神化、通過想像擴大心理空間，使功能性的事物非功能化，強化感覺的作用。在接受幻象時，他遵守的是神秘性原則，偏好表現宇宙、感知覺和非現實世界幻象的詩歌。在此基礎上，聞一多的幻象詩學導向了現代詩歌的審美品格。

第三章
情感論

　　如果說「意象」和「幻象」是聞一多早期詩學思想中特別加以強調的一部分，那麼，情感則是他詩學觀念中貫穿始終的一條主線。

　　首先，聞一多肯定情感的重要性。他認為情感是詩歌產生的源泉，是詩歌的重要成分。一九二一年六月，聞一多在《清華週刊》上發表的第一篇評論〈評本學年《週刊》裡的新詩〉中，將情感與幻象、聲、色一起，列為批評的尺度。一九二六年，歸國回來一年後，面對學生為國獻身，聞一多忍不住感慨：藝術的真源是「偉大的同情心」(〈文藝與愛國──紀念三月十八〉)[1]。在研究古老的文學時，聞一多為之激動的是「情」，「是詩便少不了那一個哀豔：『情』字」[2]，他不無感歎地稱讚莊子是文學家，「莊子是開闢以來最古怪最偉大的一個情種；若講莊子是詩人，還不僅是泛泛的一個詩人」，因為「《三百篇》中是勞人思婦的情；屈宋是仁人志士的情」，而莊子的情難以說清，「只有超人才載得住他那種神聖的客愁」，莊子的作品中充滿了情之魅力，卻非一般人之情。在〈孟浩然〉的論文中，聞一多依然以情為綱，把它當作判斷詩歌成就的一個重要標準：「情當然比學重要得多。說一個人缺少情的深度和厚度，等於說他的詩的質不夠高。」[3]四十年代，聞一多在〈西南采風錄序〉中講到「我們需要」的不是「精神上的天閣」，而是要「原始」、「野蠻」的情緒[4]。在〈時代的鼓

1　聞一多：《聞一多全集》(2)（武漢市：湖北人民出版社，1993年12月），頁133-134。
2　聞一多：《聞一多全集》(9)（武漢市：湖北人民出版社，1993年12月），頁9。
3　聞一多：《聞一多全集》(9)（武漢市：湖北人民出版社，1993年12月），頁53。
4　聞一多：《聞一多全集》(2)（武漢市：湖北人民出版社，1993年12月），頁195-196。

手〉中，他痛惜「聲律的進步」用了「情緒的萎頓」作為代價，而人們需要「鼓的情緒」，「鼓舞你愛，鼓動你恨，鼓勵你活著，用最高限度的熱與力活著，在這大地上」，所以詩的先決條件就是「積極的，絕對的生活欲」[5]。

　　其次，聞一多提出詩歌中的情感有內容上的差異，可以劃分等級，這與他的經歷有關。在〈《冬夜》評論〉裡他以為：「只有男女間戀愛底情感是最烈的情感，所以是最高最真的情感。」[6]遠離故國時，聞一多又覺得「愛國思鄉」的作品「若出於至性至情，價值甚高，恐怕比那些無病呻吟的情詩又高些」[7]。一九二六年屠殺學生的「三・一八」慘案發生後，聞一多高頌愛國精神——「愛國精神在文學裡，可以說是與四季之無窮感興，與美的逝滅，與死的逼近，與對婦人的愛，是一種同等重要的題目……詩人應該是一張留聲機的片子，若得著死難者的熱情的一部分，便可以在文藝上大成功；若得著死難者的熱情的全部，便可以追他們的蹤跡，殺身成仁了」（〈文藝與愛國——紀念三月十八〉）[8]。

　　第三，聞一多指出情感並不等於藝術，生活中的情感不是都可以作詩，詩歌的情感需要藝術的傳達方式才能感動讀者。二十年代，聞一多就在〈評本學年《週刊》裡的新詩〉[9]中說到「尋常的情操[10]（sentiment）不是不能入詩，但那是點石成金的大手筆底事，尋常人萬試不得」，在評論同學的〈慈母〉一詩時，他還特別說到詩歌情感需要藝術的表達方式，「我不能懷疑〈慈母〉底情感的依據，但作者

5　聞一多：《聞一多全集》（2）（武漢市：湖北人民出版社，1993年12月），頁197-201。
6　聞一多：《聞一多全集》（2）（武漢市：湖北人民出版社，1993年12月），頁89。
7　聞一多：《聞一多全集》（12）（武漢市：湖北人民出版社，1993年12月），頁162。
8　聞一多：《聞一多全集》（2）（武漢市：湖北人民出版社，1993年12月），頁133-134。
9　聞一多：《聞一多全集》（2）（武漢市：湖北人民出版社，1993年12月），頁40-53。
10　聞一多對「情操」解釋可參照他的〈《冬夜》評論〉，他認為「情操」是人本的情感。

不懂藝術，所以有了意思達不出來，達的不像詩」，而詩能感人正在一種「龍文百斛鼎，筆力可獨扛」之處。

第一節　濾擇：情感與詩歌

　　幾乎沒有詩人詩論家會忽視詩歌與情感的關係，在聞一多發出詩歌與情感有關係的議論之前，就有過很多的聲音存在。

　　在中國的詩論裡，先秦的〈毛詩序〉就說到過「詩者，志之所之也，在心為志，發言為詩。情動於中而形於言，言之不足故嗟歎之，嗟歎之不足故歌詠之」[11]；晉代的陸機也說「昔詩人什篇，為情而造文」[12]；唐代的白居易認為「大凡人之感於事，則必動於情，然後興於嗟歎，發於吟詠，而形於歌詩矣」[13]；宋代的嚴羽逕直說「詩者，吟詠性情也」[14]；明代的焦竑強調詩是「人之性靈之所寄也」，「其感不至，則情不深，情不深則無以驚心而動魄」[15]；清代的王夫之則以為「詩以道情」[16]，袁枚則強調「文以情生，未有無情而有文者」[17]。西方詩論中，古希臘時代的「百科全書」式的學者德謨克利特就說詩

11　武漢大學中文系中國古代文學理論研究室編：《歷代詩話詞話選》（武漢市：武漢大學出版社，1984年），頁1。

12　武漢大學中文系中國古代文學理論研究室編：《歷代詩話詞話選》（武漢市：武漢大學出版社，1984年），頁2。

13　武漢大學中文系中國古代文學理論研究室編：《歷代詩話詞話選》（武漢市：武漢大學出版社，1984年），頁4。

14　武漢大學中文系中國古代文學理論研究室編：《歷代詩話詞話選》（武漢市：武漢大學出版社，1984年），頁9。

15　武漢大學中文系中國古代文學理論研究室編：《歷代詩話詞話選》（武漢市：武漢大學出版社，1984年），頁10。

16　武漢大學中文系中國古代文學理論研究室編：《歷代詩話詞話選》（武漢市：武漢大學出版社，1984年），頁13。

17　武漢大學中文系中國古代文學理論研究室編：《歷代詩話詞話選》（武漢市：武漢大學出版社，1984年），頁19。

歌的美是「一位詩人以熱情並在神聖的靈感之下所作的一切詩句」[18]；近代的浪漫主義詩人華茲華斯在他的〈抒情歌謠集序〉中也對情感與詩歌的關係作過說明：「詩是強烈情感的自然流露。它起源於在平靜中回憶起來的情感。詩人沉思這種情感直到一種反應使平靜逐漸消逝，就有一種與詩人所沉思的情感相似的情感逐漸發生，確實存在於詩人的心中。」[19]現代詩人艾略特也說過：「詩歌是有意義的感情的表現。」[20]古今中外的詩人和詩論家以自身的寫作經驗和長期研究證明，情感與詩有著密切的關係，情感是詩歌中的一大要素。

理論家們在注意到情感與詩的關係時，又提出藝術情感的獨特性。如科林伍德所說：「如果藝術不是一種技藝，而是情感的表現，則藝術家與觀眾之間的差別就消失了。」[21]艾略特說得更加明確，「詩歌不是感情的放縱，而是感情的脫離；詩歌不是個性的表現，而是個性的脫離」[22]。

既然詩歌要有情感的參與，那麼，詩中的情感與一般的日常生活中的情感有什麼區別呢？

詩歌中固然寄託著詩人的情感，但是這種情感與一般生活中的情感含義差別很大。

其一，二者的內涵與外延不同。心理學上定義的情感是「人對於客觀現實的一種特殊反映形式，是人對與之發生關係的客觀事物（包

---

18 中國社會科學院外國文學研究所編：《歐美古典作家論現實主義和浪漫主義》（北京市：中國社會科學出版社，1980年3月）。

19 中國社會科學院外國文學研究所編：《歐美古典作家論現實主義和浪漫主義》（北京市：中國社會科學出版社，1980年3月），頁268。

20 〔英〕托‧斯‧艾略特：《艾略特文學論文集》（南昌市：百花洲文藝出版社，1994年），頁11。

21 蔣孔陽主編：《二十世紀西方美學名著選》（上）（上海市：復旦大學出版社，1987年），頁100。

22 〔英〕托‧斯‧艾略特：《艾略特文學論文集》（南昌市：百花洲文藝出版社，1994年），頁11。

括自身狀況）的態度的體驗」[23]。因而一般意義上的情感可以指人之常情，如《禮記》中說到的「喜、怒、哀、懼、愛、欲、惡」，它們是人們在現實生活當中產生對某事或對某人的社會性的情感，通常表現出人類情感的共通性，喜、怒、哀、懼就是基本的情緒形式[24]，而且，情感還有性別特徵和民族性、地域性、階段性特徵。詩歌的情感只是生活中情感的一小部分，它可以在生活中因循事物發展規律而產生，也可以通過詩人的想像產生，但與一般情感差別最大的一點是，一般的情感隨著情感產生的主體的存在而存在，隨著他思想的變化而變化，當情感投射到他人身上時，有真偽之分；而詩歌中的情感來源於詩人（有可能詩人從他人的經歷或遭遇中獲得）。對詩人這一創作者來說，它有真偽之分。只有真的情感（想像和虛構只是表現情感的手段）才能在詩人筆下成為真正藝術的一部分，思想觀念中的理想和願望在某種意義上也應該歸之為「真」的情感，如存在主義者海德格爾所說「歌吟與思／血緣上鄰近詩。／／它們都來自存在而到達存在的真理」[25]，藝術是「真理的生成與發生的事件」[26]，藝術作品不一定是真實的物體在活動，而是真理的活動，而且「美是真理作為無遮蔽狀態而發生的一種方式」[27]。詩人情感之真使藝術作品具有了再生性或永恆性的特徵，經得起任何時代、任何地域和種族、性別的讀者的閱讀。可以說，詩人的「真」情感是詩歌永久的生命養分。

---

23 金開誠主編：《文藝心理學術語詳解辭典》（北京市：北京大學出版社，1992年10月），頁138。

24 金開誠主編：《文藝心理學術語詳解辭典》（北京市：北京大學出版社，1992年10月），頁142。

25 成窮、余虹等譯：《海德格爾詩學文集》（武漢市：華中師範大學出版社，1992年），頁11。

26 成窮、余虹等譯：《海德格爾詩學文集》（武漢市：華中師範大學出版社，1992年），頁64。

27 成窮、余虹等譯：《海德格爾詩學文集》（武漢市：華中師範大學出版社，1992年），頁50。

其二，二者的感知方式不同：生活中的情感只由產生情感的本人體會並通過他的表情和行為體現出來，其他人只能從情感產生者的行動或形態上旁觀他的情感，而詩歌中的情感具有審美特性，它可以通過詩歌文字或閱讀者的審美活動，喚起閱讀者的情感，為詩人以外的其他的人所感知、體驗，從而超越物質生活感受，上升到審美的精神境界。而且，詩歌情感的美學境界遠遠比物質生活中的情感豐富，它有多種層次：激情、豪情、柔情、溫情、愛情、哀情等。

其三，人們對二者的追求目標不同：在堅守道德原則的社會生活中，人們通常以「善」的情感為第一類情感，「真」的情感為第二類，而功利性不強的「美」的情感則列在它們的後邊。詩歌當中的情感的排列方式也是由多種因素決定著，受到社會思潮、詩人氣質，以及文化積澱、道德風尚以及審美導向的影響。對詩人來說，詩歌情感應該表現出詩人情感的個性特徵。內傾型的詩人以表現含蓄的情感為上，外傾型的詩人認為直率的情感流露更佳。就道德風尚而言，在道德規範保守的時期，詩人們或許會以「崇高」、「壯美」為詩歌的最高審美原則，詩歌要表現的情感也應是一種人類最崇高的情感；在道德規範自由，人類個性趨向自由的時候，人們的審美原則也會發生一定的變化，詩人在某種程度上也同樣趨向於表現自由的感情，這種感情可以包含人類現實層的，甚至是潛意識層的感情，也許它們就是曾經被人們批判的私人化的感情；在道德原則淪喪的時候，一些庸俗的猥瑣的感情也可能寫成文字，擠入文學的天地。再細說，比如文學創作主題中愛情的主題往往被當作是永恆的主題，但是隨著道德原則的變化，愛情題材的作品中的是非判斷也會隨著發生變化。當人們嚴守道德規範時，文學中所表現的忠貞不變的愛情是人們所稱道的；在道德規範自由時，人們以為愛情所要求的是真，而不是永遠不變，文學中的愛情就需要作出另一種是非判斷。

其四，情感的真實度也不一樣：現實中的情感發生因主體的客觀

存在而表現為真實的存在，即使是虛假的情感，其產生動機也應當本
著內心的真實，只是它沒有遵循一定的道德原則。而文學中的情感是
藝術表現的內容，創作者有主觀上的一定限度內的自由，他既可以像
自然主義者那樣處理感情，如鏡子般地將一切高尚的與庸俗的感情加
以再現，當然也可以對現實中的情感加以純煉、蒸發、改變、扭曲，
或者重新造型，用表現主義的手法渲染主觀的感情色彩；而且，還可
以用浪漫主義的情懷，以理想作為最高的情感真實；採取唯美主義的
態度，以「美而不真」當作美的核心，這也不是不行。從題材上論，
表現起居飲食、七情六欲、或坑蒙拐騙等種種行為的文學，都會流露
出作家的情感。但是，在現實主義詩人那裡，只要感情真實就能登上
詩歌的殿堂，而在浪漫主義那裡截然避免現實中庸俗的世俗情感，只
追求理想中真的、美的和善的感情。唯美主義認為「惡習與美德對於
藝術家來說是某種藝術所需要的材料」，「沒有合乎道德的或不道德的
書這種東西。書本有寫得好壞之分，僅此而已」。[28]在現代主義者筆
下，一切的表面的真實都是虛偽的，只有揭示醜的才是美的，暴露假
的才是真的，鞭撻惡的才是善的。他們要做的「不是感情的放縱，而
是感情的脫離」[29]。

　　生活中的情感和藝術當中的情感有如此之多的不同處，從聞一多
的議論來看，他已經注意到了，並表示十分重視詩歌表現情感的特性。
追索他的理論來源，我們或許還能尋找到他情感理論的核心內質。

　　就聞一多情感論的接受範圍來說，他受到過「詩緣情」的觀念薰
陶，一直熱愛性靈派的文學。無論是中國的陶淵明、李賀、李義山、
嚴羽、袁枚還是西方的莎士比亞、華茲華斯、雪萊、柯勒律治、王爾

28　〔英〕王爾德：〈道林‧格雷的肖象序〉，見蔣孔陽主編：《十九世紀西方美學名著
　　選》（英法美卷）（上海市，復旦大學出版社，1990年3月），頁225-226。
29　〔英〕托‧斯‧艾略特：《艾略特文學論文集》（南昌市：百花洲文藝出版社，1994
　　年），頁11。

德們的詩歌詩觀都經常被他擊節引用。在他看來，詩歌情感的核心，是美，也是真。具體而論，這種影響主要又來自兩個人——一個是對中國的審美哲學產生巨大影響的莊子，一個是英國浪漫主義詩人濟慈。

聞一多在論文〈莊子〉中把莊子放在文學史的至高地位上：他認為作為哲學家的莊子與文學的關係重大，他的《南華經》是「千真萬真的文學」，「他的思想的本身便是一首絕妙的詩」，莊子那種「思想與文字，外型與本質的極端調和，那種不可捉摸的渾圓的機體，便是文章家的極致」，他的哲學「與其說是哲學，毋寧說是客中思家的哀呼」，「與其說是尋求真理，毋寧說是眺望故鄉，咀嚼舊夢」，這種「思念故鄉的病意，根本是一種浪漫的態度，詩的情趣」[30]。既然莊子被聞一多認定為文學家中的典範，他對「情」的渲染也同樣為聞一多所肯定——「莊子是開闢以來最古怪最偉大的一個情種」[31]。精通莊子的聞一多是熟知莊子對情的看法的：莊子認為情存在於萬物當中，「人之有所不得與，皆物之情也」，「若夫藏天下於天下而不得所遯，是恆物之大情也」（〈大宗師〉）；「若有真宰，而特不得其朕。可行己信，而不見其形，有情而無形」（〈齊物論〉）；「如求得其情與不得，無疑損乎其真」（〈知北遊〉）。莊子所認為的情是人類最自然最純真的感情，它本質屬性是真，「真者，精誠之至也。不精不誠，不能動人」（〈漁父〉）。他還認為情並不排斥人的本能欲望，「人大喜邪，毗于陽；大怒邪，毗于陰。陰陽並毗，四時不至，寒暑之和不成，其反傷人之形乎！使人喜怒失位，居處無常，思慮不自得，中道不成章。……彼何暇安其性命之情哉！」（〈在宥〉）但是，他排斥世俗的「軒冕」之情，「軒冕在身，非性命也；物之儻來，寄者也」（〈繕性〉）。因而，受到過莊子情感觀薰染的聞一多，在審美上也特別強調

---

30 聞一多：《聞一多全集》（9）（武漢市：湖北人民出版社，1993年12月），頁3-18。

31 聞一多：《聞一多全集》（9）（武漢市：湖北人民出版社，1993年12月），頁3-18。

文學情感的真和它的超功利性。

　　聞一多同時還受到西方美學思潮的影響。儘管很多研究者從聞一多的詩中讀出唯美主義氣息，然而，我們不能簡單地認為他就是一個唯美主義者。對美的看法，他是有選擇性的。唯美主義與現實主義、浪漫主義雖然都強調文學的美，可是，審美的標準各不相同。如王爾德曾形象表達它們之間的區別：「十九世紀對現實主義的厭惡，正是醜惡而殘忍的人在鏡中看到自己面容後發出的狂怒。十九世紀對浪漫主義的厭惡，正是醜惡而殘忍的人沒在鏡中看到自己面容而發出的狂怒。」[32]現實主義以再現生活真實的面目為美，浪漫主義以超越現實生活的想像真實為美，唯美主義卻不在意想像的真假，境界的高低，追求的是「美而不真」[33]。而聞一多認為真是美的前提，是真的才可能是美的。因此，他並不是真正意義上的唯美主義者，而他的美學觀更接近英美十九世紀的浪漫主義的美學觀。

　　浪漫主義詩人濟慈是聞一多崇拜的對象之一。在〈西岸〉和〈藝術底忠臣〉的詩歌中聞一多都引用過濟慈的詩，歌頌過濟慈發散出來的耀眼光芒：「無數的人臣，彷彿真珠／攢在藝術之王底龍袞上，／一心同贊御容底光采；／其中只有濟慈一個人／是群龍拱抱的一顆火珠，／光芒賽過一切的珠子。」[34]而閃耀著奪人之光的濟慈本身是一個信仰「美即是真、真即是美」的浪漫主義作家。在〈致柏萊〉的信中，濟慈談到對美和真的看法：「我只確信心靈所愛的神聖性和想像的真實性——想像所認為美的一切必然也就是真的——不管過去它存在過沒有——因為我認為我們的一切激情和愛情一樣，在他們崇高的

32 蔣孔陽主編：《十九世紀西方美學名著選》（英法美卷）（上海市：復旦大學出版社，1990年3月），頁225。

33 蔣孔陽主編：《十九世紀西方美學名著選》（英法美卷）（上海市：復旦大學出版社，1990年3月），頁215。

34 聞一多：《聞一多全集》（1）（武漢市：湖北人民出版社，1993年12月），頁71。

時候，都能創造出本質的美。」[35]這觀點恰恰和被聞一多讚賞寫過
「千真萬真的」美文學的莊子的觀點有不謀而合之處。這種對情感
「真」的追求還使聞一多為自己最早的一本手抄詩集取名《真我
集》。顧名思義，他想表達的是自我最真實的情感。對「真」和「美」
的反覆提及，都說明聞一多將它們看作是文學情感的本質核心。

　　既然聞一多以「真」（即「美」）為文學情感的內核，他對一流情
感與二流情感的劃分標準我們便也可迎刃而解了。在〈《冬夜》評論〉
中，聞一多受奈爾遜的影響，將情感分為一流與二流。他認為：二流
情感包括「諷刺，教訓，哲理，玄想，博愛，感舊，懷古，思鄉」，
還有「閒愁」、「贈別」，「寄懷」是「人本的情感」，用「理智的方法
強造的」，屬於情操。據聞一多引用的奈爾遜對於「情操」的解釋，它
又是「用於較柔和的情感，同思想相連屬的，有觀念而發生的情感之
上，以與熱情比較為直接地倚賴於感覺的情感相對待⋯⋯像友誼，愛
家，愛國，愛人格，對於低等動物的仁慈的態度一類的情感，同別的
尋常稱為『人本』之情感，⋯⋯這些都屬於情操」[36]。他認為一流情
感則是指「男女間戀愛的情感」，這種情感是「最烈的情感」，是「最
高最真的情感」。顯然，從聞一多所用的評論詞「最高最真」中不難
領會，他的情感理論核心正是指向感情的絕對的「真」，合乎天道的
本能的純「真」。聞一多認為「說一個人缺少情的深度和厚度，等於
說他的詩的質不夠高」[37]，這「情的深度和厚度」同樣指向情感之
「真」的特性。情感的「深」與「厚」非偽情、假情、虛情、矯情所
能承受，它們的屬性是「真」，是一般人不能看到、不能把握的，它
蒙蔽在事物表面之下。作為文學的表現題材，聞一多認為男女之間的

---

35 《歐美古典作家論現實主義和浪漫主義》（北京市：中國社會科學出版社，1980年3
　　月），頁296。

36 聞一多：《聞一多全集》（2）（武漢市：湖北人民出版社，1993年12月），頁88。

37 聞一多：《聞一多全集》（9）（武漢市：湖北人民出版社，1993年12月），頁53。

戀愛、愛國思鄉「若出於至性至情」,「與四季之無窮感興,與美的逝滅,與死的逼近,與對婦人的愛,是一種同等重要的題目」(〈文藝與愛國——紀念三月十八〉)[38],「重要」的原因在於它們憑依的情感的標準是——「真」。〈西南采風錄序〉[39]中講到「原始」、「野蠻」的情緒和〈時代的鼓手〉[40]中所說的人們需要「鼓的情緒」也都是指「真」的表達方式,只有表達這種人類最為本真的情緒才可以「鼓舞你愛,鼓動你恨,鼓勵你活著,用最高限度的熱與力活著,在這大地上」。聞一多高聲讚頌的這些一流的情感無一不是「真」的情感。他認為,只有這些散發著「真」的光芒的詩歌,才是最有價值的一流的詩歌。

　　在聞一多看來,二流情感的詩歌是憑人本的情感理智的作用而成的,是人對於外在世界的能動反應,非自然的一種人工性的情感,或者說不是天道的,而是人道的。它包含著善或惡、是與非、好與壞的需要辨別的情感,是人的情操。我們不妨推斷,聞一多所謂的詩歌的二流情感就是一種相對於「真」而言的「善」的情感。

　　聞一多對情感的劃分方式和審視尺度除了受惠於莊子,還直接牽涉到中西傳統詩論的潛在影響,即中國的傳統詩論關於詩歌眼界與立意的高低的標準,直接影響到聞一多對文學題材的劃分。從創作上講,傳統詩人普遍注意詩歌的「格」的高低與「境」之大小,如王昌齡說「詩有五趣向」,排在第一位的就是「高格」,並且「意高則格高」[41];薛雪給學詩者這樣的忠告,「學詩須有才思,有學力,尤要有志氣,方能卓然自立,與古人抗衡」[42]。在長期的「詩言志」的詩教

---

38 聞一多:《聞一多全集》(2)(武漢市:湖北人民出版社,1993年12月),頁133-134。

39 聞一多:《聞一多全集》(2)(武漢市:湖北人民出版社,1993年12月),頁195-196。

40 聞一多:《聞一多全集》(2)(武漢市:湖北人民出版社,1993年12月),頁197-201。

41 陳良運主編:《中國歷代詩學論著選》(南昌市:百花洲文藝出版社,1995年),頁231。

42 陳良運主編:《中國歷代詩學論著選》(南昌市:百花洲文藝出版社,1995年),頁971。

下，何為高志呢？中國人一般以為「志當存高遠」，在正統的觀念中，「內聖外王」、「修身齊家治國平天下」這才算是人之大志，而「玩物喪志」，沉迷於聲色犬馬的感官享樂當中的人則不能成器。他們把表現對公眾的情感，傳達對國家熱愛的情感，看作為文學中的第一流情感。可是在西方以人性論為基礎的人生觀中，人是有感情的動物，是因愛而生、因愛而死的動物，在古典浪漫主義文學中，愛情至上的主題幾乎壓倒了其他的文學主題而獲得最大的宣揚。歐洲文藝復興時期以來，歌德等人將女性視為女神，以致於在這位影響力巨大的偉大詩人後面，一群浪漫派詩人都是將聖潔的光輝灑向女性，傾訴純潔感人的愛情。所以，對歐美浪漫主義文學產生濃厚興趣的聞一多會在文學批評中，讓表現公眾情感的愛國立志的「善」的詩篇屈居於男女間的情感詩篇之後。西方文藝思潮在五四時期大量傳入中國，中國的新文化運動在女性問題上也提出婦女解放、婚姻自由的口號，這又從另一個方面強化了聞一多的一流與二流情感的劃分觀念，將男女間的情感認為是一流情感。可以這麼說，聞一多的思想來自於中國傳統與西方的古典主義的兩端，有時不免混雜在一起，有時又截然對立，時有矛盾，在某一時期，他的觀點又有所調整。

我們還可以在聞一多的生命歷程當中尋找更具體的一些例證。聞一多思想根基裡蓄滿了傳統的道德倫理觀念，在《四書》、《五經》的教育下，忠君孝祖，報效國家的觀念在聞一多的頭腦裡根深蒂固，愛國思鄉成為他的詩歌中的重要主題，並不足為怪。然而，我們不可忽視聞一多從十四歲以後，也就是在他的主體，意識形成的時期內，對他產生巨大影響的還有他所受到的學校教育。十四歲那年，聞一多進入清華學校，接受了美國式的教育，華茲華斯、歌德、濟慈、丁尼生、雪萊等歐美浪漫主義詩人，給他青春的幻想鍍上了玫瑰一般的香和色，他自然而然地沉迷在詩歌的浪漫想像當中，陶醉在鶯歌燕語之間，他也會理所當然地認為，只有浪漫主義詩歌中表現出的男女間戀愛的情

感才是世間最好的情感。當他後來作了異國的過客時，沉澱在思想冰山之下的傳統觀念又似遇上了熔岩，頓時融化，東方老憨的懷舊本性與種族歧視，及自己不甘自卑的火焰，迸發交織在一起，他的愛國情感便壓倒一切，直線上升為第一位。這樣看來，要更準確地說明聞一多對情感的等級劃分，則是：在感受到國家民族被歧視時，他將埋藏在心底的愛國思鄉的感情傾瀉出來，將它當作第一流的情感；在回到個人情愛圈內時，他又沉浸在另一種氛圍中，把情愛視為一流感情。

　　以上這種劃分法可稱為聞一多式。

　　對詩歌的情感的等級劃分還可從其他角度進行，比如從情感抒發的程度、詩歌的審美張力去判斷詩歌，即從詩歌表現的真善美的濃度上去判斷。當然，詩歌並非是可以測試的試劑，因為很難算出它的百分比。而且，對於接受者，同是一首詩，它可能被接受也可能被拒絕。即使被接受，接受者一方的審美能力，在很大程度上也決定著對詩歌所表現出來的情感的認同與否。這審美能力的含義是廣泛的，它非一朝一夕能形成，也不能按某種模式去生搬硬套。審美能力大致包括個人的審美習慣、倫理道德觀、知識容量、個人氣質稟性、修養才識等。除去個人方面的東西，它還包含社會習俗、審美傳統、各種思潮等許多綜合的力量。當這些力量結合在一起，才可能生成審美能力。若是詩人與讀者的情感在一定的程度上能夠溝通、契合，讀者便也可從詩歌中體會出宇宙的萬千、人的靈性智慧，喚起自己經歷過的崇高或優美的情感，以及自己雖沒有經歷過，但能夠感受出的崇高或優美的情感。那麼，這樣的詩就是真詩、美詩、好詩。

　　聞一多對詩歌情感作出劃分時，還涉及到審美情感的階段性和民族性的問題，這是必然的。每一位閱讀者乃至創作者在審美情感上都一定有其階段性，時間是審美情感的教鞭，審美情感會隨著人的經歷、感情、環境、交友、職業、愛好、思想、知識結構的變化而發生改變，要求讀者或作者的審美情感一成不變，是不切實際的。宋代詞

人辛棄疾的〈醜奴兒〉中「少年不識愁滋味，愛上層樓，愛上層樓，為賦新詞強說愁。而今識盡愁滋味，欲說還休，欲說還休，卻道『天涼好個秋』」的詞句就很形象地說明了一個人的審美情感會出現階段性變化。就聞一多來說，他做過清華學校的學生，又留美學習過，他既受到良好的國學教育，又被歐美新學所薰陶。青少年時期單純的他，與一群志同道合的同學一起，搞活動，辦刊物，寫詩文，熱衷於浪漫主義與性靈文學，直至步入烽煙四起的現實，書齋裡也響起子彈與炮彈的聲音，那曾經如水般清澄過的情感也會隨之發生酵變，折射到文藝的審美之上，是毫無疑問的。

審美還存在民族特點。一個民族，往往有他獨特的語言、生活習慣、愛好，乃至於地理位置、經度緯度、氣候條件都使一個民族形成共同的審美習慣。比如說在遠古的神話中人們都膜拜神靈，東方藝術中的神靈常常具有超自然的力量，而西方的神卻具有人的習性和品格。再比如中國人以「中和為美」，對悲劇的欣賞也免不了期待大團圓的結局；西方的悲劇卻以無法反抗命運的必然結局震動觀眾和讀者。

聞一多認為情感需要藝術地傳達才能達到感人的效果，這亦毋庸置疑。人只要有感知覺，就會產生各種不同的情感：或出於本能，如聞一多所說的「男女間戀愛的情感」；或出於對親人、朋友、故鄉、國家或是一種物體的感情。這樣的感情一般人都具有，但是詩神繆斯並不一定給每個人相同的表現才能，因而，大多數的人只成為了詩歌的讀者，憑藉自己內蓄的情感去理解詩歌的情感。詩人是幸運的，歌德就說過「素材擺在人人面前，內容只有多少與之相關的人才能發現，而形式對於大多數人是個秘密」[43]，詩人就是詩神派來解開情感秘密的那個人。

由此，我們基本認同聞一多的情感觀：詩歌需要情感，情感需要

43 《歌德藝術語錄》，參見《外國詩》(1)(北京市：外國文學出版社，1983年)，頁7。

傳達，傳達則需要藝術化手段。

　　聞一多重視詩歌中的情感成分，重視詩歌的藝術傳達，他自己又是如何將一般的生活情感轉化提升為藝術情感的呢？對聞一多詩歌情感傳達方式的分析，有助於我們看到他詩歌情感的藝術化過程，了解情感在他的詩歌中的比重。

　　生活中的情感總是按照它的前因後果有次序地進行著，而藝術中的情感生發與詩人的藝術處理方式、詩人的氣質性格和藝術修養等有極大的關係。就文學中的情感來源說，它有可能來自多方面。一是來自真實的生活。在偏重寫實的作者那裡，這種情感就被加工成寫實色彩較濃的紀實文學和散文。二是來自生活的一部分。作者只把它看成是生活中的一種感受，在創作時參入大量的想像或虛構因素，就像魯迅所說：「大抵有一點見過或聽到過的緣由，但決不全用這事實，只採取一端，加以改造，或生發開去」[44]；又如戴望舒所說：「詩是由真實經過想像而出來的，不單是真實，亦不單是想像。」[45]在小說、戲劇和詩歌創作中這類情況出現得比較多。還有一種情感，可能純屬想像，沒有具體的事實可查，如神話、寓言或浪漫風格的作品，這種作品中的情感在現實中不大可能發生，它是作者的白日夢，通過藝術手段的表現，成為一種理想化的情感。又因為詩人氣質和對藝術感受的緣故，在處理感情時，譬如魯迅，他是個理性思維非常發達的作家，他就主張將情感冷卻；而郭沫若這類情感爆發性強的詩人，則喜歡從情感的熾熱處下筆；徐志摩、戴望舒、何其芳、卞之琳等由於性情細膩，他們創作的詩歌常在溫和的心態下，展開對往事的回憶和對未來的想像。讀過一些關於聞一多的回憶錄或是聞一多書信的人可能都能

44　魯迅：〈我怎麼做起小說來〉，參見魯迅：《南腔北調集》，《魯迅小說、雜文、散文全集》（南寧市：廣西民族出版社，1995年）。

45　戴望舒：〈望舒詩論〉，參見楊匡漢、劉福春：《中國現代詩論》（上）（廣州市：花城出版社，1985年），頁162。

感受到聞一多的多面性格，他既有剛烈的一面，又有溫和的一面，還有冷靜理智的一面。即便忽略那些材料，在詩歌中我們同樣也能從聞一多對情感所作的藝術處理中看到這一點。

第二節　本色：詩情的沸騰

在聞一多的友人梁實秋的回憶錄裡，聞一多是個「熱心如火」的同學。梁實秋的小說〈公理〉曾描寫過的一個留學生 W，當他聽說中國留學生與美國人的車相撞，警察局因歧視黃種人而將中國人收監的事而憤然不已，「將手裡緊握著的長桿畫筆用力向桌上一敲，筆桿折了兩截，『是可忍孰不可忍！……』」[46]，據梁實秋所說，這個 W 的原型就是「東方老憨」聞一多。在畢業典禮儀式上，聞一多看見美國女生不願按習俗和中國男生並排走向講臺領取畢業文憑，學校便讓中國學生自行排成隊伍的事同樣使聞一多憤懣不已[47]。聞一多還「悲憤激動」、「臉紅脖子粗」地對友人講過中國人上理髮店遭白人冷眼、拒絕理髮之事：當不甘受辱的中國人通過法律贏得自尊時，仍被白人瞧不起，「理髮匠道歉之餘誠懇地說『下回你要理髮請通知一聲，我帶了工具到你府上來，千萬請別到我店裡來！』」因他怕中國人影響店中的生意[48]。聞一多在聽到、說到這麼一些事情時，心中常常產生失重感：「在國時從不知思家之真滋味，出國始覺得也。而在美國為尤甚，因美國只知白種人也，有顏色之人（彼稱黃、黑、紅種人為雜色

---

46 參見聞黎明、侯菊坤編：《聞一多年譜長編》（武漢市：湖北人民出版社，1994年7月），頁227。

47 梁實秋：〈談聞一多〉，參見聞黎明、侯菊坤編：《聞一多年譜長編》（武漢市：湖北人民出版社，1994年7月），頁241。

48 梁實秋：〈談聞一多〉，參見聞黎明、侯菊坤編：《聞一多年譜長編》（武漢市：湖北人民出版社，1994年7月），頁241。

人），蠻夷也，狗彘也。嗚呼！我堂堂華冑，有五千年之政教、禮俗、文學、美術，除不嫻製造機械以為殺人掠財之用，我有何者多後於彼哉？而竟為彼所藐視蹂躪，是可忍孰不可忍！」[49]。這是聞一多對於民族的一種激烈感情。

對於私人的感情，聞一多給友人的信中也洩露了他的性格。與友人談到自己的感情苦痛時，他很悲哀，「我有無限的苦痛，無窮的悲哀沒處發洩，……你同景超以前都講我富於浪漫性，恐怕現在已經開始浪漫生活了。唉！不要提了！……浪漫『性』我誠有的，浪漫『力』卻不是我有的」[50]。

這樣一種鮮明的外向性格，在他藝術創作的時候，往往表現出浪漫主義那種奔放豪爽的風格：不一定拘泥於具體的事實，也不放棄追求理想情感的真實。為此，他在表現詩情的時候常常使用浪漫主義詩人們所慣用的排比、比喻、誇張、擬人化或具象化的一些表達手段，最有聞一多風格的詩歌菁華都集中在這一類型當中。

為了更形象地描述聞一多的情感傾吐方式，我們將按照詩歌的情感邏輯線索歸為五類分別闡說。

一　漸進式

情感的漸進式是指詩中一種類型的情感在邏輯上呈現出步步深入或者層層重疊的狀態，情感的抒發狀態是直接的。這類詩歌還可再分成兩個佇列：縱列式與平列式。

縱列式的詩歌有〈死水〉、〈心跳〉（又名〈靜夜〉）、〈奇蹟〉、〈荒村〉、〈一個觀念〉、〈中山先生頌〉、〈長城下之哀歌〉等，〈你看〉這

---

49 聞一多：《聞一多全集》（2）（武漢市：湖北人民出版社，1993年12月），頁50。
50 聞一多：〈致梁實秋〉，見《聞一多全集》（12）（武漢市：湖北人民出版社，1993年12月），頁139。

樣即景抒情的詩歌也應該算入內。這類詩歌都是以感情的步步深入為特點。

　　以〈心跳〉為例，我們可以從中看到縱列式詩歌的情感表現過程和方式。這首詩歌抒發了詩人對於現實不滿的一種情懷，詩歌根據情感的發生和發展分成四個層次，用了以下幾種方法表達情感：

　　一是反襯法──用靜態的描寫引出動態的心理活動。如第一層為詩歌的前八句行，寫到柔和的燈光、光潔的四壁、賢良的桌椅、古書的紙香和潔白的茶杯和安睡的母子，還有內心感到的靜夜的神秘與和平。它們表達出詩人情感上的平靜狀態。然而第二層，情感上發生了一個非常大的波折，將感謝的情感轉為仇恨：「但是歌聲馬上又變成了詛咒，／靜夜！我不能，不能受你的賄賂。／誰稀罕你這牆內尺方的和平！／我的世界還有更遼闊的邊境。／這四牆既隔不斷戰爭的喧囂，／你還有什麼方法禁止我的心跳？」這時的情感發生了裂變，產生了劍拔弩張式的對立狀態：歌聲與詛咒、尺方的和平與四牆隔不斷的戰爭喧囂。在詩人的情感中，它們成為不相容的兩類，卻出現在他生存的四周，使剛才的那份寧靜成為一種暫時的情形，就像一個可以暫時用來安慰人、麻木人的謊言。抒情主人公從這樣的對照中感到情感極度不平衡，因而詩歌原先的格調完全變化了，平靜頓時轉換成了那種心跳不已的動態感。

　　二是假設法──生活中情感的假設是不成立的，而詩中，詩人能夠用假設來拷問靈魂，以求更深入地抒發對現實的憤怒情感，揭示更複雜的內心活動：「最好是讓這口裡塞滿了沙泥，／如其他只會唱著個人的休戚！／最好是讓這頭顱給田鼠掘洞，／讓這一團血肉也去餵著屍蟲，／如果只是為了一杯酒，一本詩，／靜夜裡鐘擺搖來的一片閒適，／就聽不見了你們四鄰的呻吟，／看不見寡婦孤兒抖顫的身影，／戰壕裡的痙攣，瘋人咬著病榻，／和各種慘劇在生活的磨子。」詩人的情感在反省當中達到了高潮，對自身滿足於一份獨有的

閒適、一份有限的和平而忘記了他人的呻吟和危險，詩人產生了對自己的厭惡。情感從平靜開始，到此時已經一波三折，經歷過很大的起伏，詩人突然間醒悟了。

三是句式法——感歎句、反問句和短句的交織錯落，來表達自己一次又一次的驚訝，一次接一次的疑問。如詩歌後面所寫：「幸福！我如今不能受你的私賄，／我的世界不在這尺方的牆內。／聽！又是一陣炮聲，死神在咆哮。／靜夜！你如何能禁止我的心跳？」靜夜與靜夜的炮彈聲實際上形成一組悖反意象。通過這些手法，詩人強烈地渲染出了靜夜不靜的波瀾起伏的激動情感。

平列式的詩歌一般與詩歌的形式表現有一定的關係。從邏輯上看，這類詩歌的意象幾乎都是平列鋪排的，但它們依靠有序的詩歌節奏，採用排比、鋪陳和複沓的方式，使詩歌中的感情多次平鋪疊加，得到回環反覆的表現。這類詩歌有〈一句話〉、〈洗衣歌〉、〈忘掉她〉、〈你莫怨我〉、〈漁陽曲〉、〈七子之歌〉、〈南海之神〉、〈園內〉、〈醒呀！〉、〈我是中國人〉、〈答辯〉等。

以〈南海之神〉的末章末節為例：

> 神秘偉大的神靈啊！
> 讓我們讚美你！讓我們膜拜你！
> 讓我們從你身上支取力量，
> 因為你是四萬萬華胄底力量之結晶。
> 讓我們從你身上看到中華昨日的偉大，
> 從你身上望到中華明日底光榮——
> 讓我們的希望從你身上發生。
> 偉大的神！仁愛的神！勇武的神啊！
> 讓我們讚美你，讓我們禮拜你！
> 但是先讓我們懺悔，先讓我們懺悔！

如果這段詩只抽出其中的一兩句，我們難以品嘗到詩歌之味，甚至還可能把獨立出來的每個句子當作是口號或標語。因為從詩歌的意義上來說，這些句子表達的只是抽象的理念，並不具有曲折隱晦的詩意，它們與不可明辨的意象距離較遠。但是，它仍然神奇現出詩歌意味，就在於詩人用了一系列句的排比（「讓我們……」，就如音樂中的主旋律）和字詞句的反覆（如第二句、末尾三句中，彷彿歌詞的變化，或樂句的變音）之後，詩意就通過接受者的另一方面——突破文字的抽象感知而從感官的接受上顯現出來。這樣的排比和反覆方式構成了磅礴浩蕩的氣勢，有一種從精神上感動人的「雄壯」之美，如松山在風中咆哮、浪花猛擊著堅固的海岸，令讀者在與它發生耳目上的關係時情不自禁地屏住呼吸，讓這些禮讚的情感先行，同時還受到它的感染和指引。

二　爆發式

聞一多在評論同學的詩歌中說到一種創作情形：詩人胸中底感觸，雖到發酵底時候，也不可輕易放出，必使他熱度膨脹，自己爆裂了，流火噴石，興雲致雨，如同火山一樣——必須這樣，才有驚心動魄的作品[51]。實際上，聞一多是在形容詩情爆發的狀態。

從創作者的角度來說，漸進式和爆發式的詩歌中，情感生成都要經過這一過程，但不同之處在於它們的抒發方式：爆發式一般從情感的高潮處入手，情感爆發後不再反覆渲染，而是順著情感脈絡，用誇張的手法，展開聯想或進行推測，在詩歌的結束時留下「言外之意」。這類詩歌有〈發現〉、〈你指著太陽起誓〉、〈回來了〉、〈唱詞〉、〈紅豆〉、〈孤雁篇〉等。

---

51 聞一多：〈評本學年《週刊》裡的新詩〉，見《聞一多全集》(2)（武漢市：湖北人民出版社，1993年12月）。

　　如〈發現〉一詩，詩人首先從一種極端的懷疑之情下筆，如同水庫的閘門陡然打開：

　　　　我來了，我喊一聲，迸著血淚，
　　　　「這不是我的中華，不對，不對！」

　　詩人在傾洩自己的這份情感時，在動詞上作了誇張。因為這不是一份對於個人的感情，祖國只是一個抽象的概念，在詩歌中，「我」的「來」、「喊」、「迸著血淚」的行動所指就產生了疑問，是針對誰呢？如果針對「祖國」這樣一個非具象的存在，按常人的理性化分析，這些動作純屬多餘。但是，正需要這種所謂的「多餘」──誇張，才能把內心對祖國狂熱的愛抒發出來。詩中還連用表示反對的口語「不對，不對」來加重語氣，將情感的熱度直拉到沸點。然後，第三句至第八句，又用肯定句與否定句，感歎句與疑問句交替補充這種懷疑：

　　　　我來了，因為我聽見你叫我；
　　　　鞭著時間的罡風，擎一把火，
　　　　我來了，那知道是一場空喜。
　　　　我會見的是噩夢，那裡是你？
　　　　那是恐怖，是噩夢掛著懸崖，
　　　　那不是你，那不是我的心愛！

　　為了使詩歌中的感情更具體、動人，詩人還採用了將抽象觀念擬人化的策略，用第二人稱「你」來表示「中華」，而且還是「我的心愛」，用來說明抒情主人公和「你」的精神上不可分離的關係。同時又使「我」和「你」（中華）之間的關係變化具有情節性──「你叫

我」,「我來了」,可得到「空喜」;「我」見的,不是「你」,是「噩夢」和「噩夢掛著懸崖」。詩歌用否定句的形式否定了意想中的肯定,用反問句來反問希望,得到相反的結果,並使「我」的懷疑情緒一蹶不振,急促地轉化為失望。這種情緒迫使「我」的行為更加瘋狂:

> 我追問青天,逼迫八面的風,
> 我問,拳頭擂著大地的赤胸,

　　行為上的誇張促進了情感的進一步暴漲,本來情感發展到此可以再次進入一個高潮,可是失望的情緒已經侵入抒情主人公的內心,使之跌宕:

> 總問不出消息,我哭著叫你,
> 嘔出一顆心來,你在我心裡。

　　「我」的行為誇張至此也到了極點。雖然「哭」、「嘔」等動作的幅度明顯小於前面詩句中的「喊」、「迸」,但這正表明,為了找到「你」,「我」殫精竭力,終於「嘔」出自己的忠心。最終,詩人將情感收束在那顆「嘔出」的心裡,把它的熱度凝結凍住。

　　這首詩,抽象的概念形象化處理,抒情主人公的行為表現異常誇張,好像脫離了日常生活的真實狀態。正因為詩人要表達狂熱的愛國之情,這種超乎常態的動作和情感,便促成了詩情的強大感染力。

三　聯想式

　　聯想式的詩在情感類型和邏輯上與前兩類有較大的差別:它一般表現兩種以上的情感種類,用來抒發情感的意象建立在想像的基礎

上，由一個意象引向另一個不同的意象，詩歌中的情感也隨著意象的變化而變化著。這一類詩有〈秋色〉、〈太陽吟〉、〈末日〉、〈奇蹟〉。

　　例如〈秋色〉一詩，詩人用聯想和通感的抒情手法在這首詩中表達了幾種不同的詩情和詩情的變化階段：首先，寫對美國秋天美麗風景的流連。詩人所用的比喻給人以一種寧靜感：「紫得像葡萄似的澗水／翻起了一層層金色的鯉魚鱗。／／幾片剪形的楓葉，／彷彿朱砂色的燕子……水似的空氣氾濫了宇宙；／三五個活潑潑的小孩，／（披著橘紅的黃的黑的毛絨衫）／在丁香叢裡穿著，／好像戲著浮萍的金魚兒呢」，這裡的比喻都是明喻：「A（好）像／彷彿／似 B」。緊接下去的詩句裡是一串聯想，美麗的景色引起了詩人心理上的愉悅感，而這些景物都經過了詩人的「擬人化」手段── 他用景物的「笑」來襯托自己的內心感覺，也是將心靈的表現外化、物化：

> 晨曦瞰著世界微笑了，
> 笑出金子來了──
> 黃金笑在槐樹上，
> 赤金笑在橡樹上，
> 白金笑在白松皮上。

後來，他還產生了一種更輕鬆的感覺，視覺裡的景物模糊化使詩人的心情更加飄渺，他用的是暗喻：

> 哦，這些樹不是樹了！
> 是些絢縵的祥雲──
> 琥珀的雲，瑪瑙的雲，
> 靈風扇著，旭日射著的雲。

由飄忽不定的雲的想像，又推進了對故國的聯想，暗喻的文化意味也在加深：「哦，這些樹不是樹了，／是紫禁城裡的宮闕——……是金碧輝煌的帝京」，從而使原始物象（樹）像百寶箱一樣，聚集了歷史、文化、藝術的聯想：

　　啊！斑斕的秋樹啊！
　　陵陽公樣的瑞錦，
　　土耳基的地氈，
　　Notre Dame 底薔薇窗
　　Fra Angelico 底天使畫
　　都不及你這色彩鮮明哦！

這些聯想使詩人的情感超越時空的限制，往上空、往遠處飛騰，激發出一種超乎現實生活拘圍的浪漫心態：

　　哦，我要請天孫織件錦袍，
　　給我穿著你的色彩！
　　我要從葡萄，橘子，高粱……裡
　　把你榨出來，喝著你的色彩！
　　我要借義山濟慈底詩
　　唱著你的色彩！
　　在蒲寄尼底 La Boheme 裡，
　　在七寶燒的博山爐裡，
　　我還要聽你的色彩，
　　嗅你的色彩！

　　在這種浪漫的心態中，詩人還打通心靈的感覺，將秋天的色彩運

用通感的手段加工成一種既可視、又有味覺和聽覺的可品嘗、可唱、可聽、可嗅的一種物品。詩人感覺加工（運用比喻、聯想和通感）過程，實際上也就是詩人使情感超越現實生活，在藝術氛圍中生存的過程。

四　反差式

在表現情感的方式中，這一種最能給讀者帶來突兀和奇特的審美感受。詩人運用不同類型的意象群作為對比，使情感分成兩束，走向極端，從而產生巨大的反差。這兩種不同類型的情感就像數學中的分子和分母，如果我們把一比作是情感的水平線，分子和分母的數值相近則使二者趨近於一，情感落差則小；如果二者數值相差大，分母與分子成反比，它們的結果就離一越遠，相對來說，詩歌中情感的反差也就越來越大。在〈春光〉、〈口供〉、〈貢獻〉、〈回來〉中我們可以感受到聞一多對情感的這種處理方式。

如〈春光〉一詩：

> 靜得像入定了的一般，那天竹。
> 那天竹上密葉遮不住的珊瑚；
> 那碧桃；在朝暾裡運氣的麻雀。
> 春光從一張張的綠葉上爬過。
> 驀的一道陽光晃過我的眼前，
> 我眼睛裡飛出了萬只的金劍，
> 我耳邊又謠傳著翅膀的摩聲，
> 彷彿有一群天使在空中邏巡……

這一段詩表達了詩人非常寧靜的內心狀態。望著安靜的天竹，看

春天陽光在靜靜地爬行，麻雀也不四處亂竄，幻覺中還看到聽見別的聲音，令「我」生出美好的聯想。可以說這首詩歌中的情感分子比較大。但是，在詩中的第二節，詩人用一種完全不同類型的情感強行插入，儘管只有兩句，它的突然性使詩歌情感的分母陡然傾斜，造成詩歌情感的巨大反差，就像琴弦被猛然拉斷，一個優美的樂曲驟然遭到破壞，面目全非：

> 忽地深巷裡迸出了一聲清籟：
> 「可憐可憐我這瞎子，老爺太太！」

這種情感的處理方式並非對杜甫「朱門酒肉臭，路有凍死骨」對比手法的模仿。杜甫的詩歌因其整齊的對仗，詩人情感上預先流露出對「酒肉臭」的態度，與後面表達的同情心一致，並不顯出二者之間的情感反差。這首詩歌情感反差性的成功表現，應歸功於聞一多精心鍛造了一個動詞——「迸」。這個字用在句子裡真正產生了聞一多多次談到的「詩能感人正在一種『龍文百斛鼎，筆力可獨扛』之處，這種力量有時一個字便可帶出」[52]的效果。「迸」字在此表現了聲音傳播的速度與力度和聽覺上所感到的措手不及的突然性，使聲音體現出形象性。假如改用「傳」字，就只有描述的效果，不足以顯示詩人想要表現情感剎時間發生的截然有力的反差。

五　渲染式

渲染的抒情方式更多體現為情緒的誇張。採用誇張而又有傳奇色彩的表現法可以加強情感，在新詩史上，郭沫若的詩歌是第一個大膽

---

52 聞一多：《聞一多全集》（2）（武漢市：湖北人民出版社，1993年12月），頁51。

用渲染手段的詩人。如他的〈天狗〉，將抒情主人公的個體形象無限放大：我是一條「天狗」，「我」有無限大的容量和力量、能量——「我」吞了日月、星球、宇宙，並且「我」替代它們，發散光芒而成為「全宇宙底 Energy 底總量」；「我」還像烈火一樣燃燒，大海一樣狂叫，電氣一樣飛跑，剝自己的皮，食自己的肉，吸自己的血，齧自己的心肝，在自己的神經、骨髓、腦筋上飛跑……詩中的「天狗」燃燒著時代的精神。更早的時候，在民間的流傳的詩歌中，用渲染擴充想像的空間是經常性的，我們在讀〈格薩爾王〉、〈江格爾〉等民族史詩的時候，常會看到民族英雄總是被他的子民們渲染成一個驚天動地且頂天立地的非凡人物，他們的身材、力量和智慧、品格都用了本民族子民們心目中最宏偉的、最壯觀的事物作比。如〈江格爾〉中的英勇作戰的洪古爾：「不是生長在高山岩間，／一棵纖細孤單的紅柳，／洪古爾像鳳凰像雕鷹／他，是盤旋在空中捕捉獵物的雄鷹！」聞一多在〈我是中國人〉、〈南海之神〉等詩歌中也運用了這種渲染方式來塑造對詩中人物的感情。

這種表達方式使詩歌有一種強大的氣勢和魄力，彷彿詩人在抒情中把自己和抒情主人公的情感融化為一體。這種方式又與泯滅抒情主體的表達不同，後者是一種類型化的抒情，抒情主體消失在詩歌之中；而前者突現主體，強調主體與客體的契入與融合，著力渲染抒情主人公的內心情懷。

如〈我是中國人〉中對「我」形象塑造用足了誇張的筆力：詩人把「我」當作是中華民族的化身，讓「我」擁有創造天地、創造人類先祖英雄的血脈和身軀，「我是黃帝底神明血胤」，「我的心裡有堯舜底心，／我的血是荊軻聶政底血，／我是神農黃帝底遺孽」；詩人還讓「我」有廣闊的天地，「我是地球上最高處來的，／帕米爾便是我的原籍」，「我的種族是一條大河，／我們流下了崑崙山坡，／我們流過了亞洲大陸，／我們流出了優美的風俗」；詩人還給「我」注入了

一段久遠的歷史，「我們的歷史可以歌唱，／他是堯時老人敲著木壤」，「我們的歷史是一隻金罍，——／盛著帝王祀天底芳醴」，「我們的歷史是一掬清淚，／孔子哀悼死麒麟的淚；／我們的歷史是一陣狂笑，莊周、淳于髡、東方朔底笑」；此外，還使「我」擁有祖國山河一樣的品格，「五嶽一般的莊嚴正肅，／廣漠的太平洋底度量」，「心頭充滿戈壁的沉默，／臉上有黃河波濤底顏色，／泰山底石雷滴成我的忍耐，／崢嶸的劍閣撐出我的胸懷」，這樣「我」就是中華民族的巨人——不是凡人，而是中華民族在詩人心中的形象，也是詩人想讓世界人民見到的民族的雄偉形象！

　　聞一多認為民族振興的重要任務是建鑄民族之魂。在〈南海之神——中山先生頌〉裡，他便懷著感激與讚美之情頌揚了中華民族近現代的精神領袖——孫中山先生。這首詩被聞一多賦予了史詩品格。

　　史詩是對本民族英雄偉業的歌頌，在表現手法上有其獨特之處，與一般詩歌不同。為了突出民族英雄的偉大，詩人經常是賦予他們以超凡脫俗的形象和偉大的壯舉，以及征服天下的氣概。如蒙古族史詩《江格爾》中對英雄江格爾的一段描述：

　　　　從背後看江格爾，
　　　　高大魁梧，
　　　　就像一棵巨大的如意神樹；
　　　　從前面端詳江格爾，
　　　　勇猛威武，
　　　　就像高山上騰躍的雄獅猛虎。

　　　　江格爾寬闊的脊背上，
　　　　荷重的駱駝可以自由奔跑。
　　　　二十個美女並立在他的背後，

給他梳理光澤的髮辮。

瑩潔的前髮，
長絲般柔軟光亮。
駝糞大的金耳環，
在耳邊閃光。
兔頭大的寶石耳墜，
在耳下搖晃。

兩撇烏黑的鬍鬚，
像雕鷹張開的翅膀。
深邃明亮的眼睛，
像攫取獵物的鷹隼的目光。

江格爾的雙肩有七十尺寬，
蘊寓著三十三位天尊的力量。
他警惕地凝望著身邊的金柄長槍，
對魔鬼的暗算時時提防。
他的巨臂和十指的每個關節上，
都潛藏著雄獅、猛虎和大象的力量。
格爾是尊寶的化身，榮耀的聖人，
他讓受傷的人恢復健康，
他讓離世的人死而復生，
跟著他永遠像生活在三十三層天堂。

江格爾的長槍又粗又長，
那槍桿像懷駒的三歲騍馬一樣，

　　三個人也難以合抱。

　　槍桿用了六千棵檀香木，

　　桿心用了一百隻野羊角，

　　還有三百五十兩黃金，

　　六百匹馬的馬筋一道道纏繞，

　　加了三道銀箍。

　　用金剛做槍尖，

　　用十六個鋒利的槍刃。

　　槍桿上的錦緞垂飾，

　　巨大的駱駝也拉不斷。

　　長槍插入地裡有六尺深，

　　普通的勇士誰也拔不動。

　　史詩從江格爾的外貌形象（肩膀、眼睛、頭髮）、裝扮（耳環、耳墜）、力量（槍桿）上用比喻說明他的不同一般，具有超人（神）的特徵，突出他的雄心和神力。聞一多在詩歌的第一部分「神之降生」中，也同樣用了我們民族最宏偉的意象來描述這位人們眼中的「神」的品格，表達對他的感情：「巍峨的五嶽獻給他莊嚴；／瞿塘澦灩底石壁獻給他堅忍；／從深山峭谷裡探出路徑，／搗石成沙，撞斷巫山十二峰，／奔流萬里，百折不回的揚子江，獻給他寰球三大毅力之一。／浩蕩的太平洋獻給他度量，輕身狎浪的海鷗又獻給他冒險精神」；「蘇了小草的春雨和吹著麥浪的薰風」，「獻給他慈藹的美德」；「踞阜的晨雞」，「獻給他決鬥底精神」；「九天底雷霆獻給他震怒；／日月星辰獻給他洞察的眼光；／然後造物者又把創造底全能交付給他了」。聞一多像每一個民族在創作史詩，在塑造他們的民族英雄、民族象徵時所運用的方法一樣，將自然、山河、日月、禽獸等天底下最為優秀的才能品格都匯集在這位領袖身上。詩人與其說是在讚美一位

民族傑出的人物，不如說他在真誠地豎立民族傑出人物的形象，恢復民族的自尊和自信，張揚著民族強大不凡、仁愛的頑強的精神和靈魂！

　　四十年代，停下詩筆十年之久的聞一多曾在給友人的信中說到過：「我只覺得自己是座沒有爆發的火山，火燒得我痛」[53]。而在這十年前的詩作裡，聞一多就是一團熾熱躍竄的火焰，像他詩中的「紅燭」那樣，燃燒自己，在急切的流淚中把痛苦和熱情化成至高無上的快樂。這是藝術灼燙之心，也是詩人沸熱之心！

第三節　陌生：詩情的溫和

　　假如用人們對演員演技的評價來論聞一多，對詩歌作熱處理的聞一多是本色演員，但作為一個藝術家，他還應是一位多面人，是一名出色的性格演員，能夠用自身的藝術才能充分表現複雜的形象，將完美的藝術性作為他追求的終極目標。

　　藝術領域和社會領域的法則大不相同。社會上對一個人的品格要求表裡一致，而藝術強調「距離」帶來的藝術美感，儘管人們不否認「風格即人格」，但是高質量的藝術品常使讀者的目光凝聚在由審美帶來的光輝上。譬如畫家梵高，人們並不因為他是一位精神病患者而否認他作品的藝術價值。評論一個藝術家，不單聽他的道德發言，更要聽他的藝術成就發言。

　　這樣看來，聞一多對情感的溫和處理是他的藝術發展到一定程度之後的探險和突破，在熱烈的爆發後開闢的一塊新的藝術天地。在這塊天地裡，我們看到的不是類似生活中的本色的聞一多，而是一個展現了更多的藝術才能，更為藝術化的詩人聞一多。

　　聞一多對詩歌情感作降溫處理就是使生活中的情感陌生化。在這

---

53 聞一多：《聞一多全集》（12）（武漢市：湖北人民出版社，1993年12月），頁381。

種情感處理方式中，詩人依靠理性的存在，不是聽憑主觀感受的驅使，於是，詩人成為了情感的控制者，不單單是情感的產生者。這樣，它使讀者遠離了生活而接近藝術，使詩人遠離生活並昇華了藝術。

從時態上論，我們可以將回憶式的納為其中，另外兩種卻消失了具體的時態，從詩歌的表現方式來看，一種是幻想式，還有一種是寄託式。

回憶式的時態本身就對情感作了一種處理。人們常說時間可以洗刷許多留在記憶當中的東西，往往在事件發生時，人們總是激動難忍，但隨著時間慢慢地往前推移，記憶也就逐漸沉澱了許多往事，只有精彩的、或難以忘懷的事情，才通過內心情感的加工美化，以美好的情愫駐留在人們內心。幻想式和寄託式給人們提供想像的天空，詩人可隨意發揮想像，記下一些靈動的理想化情感。人們或許會認為冷靜的情感更符合散文體式，它們可以讓作者在靜靜的回憶中陳述往事或在遐想中鋪陳心緒。但是聞一多的這類詩歌不止於敘述，他的目的是為了抒情。

一　回憶式

〈相遇已成過去〉這首詩以回憶的方式，追述了一段匆匆而過的戀情。它沒有對戀情發生時的情態進行直接的描繪，只表現了時過境遷的一種殘留印象，強調往事嵌入心中的淡淡的感傷痕跡。因詩歌採用第一人稱作為抒情主體，詩人也就沒有像散文或小說作者那樣，竭力去描述完整的情感過程，而是在詩中留下一點情感線索，在線索的斷與連中暗示情感的發生和發展，直接把刻骨銘心的情感呈現在讀者的面前。比如詩歌的第一節，用了兩種情景作為對比：

歡悅的雙睛，激動的心；

　　相遇已成過去，到了分手的時候，
　　溫婉的微笑將變成苦笑，
　　不如在愛剛抽芽時就掐死苗頭。

　　詩中描寫的是戀人在戀愛時的表情——歡悅、激動、溫婉和分手時候的表情——苦笑。在對比當中，詩人首先把事件的最後結果揭示出來。作為生活中的情感來說，當這種愛的感情業已結束，就意味著它從客觀現實中消失了。但是詩歌中的情感與生活中的情感不同就在於，詩人的心中的這份情感經過藝術化處理後，它改變了原先的部分成分，如詩中第二節所寫的：

　　命運是一把無規律的梭子，
　　趁悲傷還未成章，改變還未晚，
　　讓我們永為素絲的經緯線；
　　永遠皎潔，不受俗愛的污染。

　　這是詩人的理性化思考，也許是對情感的一種掩飾，「命運是一把無規律的梭子」這樣的詩句流露出詩人無以對抗外力的軟弱和痛苦之情，詩歌的第三句用了一個比喻，仍是一種無力的安慰。所以第三節的沉重感顯得很自然，第四節的輕鬆感卻是那麼勉強：

　　分手吧，我們的相逢已成過去，
　　任心靈忍受多大的饑渴和懊悔。
　　你友情的微笑對我已屬夢想的非分，
　　更不敢企求叫你深情的微唱。

　　將來有一天也許我們重逢，

　　你的風姿更豐盈，而我則依然憔悴。
　　我的毫無愧色的爽快陳說，
　　「我們的緣很短，但也有過一回。」

　　詩歌語言充滿了張力，它的彈性給我們製造出幻想和現實情感的決裂、衝突、黏合過程。在並非敘述詳情的詩歌中，我們能體會到詩歌主人公內心的強力壓制、莫大的悵惘和深深的眷戀。詩中假設出來的「重逢」並沒有喜悅感，而是用「我的」外形狀態──「憔悴」來暗示「我」所經歷過的情感折磨和對這份情感的久久不能忘懷、我的執著。和最後一節詩一樣：

　　我們一度相逢，來自西東，
　　我全身的血液，精神，如潮洶湧，
　　「但只那一度相逢，旋即分道。」
　　留下我的心用在長夜裡怔忡。
　　（許芥昱根據聞一多一九二五年寫的一首英文詩翻譯）

詩歌的抒情主體還存在對於情感的不能忘懷之中。
　　這種追戀的情懷當然也可以成為很優美的散文或者小說的題材，就像美國的小說《廊橋遺夢》或者更早的浪漫主義的小說《茵夢湖》一樣，把一種過去的戀情加工成藝術作品，出現在作家們記憶中的是對地點的記憶，用舊夢重尋來追憶那份逝去的情感。而聞一多的詩歌注重抒情，讓他在意的不是事情發生的地點，而是戀愛者雙方曾經的熱烈情感，以及追憶時生出的悵惘。
　　其他的詩如〈回顧〉和〈故鄉〉等也大多表達了詩人遠離自己故鄉的感傷之情，詩歌中的情感因時空的距離而淡化，趨向平靜。

二　幻想式

　　在聞一多最早的愛情詩篇中，少年式的單相思使他追求詩歌情感的朦朧性，詩歌中普遍採用幻想的寫作方式，用多重想像的意象重疊來表達內心豐富多樣的情感。具體操作上使用比喻手段去描畫無窮變化的美麗喻體——你是「神」：當太陽下山時，「屋裡朦朧的黑暗淒酸的寂靜，／鉤動了一種若有若無的感情」，「彷彿一簇白雲，濛濛漠漠，／擁著一隻朱氅的仙鶴——在方才淌進的月光裡浸著」，「娉婷」的「他」在「我」的眼前如神般降落了（〈幻中之邂逅〉）；「我」真的就把「你」當作神，「酌上蜜酒，燒起沉檀，／遊戲著膜拜你」（〈遊戲之禍〉）；「你」是與我對奕的「國手」，「愛人啊！你是個國手，／我們來下一盤棋」，但與一般的競賽不同的是，在這樣一場中，「我」只想成為失敗者，「我」心甘情願被「你」俘虜，「只求輸給你——／將我的靈和肉／輸得乾乾淨淨！」（〈國手〉）；你又是惹人喜愛的「香篆」，「輾轉在眼簾前，／縈回在鼻觀裡，／錘旋在心窩頭——心愛的人兒啊！／這樣清幽的香，／只堪供祝神聖的你」（〈香篆〉）；「我」是「貢臣」，「我的王」便是「你」，「我從遠方來朝你，／帶了滿船你不認識的，／但是你必中意的貢禮，／我興高采烈地航到這裡來」（〈貢臣〉）；你還是讓「我」願意為之去「死」的美好愛情——「你」是「我的靈魂的靈魂」，「我的生命的生命」，是愛的化身，美的精靈，「我」最大的願望是向「你」請求「讓我淹死在你眼睛底汪波裡！／讓我燒死在你心房底熔爐裡！／讓我醉死在年音樂底瓊醪裡！／讓我悶死在你呼吸的馥郁裡！」（〈死〉）；「你」是一個美得處處設下「死」之陷阱的愛神「啊！這麼俊的一幅眼睛——兩潭淵默的清波！／可憐孱弱的游泳者喲！／我告訴你回頭就是岸了！／／啊！那潭岸上的一帶榛藪，／好分明的黛眉啊！／那鼻子，金字塔式的小丘，／恐怕就是情人底塋墓罷？／／那裡，不是兩扇朱扉嗎？／紅得像櫻桃一樣，／扉

內還露著編貝底屏風。／這裡有不知安了什麼陷阱！啊！莫非是綺甸之樂園？還是美底家宅，愛底祭壇？／呸！不是，都不是哦！／是死魔盤據著的一座迷宮！」（〈愛之神——題畫〉）……這些充滿青春幻夢的詩篇裡，「你」永遠是那麼一個至真至美的存在。「你」是誰，對年少的聞一多來說，「你」無所不是，是「我」熱烈崇拜的偶像，變幻無窮的神，俘虜「我」的心和身的那個美麗的尤物。又正由於「你」無所不是，對「你」的觸及就如醒後夢的消失，所以詩中的主人公在情感的抒發上總纏繞著點點的憂傷，難以恣情地酣唱。

　　在〈也許〉、〈奇蹟〉、〈狼狽〉中，聞一多利用一種假設的時態把本來可能發生的現實情感美化，使詩歌情感在幻想的天地裡滋生。拿〈也許〉一詩來說，詩人本要表達對一位姑娘[54]早夭的悲傷之情。對死者追悼的詩篇，往往因為抒情主人公與死者的感情深摯，一般都是從哀慟處著手，如果聞一多把它寫成熾熱類，寫成大痛大苦之作，應也符合他的風格。但是，他將悲痛之情陌生化處理，把這種哀傷化成了優美的詩情，使它成為一首最動人最憂傷卻又最美麗的葬歌：抒情主人公以一種長者之愛安慰著逝去的姑娘，把她的死亡當成是睡眠，美化死亡給人們帶來的恐怖的感情，並將那種巨痛感轉化成平日對早夭姑娘唱催眠曲時的安祥：

　　　　也許你真是哭得太累，
　　　　也許，也許你要睡一睡，
　　　　那麼叫夜鷹不要咳嗽，
　　　　蛙不要號，蝙蝠不要飛。

---

54 據《聞一多年譜長編》中記載：此詩原名為〈薤露詞（為一個苦命的夭折的少女而作）〉，發表於一九二五年三月二十七日的《清華週刊》文藝增刊第九期，七月二日重新發表在《京報副刊》時改名為〈也許〉。而立瑛死於一九二六年冬，故不是為女兒之死作。

雖然在原稿詩中也有這相似的幾句，但詩人把它們放在第二節，第一
節詩沒有能夠將這種感情表達得這麼美，我們可以參看原稿的首節：

> 也許黃泉要鞠育你，
> 也許白蟻要保護你。
> 造物底聖旨既然如此，
> 就讓他如此，讓他如此！

　　原稿流露的情感與改定稿的情感相差甚大：原稿中的「黃泉」和
「白蟻」與死亡有直接的聯繫。在中國人的詞彙中，「黃泉」表示死
亡之路，「白蟻」暗示死者的肉體被吞噬，面對這樣具體的死亡，抒
情主人公不可能平靜，所以哀慟成為原詩的主要感情。詩人的真實情
緒雖然得到了抒發，但是作為藝術作品來說，定稿的藝術處理方式更
為巧妙、優美。

　　從表現的內容上，還可以進行題材上的分類：〈祈禱〉的詩題本
身就讓人聯想到宗教式的莊嚴肅穆，「請告訴我誰是中國人，／啟示
我，如何把記憶抱緊；／請告訴我這民族的偉大，／輕輕的告訴我，
不要喧嘩！」詩人用了傾吐交談式的語氣，採用祈使句，還使用「輕
輕的」這樣的狀語，「不要喧嘩」這樣的請求，使詩歌獲得了莊嚴
感。幽默的詩，如〈聞一多先生的書桌〉中所表現的，也是一種溫和
化的情感：「筆洗說他分明是盛水的，／怎麼吃得慣臭辣的雪茄灰；
／桌子怨一年洗不上兩回澡，／墨水壺說『我兩天給你洗一回』。」
詩人給物體擬人化，在表現它們的功能錯位和行為錯位中，體現詩歌
中主人的忙亂生活和詼諧情趣。

三　寄託式

在聞一多的詩歌中，〈大鼓師〉、〈什麼夢〉這樣的詩歌可當作詩歌情感的方程式。數學中的方程是指含有 X、Y、Z 等未知數的等式，方程中的未知數可以有幾種解，詩歌和方程式有著某種類似，就是它們在組成關係時依靠一定的規律，形成情感的聯絡。在這類詩歌中，聞一多表現的情感雖多來自他的親身經歷，經過藝術化的處理後，它們就類似抽象的未知數，情感內涵可以由讀者用幾種方式去填充，X、Y、Z 可以是你，也可以是我、是他。描寫的可能是讀者經歷過體驗過的情感，或能夠深深理解的同情。

這些詩中，詩人不是以塑造人物的形象或性格為主要特色，而是採用抽象化的書寫手段，突出人物在某種境域中的情感。如〈大鼓師〉一詩，聞一多描寫了一個靠賣唱為生的大鼓師回家的情形。在閱讀上，我們可以將事件與人物都當成一些符號。引起我們注意的大鼓師是一個常年離家、在外謀生的人，他的妻子在家獨守空房。大鼓師曾敲著他的大鼓「遊遍了一個世界」，「唱過了形形色色的歌兒」，「也聽飽了喝不完的彩」。假如說這就是他的事業的話，他應該滿足了。然而，家的溫暖在吸引著他，為此，他放棄了歌唱，放棄他揚名、賺錢的機會回家。家，是給他「潤著歌喉」的地方，是他的「船塢」，他的「歸宿」，正如他對妻子所說的那樣。可是，由於時間以及其他原因，使他在妻子提出聽他的歌唱時，卻「心慌」得唱不出自己的歌。唱過不少浪漫故事的大鼓師，沒有一點浪漫情懷了。他說「我們委實沒有歌好唱，我們／既不是兒女，又不是英雄」，對於愛情的要求，他現在只求有個能夠容下他的家就行了。他的內心在說：不然，「山泉到了井底，還往那裡流」。這首詩實際上寄託了詩人難以說清楚的關於追求理想，或是面對現實的問題。這，包含著歷經滄桑的人常有的「剪不斷，理還亂」的情感。

　　〈什麼夢〉同樣是一首將浪漫粉碎的詩歌：一位寡婦在天寒地冷的時候，突然感到自身孤獨無所依，她的內心裡喚起了追求愛情的朦朧情愫，因為她的身分，還因她有一個嗷嗷待哺的孩子，致使她無法選擇愛情，也無法選擇死亡。聞一多的這首詩不是簡單地訴說一個寡婦的悲哀，就像〈大鼓師〉講述的也不光是一個離家又回家的大鼓師的個人的遭遇，我們可以認為「寡婦」和「大鼓師」都代表著人類的一種尷尬境況：人們沒有得到自己嚮往的愛情或理想，卻又不能迴避婚姻或現實。對於一個獨立存在的人，面對現實，卻無權選擇，而只能毫無獨立意志地委屈求全，由現實來調整一切，不管這現實合不合理。

　　經過溫和化處理的詩歌最明顯的一個特徵就是：抒情主人公的主觀態度隱退，詩人也不把自己的情感直接地表露出來，但情感未嘗沒有，在貌似冷靜的文字後蓄積著。這類詩歌從抒情主人公切入的角度看，大約又可分成兩種：

　　一種是素寫式的，比如〈黃昏〉、〈所見〉、〈春的首章〉、〈晚霽見月〉等。這類詩皆為聞一多初寫詩歌時所作，比較稚嫩，一般將眼中所見的景色加以想像、或擬人化，沒有什麼特色。

　　另一種是描述式的，有〈淚雨〉、〈夜歌〉、〈飛毛腿〉、〈叫賣歌〉、〈納履歌〉、〈秦始皇帝〉。這類詩歌的成就比較大，其中〈飛毛腿〉是較為成功的創作。詩人對它進行的降溫處理就在於詩人注意選擇了敘事角度。詩中的敘述者是第一人稱「我」，在詩歌中卻是一個旁觀者。旁觀者作為敘事人和抒情主人公就有了一定的心理距離，因而，他也不能採用全知全能的敘述角度，只能從旁知的角度上打開一個觀察角，觀察對象「飛毛腿」於是就有了一些可用來描述的情節：他只是一個車夫，拉半天車還歇上半天，一天喝二三兩白乾兒……一天河裡飄著他的屍首，只怪他的老婆死的不是時候。詩人好像在平靜地羅列一些家長里短，把自己的情感隱藏起來。但通過詩歌的邏輯鏈條，比如說，詩人選取「飛毛腿」喜歡問「天為啥是藍的？」、曹操

有多少人馬，說明「飛毛腿」的求知欲強，心地十分單純。說到「飛毛腿」之死時，詩人扯上「飛毛腿」的妻子之死，我們就可從中理解這是詩人對時事的一種無言的譴責，對百姓的深切的同情。

第四節　火與冰：詩情的熱冷交替

魯迅的散文詩中寫到過一個「死火」的意象——「一切青白冰上，卻有紅影無數，糾結如珊瑚網」[55]，聞一多表現詩歌情感的第三種方式卻像「復活的火」：在接受者看來，無數的火焰好像要突破冰的外表；而在詩人那裡，熱燙的火焰（情感）和寒冷的冰（理智）共存，傳達情感時，他突出的並非是事實的真或美，而是情感和理想之真，之美。

解讀〈紅豆〉一詩或許能使我們感受到詩人熾熱的抒情與冷靜的思考相結合的詩風，使詩歌的情感在內斂化當中又得到擴充和加深。

〈紅豆〉組詩共由四十二首短詩構成，作於一九二二年，據說是詩人得知自己不滿意的婚姻有了意想不到的收穫，於是「情思大變」，初為人父的歡喜令他五晝夜連作了五十首。儘管解讀時也可以將詩與事實作一些比較，但是對進入詩歌中的情感，我們不宜將它拿來與事實作考證工作，而是要去觀察它如何揭開內心火與冰的相淬相擊。

開篇第一首詩為序詩，為整首詩定格：

> 紅豆似的相思啊！
> 一粒粒的
> 墜進生命底磁壇裡了……

---

55 魯迅：〈死火〉，見《野草》，《魯迅小說、雜文、散文全集》（南寧市：廣西民族出版社，1995年）。

聽他跳激底音聲，

這般悽楚！

這般清切！

　　這一首詩在引詩中先用了王維的「此物最相思」的詩句把紅豆與相思聯結起來，形成詩歌情感的第一股「火」苗，然後，在序詩中深化這一層關係。

　　詩人用兩個比喻來形容相思，一個是明喻，運用紅豆表示相思的文化意蘊組成比喻關係：相思如那點點殷紅的小紅豆，像心頭滴出來的鮮血。這樣，在具體的紅豆意象之上相思得以再次生意生象；另一個是借喻，相思既然像紅豆，它有了形象的寄託，因而它便可以像紅豆那樣一顆顆的往下墜落。墜落在何處？──「生命底磁壇」。他把生命又當成一個有物理性功能的磁壇，相思與它相吸。詩人在突出生命的價值時，表現了相思在一個人的生命中的意義，顯示了「冰」的透明度，這是「火」與「冰」第一次交淬。

　　詩歌接下去描述相思的聲音──「悽楚」和「清切」，它是〈紅豆〉的主音，是一簇簇躍動的「火」苗。詩歌從第二首起，筆力集中描寫那「生命底磁壇」中的相思心理，幻想的成分較多。有的寫相思突如其來，不可迴避；有的寫相思的如煙如縷般的美麗；有的寫相思難眠──「比方有一屑月光，／偷來匍匐在你枕上，／刺著你的倦眼，／撩得你鎮夜不著」（五）；幸福的快感──「相思是不作聲的蚊子，／偷偷地咬了一口，／陡然痛了一下，／以後便是一陣地奇癢」（六）；持久地夢著、想著，「我的心是個沒設防的空城，／半夜裡忽被相思襲擊了，／我的心旌／只是一片倒降；／我只盼望──／他恣情燒一回就去了；／誰知他竟永遠占據著，／建設起宮牆來了呢？」（七）同時詩人還注意到，相思容易使人用心理時間來彌補物理時間的長度，將物理空間合聚成心理空間。在第九首至第十三首詩裡，詩

歌反覆用回文錦、地球、太平洋等比喻意象來想像團圓，但也用「生鏽的」淚來暗示時間的距離釀成了苦澀的情感，這是「火」與「冰」的第二次交淬。

到二十一首，詩歌在內容與風格上發生了一個較大的轉變：相思／紅豆這一對比喻更換了，「淡白的小菱花兒，／便是相思底花兒了」。在視覺上，淡白顯然沒有紅色那麼熱烈，它是蘊含著悲傷的顏色。紅色的豆子淡化了、變形了，相思結成的果子是「青的、血青的」和「有尖角的果子」。接下去，詩歌轉入對命運、愛情、婚姻的沉思，前面用幻想支開的矛盾逐漸深化，熱烈燃燒過的燭淚正欲凝固，這已涉及到現實婚姻的現狀。這裡的「火」和「冰」發生了一次較大的淬擊，「火」不曾熔化「冰」，「冰」也沒能夠消解「火」的存在，然而「火」和「冰」在相擊中強化各自的能量，「火」力（情感的濃度）加強，「冰」的溫度（理性）卻非隨自然變化而升高，它在降低（理性的含量加重）：詩人曾經發達過的想像力又急速運轉，沒有了將愛人比作「神」、「王」那樣輕鬆的比喻，人物將個體換作了聯體——我們是兩片浮萍（二十三）；我們是鞭絲抽攏的夥伴，我們是鞭絲抽散的離侶（二十四）；我們弱者是魚肉（二十五）；我們是照著客們吃喜酒的一對紅蠟燭（二十六）……這一連串的暗喻排比下來不免讓人們醒悟到「冰」（理性）在控制「火」（情感）的燃燒，這一對相思者的命運原來在被人安排著，詩中的感情由是顯得複雜化——自慰自憐、同病相憐，而且還有不滿的發洩。面對這樣的婚姻，詩人試圖用「冰」來凝固「火」，使「火」與「冰」相存。

抒情主人公「我」忍受著把「蓮子，／淚珠兒，／我們的婚姻」算成「圓滿的三絕」（二十八）；忍受著「他們削破了我的皮肉，／冒著險將伊的枝兒／強蠻地插在我的莖上」的嫁接的尷尬（三十）；忍受著一塊「妖魔的石頭」在「我」和「愛人」中間作了界石——造成兩人之間的精神距離（三十一）。在忍受當中，對外物的感覺也變

了：「我」感覺命運如那「零亂」、「幽冷」的星兒（三十二），如冬夜「冷冰冰的鉛灰色的天宇」，不可知的將來讓「我」想哭（三十三）。然而，「火」仍在強烈地燃燒著，「冰」幾乎要被它燒得融化，詩歌寫到身體內的本能推使著「我」，令「我」在這樣的困惑中生存著。

第三十四首又來了一個轉折，那是肉體爆發的情欲：「我是狂怒的海神，／你是我捕著的一葉輕舟。／我的情潮一起一落之間，／我笑著看你顛簸；／我的千百個濤頭／用白晃晃的鋸齒咬你，／把你咬碎了，／便和檣帶舵，吞了下去。」我們也看到這情欲當中，含著被憤怒激起來的「火」在舔著「冰」，吞噬著它。

再看下面的一首，我們就知道詩人一直想做的並非是讓情欲的「火」狂熱燃燒，也不是忍受那被安排的婚姻。在詩人的內心幻象中，「夜鷹號咷地叫著；／北風拍著門環，／撕著窗紙，／撞著牆壁，／掀著瓦屋」這是外勢力的象徵，詩人在這種不安全的寒冷的境地裡，看到「紅燭只不息地淌著血淚，／凝成大堆赤色的石鐘乳」，他內心一直埋藏著的聲音響起來了：「愛人啊！你在那裡？」（三十五），詩人在用「冰」來包圍「火」的四處伸展，這一呼聲有「火」的熱情，也有「冰」的寒冷。

第三十六至四十首，「火」的熱焰去了，「冰」的溫度升高了，「冰」和「火」交融了，詩歌出現了沒有因果聯繫，也沒有轉折關係的奇特結構：

> 當我告訴你們：
> 我曾在玉簫牙板，
> 一派悠揚的細樂裡，
> 親手掀起了伊的紅蓋帕；
> 我曾著著銀燭，
> 一壁擷著伊的鳳釵，

一壁在伊耳邊問道：
「認得我嗎？」
朋友們啊！
當你們聽我講這些故事時，
我又在你們的笑容裡，
認出了你們私心的豔羨。

　　這首詩和前面的詩有明顯的不同：詩中的人稱發生了轉換，詩歌的時態既不是現在時也不是將來時，而是過去時，詩人用了一副憶舊的口吻來訴說抒情主人公「我」的新婚之夜。詩歌似乎寫的是洞房花燭夜的柔情蜜意，它是安祥的「燭焰」，映照著溫暖的新房和回憶。但是那一句問話「認得我嗎？」如果不把它理解成一句玩笑，那就是一種悲哀，不盡然是舊時代人們共同的悲哀。這一句貌似玩笑的真心話，抖出抒情主人公難以告人的苦衷，它是「冰」，來自歷史冷庫中的堅冰。如果把抒情主人公當成詩人自己，那詩句當中描寫的就是想與妻子重溫舊好的回憶；如果只是把「我」當成抒情主人公個體，沒有背景的「我」訴說的是新婚樂事，用紅色的「火」來燃紅那片久藏的「冰」的青白：「爐面鏤空的雙喜字間」吐出的「蜿蜒的香篆」還沒有「我的新人」溫柔（三十七）；午後吻著新人的香腮，就像吻著新人的夢（三十八）；「我」常夢著這個「通靈澈潔的裸體的天使」，「不許一點人工產物／污穢了伊的玉體」（三十九），詩人渴望的是有情有愛的兩人之間靈與肉的高度和諧，相互呼應，這是人工製造的「火」，與「冰」達成和諧的狀態。

　　在第四十首詩中，詩人用了完全也是由人工編成的未來態，這是「火」與「冰」相結的理想境界：「假如黃昏時分，／忽來了一陣雷電交加的風暴，／不須怕得呀，愛人！／我將緊拉著你的手，／到窗口並肩坐下；／我們一句話也不要講，／我們只凝視著／我們自己的

愛力／在天邊碰著，／碰出些金劍似的光芒，／炫瞎我們自己的眼睛。」抒情主人公不僅希望靈與肉的結合，更希望無論發生什麼情況，兩人都能靠愛力將心靈黏得緊緊的。對將來生活有了設想、寄託，這樣就能夠面對婚姻生活帶來的種種滋味：「有酸的，有甜的，有苦的，有辣的，／豆子都是紅色的，／味道卻不同了。」詩人由婚姻想到安排命運之手，想到將「辣的」紅豆「先讓禮教嚐嚐」（四十一），「火」與「冰」由相剋至相諧。

　　經歷過從現實轉向未來，從未來拉到過去，詩人有強烈的割捨不了的相思，有對婚姻清醒的質問，同時還有心中的焦慮、自省自責之情。 他燃燒盡了靈魂中的那把「火」，也冷卻了心中的「冰」，它們成為表達詩人激情與雋思的載體，昭揚詩人對真的追求。

　　在愛情詩中交織著「火」（熱情抒發）與「冰」（冷靜思考），在愛國與叩問自身的詩篇中，聞一多也是在「火」中蘊「冰」，「冰」中蓄「火」。他抒發熱情，不是為了渲洩熱情，他反思叩問，也不是為了冷凍熱情——一切也仍是為了對情感求「真」。

　　在愛國詩中，聞一多的「火」是對本民族最真誠感情的傾吐，而「冰」的透明更透出火焰如血般鮮紅。〈長城下之哀歌〉雖是一首頌揚傳統文化的詩歌，但熱烈的「火」在晶瑩的「冰」內昭顯它的存在之真。詩歌對民族多了幾分反思，對傳統文化也不盲目樂觀，而有一定的省察。詩人加強了「冰」的厚度與透明度：他雖認為長城是「五千年文化底紀念碑」，「偉大的民族底偉大的標幟」，但它又是「舊中華底墓碑」，「舊中華底靈魂」，在為人們的「睡眠擔當保障時」，使得人們「睡鏽了」筋骨，「睡忘了」理想，讓「流賊們忽都爬過我們的圍屏」，「我們只得歸附了狐群狗黨」。詩人看來「從今只有暗無天日的絕壑，／裝滿了麼小微茫的生命，／像黑蟻一般的，東西馳騁，——／從今只有半死的囚奴，鵠面鳩形，／抱著金子從礦坑裡爬上來，／給吃人的大王們獻壽謝恩。／／從今只有數不清的煙突，／

彷彿昂頭的毒蟒在天邊等候，／又像是無數驚恐的惡魔，／伸起巨手千隻，向天求救；／從今瞖著萬隻眼睛的街市上，／骷髏拜骷髏，骷髏趕著骷髏走」，新的中華被弄成了一個假的中華。詩人還指出了國人的不覺悟和保守，「築起這各種城寨，／把城內文化底種子關起來了，／不許他們自由飄播到城外，早些將禮義底花兒開遍四鄰，／如今反教野蠻底荊棘侵進城來」。在這一點上，已有研究者指出聞一多思想的侷限性[56]，也不無道理。但是，就本人看來，聞一多的這種認識基於他的傳統教育。在教育方面，他專攻文藝，中國的古典文藝早已有成熟的表現，深遠悠長的歷史受到全世界人的仰慕。聞一多尊崇中國古典文化，希望把它們傳播出去，並出於民族自衛的心理，想以此對抗西方的工業文明。從發展的角度講，聞一多的思想顯然不大符合歷史規律，但從他接受的教育和經歷來論，他的說法自有他的道理，正表明他的冰心一片。

　　聞一多的「冰」與「火」裡還含著人道主義的「冰」與「火」。人道主義者最可貴的質量除了把大眾的苦痛放在心中，還反省自身。如偉大的托爾斯泰、魯迅，他們總是在作品中深刻地拷問自己的靈魂，真切地探尋人類前行的道路。聞一多詩歌的情感境界中也有這種「冰」與「火」的交合。〈貢獻〉、〈答辯〉等詩中，我們可以看見「冰」中之「火」在撞擊，在越騰──詩人在深刻地反省個人中表現人類追求真諦的精神。如〈貢獻〉用了一種西式的幽默法反襯著假與真、醜與美：

　　　　紅燈下我陪你們醉酒，

　　　　沙發上我敬你們兩枝香煙，

　　　　我陪你們坐車子，走路，吃飯，

56　參照陸耀東先生的論文〈論聞一多的愛國詩〉。

　　彷彿一天天我也有我的貢獻。

　　給你們讓著路，點著頭，
　　你們打扮好了，我替你們驚羨，
　　你們跟來了，我拋下一只銅板——
　　不要誤會了這就是我的貢獻。

　　有時悲哀抓著了我的心，
　　我能為人類的痛苦捏一把汗，
　　我能哭得像嬰孩，在一剎那間——
　　這剎那間才是我最偉大的貢獻！

　　詩歌的前兩節用了一系列的表現行動的詞語，描寫「我」跟在一些人的後面，或陪伴在有些人的身邊，作為他人的跟班、聽眾和觀眾，回應他人的要求，陪酒、敬煙、讓路、點頭。後一節對心理狀態進行了揭示。在以他人為中心，取悅他人的行動之後，「我」的內心充滿了「悲哀」。這首表現行動和心理發生衝突的詩歌又是「火」與「冰」的淬擊，它為的是反省自我，人類當中一個失去本真的分子，在日常生活中為了生存，戴著表情面具。「冰」的冷卻並沒有噬滅「火」的熱溫，「我」的良心未完全泯滅，由自身而擔心人類不由自主的命運和面具下不可掩藏的痛苦，企圖尋找失去的自我時也找回知識分子或人類應有的良知——這是知識分子富有自我反省意識的人道主義精神。詩人的「火」與「冰」這兩種看上去不可克服的矛盾因素此時得以和諧而緊密地結合，情感的熱烈與理性的冷靜更深入地揭示出人類情感處在虛偽狀態時的可悲，企圖喚醒人類意識深處被日常生活蒙蔽了的真情感。

　　詩歌藝術是抒情的藝術，也是追求情感至真至美的藝術。作為詩論家，聞一多闡發了情感與詩的不可分離的肉血聯繫；作為詩人，聞一多在詩歌中譜寫了他的情感歌唱，用詩藝彌補或用想像美化了現實中許多發生的或並未發生的情感，於激情和冷靜之中，為讀者留下了寓美寓真寓善的純淨詩國。

第四章
格律論

　　中國現代詩歌史上，饒孟侃、朱湘、徐志摩、陳夢家，還有本文的主人公聞一多等一群新月詩人，一度提倡新格律詩的創作，他們被稱作為格律派詩人，其中「最有興味探討詩的理論和藝術的」，朱自清在《中國新文學大系》〈詩集導言〉中認為，是聞一多。作為新月中人，徐志摩也說過：「一多不僅是詩人，他也是最有興味探討詩的理論和藝術的一個人。」[1]朱自清與徐志摩的評論所見略同，都有一定的依據。值得說明的是，主張新詩格律化的理論雖早在饒孟侃等人的文章中醞釀，它的旗幟卻由聞一多在他的理論文章〈詩的格律〉中率先打出來，徐志摩、朱湘等人不過是在理論與創作上加以回應，新月後期再由陳夢家對該派的新詩格律化理論進行了補充和發展。

　　據《聞一多全集》看，聞一多有八篇論文與大綱[2]都談到了詩歌的節奏、音韻格律。他不但對比了中國古典詩歌的格律與新詩格律的不同，而且參照西方的詩歌格律，提倡一種適合中國現代人需要的藝術化的新格律詩。這些材料顯示了聞一多開闊的研究視域，深厚的文學功力及對詩歌革新的良好願望。這種超越一個時代而且超越國界的詩歌研究，初步奠定了中國新格律詩的理論基礎，為中國的新詩理論

1　徐志摩：〈《猛虎集》序〉，見《徐志摩詩全集》（上海市：學林出版社，1992年），頁582。

2　按年代排列，它們是：一、〈詩歌節奏的研究〉（大綱，1921）；二、〈律詩的研究〉（1922）；三、〈《冬夜》評論〉（1922）；四、〈詩的格律〉（1926）；五、〈論《悔與回》〉（1931）；六、〈談商籟體〉（書信，1931）；七、〈時代的鼓手〉（1943）；八、〈中國上古文學〉（大綱）。

和創作發展提供了一個新的方向。這是聞一多對中國現代新詩的最大
貢獻。

第一節　尋找新的聲音

在上世紀二十年代提出新詩的格律化，並非詩人們想復古舊體格
律詩，而是新詩發展規律的使然。

正如馬爾羅所說：「詩人總是被一個聲音所困擾，他的一切詩句
必須與這個聲音協調。」[3]自從五四新文化運動中的「國語的文學」
口號得到眾多文學工作者的熱烈回應，「八不主義」又助它前行，中
國詩歌的現代化特性開始了培植，詩人們都紛紛在尋找與這個「聲
音」相協調的詩歌。

胡適在撰寫的論文和新詩集《嘗試集》中，首先為中國新詩提供
了文字和文體的新走向，白話文和白話詩的創作之風蔚然興起；俞平
伯的《冬夜》是對胡適理論的回應，他試圖到古代律詩以外的文體裡
為中國新詩尋找借鑑，將古典詞曲節奏引用到現代新詩中；郭沫若的
《女神》則向歐美詩壇尋求，惠特曼、雪萊、歌德的精神和詩歌表達
的自由從形式上為中國新詩提供了新的範例；冰心等人對亞洲詩
歌——印度泰戈爾的詩歌和日本俳句的仿作，使稚嫩的中國新詩壇上
盛行小詩；劉半農和劉大白等人從中國的民間詩歌中發掘蘊藏，為自
由體新詩的創作帶來了一股新的活力。

歷史中總是有些標誌性的事件引起我們的重視。一九一九年十月
間的一天，胡適之在用他的筆來紀念這場轟轟烈烈的文學革命時，作
了一篇論文——〈談新詩——八年來一件大事〉，不知寫作之時他是
否預料到了自己是位一言九鼎式的人物，這篇洋洋萬言的論文可確實

3　哈羅德‧布魯姆：《影響的焦慮》（北京市：生活‧讀書‧新知三聯書店，1987年），
　　頁26。

由於他的知識界領袖身分，在當時的文壇起了不可低估的作用。聞一多在他的〈詩歌的節奏研究〉中就把這篇文章與胡適的另一本詩集《嘗試集》列為參考書目。所以，我們在追溯聞一多提倡新詩格律化的初衷時，最好從胡適的這篇論文入手。

胡適在〈談新詩〉[4]中提出了一個著名的觀點——「詩體大解放」。在他看來，「文學革命的運動，不論古今中外，大概都是從『文的形式』下手，大概都是先要求語言文字文體等方面的大解放」。胡適對形式的重視自有他的依據：針對時代的變化，人們對語言文字產生了新的要求，詩歌語言形式上的變化也勢在必行，因而胡適說「五七言八句的律詩絕不能容豐富的材料，二十八字的絕句絕不能寫精密的觀察，長短一定的五言七言絕不能委婉達出高深的理想與複雜的感情」。胡適的言說也許存有一些偏頗，但他還是很有遠見地提出了指導性意見：「新體詩是中國詩自然趨勢所必至的」。這篇文章在中國的新詩革新運動中成為了轟動一時的新詩改革綱領，聞一多的格律論也可以說贊同了胡適的這一觀點。

舊詩如何革新？革新什麼內容？具體細節該如何操作？胡適也談得不少。如音韻，胡適認為，「押韻乃是音節上最不重要的一件事。至於平仄，也不重要」，重要的是詩歌的音節，而音節又「全靠兩個重要的分子：一是語言的自然節奏，二是每句內部所用字的自然和諧」；押韻雖不重要，但新詩的用韻應有新的要求，「新詩有三種自由：第一，用現代的韻，不拘古韻，更不拘平仄韻。第二，平仄可以互相押韻。第三，有韻固然好，沒有韻也不妨，新詩的聲調既在骨子裡——在自然的輕重高下，在語氣的自然區分——故有無韻腳都不成問題，……內部的組織，——層次，條理，排比，章法，句法，——乃是音節的最重要的方法」。

4　楊匡漢、劉福春編：《中國現代詩論》（上）（廣州市：花城出版社，1985年），頁1-17。

　　儘管在一九二二年，聞一多對胡適有過非議，他在給同學的信中提到，胡適的詩學思想模仿了英美意象派的理論[5]，但是，我們應從歷史的角度看，無論胡適的新詩體革新理論是否受到意象派或是其他詩派的影響，事實上他從理論上拉開了新詩體大解放的帷幕。在某些方面，如主張白話詩注重語言的聲調和語氣而不拘泥詩歌固定的韻腳的觀點，得到了當時許多新詩人的呼應。

　　康白情在他的論文〈新詩底我見〉中也有類似的觀點：他承認新詩的音節是使它與散文區分的一個特徵，但新詩與舊詩在形式上不同──「舊詩大體尊格律，拘音韻，講雕琢，尚典雅」，舊詩在格律上下功夫，「浸假而僅能滿足感官」，竟「嗅不出詩底氣味」；新詩則反之，新詩「自由成章而沒有一定的格律，切自然的音節而不必拘音韻，貴質樸而不講雕琢，以白話入行而不尚典雅」[6]。

　　郭沫若也認為「詩之精神在其內在的韻律，內在的韻律（或曰無形律）並不是什麼平上去入，高下抑揚，強弱長短，宮商徵羽；也並不是什麼雙聲疊韻，什麼押在句中的韻文！這些都是外在的韻律或有形律。內在的韻律便是『情緒的自然消漲』」[7]。

　　由此可見，在這場頗有生氣的新詩革新運動中，理論家們與詩人在新詩的韻律上達成了共識，他們一致認為新詩的革新途徑是：自然而不加修飾地寫自由的詩。

　　這些理論家和詩人的觀點是否可行呢？我們先把它當作一個謎面，不妨再細究一下這些理論家和詩人的主張存在哪些缺失。

　　就拿康白情說，他的理論明顯地打上了當時流行的階級觀印跡，不免影響到他的文學觀必然會出現一定程度的偏向。他把古詩一律看

5　聞一多：《聞一多全集》（12）（武漢市：湖北人民出版社，1993年12月），頁56。

6　楊匡漢、劉福春編：《中國現代詩論》（廣州市：花城出版社，1985年），頁33。

7　郭沫若：〈論詩三札〉，見楊匡漢、劉福春編：《中國現代詩論》（上）（廣州市：花城出版社，1985年），頁51。

成是雕琢典雅的，而新詩應該是平民化的。很顯然，他將意識形態上
簡單的二元對立模式運用在詩歌的運作規律上，為新詩造成了一個新
的模式：古詩──雕琢──壞／新詩──反雕琢──好。康白情的思
維模式在五四時期非常具有代表性。反觀那一段歷史，留給我們印象
最深的是那時的新詩人們改造新詩體一般走了兩條道路，一條是去民
間詩歌中取法民眾喜愛的詩歌形式，一條是向域外的詩歌體式如日本
的俳句、印度泰戈爾的小詩和歐美的自由體詩借鑑，他們往往不大樂
意打著承繼古典詩歌藝術的口號。詩歌本從民間歌謠中提純，才成為
文人自覺創作的文學樣式，格律詩創作給古代詩人提供了一套遵循的
規則。對規則本身來講，它沒有好壞的價值判斷，它只有可行與不可
行的選擇。康白情將階級觀與進化論觀點用在評論新詩和舊詩的價值
上，這一簡單化模式並不利於探究詩歌自身的演變。

　　此外，當年的這些理論家在強調詩的韻律時，注意到「情緒的自
然消漲」和音調的「輕重高下」，但他們沒有想到這只是一種理論上
的良好設想，一旦實行到詩歌創作中，它的弊端很快就暴露出來了。
事實也證明瞭這一點。性格不同、氣質各異、甚至口音相別的詩人按
照他們各自的情緒與音調創作出來的作品，貌似自由，卻模糊了新詩
和其他文體的明顯差異，其惡性後果使詩歌跌進了隨意氾濫的河流之
中，難以自救。五四時期新詩運動並未能如理論家、詩人們之願的關
鍵，無不與此有關。

　　然而，也有不少的理論家和詩人，如劉半農等為增多詩體，鍥而
不捨地做過一些重造新韻的實驗。朱自清在《中國新文學研究綱要》
中也為我們提供了一份當時主張紛呈的詩歌革新材料。朱自清為新文
學早期的詩體革新運動命名為「新韻律運動」[8]，他的綱要裡列舉了
八家革新詩體詩人的主要觀點，除第六家新月詩人（《晨報‧詩鐫》）

8　朱自清：《朱自清全集》（8）（南京市：江蘇教育出版社，1996年），頁94。

的觀點外，其餘的與新月詩人的新格律主張或多或少都有一定關聯。陸志韋強調詩歌的節奏，在押韻方法上，他認為韻無固定位置，詩歌可以破四聲，以國語或一種方言為標準押活韻。趙元任重視詩歌輕重音的差別和韻的位置，俞平伯提出句中之和當與句末之韻並重，句法的參差須有一個限度，詩「一面有格律，一面仍能適合語法之自然」，用韻處不可過多，押韻時不可牽強，造句不可拗澀，不當規定平仄四聲。還有陳勺水提出建立「有律的現代詩」，他認為要使用相關韻，平仄通押，確定音數，確定每句中的逗數，而不確定每逗的音數。楊振聲則認為詩歌須有韻，可以是長短句，一部分也可以採用詞曲、歌謠中的音節。當時新詩革新的方案確實不少，但新詩革新初始的盲目行動造成的後遺症卻難以找到速效藥，致使新詩在脫離詩歌運作的軌道上滑行。

回顧新詩史，我們必定會想到另一個人。二十世紀二十年代中期被稱為「異軍突起」的李金髮，在新詩的另一塊山坡上耕種著。就他個人而論，他有一個小小的豐收年，「在文言文狀事擬物名詞中，抽出種種優美處，以幻想的美麗作詩的最高努力，不缺象徵趣味」[9]。因為他的詩歌語言還存有不少私人化成分，不為當時的讀者所接受，恰如朱自清所指出的那樣：「不知是創造語言的心太切，還是母舌太生疏，句法過分歐化，教人像讀著翻譯；又夾雜著些文言裡的嘆詞語助詞，更加不像。」[10]這樣的評論正說明：中國的新詩雖然有了幾分新的起色，可仍如履薄冰，形式上並沒有取得實質性的突破。

與此同時，方興未艾的政治運動又帶走了一部分曾致力於新詩革新的人，詩歌的世俗化、政治化的苗頭已在詩壇顯露。一九三一年，

9　沈從文：〈我們怎樣去讀新詩〉，見楊匡漢、劉福春編：《中國現代詩論》（上）（廣州市：花城出版社，1985年），頁136。
10　朱自清：〈《中國新文學大系·詩集導言》，見楊匡漢、劉福春編：《中國現代詩論》（上）（廣州市：花城出版社，1985年），頁246。

梁實秋在〈新詩的格調及其他〉中用調侃式的語調追憶過這種情形：新詩創作的實驗，到了一個嚴重的時候，「當初搖旗吶喊的人如今早已冷了，寫自由詩的人如今也都找到更自由的工作了，小詩作家也不能再寫更小的詩了」。梁實秋的調侃並不過分，不過在他的文章後面，還推出了幾個有志於新詩改革的人物，其中就有新月詩人。他說：還有幾個詩人，即聞一多、徐志摩等這些「忠於藝術的老實人」，「守著這毫無生氣的新詩。」[11]

　　歷史既然已經被見證人這樣寫了，我們不必再去追查一些旁枝末節，可是要承認，聞一多和新月其他詩人的新格律主張，正是在新詩表面的熱鬧和實際的蕭條後面提出來的。而且，我們還應指出，聞一多僅為這一理論主張者中的一個中堅分子，他的〈詩的格律〉儘管一直被人們當作新格律派的理論主張，但這些主張也是在陸志韋和饒孟侃等人的啟發下提出並加以完善的。

　　有一個人，朱自清在〈中國新文學綱要〉、〈中國新文學大系・詩集導言〉中多次提到他，沈從文的〈我們怎樣去讀新詩〉中也特地提到了他——陸志韋。朱沈都認為，陸志韋為中國新格律詩創格的第一個有意之人。朱自清對他頗為欣賞：「第一個有意實驗種種體制，想創新格律的，是陸志韋氏。他的《渡河》問世在十二年七月。他相信長短句是最能表情的做詩的利器；他主張捨平仄而採抑揚，主張『有節奏的自由詩和無韻體』。……將北平音併為二十三韻。這種努力其實值得欽敬。」[12]沈從文談到陸志韋的時候，就談到過陸志韋被詩歌作者看重：「陸志韋，詩雖在讀者不甚發生影響，對其《渡河》一集發生興味的，不是讀者倒是當時的其他作者。因為把詩從散文上發

---

11 梁實秋：〈新詩的格調及其他〉，見楊匡漢、劉福春編：《中國現代詩論》（上）（廣州市：花城出版社，1985年），頁143。

12 朱自清：〈中國新文學大系・詩集導言〉，見楊匡漢、劉福春編《中國現代詩論》（上）（廣州市：花城出版社，1985年），頁245。

展，在當時不缺少找尋新路的勇敢的，是這作者。作者的《渡河》，是用作品提出了一些新的方向。」[13]朱自清還指出陸志韋的詩歌主張以西方的詩律為改造方案。梁實秋同樣也提到過徐、聞所創辦的《詩刊》中，「諸作類皆講究節奏音韻」，並且還看出這些詩作「又顯然的是模仿外國詩」[14]。朱、梁二人似乎不謀而合，都意識到：中國的新詩在破壞古典詩歌的基礎上，形式上借鑑西方詩歌，才可以迸發出它新的活力。

　　陸志韋的某些思想，如強調形式對於內容的重要時說「美的靈魂藏在美的軀殼裡」，強調詩歌需要創律時又說「節奏千萬不可少」，「押韻不是可怕的罪惡」，要建立「捨平仄而採抑揚」的「有節奏的天籟」[15]，毫無疑問促動了新月詩人的集體意識，為新月詩人的新格律詩理論作了初步的奠基工作。雖然在詩歌的形式上，陸志韋摸索的還是詩歌散文化的方向，但他的這一傾向對新月詩人的創格律提供了一個參考思路。為什麼這樣說呢？因為在他提出詩歌革新的觀點之後，新月詩人饒孟侃發表了一篇〈論新詩的音節〉[16]，這篇論文和由此引發出來的聞一多的論文都探討了詩歌的格式，針對性比較強，問題談得更深入。

　　饒孟侃在論文的開始就提出，聲音和意義是一首詩歌中最重要的東西，它們的密切結合有助於詩歌與散文和音樂的區分，尤其是詩歌的音節，更是不容忽視，「因為一首完美的詩裡面所包含的意義和聲音總是調和得恰到好處，所以在表面上雖然可以算它是兩種成分，但

13　沈從文：〈我們怎樣去讀新詩〉，見楊匡漢、劉福春編：《中國現代詩論》（上）（廣州市：花城出版社，1985年），頁137。

14　梁實秋：〈新詩的格調及其他〉，見楊匡漢、劉福春編：《中國現代詩論》（上）（廣州市：花城出版社，1985年），頁142。

15　許霆、魯德俊：《新格律詩研究》（銀川市：寧夏人民出版社，1991年），頁35。

16　周良沛編選：《中國新詩庫第三輯‧饒孟侃卷》（武漢市：長江文藝出版社，1991年），頁54-63。

是其實還是一個整體，這個整體，就是……詩的音節」。

　　針對五四初期人們談論的詩歌革新途徑——在音節上依靠詩人的自然情緒，饒孟侃提倡音節上的冒險。他的意見是：一首詩裡面有它的一種特殊的情緒；有幾種情緒固然可以說用那幾種的音節來表現，但是多方面的情緒也必得用多方面的不同音節才能發揮得盡致。由此可見，在饒孟侃的理論中，把音節抬到了詩歌的決定性位置上。音節到底包含一些什麼成分呢？饒孟侃並不將它和「節奏」一詞完全等同起來，他認為它包含「格調，韻腳，節奏，和平仄等等的相互關係」，其中音節中最重要的又要數格調。毫無疑問，饒孟侃的這番言說，為聞一多的〈詩的格律〉打了一個前站。

　　饒孟侃還認為，格調是指一首詩裡面每段的格式。沒有格調，不但音節不能調和，不能保持均勻，就是全詩也免不了要破碎。一首詩裡面的音節要有一定的格調，這樣符合了自然的規律。對於韻腳的作用，饒孟侃的看法是：它能把每行詩裡抑揚的節奏鎖住，同時又把一首詩的格調縫緊。詩歌裡要沒有它，讀起來絕不會鏗鏘成調。

　　此外，饒孟侃還注意到新詩押韻與舊詩押韻的方式不同，但新詩也應該有它作詩的標準，不必完全依照舊的韻府，凡是同音的字，無論是平是仄，都可通用，發音的根據則以北京官話為標準，在某種情況下方言也可以寫詩。

　　至於節奏問題，饒孟侃談得比較深入，他認為節奏「可以分開兩方面來講：一方面是由全詩當中流露出的一種自然的節奏，一方面是作者依著格調用相當的拍子（Beats）組合成一種混成的節奏」。這兩種節奏是否可行？饒孟侃具體講道：「第一種節奏是作家在創作的時候無意中從情緒裡得到的一種暗示，因此全詩的節奏也和情緒剛剛弄得吻合而產生的。這種節奏純粹是作家理會出來的，所以簡直沒有規律可言；而第二種則又是純粹磨練出來的，只要你肯一步步的去嘗試，也是可以做得到的。在根本上，這兩種節奏就沒有優劣的分別，

因為第一種的方法有時候也靠不很住，第二種有時候也會弄得牛唇不對馬嘴（指情調與音節不調和）；固然最妙是用第一種方法去做第二種工作。」

對於詩歌文字的平仄問題，饒孟侃也有他自己的見解：「我們的文字是一種單音文字，但是單音文字當中我們又有一種平仄的保障；這種巧妙的作用是我們文字裡面的一種特色，在任何外國文字裡都沒有。它在舊詩的音節裡，位置占得最高，差不多格調，節奏，韻腳，都成為它一種音節上的附屬品；換一句話來說，即是它把音節上可能性一齊概括在它的範圍以內。」

在另一篇論文〈再論新詩的音節〉[17]中，饒孟侃還補充了新詩音節試驗的步驟，「最初的音節試驗是在新詩要恢復韻腳的作用。這種作用恢復了以後，新詩在音節上便著了邊際，因此格調的齊整，節奏的流利，和平仄的調協都漸漸一步步地講求起來了。要一直等到這幾步都做到了，新詩在音節上才算是規模粗具」。並且，他認為一首詩的完美音節，能夠「使讀者從一首（詩）的格調，韻腳，節奏和平仄裡面不知不覺的理會出這首詩裡的特殊情緒來；——到這種時候就是有形的技術化成了無形的藝術；再換一句話說，就是音節在新詩裡做到了不著痕跡的完美地步」。

在饒孟侃的文章裡，主要提出了音節對於表達不同情緒的重要性問題，為新詩的音節作了內容上的概說，而且論述了新詩音節內在各個組成部分及其它們的關係，提出了新詩音節試驗的建設性意見。總的說來，饒孟侃的新詩音節論，為新詩的格律創建邁出了理論上的第一步，聞一多的〈詩的格律〉可以認為是步其後之作，是這些理論主張直接促生的結果。這不僅由於聞饒的觀點和思路有接近的地方，還因為饒孟侃寫這些論文的時候，與聞一多的來往也正是密切的時候。

---

17 周良沛編選：《中國新詩庫第三輯‧饒孟侃卷》（武漢市：長江文藝出版社，1991年），頁64-70。

就像徐志摩一九二六年在《晨報副刊‧詩鐫》上發表的〈詩刊弁言〉所寫的「我在前兩三天才知道聞一多的家裡實在是一群新詩人的樂窩，他們常常會面，彼此互相批評作品，討論學理」。這一群新詩人就包括了被聞一多稱作子離的饒孟侃、稱作子沅的朱湘和稱作子惠的楊世恩等一群愛詩的年輕人。聞一多實際上在〈詩的格律〉中也談到，饒孟侃的〈論新詩的音節〉對新詩聽覺方面的問題討論得很精細，他再補充談談新詩視覺上的問題等等。

外域的詩風給聞一多提供了對詩歌格律的感性理解。從莎式比亞、柯勒律治、華茲華斯到白朗寧夫人，他們優美的英語詩歌格律引起聞一多的注意。

理論上直接啟發聞一多的有英美意象詩派。早在一九二二年，剛赴美國不久的聞一多就給國內的詩友們用英文寫過一封信，其中談到英美意象詩派的六項主張，並對比了胡適的「八不主義」，有一點就是關於意象派節奏觀的："To create new rhythm—as the express of new mood "（據裘小龍翻譯的「意象派信條」[18]，大意如此：創造新的節奏——作為新的情緒的表達——不要去模仿老的節奏，老的節奏只是老的情緒的迴響。我們並不堅持認為「自由詩」是寫詩的惟一方法。我們把它作為自由的一種原則來奮鬥。我們相信一個詩人的獨特性在自由詩中也許會比在傳統的形式中常常得到更好的表達，在詩歌中，一種新的節奏意味著一個新的思想。）在該信中，聞一多還說到他們的新詩步伐應隨意象派之後，更真誠地擁護意象派的主張[19]。

---

18 轉引自沈衛威：《無地自由：胡適傳》（上海市：上海文藝出版社，1994年），頁39-40。

19 原文為："For I think it is through a sincere following after their steps that our 'new poetry' can hope to be saved from becoming a mere fad. Therefore we, no less than Miss Lowell and he colleagues must champion heartily those six great yet almost platitudinous principles of which four have already been cited above." 見《聞一多全集》（12）（武漢市：湖北人民出版社，1993年12月），頁56。

　　中西詩學對詩歌節奏的共同提倡和探討，都促使聞一多對詩歌格律進行更深入的思考。

第二節　新的聲音：詮釋〈詩的格律〉

　　聞一多的〈詩的格律〉這篇論文並不是長篇大論，僅四千多字，簡明扼要，然而又多角度申明瞭格律的重要性，首次提出新詩「格律」的理論主張，闡述了舊體律詩與新詩格律的不同之處，還具體指出了如何建設新詩形式等問題，由此奠定了聞一多在新詩理論史上的地位。

一　多角度地提出詩歌格律的重要性

　　格律的重要性，在中國古代的詩論家那裡是一個大眾化的傳統的話題。齊梁時代首倡「四聲八病」說的沈約就認為聲律是文章的內在要素，只有認清它的內在規律，才可作韻文：「五色相宣，八音協暢，由乎玄黃律呂，各適物宜，欲使宮羽相變，低昂互節，若前有浮聲，則後須切響。一簡之內，音韻盡殊；兩句之中，輕重悉異，妙達此旨，始可言文。」[20]唐代的殷璠說：「昔伶倫造律，蓋為文章之本也。是以氣因律而生，節假律而明，才得律而清焉。」[21]在他看來，格律是文章的根本，文氣則因為有了格律的輔助才得以產生，由此而氣節澄明。明代的李東陽認為詩與文的差別就在於：「以其有聲律諷

20　武漢大學中文系中國古代文學理論研究室編：《歷代詩話詞話選》（武漢市：武漢大學出版社，1984年），頁307。

21　武漢大學中文系中國古代文學理論研究室編：《歷代詩話詞話選》（武漢市：武漢大學出版社，1984年），頁308。

詠，能使人反覆諷詠，以暢達情思，感發志氣。」[22]清代的劉熙載在〈藝概〉中針對樂府詩，甚至說道：「樂府聲律居最要，而意境即次之。」[23]

雖然以上各代的詩論家都普遍認為格律是詩詞必不可少的一個配件，包括陸志韋的節奏說、饒孟侃的音節說也這樣認為。值得注意的是，他們的結論多通過對具體的詩作體會而得出，缺少嚴密的邏輯推理和理論的參照體系。與此相比，聞一多的詩論廣證博引、思路開闊，也更具有現代的研究手段。他先後從四個角度提出了詩的格律不能廢的觀點：

其一，從詩的美學哲學角度考察詩的格律存在的必要性。聞一多認為格律就是詩歌創作時應該遵守的規則，詩要在一種規定的條律之內才能出奇制勝。為說明這一論點，他將詩歌的寫作與遊戲相提並論，指出遊戲如果沒有一定的規矩，就不能得到趣味，詩歌亦如此。

聞一多的這一提法基於西方文藝美學中的遊戲說。以席勒為代表的文藝理論家認為藝術起源於遊戲，「如果人在滿足他的遊戲衝動的這條道路上去尋求人的美的理想，那麼人是不會迷路的」，而且「只有當人遊戲的時候，他才是完整的人」[24]，「只有借助於技藝，自由才能夠得到感性的表現」[25]。也就是說，文藝是人們在遊戲之餘的創作，像遊戲一樣遵循著活動的規則。這一觀點，聞一多在他的另一篇論文〈律詩底研究〉中明確地補充過：「人底精力除消費與物質生活

22 武漢大學中文系中國古代文學理論研究室編：《歷代詩話詞話選》（武漢市：武漢大學出版社，1984年），頁310。

23 武漢大學中文系中國古代文學理論研究室編：《歷代詩話詞話選》（武漢市：武漢大學出版社，1984年），頁320。

24 李醒塵主編：《十九世紀西方美學名著選》（德國卷）（上海市：復旦大學出版社，1990年），頁159。

25 李醒塵主編：《十九世紀西方美學名著選》（德國卷）（上海市：復旦大學出版社，1990年），頁141。

底營求外，還有餘裕。要求生活底絕對的豐贍，這個餘裕不得不發洩；其發洩底結果便是遊戲與藝術。可見遊戲、藝術同一源泉」。此外，聞一多要求的詩歌格律化目的也就是要尋找到藝術創造的規律，使藝術創造做到黑格爾美學中所描述的自由狀態。黑格爾認為：美本身是無限的，自由的，「從美對主體心靈的關係上來看，美既不是困在有限裡的不自由的知解力的對象，也不是有限意志的對象」[26]，但主體與客體之間存在著一定的制約因素，只有當主體擺脫了客體的制約時，他才能進入一種完全自由的美的狀態。聞一多所要求的詩歌格律化的目的也是這樣。他之所以強調詩人「帶著腳鐐的跳舞」，不是為了掙脫腳鐐的束縛，而是看重負重的舞蹈難能可貴的一面——為了藝術而克服制約的因素。歌德說：「誰想要偉大，得先自己集中，／在『有限』裡顯出大師的身手；／只有規律能夠給我們自由。」[27]保羅・梵樂西（今譯瓦雷里詩）說：「最嚴的規律是最高的自由。」[28]這些觀點竟也不約而同地相似。可見，聞一多揭示的是詩歌的本質問題。他企願詩歌通過形式上的格律化而達到詩歌藝術的大自由狀態，取得出奇制勝的效果。

　　其二，從藝術產生的原因來論證詩歌格律的產生原因：「自然界的格律不圓滿的時候多，所以必須藝術來補充它。」聞一多的這一觀點吸取了十八、十九世紀盛行於英法等國的唯美主義思想，它與自然主義者的文學反映論截然不同。自然主義者認為，文學是自然的一面鏡子，文學必須真實無誤地把自然的一切現象反映出來。唯美主義者王爾德將生活和藝術看作是不同的兩類，認為「與其說藝術模仿生

---

26 李醒塵主編：《十九世紀西方美學名著選》（德國卷）（上海市：復旦大學出版社，1990年），頁257。

27 歌德：〈自然與藝術〉，轉引自梁宗岱：《詩與真・詩與真二集》（北京市：外國文學出版社，1984年），頁178。

28 轉引自梁宗岱的《詩與真・詩與真二集》（北京市：外國文學出版社，1984年），頁178。

活，不如說生活模仿藝術」，「藝術家是美的事物的創造者。」[29]聞一多接受了這樣的藝術觀，並贊同王爾德的說法「自然的終點便是藝術的起點」，儘管自然中也會有類似藝術中美的時候，但那只是「偶然的事」。聞一多在另一篇文章〈詩歌節奏的研究〉[30]中談到詩歌節奏時也說過，運用詩的節奏可使現實和諧美化，表現現實的普遍意義，改變粗糙的現實。

將聞一多的詩歌觀和中國二十世紀二十年代各種文學思潮紛呈的文壇現狀聯繫起來思考，不難看出聞一多的這些觀點針對倡導自由白話詩的主張而來，因為後者奉守寫實的自然表現觀，認為詩歌的節奏是依照自然的情緒，由情感的高低漲伏產生，詩歌節奏必須按照詩人情感的自然節奏而不加以任何修飾。這在聞一多看來，是不可理喻的。因為自然要經人工修飾之後才可能產生藝術，詩歌如要表現自由情緒的高低起伏，最好是用格律來彌補它天生的缺陷，使它在詩歌的形式上趨於完美。聞一多的這個觀點，一部分趨同於陸志韋的格律觀，另一部分講究詩歌形式上的完美，強調詩歌不同於其他文學樣式的獨有形式特徵。這也是從詩歌的本質上來論的。

其三，從審美學角度廣泛地論證詩歌格律的普遍性。聞一多認為詩歌的情感要靠節奏（格律）才可以傳達出來：「詩的所以能激發情感，完全在它的節奏；節奏便是格律。」聞一多對此觀點的論證顯示了他深厚的文學功底。

與以往的研究者不同的是，聞一多為了使詩歌格律觀有充分的說服力，能夠得到多數人的認同，他不侷限於在一個時代或者一個國家的詩人詩歌中取例證明，而是舉出富有代表性的、得到讀者承認的中外作家的詩歌操作事例和觀點來作複證。他說到了莎士比亞的詩句在

---

29 蔣孔陽主編：《十九世紀西方美學名著選》（英法美卷）（上海市：復旦大學出版社，1990年3月），頁209。

30 聞一多：《聞一多全集》（2）（武漢市：湖北人民出版社，1993年12月），頁54-61。

「遇見情緒緊張到萬分的時候，便用韻語來描寫」，葛德（今譯歌德）在他的《浮士德》中也有意識地採用同類的手段，還有中國唐代詩人韓愈也說過諸如此類的言論：「得窄韻則不復傍出，而因難見巧，愈險愈奇。」如果我們用現在的接受美學的理論術語再細剖一下聞一多的想法，他說的應該是：當詩人們在表達緊張情感的時候用韻語來傳達，韻語中鮮明的節奏（格律）便可以把讀者引入詩人的預期安排，或者說，讀者與作者一同進入情感的張力空間，詩歌讀者的期待視野和詩歌作者的預期想法若要取得默契、理解，就需要格律來做二者之間的橋梁。由於聞一多廣泛的取證，他的論點的可靠性也得到了增強。

其四，從創作條件上看詩歌格律的重要性。人們往往認為一個偉大作家的成功之處在於，他具備了一般人所沒有的才、膽、力、識。就詩人來說，悟性、才情最為重要。聞一多則從詩的形式上對詩人提出要求，他面向創作者，提出了一個相當著名的富有鼓動性的觀點，這一觀點被人們當作是聞一多提倡新格律詩的口號：「恐怕越有魄力的作家，越是要戴著腳鐐跳舞才跳得痛快，跳得好。只有不會跳舞的才怪腳鐐礙事。只有不會做詩的才感覺得格律的束縛。對於不會作詩的，格律是表現的障礙；對於一個作家，格律便成了表現的利器。」在此，聞一多把詩歌的格律提高到詩歌創作要素的最高位置上，幾乎將格律當作詩人創作才能的試金石。他認為一個詩人必須有一定的才華、魄力，這要看他是否在「戴著腳鐐」的限制中還能夠「跳舞」，在格律的規定中還能進行詩歌創作。如果能夠「跳舞」（創作），這才是有魄力的詩人。聞一多竭力否認格律像某些人所斷言的是戕殺「靈感」和詩性的武器，反而，它是表現詩人才華的一個利器。雖然這些觀點有些片面，如聞一多強調的只是格律這一詩歌形式上的條件，忽視了詩歌的其他方面（如智性和技巧）同樣也可以檢驗詩人的才華。但是因其片面，卻也顯得深刻，有合理之處。正是這一句話，很快調

動起當時許多詩人的嘗試興趣。

　　其五，聞一多還為提倡格律掃清現實的道路。為衛護新詩格律主張，聞一多對盛行文壇的浪漫主義自由詩派詩風作了一番反撥。儘管他的言詞中不乏年輕人的銳氣，說法不免有些偏頗，他認為如果浪漫主義只偶然用了「文字作表現的工具」，把所謂的「自我」披露出來，「讓世界知道『我』也是一個多才多藝，善病工愁的少年；並且在文藝的鏡子裡照見那倜儻的風姿，還帶著幾滴多情的眼淚」，他認為這種傷感的以格律為鎖鏈的浪漫主義是偽浪漫派。這樣的批評是激烈的，由此也可以看到，聞一多豎立的浪漫主義是反對傷感不加節制且偏激的浪漫主義，他倡導在形式上用格律來節制情感濫用的浪漫主義。

　　這五個方面是聞一多申述格律主張的前提條件，也體現了聞一多充足的理論準備。因他對詩壇的現狀感觸較深，觀察細緻，所以，當他把理論張揚出來，產生的影響力和挑戰性比陸志韋和饒孟侃們大得多，並且顯示出與同時代其他詩派理論主張不同的風格。

　　聞一多強調新詩格律化的同時，也強調新詩格律與古代律詩的明顯區別，他所說的「格律」與中國古代詩人所提倡的格律也不盡相同。因而，我們還有必要先弄清「格律」的含義和它大致的演變，以便肯定聞一多新格律理論的歷史性意義。

二　建立自己的理論話語──新詩「格律」的提出

　　每一種新觀念在產生之前，首先都必須建立一套自為的理論話語，才有可能使新的觀念有其生存運作的環境。聞一多在提出詩歌格律的重要性之後，重點分析了「格律」的原質。聞一多所提的「格律」含義是什麼？它是否沿襲了古代詩論中的話語呢？在探討聞一多的新詩「格律」觀念之前，我們還有必要剖析一下「格律」一詞的原始含義及其演變意義。

　　「格律」一詞和「意象」一樣，原先是兩個相互獨立的單詞，有
一定的關聯卻各有所指，在不同時期的文論裡，它們的含義也有變
化。如唐代的王昌齡談到詩歌之體時講到了格律，他認為：「凡作詩
之體，意是格，聲是律，意高則格高，聲辨則律清，格律全，然後始
有調。」[31]他所說的「格」，是詩人心中的意向，「律」，是詩歌被吟誦
時發出的聲音，當意向和聲音都齊全的情況下，才有詩歌的「調」。
在另一篇文論〈詩格〉中王昌齡將詩分為「三格」並予以解釋，「詩
有三格：一曰生思。久用精思，未契意象，力疲智竭，放安神思，心
偶照境，率然而生。二曰感思。尋味前言，吟諷古制，感而生思。三
曰取思。搜求於象，心入於境，神會於物，因心而得」[32]。這裡王昌
齡指示的「格」又有所變化，翻譯成現代的文論，可以認為這「格」
指詩人創作的三種心理狀態，詩歌創作的步驟或格式。僅就「格」而
論，它在唐代的詩論裡格外受到關注，詩評家的評論中常常把它放在
第一位。殷璠在《河岳英靈集》卷中論詩時說道「諸公詩格高、調
逸、趣遠、情深」[33]；皎然在《詩式》〈文章宗旨〉中評謝靈運的詩
時，同樣是把「格」放在第一位：「其格高、其氣正、其體貞、其貌
古、其辭深、其才婉、其德宏、其調逸、其聲諧。」[34]司空圖在〈與
李生論詩書〉中也說：「詩貫六義，則諷喻、抑揚、淳蓄、溫雅，皆
在其間矣。然直致所得，以格自奇。」[35]這裡所指的「格」，是指通過

31 陳良運主編：《中國歷代詩學論著選》（南昌市：百花洲文藝出版社，1995年），頁
　　231。
32 陳良運主編：《中國歷代詩學論著選》（南昌市：百花洲文藝出版社，1995年），頁
　　239。
33 李壯鷹主編：《中華古文論著選》（上冊）（天津市：百花文藝出版社，1991年），頁
　　263。
34 李壯鷹主編：《中華古文論著選》（上冊）（天津市：百花文藝出版社，1991年），頁
　　263。
35 陳良運主編：《中國歷代詩學論著選》（南昌市：百花洲文藝出版社，1995年），頁
　　313。

作品的思想意蘊表現出來的最高風貌。「格」與詩人的氣質、風格相
聯，在明代李贄的《雜述》〈讀律膚說〉中闡述得比較清晰，他認為
「性格清澈者音調自然宣暢，性格舒徐者音調自然疏緩，曠達者自然
浩蕩，雄邁者自然壯烈，沉鬱者自然悲酸，古怪者自然奇絕。有是
格，便有是調，皆性情自然之謂也。」李贄還論到「律」，他所認為
的「律」是詩歌的聲律，並且指出創作者如果「拘於律則為律所制，
是詩奴也，其失也悲，而五音不克諧；不受律則不成律，是詩魔也，
其失也亢，而五者相奪倫。」[36] 清代的袁枚的格律觀與崇尚性靈的李
贄相似，他也認為，「有性情，便有格律；格律不在性情之外。」[37]從
中國古代的詩論家們的論述裡，我們大致可以得到他們有關格律的觀
點如下：他們普遍認為「格」是意，是風格、體格、品格或格式；
「律」，則為聲音、聲調、韻律。它們都與詩人的情緒、性情相關。

　　聞一多又是如何給格律定義的呢？

　　聞一多在〈詩的格律〉中明確地說道「格律就是 form」，「格律
就是節奏」。

　　對格律所下的定義不同，分析的角度也會相應發生變化。古代的
詩論家們常常將格律與主體創作者的氣質聯繫起來，就格律來論詩人
的性情或談接受者的感官感受，也有完全從詩歌創作法來論格律的運
作是否合符制定規則。聞一多與古代學者的研究思路不大相同，在格
律的定義上，儘管與陸志韋和饒孟侃們有共同之處，但他還吸收了生
理學、審美心理學的內容，從視覺、聽覺這兩個方面對「格律」進行
感官的觀照，因而得出別具一格的見解，即為人們公認的新格律理論
的菁華：

---

36 陳良運主編：《中國歷代詩學論著選》（南昌市：百花洲文藝出版社，1995年），頁
　231。
37 陳良運主編：《中國歷代詩學論著選》（南昌市：百花洲文藝出版社，1995年），頁
　994。

　　　　屬於視覺方面的格律有節的勻稱，有句的均齊。屬於聽覺方面
　　　　的有格式，有音尺，有平仄，有韻腳；但是沒有格式，也就沒
　　　　有節的勻稱，沒有音尺，也就沒有句的均齊。

　　在這段文字中，聞一多闡明瞭詩歌格律的組織要素，他的措詞與
饒孟侃有明顯不同：饒孟侃注重詩歌的音節，他認為格調（格式）、
平仄、韻腳和節奏是詩歌音節的組織成分，聞一多則把格律看成是詩
歌的節奏；在聽覺方面，他改換了饒孟侃的一個詞語，饒孟侃所說的
「節奏」，在聞一多那裡變成了「音尺」，這一改換在意思上有些差
別，聞一多取的是「節奏」廣義，饒孟侃所取的是狹義，僅指詩歌的
節拍，實際上他們都強調詩歌聲律的節奏感。就目的而論，聞一多的
主張和饒孟侃是互補的，他特別注重詩歌視覺上的要求，將詩歌的聽
覺功能與視覺效果聯繫起來，並認為前者與後者互相制約，聽覺因素
決定視覺效果。聞一多對詩歌視覺效果的重視卻恰恰與自由白話詩人
們的要求相反，自由白話詩人們主張破除詩歌形式上的束縛，他們願
意「盡一時的衝動，隨便地亂跳亂舞」，認為「詩的生成，如像自然
物的生存一般」[38]。

　　聞一多不僅認為詩歌格律不當廢，還強調詩歌格律的視覺效果，
他的這些話有沒有道理？至此，我們不妨也自問一聲：詩歌是否需要
格律？我們的回答或許可以從某種角度為聞一多的觀點作一點說明。

　　從理論上出發，詩歌是需要格律的。

　　這是詩歌的文體特徵要求。詩歌主要依靠文字表達詩人的情感，
但它又不同於小說、散文、戲劇等文體。從詩歌的本質來說，與這些
文學樣式相比，詩歌不僅是文字的，而且還是有一定韻律感的文字，

---

38 郭沫若：〈論詩三札〉，見楊匡漢、劉福春編：《中國現代詩論》（上）（廣州市：花
　城出版社，1985年），頁59。

詩歌與通過旋律來表現情感的音樂有著天然的聯繫。從詩歌出現伊始，詩樂就為一體存在，詩歌天生帶上了節奏的特徵。因而詩歌不但可誦可吟（戲劇臺詞也有此特徵），而且由於詩歌文字的可視性，人們還從視覺上對它的形式有所規範（戲劇臺詞以對話交流為主要功能時，則不容易產生視覺的效果）。即使是現代的自由詩，創作者也不完全忽視它形式上的排列。詩人們注意到，散文化的句子，如果按照詩歌的體式排列，給它一定的理解範圍，也會產生詩意。艾青的《詩論》中用「安明！／你記著那車子！」[39] 的例句曾談到「新鮮而單純」詩歌的口語使讀者感到詩意，這無不與詩歌的獨特排列形式，及因排列形式而產生的閱讀或朗讀的節奏有關。詩歌既然有了聽覺上和視覺上的要求，就需要圍繞詩歌的本體特徵來尋求一條詩歌創作的新規律。規律並不是教條，古詩的格律建立和實施確實使中國古代詩歌取得了輝煌的成績，以至於成為難以翻譯成外文的一種成熟的詩歌體式，既為國人津津樂道，也對歌德、龐德等外國詩人和讀者有著莫大的誘惑。如果只片面地強調詩歌的自由格式，完全忽略詩歌的本質特性，不區分詩歌與小說、散文的特點，又不注意詩歌的聽覺與視覺的特殊性，詩歌的藝術將得不到符合自身特點的長足發展。

　　這也是詩歌發展規律的要求。詩歌的格律並不是在詩歌誕生之日形成的，就像詩歌本身也不是驟然誕生的一樣，它經歷了一個摸索試探的過程。古代詩歌格律經過了千百年的千百萬首的詩歌創作，才被沈約及其後來的詩論家給予理論上的歸納與總結。這還不夠，它還必須在詩人們的具體寫作中得到完善。體式上，律詩從五律開始，以後又有了七律。押韻上，律詩在有基本格式的情況下，也有變化和變通。不僅中國古代律詩如此，西方的詩歌也自有依其民族語言而產生的格律。並且，無論中國還是西方的格律詩，讀者可能在尚未理解它

---

39 艾青：《詩論》（北京市：人民文學出版社，1980年），頁154。

們的意義之前，已先感受到了詩歌的形式——格律帶來的感官（聽覺和視覺）上的美感。

　　中國現代新詩的創作歷史說明詩歌需要格律。中國現代的新詩從胡適的《嘗試集》、俞平伯的《冬夜》、康白情的《草兒》等詩集的創作開始，恰如胡適所言似「放大的婦人的腳」。準確說來，這種「血腥味」就是指濃郁的詞曲味。詩人們就像開了刀再來把脈的西化中醫，想給中國的新詩輸入新的血液，一面又拘謹地「裹腳」，遵守著傳統的詩詞格律規則，忽視了他們已經在用現代白話來創作新詩，原有的格律規範與現代的白話南轅北轍，需要做的工作不是將就格律，而是大膽創新。直至郭沫若的《女神》，以面目一新的自由體的形式出現在現代中國讀者的眼裡，人們在稱讚其現代革新精神與勇氣的時候，中國的詩歌格律似乎才得到改觀。儘管郭沫若被公認為是破壞舊詩體式的能手，在報刊、書信中，他也經常談論「詩的自由」，「詩的自然節奏」，然而他真正有藝術價值的詩歌如〈瓶〉、〈鳳凰涅槃〉乃至〈天狗〉，在形式上並不是絕對自由，毫無章法的。這些詩歌在章節上同樣遵循著韻腳的規定、音尺的相對性等格律作詩的方法，只是詩句上捨棄平仄之規，隨語調的高低起伏表達情緒，具有鮮明的節奏。為了突現藝術精神的反叛性和先鋒性，郭沫若本人和評論者很少提他的詩歌與傳統的關聯，特別是音韻的聯繫。事實上，郭沫若的詩歌中不乏新格律氣象，然而他沒有明確意識到，也沒有在詩歌中反覆地實踐，像聞一多他們那樣試圖尋找可循的新詩格式。這樣說來，陸志韋、饒孟侃、聞一多及其他新月同人的對格律有意識的大規模倡導，無疑，為中國新詩形式的藝術化立了一大功。

　　同時需要指出的是：詩歌需要格律，不一定就是陸志韋、饒孟侃和聞一多他們所提倡的格律。

　　我們如果躍出聞一多他們提倡新格律詩的二十世紀二、三十年代，依舊能夠瞥見不少詩人在努力提倡詩歌的格律。何其芳所說的格

律是「按照現代的口語寫得每行的頓數有一定的規律,每頓所占的時間大致相等,而且有規律地押韻」[40]。他強調的不單單是視覺上的美感,而是詩歌聽覺上的協調,一種節奏感。卞之琳認為,音頓是格律的基礎,按照現代口語的發音規則,有兩字頓和三字頓結尾的,產生說話式與哼唱式的格律樣式[41]。何其芳、卞之琳對格律的新的定義和他們所取得的為人們認可的新格律詩的創作成就,也使我們確信詩歌的格律並不是一副桎梏。

談及格律的審美,聞一多特別提出詩歌格律的視覺效果。這一觀點是他針對詩壇氾濫的自由形式而言的,另一個方面則出於他的審美習慣。在〈論《悔與回》〉中,聞一多談到為什麼會注意詩歌的外在形式:「我是受過繪畫的訓練的,詩的外表形式,我總不能忘記。」[42]繪畫訓練使聞一多養成了觀察事物比例結構和顏色協調搭配的專業習慣,比一般詩人更注重詩歌的形式。

既然把外在形式看成是詩歌不可忽視的一個部分,聞一多緊接下去就如生物學家對待他手中的生物體一樣,採用直接解剖的科學態度,對詩歌的格律進行分析。

論述聞一多的格律觀時,我們不可忽視他有關的兩篇論文大綱:〈詩歌節奏的研究〉[43]和〈律詩底研究〉。

在第一篇大綱中,聞一多談到「節奏」的定義、生理基礎、特性作用等問題,卻幾乎沒有從視覺的角度分析詩的格律,而是從美學接受、生理感受上去探析。他談到:視覺上之所以要求「節的勻稱,句

---

40 楊匡漢、劉福春編:《中國現代詩論》(下)(廣州市:花城出版社,1985年),頁63-64。

41 卞之琳:《人與詩:憶舊說新》(北京市:生活・讀書・新知三聯書店,1984年11月),頁141。

42 聞一多:《聞一多全集》(2)(武漢市:湖北人民出版社,1993年12月),頁166。

43 聞一多:《聞一多全集》(2)(武漢市:湖北人民出版社,1993年12月),頁54-61。

的均齊」，從美學接受的基礎上看，就是講求一致，即一致中的變化和完整感，它們都是作為「美的一種手段」。在評論自由詩的時候，聞一多倒從視覺的角度提出了批評，說自由詩「妄圖打破規律」的一個特徵是「在排字形式上對詩節的影響」。聞一多如此重視詩歌的外在排列形式自有他的道理，因為他注意到「我們的文字是象形的」，而新詩採用「西文詩分行寫的辦法」。他的這一觀察有一定的理論根據。

關於古代詩歌的形式，體式上有近體（律詩）和古體之分，古體的字數、句數、押韻，相對有它的自由性，而近體詩的字字句句都有規定，乃至以後詞和令曲創作，也有其一定的規格範式。從古至今，詩歌詞曲都傳達著性情，卻不一定是由性情來安排每字每句，詩人們常常用規則來修飾輔助性情的抒發。因此，一般說來，情感產生節奏，情感也破壞節奏。就作者而論，節奏可以幫助他傳達並緩和情感；就讀者而論，節奏可以激發情感。節奏有個適度的問題。

聞一多的另一篇文章〈律詩底研究〉寫作比〈詩的格律〉大約早四年，可以說是〈詩的格律〉的前奏。此文著重研究了古代律詩的結構、組織、音韻特點，並在中國人傳統的思維模式上進行富有創意的分析。

在〈律詩底研究〉[44]中，聞一多作了六個方面的工作：

首先，他給律詩下了一個較為寬泛的定義，「八句四韻之五言七言」都為律詩。

其次，他為律詩溯源，通過對文學史上的詩作分析為格律詩進行歸納和總結，指出律詩與其他體裁不同的特點在於組織與聲調上不同。他說，魏晉時期，律詩的組織已漸趨近體，聲律儘管還沒有協調，但排偶句數見不鮮，甚至有全詩章法，宛如律體，即首尾各為起

---

44 聞一多：《聞一多全集》（10）（武漢市：湖北人民出版社，1993年12月），頁131-169。

結，中間都是整整齊齊的律句。律詩的章的組織在顏延之那裡得到完成，律詩的句的組織在謝靈運的筆下才「美輪美奐」。他還指出了律詩的平仄規律是「字與字相協則句有平仄，句與句相協則節有平仄，節與節相協則章有平仄」。此外，他討論了五律與七律的來源。

其三，聞一多列舉了律詩具體的組織方式，如借對（借字音、借字義）和扇對的對仗法，他談到章句組織的共同根本原則是「均齊」，具體的解釋為：「作者盡可變化翻新，一破單調之弊，然總必須在均齊底範圍之內。」

其四，聞一多論述了音節的三個組成部分：平仄、逗和韻。在論「逗」的時候，聞一多校正了音尺與平仄的關係。他認為音尺並不是中詩譯家魏來以為的由英詩的浮切音構成，它相當於中詩的平仄，「音尺實是逗」，「音尺必有一律之長度，而每句之音節又須有一律之數目」。因為詩歌五七言各有固定的逗和節拍，有時詩歌失於單調，就需平仄來救濟。關於平仄可以救濟的原因，聞一多用生理的感覺作用作了說明：「人底官能有一種『感覺之流』。『感覺之流』被阻滯，就是神經在沒預備時忽受一個襲擊，以致神經的平均沖壞，而起不快之感。大概平仄中定有一個天然律，與人底聽覺適合，所以厭應人底感覺底企望而生愉快」。詩歌之韻，聞一多認為有三種定格：葫蘆、轆轤和進退。由於通韻的定格，使詩律「愈析愈細，愈變愈奇」，律詩就藝術化了。

其五，聞一多認為抒情「斯唯律詩」，有四種理由：抒情作品宜短練、緊湊、整齊、精嚴，以最經濟的方便表現多量的情感，且使情感就規範、挫暴氣、磨稜角、齊節奏，「然後始急而中度，流而不滯，快感油然生」，能夠將醜惡的實象普遍化。具備了抒情作品的這些特徵的律詩，「實是最合藝術原理的抒情詩文」。

其六，聞一多對律詩進行辨質，高度評價律詩的藝術價值，著重強調律詩是中國詩歌獨有的體裁，在格律音節上體現了它特殊的美，

它的體格是「最藝術的體格」，是「中國底藝術底最高水漲標」，「純粹中國藝術底代表」，他甚至還說「首首律詩裡有個中國式的人格在」，它是「文化的胚胎」。因為均齊是中國的哲學、倫理、藝術底天然的色彩，律詩就成為這個原質底結晶。他還認為，律詩是渾括的，就像「中國底地圖是許多相調和的顏色染成的一個 Symphony」，律詩「不獨內含多物，並且這些物又能各相調和而不失個性」，也代表著中華民族的特性。聞一多還從現代心理學的角度指出，律詩的蘊藉也符合中國國民性中的尚直覺而輕經驗，喜表現神秘的特點。律詩的組織、音節、對偶、平仄都追求圓滿，是因為中國人的地域物產形成了滿足的觀念，體現在律詩上，則是「圓滿則覺穩固，穩固則生永久底感覺，然後安心生而快感起也」。

聞一多以特殊的方式發現了律詩以上的特徵，在他後來發表的〈詩的格律〉中也加以強調，將律詩當作新詩值得學習參考和借用吸收的依據。而且，聞一多還聯繫時代，談到研究律詩能見到中國詩的精神，「處此二十世紀，文學尤當含有世界底氣味」。有人參法西詩改造中詩，聞一多則說像郭沫若這樣的新詩人如果「細讀律詩，取其不見於西詩中之原質，即中國藝術之特質，以熔入其作品中，然後吾必其結果必更大有可觀者」[45]。這說明，聞一多此時已經在考慮如何將律詩的特質引入到新詩中。

從〈律詩底研究〉中，我們也許會更容易接受聞一多在〈詩的格律〉中論及的關於律詩可以繼承發揚的觀點，並且也能理解聞一多為什麼會積極回應饒孟侃提出的格律主張，進而促成新格律詩運動。由此看來，聞一多的〈詩的格律〉也可算是〈詩歌的節奏研究〉和〈律詩的研究〉的理論上的同胞姊妹，只不過〈詩的格律〉更注重新詩的時代特性、語言特色。

---

45 聞一多：《聞一多全集》（10）（武漢市：湖北人民出版社，1993年12月），頁166。

　　當我們細讀〈詩的格律〉時，還會發現，相對後兩篇文章說來，〈詩的格律〉論述的範圍框架實際上遠不如它們廣大。其中常為人們所提及的「三美」理論，即：詩的音樂的美（音節）、繪畫的美（詞藻）、建築的美（節的勻稱和句的均齊）當中，聞一多重點加以探討的為後一種美，也就是他在〈律詩底研究〉中談到過的律詩的勻稱和均齊的美。

三　在比較中突出新詩形式上的美──新格律詩的建築美

　　五四初期自由詩最明顯的一個特徵不僅是詩歌內容的大解放，同時還有胡適倡導的「詩體的大解放」。為促成詩體的大解放，如前所述，詩人們在嚴格的律詩之外的文體中尋找借鑑，把注意目光投向了國內的詞曲、民間歌謠或國外的詩歌形式。由於詞曲本身存在散文化的問題，外域詩歌又經過了翻譯這一媒介，無疑使西韻被中化處理，加工改造過的詩歌也就可能失去了比較整齊和韻味十足的原本，有時，這些詞曲式和洋化的詩歌由於創作者的名聲，將形式上的自由失度掩蓋了。聞一多提出建築美時，正值自由詩在詩壇大開其花、大結其果的時刻，中國的律詩步入冬眠期，所以他需要有頂著復古之名的勇氣。對比中國古代的律詩，聞一多的詩歌格律化的現代性走向又十分明確，他並不主張新詩在復古中前進。因為格律詩與律詩有不少區別，在辨析二者時，聞一多清晰地確立了新格律詩的理論框架，突出論述了詩歌的建築美：
　　一、關於律詩與新格律詩格式的一與多。聞一多最先比較的是律詩與新格律詩的格式──「律詩永遠只有一個格式，但是新詩的格式是層出不窮的，這是律詩與新詩不同的第一點」。
　　從中國文學的發展來看，這一點容易讓人信服。中國古代的律詩，初萌於南朝沈約的四聲八病之說，唐代（618-907）初期形成律

詩，與古體相對，當時被稱為近體。它有這樣一些規則：詩基本上由八句組成，每句五言或七言。一般說來，詩中間的四句必須形成兩聯對句；就音韻而言，它有固定的聲調格律，整首詩使用同一個韻。在五言和七言律詩中，二、四、六、八句的句末使用腳韻，第一句句末之韻較為自由；不大重要位置的音節允許有一些自由。當律詩中間的對句連續增加，可稱之為排律。律詩的四句也能獨自形成一首詩，那叫作絕句。律詩的這種種規定，與具體的內容、意境並無關聯。相比式樣較多的詞曲格律和新詩格律，舊體律詩的規則是相當嚴格的，所以聞一多會打一個形象的比喻來說明律詩與新格律詩的格式上的差別，他說，律詩「彷彿不拘是男人、女人、大人、小孩，非得穿一件樣式的衣服不可」，而新格律詩是「相體裁衣」，雖有一定的規範，但在規範中又有它的自由，它的形式多種多樣。

　　二、關於律詩、新格律詩的格律和內容關係。聞一多認為律詩與新格律詩的第二處不同：「律詩的格律與內容不發生關係，新詩的格式是根據內容的精神製造成的。」

　　此處不同與第一點存在著某種聯繫。因為格律詩的格式有限，五言或七言，每首八句，它不是由四十個字就是由五十六個字（排律等特殊情況除外）組成。在這有限的字數內，每句的平仄、對仗都有嚴格的規定。為了格律體的形式，詩意在某些時候必定會受到大大的限制，不然，那逾越格律規矩的詩就不能稱作格律詩。與此相比，格律詩宛若制服套裝，而新格律詩倒像合體的休閒裝。它可以超過五言七言，可以不止八句或少於八句。至於格律與內容的聯繫，在解讀聞一多的具體詩作時，我們還將得到更明確的領悟。

　　三、關於律詩與新格律詩格式由誰確定的問題。聞一多認為這是律詩與新格律詩的第三處差別：「律詩的格式是別人替我們定的，新詩的格式可以由我們自己的意匠來隨時構造。」

　　如前所述，律詩有它自己的固定格式。這一格式到唐代以後，字

句、平仄、音韻、對仗等各方面的要求都幾成定勢。就拿音韻來說，古人是依韻書來押詩韻的，韻被分成一○六個：平聲三十韻，上聲二十九韻，去聲三十韻，入聲十七韻。其中平聲又分為上平聲與下平聲。上平聲十五韻，如「一東二冬三江四支五微六魚七虞八齊九佳十灰十一真十二文十三元十四寒十五刪」，下平聲也有十五韻，它們分別是「一先二蕭三肴四豪五歌六麻七陽八庚九青十蒸十一尤十二侵十三覃十四鹽十五鹹」等。王力在《詩詞格律》[46]中說到過：遵守韻的規定「起先是限於功令，在科舉應試的時候不能不遵守它」，但後來卻成為作詩的風氣。而新格律詩的格式相對來說簡單得多。它沒有具體的規定，但在原則上要保持三美，使詩歌的詞藻、音節，以及詩歌的結構呈現出繪畫的美、音樂的美和建築的美。建築的美落實到詩歌形式上，就是用相等的音尺、相同字數的字尺構成基本整齊的詩句，並「促成音節的調和」，這樣才能寫出音韻和諧、節奏分明的新格律詩。

四　示範新格律詩的運作規則

與饒孟侃等提倡新格律的行為所不同的，是聞一多並不只在理論上論證，完全以理論理，而是他比較重視詩歌格律的具體運用，在運用當中進行闡釋，力圖印證它是有規則可循的一種理論，從而避免了使理論成為抽象的空架子。

在示範新格律詩的例子時，聞一多用了兩首現代新詩來比較音節整齊與不整齊的審美效果，並舉了自己一首符合新詩格律化的詩歌《死水》，從中分析詩中的音節與視覺的關係。他得出的結論是：「句法整齊不但於音節沒有妨礙，而且可以促成音節的調和」，並且「絕對調和的音節，字句必定整齊」──他的例證是具有說服力的。

---

46 王力：《詩詞格律》（北京市：中華書局，1977年），頁17。

　　聞一多的這篇詩論以其廣闊的理論視野，具體的詩歌操作示範，
有理有據地強調了詩歌需要格律，詩歌的格律能增強詩歌聽覺和視覺
的美感。他不僅為當時正在實驗的新格律詩作出了理論上的說明和論
證，還使之成為綱領，影響了其後一代又一代的詩人。如馮至、卞之
琳和穆旦等人繼續對新詩的格律進行了自覺的探求和創造，取得了可
以載入文學史冊的碩果。

　　也許有人會認為我們言過其實，誇大了聞一多的影響，事實卻不
容否認：自聞一多們的新格律運動起，改造中西方的律詩行動一直在
新詩人那裡有意識地進行著。我們不論是考察新詩的發展歷程，還是
調查今天的律詩，總是發現聞一多的新詩格律主張常常作為詩歌發展
的一環，經受著歷史的檢驗。

　　可以從找一個現成的例子來說明。

　　一九八五年，中國西南部的一位與聞一多同道的詩人鄒絳編輯了
一本《中國現代格律詩選》，他收集了中國從新詩發軔的一九一九年
至新詩基本定型的一九八五年之間的具有代表性的新格律詩數百篇。
如果我們單純從詩歌的派別來劃分，這些詩歌作者中，有以倡導自由
白話詩著名的郭沫若，現代派的代表詩人戴望舒、何其芳、卞之琳、
梁宗岱等，還有馮至、穆旦、屠岸等以翻譯西方著作見長的詩人、翻
譯家，從民間歌謠中取法的李季、聞捷等，還有港臺的現代詩人余光
中等。這些詩人派別的龐雜、風格的迥異顯而易見，由鄒絳編在了一
起，就是因為他們的詩歌形式體現出格律化傾向。

　　鄒絳怎樣認識詩歌的格律化呢？他基本上認同詩人何其芳對現代
格律詩的定義：「按照現代的口語寫得每行的頓數有一定的規律，每
頓所占的時間大致相等，而且有規律地押韻。」[47]並且，他的選詩標
準也相當明確，對何其芳的定義進行了補充：「第一輯選錄了每行頓

---

47 何其芳：〈關於現代格律詩〉，見楊匡漢、劉福春編：《中國現代詩論》（下）（廣州
　　市：花城出版社，1985年），頁51-67。

數整齊的詩一三九首，其中一九五○年到一九八四年初發表的就有一
○四首，占了三分之二以上；第三輯選錄了每節對稱的詩八十九首，
其中一九五○到一九八四年初發表的就有五十五首，占了一大半（實
際上第四輯選錄的詩有相當一部分也可歸入這類）。」[48]除「每行頓數
整齊」外，「每節對稱」也是他認為的格律規則。這與聞一多新詩格
律中「節的勻稱，句的均齊」主張有相似之處。他說，每行的頓數、
押韻都有一定的規律，每頓占的時間又大致相等的話，詩歌的音韻相
對就顯得整齊，而音韻整齊，詩歌的排列就會有呈現出一定的秩序，
有一定的規律可循。聞一多也認為詩歌的音節調和，字句便整齊，視
覺上相應也會呈現建築的美，且詩歌的音樂美、建築美和繪畫美應三
位一體。

　　《格律詩選》中選錄的郭沫若的〈Venus〉、朱湘的〈葬我〉、徐
志摩的〈渺小〉、聞一多的〈口供〉、戴望舒的〈煩憂〉、馮至的十四
行詩、臧克家的〈老馬〉等詩都符合這些規則。我們不妨以臺灣詩人
余光中的〈鄉愁〉為例，對聞一多的格律主張和新的格律觀再作一點
近距離的觀照：

　　　　小時候／
　　　　鄉愁／是一枚／小小的／郵票
　　　　我／在這頭
　　　　母親／在那頭

　　　　長大後／
　　　　鄉愁／是一張／窄窄的／船票
　　　　我／在這頭

48　鄒絳：〈淺談每節對稱的現代格律詩〉，《現代格律詩壇》1995年第1期。

　　　　新娘／在那頭

　　　　後來啊／
　　　　鄉愁／是一方／矮矮的／墳墓
　　　　我／在外頭
　　　　母親／在裡頭

　　　　而現在／
　　　　鄉愁／是一彎／淺淺的／海峽
　　　　我／在這頭
　　　　大陸／在那頭

　　這首詩從四個方面提供了新格律詩的構成法則：一是詩歌的每一節都有大致相等的字數，且節與節之間的字數相對應。二是詩歌每一句中的音尺可以不完全相等，但句與句之間需協調統一。此詩中，每節的第一句都是以三字尺為一個音尺，第二句則由兩個二字尺和兩個三字尺相間組成，第三句由一個一字尺和一個三字尺組成，這樣就都與第四句的三字尺相對應，使詩歌在整體上形成了一定的節奏感。三是詩歌語言是純粹的現代白話，詩句的末尾不特意去追求韻腳押韻和平仄，而是順從口語中的語調，用抑揚頓挫去營造詩歌音韻上和諧的美感。不僅如此，詩人還運用古代律詩忌諱的語氣詞和轉折詞，以調和詩歌的語調，促成音節美的同時也促成了詩歌的建築美。四是詩句不避重複的句式，按照相對應的意群組織來加強詩歌的節奏感，在重複的句式中構建詩歌的迴環的旋律美和整齊的建築美。

　　聞一多曾在〈詩的格律〉中斷言：當新詩的音節可以找到具體的方式，「新詩不久定要走進一個新的建設時期了。無論如何，我們應該承認這在新詩的歷史裡是一個軒然大波」。那時的聞一多憑著貫有

的學術自信，還預言過：「這一個大波的蕩動是進步還是退化，不久也就自然有了定論。」[49]

這一定論是會有的。從聞一多自己的創作中，從後輩詩人的創作與討論中，在新格律的歷史遭遇中，我們還可以多角度地估量它。

第三節　聞一多詩歌的新格律

聞一多的新格律主張在〈詩的格律〉中體現了新格律對舊格律的突破和揚棄，但我們在〈律詩底研究〉中也看到了聞一多對舊格律詩的欣賞，二者是否格格不入？

實際上未必如此。

聞一多並沒有全盤排斥律詩的特點，特別是形式上的某些因素，反被他巧妙地結合了進來，只是他的結合方式不是照原版複製，而是引進了西方的生產線。還如一個結合中醫與西醫的醫生，他為新格律詩開了兩種互為結合、互為補充的藥方。

除去前面所談到的有關律詩的一些理論，對西方的格律理論，聞一多也做過一些闡述，如〈談商籟體〉的文章和給陳夢家的信中，他都談到過商籟體的行、段的基本規則。他說：最嚴格的商籟體一般以前八行為一段，後六行為一段；八行中又以每四行為一小段，六行中或以每三行為一小段，或以前四行為一小段，末二行為一小段。總計全篇四小段：第一段起，第二段承，第三段轉，第四段合。在商籟體詩的第八行末尾，「定規要一個停頓」，詩中最嚴格的是第四段合，而且，商籟體的轉合最難，忌安排成一條直線，一首理想的商籟體，應該是個三百六十度的圓形。

在翻譯商籟體詩歌上，聞一多可以說是作了中國詩人中的先鋒。

---

49 聞一多：《聞一多全集》（2）（武漢市：湖北人民出版社，1993年12月），頁144。

一九二八年，聞一多首先譯出了英國女詩人白朗寧夫人的詩——〈白朗寧夫人的情詩〉，徐志摩在《新月》第一卷第二號上撰文對聞一多的商籟體譯詩作了高度評價：「這四十四首情詩現在已經聞一多先生用語體文譯出，這是一件可紀念的工作。因為商籟體（一多譯）那詩格是抒情詩體例最美最莊嚴，最嚴密亦最有彈性的一格」；「一多這次試驗也不是輕率的，他那耐心先就不易，至少有好幾首是朗然可誦的。當初槐哀德與石壘伯爵既然能把這原種從義大利移植到英國，後來果然開結成異樣的花果，我們現在，在解放與建設我們文字的大運動中，為什麼就沒有希望再把它從英國移植到我們這邊來？開端都是至細微的，什麼事都得人們一半憑純粹的耐心去做」[50]。朱自清在〈譯詩〉中也充分肯定了聞一多在翻譯介紹上作出的貢獻：「現在的商籟體（即十四行詩）可算是成立了，聞先生是有他貢獻的」[51]。

聞一多在倡導在中西格律基礎上形成新格律詩歌理論的同時，又將它付諸實踐，這使我們有必要把他的格律詩理論與他的詩歌創作聯繫起來研究。

可以他的兩首詩為例，從其具體操作步驟中，透視他如何融匯中西格律，創造出新的格律體。

第一首是〈死水〉：

　　這是一溝絕望的死水，
　　清風吹不起半點漪淪，
　　不如多扔些破銅爛鐵，
　　爽性潑你的剩菜殘羹。

---

50 轉引自聞黎明、侯菊坤編：《聞一多年譜長編》（武漢市：湖北人民出版社，1994年7月），頁368。

51 朱自清：《朱自清全集》（2）（南京市：江蘇教育出版社，1996年），頁373。

　　　也許銅的要綠成翡翠，

　　　鐵罐上繡出幾瓣桃花；

　　　再讓油膩織一層羅綺，

　　　黴菌給他蒸出些雲霞。

　　　讓死水酵成一溝綠酒，

　　　飄滿了珍珠似的白沫；

　　　小珠們笑聲變成大珠，

　　　又被偷酒的花蚊咬破。

　　　那麼一溝絕望的死水，

　　　也就誇得上幾分鮮明，

　　　如果青蛙耐不住寂寞，

　　　又算死水叫出了歌聲。

　　　這是一溝絕望的死水，

　　　這裡斷不是美的所在，

　　　不如讓給醜惡來開墾，

　　　看他造出個什麼世界。

這首詩與舊律體詩的不同在於：

　　它採用了純粹的現代口語，而且詞性複雜，為表達詩人的感情，詩人用了舊體律詩一般禁用的指示代詞、連詞、感歎詞，並且不忌諱使用抽象詞「絕望」、「美」等，將它們和一些感官具象詞交錯使用。

　　在音節上，它遵照了現代口語的節奏。如果逕直用聞一多的格律觀去檢測，這首詩能夠禁得住他的理論考驗。首先可以看看這首詩的節奏。舊體律詩在平仄上嚴格地遵循「一三五不論，二四六分明」的

原則；在節奏上，一般是五字句分為二、三節拍，七字句分為三、四拍。〈死水〉與之對比，就見出特殊了：音韻上，它沒有按平仄來劃分節奏單位；字數上，不是嚴格的五言七言；行數上，也不由四句或八句組成，它超過了律詩字句的極限，也不像舊體律詩那樣尋求整齊一致的節奏。我們另可按西詩的格律規範來考察：西方格律詩的節奏主要在詞的「輕重音節有規律的相間的安排上」[52]，輕音節必須和重音節結合在一起才能組成音步，一般說來有抑揚格（輕重格）、抑抑揚格、揚抑格、揚抑抑格等。如果〈死水〉按揚抑格而不是按平仄音來劃分，它的節奏感就比較鮮明。我們僅用第一節來作個演示：

　　這是　一溝　絕望的　死水，
（輕重／重輕／重重輕／重輕）
（仄仄　仄平　平仄仄　仄仄）
　　清風　吹不起　半點　漪淪，
（重輕／輕重輕／重輕／重輕）
（平平　平仄仄　仄仄　平平）
　　不如　多扔些　破銅　爛鐵，
（重輕／重輕輕／重輕／重輕）
（仄平　平平平　仄平　仄平）
　　爽性　潑你的　剩菜　殘羹。
（輕重／重輕輕／重輕／重輕）
（仄仄　平平　仄仄　仄平平）

　　當我們注明詩中字句的音節和平仄，詩歌輕重音的安排便可以看得十分鮮明：在每句詩的開頭，詩句都為兩兩相應的「重輕」與「輕

52　鄒絳：〈淺談現代格律詩及其發展（代序）〉，見《中國現代格律詩選1919-1984》（重慶市：重慶出版社，1985年），頁15。

重」的組合，在詩句的末尾，詩歌的字句基本上都為「重輕」的形式。詩句的中間部分，有一個稍微穩定的「重輕」的音調在調配著詩歌的節奏。這樣一來，詩歌在重輕的節奏上就產生了和諧感。

聞一多在試驗新詩的現代格律化的同時，並不徹底否定舊格律詩的價值，而十分注重舊格律詩在某種程度上對新格律詩的影響。比如說，他認為音尺有助於造成詩歌音韻的和諧，使新詩具有音樂美；整齊的詩歌外觀使詩歌具有建築美，帶有色彩性的詞彙入詩可以給讀者以視覺上的美。因而也可以看出聞一多在這首詩的寫作上的努力：

追求音尺的統一。聞一多在〈詩的格律〉中將此詩作為詩歌格律化的例詩，他主要針對詩歌的音尺進行了分析。據他的看法，這首詩的每一行都是由三個「二字尺」和一個「三字尺」構成。文章中提到的「音尺」又引起我們對這首詩的重新關懷，「音尺」這一術語來自於律詩理論。可見聞一多在中西詩歌理論中穿梭找尋新詩的格律化道路。

注重視覺上的建築美。從詩歌的外形上可以看出它的整齊排列，詩有五節二十句，沒有循照舊律詩的形式來建構，而是改造了律詩的部分傳統，在排列上，它也是四平八穩，上下對齊的。這使它在和西方用字母寫成的詩歌相比時，顯示了漢字外形和詞義的完整性、嚴謹性特徵。如人們評論，它被排成了一塊整整齊齊的豆腐乾。確實，它不是雜亂的豆腐渣。

講究辭藻的繪畫美和形態表現。詩人使用表示色彩的詞，不僅喚起了讀者的視覺記憶和映象的參與，還注意到了繪畫與詩歌的共通性和關聯性。中國古代律詩的審美原則就是在有限的字數行數內將無限的意味表現出來，這種意味包含著事物的形象，形象的組成又包含色彩方面的內容，當然也有造型上（動作、情態）的內容。如王安石的詩句「春風又綠江南岸」中的「綠」字，就是用色彩突現形象，賈島的「僧推月下門」和「僧敲月下門」中動詞的不同選擇就表現了形象

的兩種形態。愛好美術的聞一多對詞語的色彩感知非常敏銳，如詩中「鐵罐上鏽出幾瓣桃花」的「鏽」字，用得非常形象：首先形容詞的動用法，這個詞是聞一多的獨創。他借助了這個字的一個諧音字「繡」的動態功能，使一種長時間的事物本體的變化表現為一種人工動作。「油膩織一層羅綺」中的「織」也給讀者帶來動作感，而且還讓人們感覺到織物的密度和形狀。詩中描寫顏色的方法，使詩人恰到好處地用物體（桃花和羅綺）的固有印象間接地表現出它們的色彩。因為在繪畫中，鮮明的色彩和一定的造型能夠表示情感語言，詩歌雖然用文字表達人的感知，但它的感知功能建立在文字塑造的具體形象上。詩歌既可以啟智，也能開發形象思維。聞一多詩歌色彩與動詞詞彙就為讀者的色彩審美和形象思維創造了氛圍。

　　假如想知道聞一多對商籟體的原則的領會和把握，可以到〈口供〉等詩歌中去發現。在閱讀此詩之前我們也應明白：這並不是一首西式古典的標準商籟體。

　　一般說來，西式商籟體最基本最明顯的一個判斷特徵是：它由十四行詩句組成（又名十四行體）。在歐洲各國流行時，它有自己的「國籍」：在義大利，它一般被分成四段（4＋4＋3＋3）或兩段（8＋6）、三段（4＋4＋6）或一段；法國基本上是對義大利商籟體的模仿，英國則多分為兩段。義大利式的商籟體中，每行的音數和音步數都較為整齊；法國式的為十二音，英國式的為十一音。一般來看，它們的韻腳整齊有規律，前八行是兩個抱韻，後六行變化較多。當我們閱讀〈口供〉這樣的詩後，一定會發現聞一多改變了原版義大利式的商籟體，也不同於法式、英式的。若要命名，它只能說是中國式的商籟體，代表了區別於傳統律詩的另一種抒情體式。依據聞一多的命名規則，它就是新格律體詩歌。〈口供〉為一個典型：

　　　我不騙你，我不是什麼詩人，

　　　　縱然我愛的是白石的堅貞，

　　　　青松和大海，鴉背馱著夕陽，

　　　　黃昏裡織滿了蝙蝠的翅膀。

　　　　你知道我愛英雄，還愛高山，

　　　　我愛一幅國旗在風中招展，

　　　　自從鵝黃到古銅色的菊花。

　　　　記著我的糧食是一壺苦茶！

　　　　可是還有一個我，你怕不怕？

　　　　蒼蠅似的思想，垃圾桶裡爬。

　　這一首詩與標準的商籟體的第一處不同在於它的行數──這首詩共十句，不似後者一定要有十四行；在段數上，聞一多沒有仿照義大利式、法國式，而是模仿英國式，分兩大段。在詩歌的結構與內容的關係上，又大致符合商籟體的起承轉合原則：第一句可以看作為起句，「我不是什麼詩人」統領全詩，第二句中的首詞「縱然」引導後面的內容，使它們平穩順承第一句，表示雖然「我」不是詩人，但「我」的所愛與詩人同樣。在第二句與第七句之間又可以分成兩個段落，其中第二句至第四句是一個小單元，即說「我」所愛的是大自然的景物以及它們所賦予的品格；第五句到第七句中「我」的所愛有了一些性質上的變化，那就是「我」愛的是英雄、高山和菊花，這些人與物代表著民族性格的人與物，也能當作民族的化身。這層意思便轉成了「我」摯愛的是「我」的民族，它的含義是對前面內容的一次深入。第八句在詩歌的邏輯意義上發生了一個大轉折，前面幾乎說的都是「我」的愛好，這兒突然用警告般的語氣：「記著我的糧食是一壺苦茶！」這一句詩將詩歌前半部所呈現的意境全部破壞，就像是一個畫家受到精神上的打擊突然擲棄手中的畫筆。然而這句話卻給讀者帶

來想像的空間：讓讀者為詩人大變嚴肅而受到精神上的震動，覺得「我」內心矛盾異常，前面意象的輕鬆是對不可解決的矛盾的一種敷衍。再這樣來細細體會「苦茶」，它帶來的不是頌詩中那種激動且難以自抑的情緒，卻是心驚肉跳般的清醒──因為讓「我」每天當作食糧，供「我」生養的是這使「我」清醒的「苦茶」。這一句詩混濁了詩歌前邊表達的情緒，使整首詩陷入說不清道不明的情緒當中。然而，它又為最後的兩句詩做了鋪墊，最後的兩句詩裡變異出另外一個「我」。據詩人所寫，這個「我」有著「蒼蠅似的思想，垃圾桶裡爬」。從詩歌的含義上看，它與詩歌的首句遙相呼應：「我」確實是沒有欺騙「你」，有著「蒼蠅似的思想」的「我」怎麼會是「詩人」？詩歌寫到這裡，在意思上最終形成了一個三百六十度的大回環。

　　這首詩的感情傳達與音韻配合密切，它沒有固守一種詩韻定勢，而是採取了與中國舊體律詩寫作不同的手段，頻繁地轉韻，在詩韻的統一變化中求得感情的跌宕和層次性。如果我們一定要去尋找詩人用韻的參考對象，也可以推測出詩人仿照的是商籟體詩的韻式，即是AABBCCDD／DD 的形式。

　　詩歌在形式上有一處還和中國的舊體律詩有關 ── 詩歌的建築美。詩歌的節數雖沒有嚴格的限定，也不一定是五言七言，每行字數卻是一定的，因而，這首詩的外觀符合律詩整齊勻稱的形式規範。

　　以上兩首詩是聞一多新格律詩的典範之作。它們體現了詩歌音尺節奏上的韻律美、外形上的建築美，辭藻突出形象色彩與動態的繪畫造型美，是中西詩歌藝術合璧的創新製作。

　　是不是聞一多在提倡新格律以後的詩作都符合他的理論呢？其實不然。

　　新格律理論對詩歌創作有一定規範作用，但它不是可以反覆操作的單純技藝，不像集體舞或是某項工作程序。詩歌創作是不能完全服從理論規範的，如果那樣，就會使一種創造性的自由創作成為一種缺

少自由和缺少靈性的創作，妨礙詩歌情感的充分抒發。

　　從文字上來分析，我們知道：英語是拼音文字，語音上有輕重之分，而且一個單詞的音節輕重基本上是固定的，英語詩歌一般按音尺的停頓來組成節奏，形成韻律，接受者對聽覺感受比較重視。中文是由象形、形聲和表意組成的文字系統，一個字的輕重讀音不完全是固定的，需要聯繫字詞的上下文才能決定。所以，中國現代漢語詩歌除了音尺組成節奏這方面類似英語詩歌外，有的是按意群成分或邏輯重音來組成節奏的形式，它們偏重於詩歌的內在韻律；後一種聞一多重視尚有不足，造成了他在新詩創作上的缺陷，也正表明了處在實驗階段的他，判斷力和分析力有待於提高。

　　聞一多曾在〈詩的格律〉中舉過一個關於音尺的例子，他是這樣劃分的：「孩子們／驚望著／他的／臉色／／他也／驚望著／炭火的／紅光」。如果按照意群的劃分，這首詩中的那個「也」字應是另外一種劃分「他／也驚望著／炭火的／紅光」。這樣的話，音尺就不一定整齊了。音尺與意群的劃分要完美地結合起來是一件非常困難的事情，雖然聞一多的某些詩歌音義基本達到了契合，但這個新格律的難題並不是聞一多一人在幾首詩內就能夠把握的。這是一個充滿誘惑力的新詩魔宮，致使新格律理論難以迅速突圍。

　　格律理論本是追求詩歌藝術之美的理論，要求字句音義的斟酌，假如創作意識中光求詩句音節上對稱，而不注重意群上的整齊，作者自然就會想到用湊韻湊字來完成詩歌的節奏。聞一多在〈死水〉和〈洗衣歌〉、〈靜夜〉等詩歌中都作過精美的鍛字鍊句工作，也有作品如〈春光〉，為使韻腳符合押韻規則，改固定片語「巡邏」為「邏巡」，難免使詞的結構遭到破壞。再如〈欺負著了〉這樣的詩，在意義的層面上雖清楚，詩人為讓詩歌外在形式整齊，韻律音尺一致，卻作了多餘的添字湊音之工。我們可截取中間四節為例：

你怕我哭？我才不難受了；
這一輩子我真哭得夠了！
那兒有的事？──三年哭兩個，
誰家的眼淚有這麼樣多？

我一個寡婦，又窮又老了，
今日可給你們欺負著了！

你，你為什麼又往家裡跑？
再去，去送給他們殺一刀！
看他們的威風有多麼大……
算我白養了你們哥兒三。

我爽性連這個也不要了，
就算我給你們欺負著了！

　　從詩歌的排列上看，詩歌的字數和行數對應而且整齊，符合新格律理論中的建築美要求；詩歌的音韻力圖統一和諧，使詩歌形成整齊的節奏。聞一多的這種意圖十分明顯，但這用力之處卻也是他建設的一個薄弱環節。

　　聞一多還用了帶有北京方言的國語作詩，可是沒有充分意識到口語與書面語的差別所在：口語作詩一般是描述性的，口語中因為語氣詞的作用，使詩中的情緒有起有伏，停頓有長有短，它們造成的節奏與句子的意群或邏輯重音關係更大，而書面語作詩以表現形象為目的，一般盡量減少人稱代詞、介詞、語氣詞、副詞、連詞的出現，詩歌中多用動詞和形容詞表現形象特徵。

　　這首詩的第一、三句，按意群可以大致劃為兩組，由兩個意群斷

句組成，第二、四句就只有一個意群。相對的第三節，和第一節中的意群成分也不相等，它們都由一個獨立的意群組成。在句式上，因為是口語形式，這首詩共分十二節，其中就有七個反問句、十一個感歎句，它們表達了詩中主人公氣憤不平的心情。

如果只從詩歌的語氣上分析，我們可以認為這是一段適合表演的淺顯易懂的臺詞，但聞一多想讓它的詩歌味道更濃，就在韻腳上下功夫，最明顯的韻腳是「了」。「了」作為一個表時態語氣的助詞，本不適宜作韻腳，聞一多選中了它，就不得不使它成為湊韻的萬能成分。

按音尺的劃分，詩歌第一、二句都有一字尺、二字尺、三字尺、四字尺各一個，第三句有兩個二字尺，兩個三字尺，第四句又有一字尺、二字尺、三字尺和四字尺各一個，其中為了湊齊四字尺，聞一多添加了一個字「樣」。「這麼樣」並不是符合規範的現代漢語，現代漢語中可說「怎麼樣」，但說「這樣」，一般要去掉「麼」。

在這四節中，聞一多為湊韻添了好幾個字，比如後邊還有「又窮又老了」中的「了」字，「看他們的威風有多麼大」中的「多麼」，如果刪去這些字，並不影響對詩歌內容的理解，而且還會顯得經濟幹練，更符合作詩原則。若按照詩歌的意群成分或邏輯重音來制定詩歌的節奏，這首詩的節奏也會更自然，符合說話的語氣語調。

這種湊韻補音尺的作法，正落入徐志摩所說的：「誰都會運用白話，誰都會切豆腐似的切齊字句，誰都能似是而非的安排音節——但是詩，它連影兒都沒有還你見面」[53]。這正說明明白如話的詩歌，音尺統一整齊的詩歌不一定就是新格律詩，新格律詩應由自然流暢的音韻最簡練地表達出詩歌的意義，使詩歌的意態與形式互相吻合。

---

53 徐志摩：〈詩刊放假〉，見楊匡漢、劉福春編：《中國現代詩論》（上）（廣州市：花城出版社，1985年），頁133。

第四節　新格律的歷史遭遇

　　聞一多和他的新月同人提出的新格律主張，不僅注重了詩歌的歷史發展態勢，還適當矯正了詩歌自由氾濫、粗糙淺陋、缺少精緻的抒情方式等弊端，對民族文化文字的特色表示重視的同時，也不排斥異域的新風，他們引進西詩的抒情詩歌原則，從感官上強化詩歌的音、聲、色的作用，突出詩歌具體而可感知之美。他們的主張無論在當時還是以後，影響力都不可低估。它，就像一座冰山，遇上了溫熱的環境便溶化為水，往詩歌的地層中不斷地流入，不斷地滲透……。

　　新格律的歷史遭遇如何？我們要回答這個問題最好是返回不太遙遠的文學歷史當中。

　　首先來了解一下新月詩人關於新格律主張的共識和分歧吧。

　　一九三六年有一位名叫石靈的評論者幫助新月詩人回顧他們的歷史。他寫了〈新月詩派〉[54]這樣一篇文章，其中說道「新月詩既然成派，當然有一種共同的傾向了。那就是新詩規律化」（筆者注：他沒有用人們常用的「格律化」一詞，但意思應當是一樣的）。他認為新詩規（格）律化是新月詩人的共同主張。另一位評論者余冠英在〈新詩的前後兩期〉[55]中也提到新月詩派所辦的《晨報副刊·詩鐫》中刊登了新月詩社的重要主張，還說「重要的議論見於〈新詩的音節〉和〈新詩的格律〉」，他以此來劃分中國現代新詩的階段。由此看來，新格律化被人們普遍看作是新月詩社的共同主張。

　　就在新月詩人提倡新詩的格律化時，對自己的同人表示肯定，達成共識的言論也不少。如聞一多在〈詩的格律〉中對饒孟侃關於新詩「格式、音尺、平仄、韻腳」等的討論給予充分的肯定，並在自己的

---

54 楊匡漢、劉福春編：《中國現代詩論》（上）（廣州市：花城出版社，1985年），頁283-301。
55 聞一多：《聞一多全集》（2）（武漢市：湖北人民出版社，1993年12月），頁155-160。

論文中對新詩的格式、音尺等問題的重要性加以強化。徐志摩在〈詩刊弁言〉[56]中也說：「我們信詩是表現人類創造力的一個工具，與音樂與美術是同等同性質的；我們信我們這民族這時期的精神解放或精神革命沒有一部像樣的詩式的表現是不完全的；我們信我們自身靈裡以及周遭空氣裡多的是要求投胎的思想的靈魂，我們的責任是替它們構造適當的軀殼，這就是詩文與各種美術的新格式與新音節的發見；我們信完美的形體是完美的精神惟一的表現；我們信文藝的生命是無形的靈感加上有意識的耐心與勤力的成績」，而且他還十分嚴肅地說：「要把創格的新詩當一件認真事情做」。梁實秋致徐志摩的信中對新月詩人在《詩刊》上體現的集體變化表示欣賞，他說：「《詩刊》上所載的詩大半是詩的試驗，而不是白話的試驗。《詩刊》最明顯的特色便是詩的格律的講究。」[57]此外，新月的後起之秀陳夢家在《新月詩選》〈序言〉中對著他們試驗的新格律也唱起了讚美之辭：「我們不怕格律。格律是圈，它使詩更顯明，更美。形式是官感賞樂的外助。格律在不影響於內容的程度上，我們要它，如像畫框不拒絕合式的金框。金框也有它自己的美，格律便是在形式上給與欣賞者的貢獻。……是有格律，才不會失掉合理的相稱的度量。」

可以這麼說：新格律主張最終成為中國現代詩歌史上的一次詩歌運動，不僅是詩歌的規律使然，更重要的是因為新月詩人在新格律的主張上達成了共識。

有一個很明顯的例子，如朱自清的〈中國新文學綱要〉中提到許多探索過詩歌新路的詩人，他們中的許多人同樣倡導新詩音韻革新，由於地廣人稀，聲音在沒有形成合力之時，就消失於茫茫的人流中。新月詩社卻以群體的力量，掀起了這場新格律運動，最終記載在文學

---

56 聞一多：《聞一多全集》（2）（武漢市：湖北人民出版社，1993年12月），頁118-120。
57 梁實秋：〈新詩的格調及其他〉，見楊匡漢、劉福春編：《中國現代詩論》（上）（廣州市：花城出版社，1985年），頁142。

史上，不可抹去。

　　從某種意義上說，新格律的提倡以及創作風格成為了新月詩派的標誌之一，但是新月詩社的解散，也使新格律運動受到影響。新月詩社的解散自然有許多主觀和客觀上的原因，除去主觀的人事上的原因我們不想加以評論外，從客觀的原因上講，詩歌多元化局面的來臨，象徵詩派和現代詩派的先後成長，在一定的程度上轉移了人們對詩歌的關注和興趣的中心，還有就是新格律主張本身的某些原因，造成了詩派客觀的存在危機。

　　我們不妨先從徐志摩的〈詩刊放假〉說起。

　　《晨報副刊‧詩鐫》在一九二六年的四月一日問世，由聞一多與徐志摩切磋而成。借助報刊的力量，較為容易地取得輿論上的影響，副刊為新月詩社的成員提供了一個新格律詩試驗的天地，新格律運動的轟轟烈烈開展無不得益於此。後來因改出《劇刊》，出版了十一期的《詩刊》於當年的六月十日就停辦了。本來按徐志摩的意思，《劇刊》辦到十期或十二期，再讓《詩刊》復刊，計畫卻未能如願。當時登在終刊號上的〈詩刊放假〉的短文，就說到了新格律詩一個重大的致命問題，我們由此可以估摸到徐志摩若要使《詩刊》復刊必定也困難重重：「說也慚愧，已經發現了我們所標榜的『格律』的可怕的流弊！誰都會運用白話，誰都會切豆腐似的切齊字句，誰都能似是而非的安排音節——但是詩，它連影兒都沒有還你見面。」[58]

　　在徐志摩看來，一首詩的成功秘密包括它內含的音節必須勻整與流動，它才給詩提供生命的活力，並且音節的本身還起源於真純的「詩感」，不是簡單地憑行數的長短，字句的整齊或不整齊等一些形式因素來決定的。這表明徐志摩對格律詩的看法有所改變。

　　僅從徐、聞這兩位的言辭裡我們足可以斷定新格律的命運多舛。失敗在什麼地方？

---

58 聞一多：《聞一多全集》(2)（武漢市：湖北人民出版社，1993年12月），頁131-134。

　　從三、四十年代開始，就有許多的研究者在剖析這個開過了花的落果。石靈認為是新月詩人走上了形式主義之路，「規律至上，寫詩的人拿規律當作目的，忘掉規律只是一條路，是為著達到另外更高遠的目標」，而且詩歌的內容貧乏。新格律運動本身也存在一些缺點：作者不結合中國語言的特點，如中國詩的音數與節拍不等，寫作者們卻按英詩規則，不以節拍為單位反以音數為單位，並且又把音數限制得太死。這些形式上的規定導致了新格律運動的失敗。[59]

　　新月中人葉公超在〈論新詩〉中，針對新格律主張的音步和音的輕重高低，提出過自己的看法：音步的觀念「不容易實行於新詩裡」，中國語的語調，「長短輕重高低的分別都不甚明顯」，所以，「只有大致相等的音組和音組上下的停逗做我們新詩的節奏基礎。」[60]

　　梁宗岱儘管先前也十分贊同聞一多的格律說，認為新詩的音節「簡直是新詩底一半生命」，但是他後來也注意到新格律論忽視了「中國文是單音字，差不多每個字都有它底獨立」，而且「除了白話底少數虛字，那個輕那個重」比較難區分。[61]

　　理論家們對這些問題的反思，正說明當時參與新詩格律化運動的詩人們，在提倡他們的主張時，更多的是出於對革新新詩的熱情願望，在許多實質性的理論問題上認識卻還不夠成熟。

　　然而，研究者們一直沒有放棄對新格律運動失敗的原因進行評說。除了前面提到的諸家觀點，還有許多原因值得探討。

　　我們可以從詩歌創作現象上去觀察，或許從詩歌發展的歷史上我們還能發現一些更重要的原因：新月詩人過分地強調感官的美感，有

---

59 石靈：〈新月詩派〉，見楊匡漢、劉福春編：《中國現代詩論》（上）（廣州市：花城出版社，1985年），頁283-301。

60 葉公超：〈論新詩〉，見楊匡漢、劉福春編：《中國現代詩論》（上）（廣州市：花城出版社，1985年），頁283-301。

61 梁宗岱：〈論詩〉，見《詩與真・詩與真二集》（北京市：外國文學出版社，1984年），頁26-46。

的偏重於用豔麗的詞彙，表達的卻是蒼白的感情；有的詩人在格律上偏向於歌詞式的節奏，或者仿歌謠式創作，使詩歌離音樂的韻律近了，離詩味卻越來越遠了，徒有形式之表而失去了詩歌之質。也還有一些關鍵性的問題，困擾著聞一多和新月詩人們沒有能夠繼續深入探討下去，如自由詩的弊端是不是就在於詩歌形式的自由化？而新詩格律化是否一定會使新詩的藝術性得到加強？新詩走向格律化是不是新詩的惟一通道？

　　聞一多當年認為自由詩的形式不利於建立新詩的建築美、音樂美和繪畫美，有一定的道理，但他對自由詩的認識存在一些缺憾。在〈詩歌節奏的研究〉中，他談到自由詩的三大弊端：一是妄圖打破規律，二是目的性不明確，三是有平庸、粗糙和軟弱無力的後果。這些弊端並不只有自由詩才會產生，只要作者忽視詩歌的藝術性，格律體同樣難以避免。而且，就中國的詩歌史來看，並不是有了格律體詩歌就宣告自由體詩歌可以退養。

　　自由體詩早於格律體產生，廣義上的自由體詩歌包括文人創作的四言詩、絕句、樂府體，還有民間詩人創作的歌謠體詩，它的體裁和題材，有著格律體無法達到的自由——既可以用來闡明一種深奧的理念，也可以見物道情，還有的人用它來傳達活潑的童貞、尖銳的嘲諷或是玩文字上的遊戲。在語言上，自由體詩可以用文人欣賞的書面語完成，也可以用百姓喜歡的民間口語，甚至還可以是方言土語，音譯外來詞來寫作。而且，隨著語言的發展變遷，自由體詩的語言同步發生變化。當新的思潮、新的語彙產生，自由體詩便可立竿見影地作出反映，格律體卻受著韻腳、平仄和字數的限制，一般的作者難以完滿完成符合時代語言要求的創作，文化層次不高的讀者也不一定能夠欣賞這門語言要求尚高的藝術。相對而言，自由體詩因文本可讀性較好，得到的讀者甚為廣泛，即使在格律詩創作旺盛的時候，自由體詩同樣保持著健旺的態勢。

　　自由體詩和格律體詩好比是兩棵不同種類的樹，氣候、水土、季節等自然條件決定著樹木的成長，詩歌的體式選擇則直接與詩人的主客觀條件相關，這涉及了各種可能的情況：一是與詩人的氣質和性格有關。一般說來，內傾型的詩人偏向於格律詩的創作，外傾型的詩人則好自由體詩。如同是唐代詩人，內傾型的沉鬱深沉的杜甫寫下了大量的五言、七言律詩，而性格外傾的豪放的李白熱衷於寫較為自由的古體詩和樂府詩。二是與詩人本身的才力、年齡有關。對於一位初學詩歌寫作的年輕人，讓他按照既成的詩歌格律去創作，無疑是削足適履，而當他漸入詩歌創作的佳境，對語言的掌握駕馭能力加強時，他對詩歌的格律運用也會日益熟練。杜甫有一句話，曾為聞一多引用——「晚節漸於詩律細」，他們都認為詩人往往到了才智成熟的老年，才會更講究或細心研究詩歌的格律。三是詩歌的題材與詩人的感情境遇會影響到詩人對格律詩或自由體詩的選擇。恰如詩人陳敬容所云：「根據自己的新詩創作實踐，逐步得出了一點自以為是的體會：即凡屬較為廣闊的、較為新鮮活潑的內容，格律體往往不容易容納；而凡屬較為深沉或細緻的思想感情，自由體有時也不易表達，因而我主觀地認為，最好以每首詩所要表達的內容，作為選取形式的標準。」[62] 以上針對廣泛意義上的律詩而言。新格律體詩卻因語言、字數、行數和韻式的放寬，使它擁有了自由體詩的某些自由。

　　時代的原因值得一提。聞一多們提倡新格律詩最主要的原因與自由詩創作陷入茫然境地有關。時代需要有與自由詩探索爭鳴的理論，使自由詩在詩歌規律的牽制中促發新的生機——新格律理論由此誕生。

　　我們完全可以說，格律體詩和自由體詩是詩歌園地裡的兩棵常青樹。

　　簡單地將自由詩的弊端歸之於它形式上的自由，理由並不充分。

---

62 陳敬容：〈學詩點滴〉，《詩探索》1981年第2期。

自由詩有時讓人反感，也可能是作者對詩意的醞釀不夠，傳達技巧粗糙所致。同時我們也應注意，新詩僅僅做到格律化，並不一定會使詩歌的藝術性加強。詩歌的藝術性來自各個方面，詩歌是綜合性的藝術載體：它可以有聽覺上的美，但它不是音樂，人們也不會要求它能奏出旋律；它可以給人帶來視覺上的美，但是人們並不把它看作是建築或美術作品。如果詩歌只能產生雷同的藝術美感，詩歌這一藝術樣式一定會被淘汰，不然，人們可以放棄詩歌而直接去欣賞音樂、繪畫、建築、雕塑。詩歌能夠存活下來，則憑著它自身的藝術價值，而聞一多們的理論有所欠缺。事實上，我們在聞一多的詩歌作品中，也感受到了格律之外的強烈的藝術性。針對新寫詩者來說，若對促成詩歌藝術性的許多因素不加以辨析和重視，片面地盲從新格律主張，也會造成營養失調。這些原因，足以促使中國二十世紀三十年代的新格律運動中途夭折。

就發展了將近八十年的新詩而言，我們雖然能夠感覺到新詩的格律化跳動的脈搏，認識到它給中國的新詩以生命的原素，可是，我們還是認為：新詩格律化只能算是中國新詩向前發展的一條道路，不可能是惟一的途徑。

八十年的新詩歷史告訴我們，中國的新詩總是在新的藝術思潮中求進，它走在歷史積澱與求異創新的路途當中，格律化是其中一個永遠難以完成的試驗。不是它不具備成功的條件，而是對於所有的藝術都這樣，只有不斷地創造，它才能接近完美成熟、接近成功。

接下去，我們有必要繼續考察：新格律運動到底怎麼影響著中國新詩，給中國的格律詩理論帶來一些什麼樣的建設性意見？因為直到當今的詩壇，新格律的探索者依然存在。

我們最好是對新月詩社解散以後的格律詩運動及其代表觀點作一些探討，以事實對聞一多的新格律主張做出重新的評估。

二十世紀五十年代的中國詩壇，曾引發過一場規模較大的詩歌討

論，主要圍繞新詩到底該走自由化道路還是走民族化道路展開。討論
中多數人認為新詩應該保持民族特色，重視詩歌的民族傳統，這無疑
又牽涉到了格律詩的問題。

何其芳認為，一個國家如果沒有適合它的現代語言規律的格律
詩，是一種不健全的現象。為與聞一多提出的「新格律」區別，他
還明確提出要建立「現代格律詩」[63]。身居文化領導位置的何其芳提
出這個意見，再次將格律詩拿出來討論，恰好又碰上了「百花齊放，
百家爭鳴」的時機，無疑，這樣的討論可以促進格律詩的現代化轉
換，促進對聞一多們新格律觀的認識走向深入和全面。有研究者稱這
個時期為新格律詩的繁榮期[64]。

在這場討論中，人們對現代的格律詩重新定義，對其特徵加以強
調。聞一多在〈詩的格律〉中把規律看成是「FORM」，即節奏，經
過這場討論，又使我們重新對聞一多的定義進行思考。相對而言，聞
一多的定義還有擴充的餘地。就節奏來說，自由詩同樣也有內在的節
奏，節奏與音調高低、語氣的長短、情緒的起伏有著緊密的聯繫。這
樣看來，郭沫若當年強調的詩歌的內在律也不是沒有他的道理。即使
古代律詩，同樣有它的節奏，它的節奏在平仄字的排序之中也能體現
出來。王力、艾青等人在聞一多的定義上，又從兩個方面提出了他們
的觀點。王力在廣義的範圍內給格律詩定義為：自由詩的反面就是格
律詩，只要是依照一定的規律寫出來的詩，不管是什麼詩體，都是格
律詩[65]。艾青針對自由詩與散文詩的體式，給格律詩下過一個這樣的
定義：無論分行、分段，音節和押韻，都必須統一；假如有變化，也

63　楊匡漢、劉福春編：《中國現代詩論》（下）（廣州市：花城出版社，1985年），頁50-
　　67。

64　許霆、魯德俊：《新格律詩研究》（銀川市：寧夏人民出版社，1991年），頁133。

65　王力：〈中國格律詩的傳統和現代格律詩的問題〉，見楊匡漢、劉福春編：《中國現
　　代詩論》（下）（廣州市：花城出版社，1985年），頁137。

必須在一定的定格裡進行。所謂的定格，艾青認為是詩句大體一句占一行，或一句占兩行；每行有一定的音節，每段有一定的行數，也有整首詩不分段的。押韻時，有的行行押，有的隔行押，有的交錯著押，有的一首詩押一個韻。建行時，有的以統一的字數為標準，有的以統一的節拍為標準，字數可伸縮[66]。艾青的定義與定格，抓住了詩歌的操作規則，在實際的寫作中有一定的自由度，對聞一多嚴格的格律詩理論是一種突破，它使人們在創作過程中注意音節和格式的變通。我們也看到，真正讓格律詩引起人們注意的詩人們，他們在音尺方面一般都聽從詩情的自然安排。便如馮至在解釋他為什麼用十四行體創作的時候所說：「純然是為了自己的方便」，因為十四行體「層層上升而又下降，漸漸集中而又解開，以及它的錯綜而又整齊，它的韻法之穿來而又插去」，它正「宜於表現我要表現的事物；它不曾限制了我活動的思想，而是把我的思想接過來，給一個適當的安排」[67]。這樣看來，對格律的提倡也是因為格律這一體式能夠為情感充分的抒發提供一種合適的範式──這是現代格律詩的一個新的原則。

朱光潛對詩的格律也作出了理論上的描述。他說：詩的格律有兩個重要的特點──第一，是形式化的節奏和語言自然節奏的矛盾的統一，純是形式化的節奏就會呆板僵硬無生氣，純是語言的自然節奏，就無所謂格律，就無以區別於散文。其次，是大致固定的形式與當前具體內容的矛盾的統一[68]。顯然，朱光潛以辯證眼光提綱挈領地涉獵到了格律詩的最為本質的內涵，加重了格律詩的理論力量。

對於格律詩的核心分子音步（頓）頓，當代的詩人理論家們也逐漸有了更為明晰的認識。朱光潛認為平仄四聲是中國詩歌格律的主要

---

66 楊匡漢、劉福春編：《中國現代詩論》（下）（廣州市：花城出版社，1985年），頁37。
67 馮至：〈十四行集序〉，見《馮至詩選》（成都市：四川人民出版社，1980年），頁202。
68 朱光潛：〈談新詩格律〉，見楊匡漢、劉福春編：《中國現代詩論》（下）（廣州市：花城出版社，1985年），頁122-129。

基礎之一，而用白話寫的新詩中，四聲雖然仍可用來幫助和諧，卻不能作為格律的主要基礎，要彌補此缺陷須用「頓」。舊詩中頓用率最大的是兩字頓和三字頓，而現在的語言中，每頓的字數一般是加多了，四字頓常見。所以，在創作時，每章的句數、每句的頓數以及每頓的字數在大體上總要有些規律。[69] 卞之琳、何其芳等也認為頓是新詩格律的基礎，他們進而思考到建立在現代口語基礎上的格律詩的頓與韻，應該如何安排？何其芳說，格律詩應該是每行的頓數一樣，從頓數上講可以有每行三頓、每行四頓、每行五頓幾種基本形式。同時，他還主張現代格律詩押韻，有規律的韻腳可以增強詩的節奏性。何其芳對現代格律詩在格律上的要求是：按照現代的口語，每行的頓數有規律，每頓所占時間大致相等，而且有規律地押韻。至於是否按輕重音劃頓，何其芳認為「不宜於講究輕重音」，因為漢語的輕重音與歐洲語言裡的輕重音不同，漢語中的「重音並不像一般歐洲語言那樣固定在詞彙上，而主要是在一句話裡意思上著重的地方，這樣就不可能在每一頓裡安排很有規律的輕重音的間雜，也很難在每一行裡安排數目相等的重音」。何其芳還認為，平仄是字的聲調變化，也不相當於歐洲語言裡的重音[70]。卞之琳同樣感到中國漢語裡的輕重音似乎不及西方某些語言那樣顯著，並且南北讀音中的輕重位置也不一樣[71]。這些看法，都是在聞一多的理論思路上進一步深入的結果。他們解決了聞一多和饒孟侃們還沒有考慮成熟的現代語言的問題。聞一多他們儘管探討了新格律詩與古代律詩的語言差異，考慮過土白入詩的問題，但對現代白話和歐洲語言的比較工作還未著實切磋，這一問題在

69　朱光潛：〈談新詩格律〉，見楊匡漢、劉福春編：《中國現代詩論》（下）（廣州市：花城出版社，1985年），頁122-129。

70　何其芳：〈關於現代格律詩〉，見楊匡漢、劉福春編：《中國現代詩論》（下）（廣州市：花城出版社，1985年），頁51-67。

71　卞之琳：〈哼唱型節奏（吟調）和說話型節奏（誦調）〉，見楊匡漢、劉福春編：《中國現代詩論》（下）（廣州市：花城出版社，1985年），頁13-14。

當代新詩人和理論家那裡得到了更切實的深入探討。

　　其次，現代格律詩討論中更重視新格律詩的現代性和民族性。在聞一多的時代，人們也曾把這個問題當作一個重要的議題熱烈地討論過，如聞一多就很自覺強調律詩的民族性，區分了新格律詩與舊律詩因時代變化而產生的三處不同。對新舊格律詩的承繼關係，聞一多在創作時還比較重視，但在理論上卻闡述得不夠充分。五十年代末由於有提倡「古為今用，洋為中用」的大氣候，新格律詩的現代性和民族性都放在了關鍵的位置上，研討者紛紛提出自己的主張。如朱光潛在《談新詩格律》[72]中表達了自己對新詩發展道路的看法，他認為：「新詩的格律主要須從民族詩歌傳統的基礎上建立，而所建立成的應該是嶄新的更適於現代生活和現代語言的形式。」對此，他還指出創造詩歌格律要照顧到民族語言的特性，從原有詩歌基礎上出發。王力在談及怎樣建立現代格律時，也說到民族特點和時代特點必須重視，他以為格律詩的第一要素是韻腳，第二要素是節奏，據於各國音步不同，如在希臘拉丁的詩律中，長短音相間構成音步，在德語和英語的詩律中，輕重音相間構成音步，法語的音步指詩行的一個音節，俄語的依法語改為「音節‧重音體系」。王力還說：詩的格律不是由詩人任意「創造出來的，而是根據語言的語音體系的特點，加以規範」[73]的。王力這一原理的提出，為格律詩的民族特點作了更客觀的科學化闡釋。關於格律詩的時代特點，王力認為，由於現代雙音詞大量產生，占優勢的詩句不會像古詩詞中只有奇數音節句，也會有偶數音節句，即八字句、十字句和十二字句。而且由於現代詩以口語為主，詞尾的大量應用也突出了時代特點。以時代的發展變化為詩歌語言變化的依

72　楊匡漢、劉福春編編：《中國現代詩論》（下）（廣州市：花城出版社，1985年），頁122-129。

73　王力：〈中國格律詩的傳統和現代格律詩的問題〉，見楊匡漢、劉福春編：《中國現代詩論》（下）（廣州市：花城出版社，1985年），頁137-157。

據，他提出建立新格律的具體措施，這為新格律詩的試驗提供了可靠的理論參考。

其三，現代格律詩的討論認定了格律詩對新詩發展可能起到的重要作用。當聞一多和新月同人們一道提出新格律的主張時，遭到當時自稱為浪漫主義自由詩人們的極力反對，新格律詩運動也被這些詩人攻擊成是詩歌的復古運動，他們從社會論和階級論的觀點出發，把提倡新格律當成有悖於時代主潮的一件事，是帶有貴族化傾向的運動，從而從社會思潮上否定新格律運動的意義。隨著時間的推移，特別是經過了五十年代末的這場討論，新格律詩作為詩歌發展的一個可能形式，它的重要性被加以強調，使格律運動因有利的人工條件而迅速地展開。如何其芳認為自由詩不過是詩歌的一體，而且恐怕還是變體，中外詩歌差不多都有一定的規律，一定的規律有助於表現飽含著強烈的或者深厚的感情的內容，造成反覆迴旋，一唱三歎的抒情氣氛。他甚至還說：「一個國家，如果沒有適合它的現代語言的規律的格律詩，我覺得這是一種不健全的現象。這種情況繼續下去，不但我們總會感到這是一種缺陷，而且對於詩歌的發展也是不利的。」[74]或許，聞一多聽到這樣的一番話後，又會在他的創作歷史上創造一次「奇蹟」。

實際上，不可思議的現象四、五十年來一直在繼續：自聞一多和他的新月同人之後，有何其芳、馮至、卞之琳、穆旦等人像接力賽一樣在嘗試著新的格律體詩的創作，中國新詩那種毫無節制的大白話式氾濫得到了適當的療治，詩歌逐漸走上了有規律可循的道路。當然，也不能十分武斷地斷言，有成就的新詩人的創作動力與他們所受到的影響必定來自新月詩人聞一多，來自他的〈詩的格律〉。因為他們中

---

74 何其芳：〈關於現代格律詩〉，見楊匡漢、劉福春編：《中國現代詩論》（下）（廣州市：花城出版社，1985年），頁50-67。

的許多詩人幾乎都熟知中國的古典詩歌，且從事過翻譯工作和外國文學研究，像前面提到的這幾位詩人，馮至到德國攻讀過文學和哲學，翻譯過海涅等德國詩人的詩歌；何其芳曾翻譯過海涅和維爾特的詩選，他本人還偏愛晚唐五代的詩歌。在創作實踐和理論探討中，他也逐漸形成了新格律詩（他命名為現代格律詩）的理論。他認為格律詩最主要的因素是節奏的規律化和押韻的規律化，「按照現代的口語寫得每行的頓數有規律，每頓所占的時間大致相等，而且有規律的押韻」；他還主張每行的頓數一樣，可以有每行三頓、四頓、五頓等幾種形式，每行的最後一頓基本上是兩個字，也不排除一個字，每頓一兩個字為主，可以多到三個字或四個字[75]；卞之琳曾從師徐志摩，在創作上受到徐志摩和聞一多的直接影響，「格律的探索和實踐，是卞之琳自始至終努力的方向，也是他堅守的一座碉堡」[76]。卞之琳和何其芳一樣，在聞一多他們開創的這塊新格律田地裡繼續耕耘播種，他提出音頓（相當於聞一多所說的音尺）是格律的基礎，用現代口語寫的新詩，從頓法上可以將詩的首尾分成兩個字頓和三個字頓，其中「一首詩以兩個字頓收尾占統治地位或佔優勢地位的，調子就傾向於說話式，說下去；一首詩以三字頓收尾占統治地位或者優勢地位的，調子就傾向於歌唱式的，『溜下去』或者『哼下去』」。他還認為，後一種詩體的長處是韻腳響亮、節奏明顯，傾向於唱出來；前一種詩體的特點是比較柔和、自然，變化也比較多，傾向於說出來，這兩種新詩都能做到有民族風格。[77]

　　在形式上我們或許還應對五、六十年代的詩歌進行重新的評價，

75　許霆、魯德俊：《新格律詩研究》（銀川市：寧夏人民出版社，1991年），頁172-173。

76　張曼儀編：《中國現代作家選集·卞之琳》（北京市：人民文學出版社，1995年），頁267。

77　轉引自許霆、魯德俊：《新格律詩研究》（銀川市：寧夏人民出版社，1991年），頁135。

那是中國現代格律詩豐收的一個時期，詩人們在借鑑古代詩歌、民間詩歌和外國詩歌的形式方面作出了很大的努力，探索並走出了詩歌格律化的新路子，以致於形成了一些富有個人風格特性的現代格律體式，如「田間的新七言體」、「聞捷的新九言體」、「李季的新鼓詞體」、「郭小川的新辭賦體」等[78]。他們在三個方面對聞一多的新格律理論有所繼承和發展：一是講究詩歌形式的建築美；二是注重詩歌的音韻美；三是為詩歌量體裁衣，採用不同的形式，服務於不同的情感。

我們可以兩首詩為例：郭小川的〈甘蔗林──青紗帳〉和林子的〈給他〉。

南方的甘蔗林哪，南方的甘蔗林！
你為什麼這樣香甜，又為什麼那樣嚴峻？
北方的青紗帳啊，北方的青紗帳！
你為什麼那樣遙遠，又為什麼這樣親近？

我們的青紗帳喲，跟甘蔗林一樣地佈滿濃蔭，
那隨風擺動的長葉啊，也一樣地鳴奏嘹亮的琴音；
我們的青紗帳喲，跟甘蔗林一樣地脈脈情深，
那載著陽光的露珠啊，也一樣地照亮大地的清晨。

──郭小川〈甘蔗林──青紗帳〉

這首詩共十一節，這裡選取了前面兩節。形式上，它最明顯的特徵是詩歌的建築美，每節四行，每行兩個短句，每節之間，單行、雙行的字數各相對應。音韻比較整齊，基本上以「in」、「en」、「un」等相近的輔音為韻腳，語氣詞「啊」、「喲」、「哪」在句中回應，形成詩

---

78 依據許霆、魯德俊：《新格律詩研究》中的分類。

句的節奏感，句式反覆與變化，使詩歌聽上去整齊又有變化。與聞一多的新格律詩理論不盡相同的是，聞一多的理論雖講究「節的勻稱和句的均齊」，他自己也有過典範之作，如〈靜夜〉、〈洗衣歌〉、〈我要回來〉、〈死水〉、〈忘掉她〉等，但是還有一些詩歌儘管詩形整齊，與表達的意義卻無特別的關聯，它們的排列次序基本上遵循音的規則，而不是按意群來組織結構，詩中即使有句子成分的對應，也不構成意義上的邏輯聯繫，一般只陳列意象。郭小川的這首詩對聞一多的新格律創作法有所發展，他不單單注重了詩歌字數上的排列、音尺的對應，而且注重詩句意群的排列、詞性的對應和音的對齊。如第一節中的第一、三句的句式幾乎一樣，都由兩個主題短語「甘蔗林」和「青紗帳」組成，為了避免短語音節呆板，詩人插入語氣詞，使讀音拉長，詩句緩和，這借用了民歌的抒情方式；第二節中的一、三句相對來說句子過長，詩人把長句分成兩個短句，又使它們在句式上相對。這樣，詩句參差錯落，又相對整齊，使詩人想表達的主題在一、二節中不斷地呼應，為後面的抒情起到鋪墊作用。郭小川的這首詩在二十世紀五、六十年代可謂是現代格律詩的一個典型。當然，以意群為詩形對齊，也不一定就是解決新格律形音義結合的最好方式，但應該肯定，這是一種新的嘗試。

第一次見到你的時候，
我心跳著，悄悄說：
我尋找的人就是你。
聽見人們讚揚你的名字，
我臉紅著，悄悄說：
我好像真的愛上了你。
接到你寄來沉甸甸的信，
我嘆惜著，悄悄說：

　　唉！我是多麼想念你。

　　迎著你久別的目光，

　　我心慌著，悄悄說：

　　哦！我不能抗拒你。

　　當你又離開我去遠方，

　　我的心悄悄說：永遠等著你！

　　　　　　　　——林子〈第一次見到你的時候〉

　　林子這首詩是中國新十四行體的一例，她沿用了聞一多的商籟體的作法，在意思上層層遞進，通過起承轉合來表示意思上的環形路線，表達一位少女情感萌動、生發、發展和深入的變化。音韻上，完全用口語，但還有可尋的調式，即採用「ABC／CBC／DBC／EBC／EC」的調式，有一基本尾韻。詩歌除後邊兩行（最後一行按意思，可分成兩行）外，前面都以一、三句為一個意群，表達完整的意思。和郭小川的那首詩一樣，這首詩也注意到詩行和意義的整齊性。因三行詩表示一個較為完整的意思，所以詩人以三行為一組，分成五組意群（最後一組僅兩句），其中第一、四、七、十、十三句表示「你」和「我」關係的一種狀態，二、五、八、十一句為「我」的情感反應，三、六、九、十二和最後一句是「我」的內心活動。這首詩不是光從音尺上求得統一，求得字音的輕重結合，還注重口語中語調的自然流轉，在意群上尋求詩歌音調的統一協調。

　　詩歌史上還有一個可讓我們在此提起的話題。一九四九年之後，中國大陸的詩歌與港臺及海外華人的詩歌逐漸發生分野，大陸的詩歌在一種特殊的政治氛圍內走自己的路，而港臺及海外華文詩人沿著中國二十世紀三十年代詩人們走的道路繼續前行。雖然大陸和港臺及海外的華文詩人走了兩條不同的路，他們卻都在不同的程度上繼承和發展著聞一多的新格律理論。詩歌的形式，尤其是詩歌的格律化一直像

一條斬不斷的清溪流在詩人們的心田裡。

在港臺及海外華人的詩歌裡，聞一多的格律理論也還在顯示它的存在價值。比如聞一多提到詩歌的建築美，在臺灣的現代詩人那裡衍化為詩歌的圖形美、圖畫美，不僅講究詩歌的勻稱結構，還注意詩歌排列上的美感。詩歌的音樂性同樣也得以強調，如余光中、彭邦楨、洛夫等人的詩歌總是很快被作曲者譜曲廣為傳唱。甚至還出現了這樣的一個傾向，不少歌詞都遵循著有定節、定行、定字的格律寫作原則，從某種意義上說，脫離曲譜的歌詞也可算為新格律詩。

在先鋒詩歌層出不窮的當今，我們也要看到，詩歌形式的多元化反而使人們忽視了形式的革新問題，當然也不乏有執著的繼承者，更準確地說是執著的發揚者存在，使詩歌的一些形式得以保存、繼續和發揚。例如在中國改革開放的前沿城市深圳，神奇地開闢了一塊肥沃的土地來耕種現代格律詩歌。一九九四年，在聞一多的〈詩的格律〉發表五十八年以後，深圳成立了中國現代格律詩學會。在一批老詩人、老學者如卞之琳、屠岸、鄒絳和公木等人的帶動和引導扶植下，他們的刊物《現代格律詩壇》發芽開花了。他們沿著聞一多和後來者留給格律詩壇的思路與問題繼續探討下去，強調詩歌頓數整齊和每節的對稱，重視意群的對應，詩歌的音形義上的和諧統一。他們還提倡新格律創作的不同風格特色，讓它和自由體詩聯姻，也與古代律詩、外國律詩連袂，多種形式多種風格使聞一多所提到的詩歌形式的建築美、音韻美有了新的接受和闡發。在一九九四年十月召開的第一屆研討會上，倡導者一致認為發展與建設現代漢語格律詩，是「五四」以來中國新詩發展的必然，現代漢語格律詩應具有「鮮明和諧的節奏，自然有序的韻式」的特徵，繼承和發揚古代漢語格律詩的優秀傳統，這一點和聞一多的主張相近。他們還注重現代詩歌的整體性，不將律詩侷限在局部的藝術類型當中，虛懷而明智地提倡「要吸收自由詩的靈動質素和借鑑外國格律詩的某些長處，創造出豐富多采的，具有時

代精神的，中國的現代格律詩」⁷⁹，這又把聞一多的格律主張往前推進了一大步。在他們培育的「詩人花園」中，我們既能看到歌德的〈初戀的喪失〉、普希金的〈愛情惹得我春心蕩漾〉、屠格涅夫的〈春暮〉這樣的外國格律詩經典，也能讀到石祥〈十五的月亮〉、〈望星空〉這樣家喻戶曉的歌詞，還有新古詩體的嘗試，格言體的精練，敘事體的風格，都在新格律的旗幟下聚合著。

　　格律詩經歷了數十年的發展，在詩壇的高潮與低谷中波折行進，它宛如面向一隅，不開花也不甘落葉的君子蘭，以其不善聲張而種類多樣的魅力，在詩人們的筆下依然栩栩存活。

　　這不應驗了聞一多早年的一個理想嗎？一九二二年二十三歲的聞一多說：「我的宗旨不僅於國內文壇交換意見，逕直要領袖一種文學潮流或派別」⁸⁰。

---

79 《現代格律詩壇》1995年第1期，頁1。
80 聞一多：《聞一多全集》（12）（武漢市：湖北人民出版社，1993年12月），頁80。

第五章
技巧論

　　一九四三年，聞一多在致學生臧克家的信中，為自己做過幾點抗辯。抗辯的起因，是臧克家說他的詩歌「有一定的技巧」。

　　其實，一九三〇年代的時候，蘇雪林女士就在她的論文〈聞一多的詩〉中說過，聞一多的《死水》集的技巧和《紅燭》的相比，有著「驚人的進步」，代表了「用氣力作詩」的新詩趨向。[1]沈從文也讚歎「《死水》中的每一首詩，是都不缺少那種完美的技巧的」[2]。當時的聞一多為此還感到「不少的興奮」[3]。為什麼在那時候他不爭辯呢？其中有什麼不好明說的原因？

　　我們也無意與已做古人的聞一多再辯，恐怕應當設身處地去理解他當時的處境與憤懣。

　　二十世紀四十年代的社會環境，對聞一多和那個時期的普通人都造成了嚴重的壓力，使他們不得不面對社會，重估自己的生存重量和位置。

　　那是一個「救亡」的時代，全民都被裹挾到了抗戰的硝煙當中。在那樣的時期裡，需要戰鬥的號角發出高亢的聲音；需要像牆頭詩、街頭劇那樣富於戰鬥力的作品；需要尖刀匕首立竿見影的力量。對那個時代的詩人來說，若他的詩歌形式重於思想，技巧重於內容，就會被人評點為空虛的形式主義者，或舞文弄墨的技巧者。這無異於給他

1　蘇雪林：〈聞一多的詩〉，見《蘇雪林文集》（3）（合肥市：安徽文藝出版社，1996
　　年4月），頁174-184。
2　沈從文：〈論聞一多的《死水》〉，見《沈從文文集》（11）（廣州市：花城出版社，
　　1984年），頁151。
3　聞一多：《聞一多全集》（12）（武漢市：湖北人民出版社，1993年12月），頁253。

的創作生命力判刑，將他劃作一個缺少創造力的匠人，還可能被披上不愛國不關心國家命運的外衣，正直的文人自己也因此會受到良心的譴責。

在這種氛圍下，早年進行愛國活動，又自覺從事過新詩革新運動的聞一多，自然不能默不作聲應對同人和學生們的評點，所以他要抗辯，強調自己先前並不是一個玩弄技巧的人，作詩根本沒有什麼技巧，只是一座沒有能力（技巧）爆發的火山。

事實上也如此。自一九四三年起，和所有的中國人一樣經歷了多年苦難和六年抗戰的聞一多，思想上有了一個較大的轉變：他和「何妨一下樓主人」告別，離開書齋，走下樓梯，走出古老的歷史書籍和古人的教諭，看到故紙堆裡與現實中奔流不息的實際上是人民的血液，喊出的是人民的聲音，擂出的是倔強不屈的鼓聲，他有了和時代同步前進的欲望。這時，他與中國共產黨的地下組織有了接觸，學習了〈在延安文藝座談會上的講話〉。在他的演說、談話和文章當中逐漸添加了新的內容，如他在〈詩與批評〉大綱中提到：文化從個人主義發展到社會主義，詩也不能例外，詩是社會工具的原料，需要對社會負責。在〈時代的鼓手〉與〈西南采風錄·序〉中，他強調詩的先決條件是表現「積極的，絕對的生活欲」。〈詩與批評〉中，他更直接地談到詩人應走的道路——「詩人從個人的圈子走出來，從小我走向大我」。對詩評家，他的勸言是：「我們時代不當要用效率論來批評詩，而更重要的是以價值論詩了」。在〈五四與中國新文藝〉中，他認為「中國新文藝應該是徹底盡到它反映現實的任務」。就在這些多為談論詩歌現實性、功能性的言辭裡，詩人也還是沒全部忘了技巧。在〈宣傳與藝術〉中，他鄭重地談到技巧對於宣傳的重要作用：

宣傳不得法，起碼是枉費精力，甚至徒然引起一些不需要的副作用。或者更嚴重的反作用。宣傳之不可無技巧，猶之乎作戰

之不可無器械，器械出於科學，技巧出於藝術。

聞一多的這番話不是無根由的，因為他看到了這樣的現象：抗戰的宣傳離不開口號，宣傳者只顧宣洩自己的感情，不顧如何將它傳達給別人，所以導致了宣傳者熱情有餘而技巧不足，宣傳卻宣而無傳的結果。從聞一多的這些話中，我們更能聯想起他早期的一些評論和文章，如〈評本學年《週刊》裡的新詩〉、〈詩歌節奏的研究〉、〈《冬夜》評論〉、〈詩的格律〉、〈泰果爾批評〉、〈談商籟體〉、〈論《悔與回》〉等都談到了詩歌建構意象、營造節奏、形成音韻、組織形式等方面的技巧，而且強調詩歌的情感需要用藝術的手段才能夠表達。聞一多對幻象的營造，對情感的藝術化處理也都進入了我們的文學研究視野中。因此，聞一多在致臧克家的信中申明自己缺乏技巧，可以說完全是主觀上有心的掩飾，我們也就不必再和這位二十世紀四十年代的聞一多一樣避而不談了。

客觀地說，僅從聞一多對其他藝術種類吸收的情況看，我們就能夠發現在他的詩歌創作技巧方面，有「三化」的特徵：即詩歌的戲劇化、音樂化和美術化。

第一節　詩歌的戲劇化

「新詩的戲劇化」這一理論術語在中國較早提出並有意識概括這種現象的，是一九四八年聞一多的聯大學生袁可嘉。袁可嘉在《新詩的戲劇化》[4]中，注意到中國新詩發展的三十年中，出現了兩大類型：一類是說明自己強烈的意志或信仰；另一類是表現自己某一種狂熱的感情。它們都希望通過詩篇有效地影響別人的意志或信仰，然而忽視了「詩的惟一的致命的重要處卻在過程」。同時，他也注意到新詩出現

4　袁可嘉：《論新詩的現代化》（北京市：生活・讀書・新知三聯書店，1988年）。

了另一種苗頭，即「設法使意志與情感都得著戲劇的表現，閃避說教或感傷的惡劣傾向」，他以為，這個苗頭就是「新詩的戲劇化」。一九四〇年代的詩中，新詩的戲劇化已逐漸成為一種突現於詩壇的現象，現在的研究者普遍認為，這一現象從里爾克、奧登等西方的現代詩人那裡引進。但是，還有許多研究者都注意到，中國的詩歌在此之前，也就是在二、三十年代的徐志摩、聞一多等新月詩人的詩歌創作裡已經表現得比較顯明了。朱自清於一九四六年，在文章中更早談起過「詩歌的戲劇化」，他的說法與袁可嘉不大相同：他認為詩歌戲劇化就是朗誦詩歌，邊朗誦邊表情，邊動作，還帶有著戲劇性。這種詩歌的朗誦活動是在抗戰前發生的，可以推到詩歌的音節的試驗時期[5]。要論聞一多二、三十年代的詩歌戲劇化，朱自清的觀點更為契合。

聞一多的詩歌戲劇化絕非偶然的出現，與他對戲劇的愛好有著不可忽略的關係。[6]

聞一多的戲劇活動，始於清華學校讀書期間。那時，聞一多的興趣在於編寫劇本，推敲臺詞，由他編寫的短幕戲劇常在比賽中獲獎。並且，他還熱衷參加戲劇演出活動。據記載，他先後出演過革命黨人、差役、律師，還男扮女裝，演過伍澹階之母，在笑鬧劇中曾飾演過一頭競走獲勝的驢子。同時，他還身兼全校性文藝團體「遊藝社」（即後來的新劇社）的副社長，總是興致勃勃地參與清華的戲劇活動。只是當時的戲劇演出，多為愛美劇，他們創作沒有明確的目的，既不追求戲劇的宣傳效應，也不是為了嘗試戲劇改革，還停留在自娛自樂的遊戲性質上面。

聞一多真正參與中國現代戲劇的改良是在他的留學時代。一九二四年聞一多轉入紐約藝術學院，結識了後來在中國現代戲劇史上頗有

5　朱自清：《朱自清全集》（3）（南京市，江蘇文藝出版社，1996年），頁185。

6　以下有關聞一多戲劇活動的文字參考聞黎明、侯菊坤編：《聞一多年譜長編》（武漢市：湖北人民出版社，1994年7月）。

成就的趙太侔、熊佛西、余上沅等人。當時趙太侔赴美專攻戲劇，而熊佛西早在國內燕京大學讀書時就已投身戲劇界，與茅盾、歐陽予倩組織過民眾戲劇社，余上沅為紐約哥倫比亞大學研究生，專攻西洋戲劇文學和劇場藝術。聞一多也具備了從事戲劇工作的才華和素質：一是他有了初步的演劇、編劇經驗；二是他的演講才能為做演員打好了基本功；三是繪畫學習與詩歌創作培養了他布置舞臺和化妝的技能與抒發感情的技巧；再就是有了一批趣味相投的友人，時常切磋、磨煉，激發起他的興趣。與這群戲劇愛好者、研究者們認識不久，他們就合作排演了《牛郎織女》和《楊貴妃》等劇，之後，還成立了「中華戲劇改進社」，並由余上沅執筆，寫信給當時的文化界領袖胡適，請求在北京大學開設「戲劇傳習所」，先作戲劇實驗，待時機成熟，再建立北京藝術劇院，展開國劇運動。

　　一九二五年六月，這群有志於戲劇改革的同人們相約回國，聞一多為此中斷了還可學習兩年的留學生涯，提前歸來。為讓北京成為國劇運動的中心，他們謝絕了戲劇中堅分子洪深與歐陽予倩在上海的挽留而懷著熱情北上，一個月後便草擬了〈北京藝術劇院大綱〉，設想建立集學習與演出兼顧的劇院，振興中國的戲劇文化事業，推動中華文化的發展。

　　為了劇院計畫的實施，一九二五年八月一日，聞一多赴了新月社的一個午餐約會，邀請人是徐志摩，被約人還有胡適、陳西瀅、丁西林、蒲伯英等這些與中國現代戲劇有關的人物。據說，新月社的音樂家蕭友梅從法國人那裡得到四十萬的援助，準備用來資助建設劇院。在徐志摩的推薦下，聞一多還承擔了他平生的第一份正式工作，在北京美術專門學校（後改為藝術學院）任職。任職期間，他與同為教授的余上沅努力爭取設置了劇曲、音樂兩系，使歷來鄙為江湖雜耍的戲劇得以「升為正室」，如洪深所言：「這是我國視為卑鄙不堪的戲劇，與國家教育機關發生關係的第一朝」。從此，戲劇成為官方認可的一種

文藝類型。大而言之，中國現代戲劇教育事業的真正發展由此時始。

　　接下去又有了一件值得寫入中國戲劇史的事。一九二六年六月二十八日，繼《晨報・詩鐫》之後，《晨報・劇刊》創刊了，聞一多與趙太侔都為主編余上沅組稿，並為小劇院的建設作準備，集合「可能的精力與能耐從事戲劇的藝術」。在該刊上聞一多發表過一篇重要的論文〈戲劇的歧途〉[7]。論文探討了中國戲劇的發展狀況，其中談到中國的戲劇存在著一個重要的問題：「第一次認識戲劇既是從思想方面認識的，而第一次的印象又永遠是有權威的，所以這先入為主的『思想』便在我們腦筋裡，成了戲劇的靈魂。從此我們彷彿說思想是戲劇的第一個條件。」這一重要問題導致了中國的戲劇收成不好，表現在「中國的戲劇缺少動作，缺少結構，缺少戲劇性，充其量不過是些能讀不能演的 "closet drama"」，而且，「因為把思想當作劇本，又把劇本當作戲劇，所以縱然有了能演的劇本，也不知道怎樣在舞臺上表現了」。因此，聞一多強調藝術應達到的「純形（pure form）」這一最高目的，作為綜合性藝術的戲劇，除表現包含文學的那部分內容外，還要注意表現「屬於舞蹈的動作，屬於繪畫建築的布景，甚至還有音樂」。這篇文章再一次證明了聞一多的藝術觀：一方面承認各門藝術具有可以融匯的可能，另一方面追求藝術的純形，保持藝術的本來特徵。他的詩歌戲劇化、音樂化和美術化無不是這種藝術觀的體現。

　　為了謀生，一九二七年起，聞一多離開了北京，過上了以大學任教、研究學術為主而向內轉的生活。身在故紙堆中，與之相視而笑的不是觀眾而是沉默的古人。

　　再一次燃起對戲劇的熱情是在一九三〇年代末，那時的聞一多已是西南聯大的文學教授，經歷過戰爭中逃難、困苦中求生。一九三八年十一月，聞一多積極地參與抗戰話劇《祖國》的舞臺設計和製作。

7　聞一多：《聞一多全集》（2）（武漢市：湖北人民出版社，1993年12月），頁147-150。

一九三九年七月，聞一多給曹禺去信，動員他出來導演自己的劇本《原野》。聞一多發揮他從前的特長，負責該劇的舞臺美術設計，並在劇中人物的服裝設計上大展其才華。藝術上的精益求精和戲劇內容的本身魅力，使《原野》和另一部戲《黑字二十八》轟動了這個遠離前線的閉塞的城市。朱自清當年就在《今日評論》雜誌上說：「這兩個戲的演出卻是昆明一件大事，怕也是中國話劇界的一件大事。」[8]一九四三年，聞一多還與楊振聲、孫毓棠等同事參與了西南聯大中文系的《風雪夜歸人》的演出，他又繼續發揮他的舞臺設計才能。在他離世之前，還將學術成果與戲劇結合起來，完成了《《九歌》古歌舞劇懸解》的編劇。

我們還應想起聞一多對近現代西方詩歌、詩劇的興趣和熱愛。在詩歌與戲劇的關係上，歐美文學有一個不同於中國文學的特點。在中國，戲劇文學大約於元代以後才正式產生，而詩歌在此之前就已有自己的獨立形態。在歐美文學的傳統裡，詩歌戲劇是一家，戲劇習慣性地用詩體或韻文寫成，即是詩歌也帶有較多的敘事風格。從文學的來源上看，聞一多受到歐洲詩劇的影響較大，如歌德的《浮士德》、莎士比亞的《哈姆雷特》等，甚至還有十四行詩的影響。眾所周知，歐洲的詩劇除語言的抒情性之外，還富有情節的張力，遵循起承轉合的範式，充滿著濃郁的戲劇色彩。聞一多的某些詩篇在抒情方式上更接近歐洲的詩劇樣式，具有在中國傳統詩歌中不曾看到的新特徵。

但是，聞一多參與的多是中國形式的戲劇演出與編劇活動，他和同伴們盡量使演出符合中國觀眾的審美需要。這也無形中影響到他的詩歌創作，中國式的戲劇欣賞形式直接投射到詩歌的語言、語調、節奏、情節以及塑造的抒情主人公形象上。可以說，聞一多詩歌的戲劇化最終體現為中國式的戲劇化。

8　朱自清：〈《原野》與《黑字二十八》的演出〉，轉引自聞黎明、候菊坤編：《聞一多年譜長編》（武漢市：湖北人民出版社，1994年7月），頁579。

　　對於戲劇，我們都有所了解：就一般的戲劇來說，戲劇劇本是戲劇演出的首要必備物，演員、觀眾、舞臺與時間都為演出至關重要的因素。對劇本而言，重要的是故事的情節，由複雜的矛盾推動戲劇的發展，帶來一個又一個的起伏。劇中人物要形象鮮明，有時僅有情節還不夠，人物的動作也不可忽視。劇中的臺詞同樣是關鍵的組成部分，它們或隱或顯都塑造著人物的性格。尤其在詩劇中，對臺詞的要求更加嚴格，幾乎每一段臺詞，無論是獨白或對白，都可以成為獨立的詩篇。蘇珊・朗格和 E・R・本特利所認為的「一切戲劇藝術都是為了達到某個目的──正確地表現一首詩──的手段」[9]，說的也正是這個意思。

　　袁可嘉在〈新詩的戲劇化〉中曾指出了詩歌戲劇化的三個方向：一是比較內向的作者努力探索自己的內心，把思想感覺的波動借對於客觀事物的精神的認識而得到表現；二是比較外向的詩人常通過心理的了解把詩作的對象搬上紙面，利用詩人的機智、聰明及運用文字的特殊才能把它們寫得栩栩如生，而詩人對處理對象的同情、厭惡、仇恨、諷刺都只從語氣及比喻上表現，從不坦然裸露；三是寫詩劇，配合現實、象徵、玄學的綜合傳統。如果要用袁可嘉所指出的三個方向去審視聞一多的詩歌，將二者套合是件非常容易的事。我們可以說聞一多的〈夜歌〉、〈什麼夢〉等詩歌屬於第一個方向，這類詩通過物象、意象等場景描寫而得到詩人內心的「思想感覺的波動」；〈聞一多先生的書桌〉等可以看作為第二個方向的詩歌，聞一多用了機智的筆法使他桌面上的靜物都開口講話，對馬虎的主人怨聲沸騰，詩人的幽默也都全部體現在這凌亂的靜物當中；〈七子之歌〉、〈園內〉等作品配合現實、象徵、玄學的綜合傳統，當屬第三個方向。然而不可如此簡單地認為這就代表了聞一多的新詩戲劇化。聞一多的新詩戲劇表現

9　轉引自蘇珊・朗格：《情感與形式》（北京市：中國社會科學出版社，1986年），頁377。

在其詩歌的語言、傳達感情的方法、情節的構成都帶有戲劇的某些特點。

　　例如，聞一多將閱讀的詩轉向為口誦的直觀的詩，或者說是由文字的詩轉向為可感的詩。

　　藝術史告訴過我們，在初民的藝術中，詩樂舞是不分家的，它們具有一定的節奏性和形象性，有著貼近生活的想像。就詩歌而言，它起初靠口口相授流傳下來，可吟可唱，有它自身的韻律，方便記憶，這時的詩歌為聽覺型的。至文字產生後，詩歌有了固定的文字記載，卻沒有革棄其可吟可唱的特點，而是在文人的記錄和整理當中加以規範化，有的甚至突出其音韻的統一性，如中國的《詩經》便是這樣保留下來的。隨著文人自覺的創造意識覺醒，詩歌的體式逐漸形成，西詩的商籟體和中詩的格律體都是文人自覺創造意識的產物。體式的建立，頗有點像遊戲規則的設立，在遊戲人知曉規則的情況下，遊戲才可以進行。詩歌創作同樣如此：當創作者和閱讀者都掌握了詩歌的寫作原則，明白掌握詩歌的體式構成，詩歌的寫作也就成為一項特殊性的工作。自由白話詩雖然在五四時期取得了不可抹煞的成就，但是，詩歌原則在體式上的撤除，使很多讀者一時難以進入詩人的內心，把握其情緒波動的內在律。讀者一旦失去既定的解詩方式，就可能失去對詩歌的審美興趣，詩人也就可能因此失去讀者。接受美學告訴我們，文學作品系統存在著作者——作品——讀者這樣一種相互依存相互決定的關係，只要其中的一個環節出了差錯，文學的接受很可能就變成不可接受。這樣說來，作者和讀者之間要有互相溝通的橋梁，不僅在作品的內容上要力圖求得共鳴，而且在閱讀時作者還要提供解讀的線索給讀者。拿新格律詩與現代的自由體詩來說，新格律論的提出，讓讀者覺得詩歌的審美評價有了規律可依，而自由詩主張因其各執己見，則讓需要引導的大眾讀者陷入暫時無法判斷的混亂狀態之中。所以，聞一多和饒孟侃們在聽覺上強化詩歌的功能，如要求音尺

相對整齊，加強節奏感，實際上也是在謀求作者與讀者在一定程度上的契合，使雙方在作品中達成一致的審美觀。對作者來說，這樣才能夠實現他預想得到的審美效應；對讀者來說，這樣才可以與作者進行心靈的審美交流。

我們還知道，語言的節奏與個人的氣質、語言習慣有著密切的關係。在新月詩人中，朱湘的個性沉鬱，用詞典雅，他的詩歌頗具古典婉約的風味；徐志摩自由率性，用詞繁縟，他的詩歌充滿了富麗光豔的貴族氣息。聞一多的詩歌與他們的相比，因其性格剛烈，用詞急促、幹練，他的詩歌充滿了陽剛的士大夫之氣。所以朱湘詩歌的節奏，適於拍著小板一字一眼地淺吟低唱，宜吟；徐志摩的詩歌即似演奏的小提琴曲，自在悠揚，宜奏；而聞一多的詩歌中更浸透鑼鼓般有規律的響聲，宜誦。抑揚頓挫的語調與情緒飽滿的節奏感，也正是戲劇臺詞道白的要求。

朱自清說過：朗誦詩要注重聲調和表情，朗誦詩「的確得是戲劇化的詩」[10]。我們因而也可以根據聞一多詩歌語言上的戲劇化特點，將他的詩歌按照戲劇臺詞的分類來劃分類型：獨白型、旁白型和對白型。

獨白型的詩歌有：〈你指著太陽起誓〉、〈口供〉、〈收回〉、〈大鼓師〉、〈狼狽〉、〈你莫怨我〉、〈你看〉、〈也許〉、〈末日〉、〈春光〉、〈我要回來〉、〈心跳〉、〈一個觀念〉、〈發現〉、〈祈禱〉、〈一句話〉、〈洗衣歌〉等。

獨白型的詩歌一般是以第一人稱「我」為主，詩中雖也可能出現第二人稱「你」，但那是一個虛擬的聽眾，或是「我」講述當中的一個戀人、愛人等。這樣的人稱設置，從詩歌的效果上來看，目的是讓「我」在獨白的時候有一個密切的傾聽對象，「你」與「我」之間的

---

10 朱自清：《朱自清全集》（3）（南京市：江蘇文藝出版社，1996年），頁255。

假設關係則更能增添詩歌的親和性，甚至超乎演員與觀眾的關係，拉近抒情主人公和讀者的距離，而且又不至於讓抒情主人公處在那種只顧自娛自樂、自言自語或自我欣賞的演出中。

獨白型的另一個特色是：在語言的抒發時呈露抒情者「我」的喜怒哀樂，情感很少掩飾，爆發強烈，幾乎由口語入詩，反問和感歎的語氣皆由情緒帶出。

如〈你指著太陽起誓〉，詩人使用了大量口語中急促的短語，加上簡潔的語氣助詞和反問句式，還有將長句攔腰間斷的方法，把抒情主人公的那種猶疑、激動、厭惡和極端不信任的情感托盤而出。由於「你」的存在，「我」的每一句獨白中都充滿了暗示，這也是類似戲劇臺詞的地方。

據心理學家對聲音分析，聲音的強弱變化會使聽眾產生一定的心理變化，反差大的話還會導致聽眾的情緒出現不穩定的狀態。聞一多意識到了這一點。沈從文曾經在〈談朗誦詩〉中說起聞一多及新月詩社的社員們一起開展的朗誦活動：「在客廳裡都是供多數人聽，這種試驗在新月社已有過。……結果所得的經驗是，凡看過的詩，可以在本人誦讀中得到一點妙處，明白用字措詞的輕重得失。……聞先生的〈死水〉、〈賣櫻桃老頭兒〉（筆者注：即〈罪過〉）、〈聞一多先生的書桌〉就是在那種能看能讀的試驗中寫成的。」[11]朱自清曾幾次說到過聞一多熱衷於朗誦詩：「聞先生很喜歡朗誦詩。在昆明西南聯大，有一次他朗誦艾青的〈大堰河〉，這首詩是艾青早年的作品，是懷念一個奶媽的詩，寫得並不頂好。可是由於聞先生那適於大庭廣眾的聲調，確把作者原來沒能表現出的意思都朗誦出來了。」[12]另有一次又在〈論朗誦詩〉的一篇文章中談到聞一多的朗誦效果：「聽的詩歌跟

---

11 轉引自聞黎明等編：《聞一多年譜長編》（武漢市：湖北人民出版社，1994年7月），頁300。
12 朱自清：《朱自清全集》（4）（南京市：江蘇文藝出版社，1996年），頁468。

看的詩歌確有不同之處：有時候同一首詩看起來並不覺得好，聽起來卻覺得很好。」其中再一次談及〈大堰河〉的閱讀並沒能引起他的注意，而聞一多的朗誦，「從他的抑揚頓挫裡體會了那深刻的情調，一種對於母性的不幸的人的愛，會場裡上千的聽眾也都體會到了這種情調，從當場熱烈的掌聲以及筆者後來跟在場的人的討論可以證實」[13]。沈從文和朱自清的追述分別告訴了我們：聞一多認識到詩不僅僅是閱讀的，詩還是朗讀的，憑著他的表演才能和寫作才能，他一直在有意識地試驗詩的朗誦和詩的戲劇化，二者是相結合的。

在戲劇化的寫作中，為加強節奏、強化情緒，聞一多一般在戲劇化的詩歌中將輕重音的詞語相間排列，以取得朗讀時的情感張力和振動力。

我們不妨來看一下〈洗衣歌〉中的一小節，在這首獨白型的詩歌裡，朗誦的傾向表現得十分的鮮明：

（一件，兩件，三件，）
〔＃ ‧／＃ ‧／＃ ‧〕
洗衣　要　　洗乾淨！
〔＃ ‧／＃／＃ ‧ ‧〕
（四件，五件，六件）
〔＃ ‧／＃ ‧／＃ ‧〕
熨衣　要　　熨得平！
〔＃ ‧／＃／＃ ‧ ‧〕

這一節詩看上去像是大白話，經詩人這樣一排列，便出現了一種不同於純粹口語的效果，它的抒情性可以從詞的輕重排列中感覺出來。

---

13 朱自清：《朱自清全集》（3）（南京市：江蘇教育出版社，1996年），頁255。

　　首先，我們要重讀的是詩歌中的數字，「一、二、三、四、五、六」，數字之後的量詞「件」因它本身的音調為四聲，又放在單詞的末尾，可以讀成如語氣詞那樣的輕音。因而，在讀數字的時候形成明顯的輕重相間的節奏感。詩歌的第二句和第四句在音尺上是相等的，詩句的句式和語法結構都類似，在朗讀時便可以形成另外一個有別於數字詩句的輕重音節奏。在詩句中「要」字重讀，將詩的節奏分成三個部分。如果說一三句的節奏是「＃‧／＃‧／＃‧」，一重一輕的勻稱的二二拍，像幾段短線的結合，那麼二四句的節奏則是「＃‧／＃／＃‧‧」，相對來說，這兩句的輕重音在單句中有點像是一段弧線，從低音處發音然後升至高音，到達「要」字後，馬上隨字音下降。就單句本身的節奏而言，它不是按規則排列的，需要和另一個句式的呼應才構成它的整齊性。所以，二四句就形成了對應的句子，詩歌的節奏因此也顯得整齊並有一定的規律，朗讀時富有韻律感，有助於詩人表達憤憤不平的情緒。

　　強調某個詞，重複它，或者不斷地加強語氣重讀，擴充它的緊張度，不但能夠增添詩歌的抒情效果，還可以使節奏更加和諧，在朗讀時富有強烈的震撼力。例如〈一個觀念〉中對「你」和「一」的強化：

> 你 雋永的 神秘，你 美麗的 謊，
> 你 倔強的 質問，你 一道 金光，
> 一點兒 親密的 意義，一股 火，
> 一縷 飄渺的 呼聲，你 是什麼？

　　這幾句詩，由一個個毫不關聯的意象群組成，而「你」和「一」好似兩把梭子，在句中穿插織網，這是詩人借助了西詩在句中押韻的一種方式，突出詩歌的韻律，並加深讀者對於它們的印象。從詩歌的語法上分析，詩句也不合乎漢語的文法。如在前面詩句中四個連續的

「你」之後，直接跟上的是賓語，缺少了一個作為聯繫的詞「是」。而在後兩句中，又省略了主語和謂語「你」和「是」，這樣的省略作法，也是西式的，在詩歌中有它的特權，朗讀時尤有它獨特的韻味。如「你」和「一」本是押韻的兩個詞，它們錯落在詩句中，就彷彿用線串起了許多珠子，而且一般是在句首形成韻調。同時，詩歌的尾字也講究押韻，這樣就使詩句的韻律感十分強，詩的意象依靠形式也有了相聯的可能。此外，聞一多還在音尺上下了一定的功夫，如以上的排列，我們可以看到詩歌的第一、二句安排了四個音尺，第三、四句有三個音尺，這樣，詩歌的語感頗顯和諧。

　　獨白型的詩歌動作性強，並且帶有戲劇舞臺上的誇張意味，這當然也是為了配合情感的抒發。〈發現〉這首詩中尤為明顯，好像詩中的每一個動詞都趕來參加演出，肯定詞與否定詞個個都是那麼毅然決然：

　　　　我來了，我喊一聲，迸著血淚，
　　　　「這不是我的中華，不對，不對！」
　　　　我來了，因為我聽見你叫我；
　　　　鞭著時間的罡風，擎一把火，
　　　　我來了，那知道是一場空歡喜。
　　　　我曾見的是噩夢，那裡是你？
　　　　那是恐怖，是噩夢掛著懸崖，
　　　　那不是你，那不是我的心愛！
　　　　我追問青天，逼迫八面的風，
　　　　我問，拳頭擂著大地的赤胸，
　　　　總問不出消息；我哭著叫你，
　　　　嘔出一顆心來，你在我心裡！

　　加了著重號的動詞，都應該重讀，這樣才能夠突出詩人預設的效果。如果動詞也可以像美學風格一樣分成陰柔或陽剛，像英語中的動詞一樣分成主動和被動的話，那麼，這首詩中的動詞則可以看成是陽剛的、主動的。

　　聞一多曾把田間的詩歌比作是「鼓聲」，他自己的這首詩則像京劇當中的快板聲，引起朗讀的人一陣又一陣的激烈情感。假如我們有幸親耳聆聽詩人自己的朗誦，我們一定會看到舞臺上的詩人用盡每一個眼神，每一塊肌肉，手舞足蹈。他的聲音會像是經過了長久的醞釀，似剛衝出爐膛的躍竄的火焰，以情感作為他的不竭的燃料。蘇珊・朗格認為戲劇是「以動作為形式」[14]的詩歌，而這樣的詩卻可以形成「以動作為形式」的戲劇。

　　旁白型的詩歌有：〈什麼夢〉、〈你看〉、〈忘掉她〉、〈淚雨〉、〈死水〉、〈黃昏〉、〈夜歌〉、〈荒村〉、〈飛毛腿〉、〈聞一多先生的書桌〉等。

　　旁白型的詩歌與獨白型不同的是：獨白型的抒情主人公是「我」，「我」直接向傾聽者「你」或設想中的觀眾坦露自己的情懷，在節奏上強調或動作上誇張來引起「你」或觀眾的注意。旁白型的主人公則可能是「我」，也可能不是「我」，如〈什麼夢〉與〈淚雨〉中，詩歌就沒有出現第一人稱的主人公，詩中的主人公分別是「她」與「他」──都是第三人稱。但是，在〈你看〉和〈荒村〉等詩中，雖然沒有標明誰是詩歌的抒情主人公，可詩歌本身就像是戲劇的畫外音，給觀眾講述一個故事或一種情景，也不難判定抒情者就是顯在於故事和事件之外的講述者。所以，旁白型的詩歌中即使也同樣有「我」的存在，表達的情感卻有一定的節制，帶有旁觀者的色彩，情感的流露也因對故事或事件的道德判斷引出。在無「我」的詩中，情感則更像有風雨衣的包裹，如〈聞一多先生的書桌〉、〈夜歌〉、〈黃昏〉、〈死水〉等，儘管詩人要傳達他的心聲，由於對藝術的含蓄追

───────────────

14 蘇珊・朗格：《情感與形式》（北京市：中國社會科學出版社，1986年），頁373。

求，情感都躲進了風雨衣之內，內心的波動要掀開風雨衣的遮蓋才能感覺。這層風雨衣，便可以說是藝術的技巧，包納象徵的手法，比如製造奇特的聯絡，在人類世界的周邊去尋找情感的對應物等。

旁白型的詩歌若要細分，我們還可以繼續分成描述型旁白和講述型旁白。

描述型的詩歌是抒情主人公對所見到的事情或物體的一種敘述。這種描述很可能是超逾常人的認識領域的，產生的情感也令常人捉摸不透。表面上看，詩人似乎只注意交代視野中所涉及的事物，並不想放縱自己的情感，在極力收斂它的過程中以致於達到零度的客觀化描述狀態。這類詩歌其實已經具備了現代詩歌的某些特徵。

像〈夜歌〉這首詩，儘管詩人在描述時沒有避開「號啕」、「捶心」等情感化很濃的狀態詞，也直接有「癲蝦蟆只是打著寒噤」，「遠村的荒雞哇的一聲」等恐怖嚇人的意境，但是，抒情主人公完全是隱形的，沒有在詩歌中宣洩自己，而是將自己的心境隱藏在詩句之下，使詩句的表層意義得以更深刻地挖掘。俗話說「話中有話」即是這樣：從所指進入能指，從地表掘進內層。我們也認識到這首貌似寫女鬼或是寡婦的詩歌，實際上渲染了人存在於四周的危機之中，存在於短促的時間和空間之中的一種感受。再如〈死水〉，讀者們之所以給它作出各種各樣的解釋，其中的原因也是因為它的象徵色彩十分鮮明，使詩歌出現了多義性特點。在聞一多的筆下，這一潭死水有著奇異的美，有各種顏色和各種形態，活現在我們的眼前。這一段詩，可以比作是戲劇中的一個成分，為戲劇中的情景交代。表面上，似乎它與人的情感無關，那色調、那景物當中流露出的暗示，還是能為讀者制定一條理解的途徑。

講述型的詩歌不一定是對抒情主人公眼中所見事物的敘述，它多為對事件的敘述，有一定的長度和它的完整性。在聞一多的詩歌中，〈淚雨〉、〈忘掉她〉、〈什麼夢〉等可以看作是這一類型。它們同樣是

用節奏感很強的語言來講述事件，在抒情的開合上，又大約比獨白型的略收，比描述型的要放得開一些。在情感的表現方式上，詩人將敘述者的情感注入第三者的言行舉止之中，用情景作為注解，表情的形容詞把內心情感轉化為直觀的、可聽見的聲音。

在〈淚雨〉中，詩人講述的就是一個人的「淚」的故事。也許把這首詩當作一幕袖珍戲劇來分析，會增進我們對聞一多詩歌戲劇化的了解。原詩是這樣的：

　　　　　　他在那生命的陽春時節，
　　　　　　曾流著號饑號寒的眼淚；
　　　　　　那原是舒生解凍的春霖，
　　　　　　卻也兆征了生命的哀悲。

　　　　　　他少年的淚是連綿的陰雨，
　　　　　　暗中澆熟了酸苦的梅雨；
　　　　　　如今黑雲密布，雷電交加，
　　　　　　他的淚像夏雨一般的滂沛。

　　　　　　中年的悵惘，老大的蹉跎，
　　　　　　他知道中年的苦淚更多，
　　　　　　中年的淚定似秋雨淅瀝，
　　　　　　梧桐葉上敲著永夜的悲歌。

　　　　　　誰說生命的殘冬沒有眼淚？
　　　　　　老年的淚是悲哀的總和；
　　　　　　他還有一掬結晶的老淚，
　　　　　　要開作漫天愁人的花朵。

在這齣戲中，「淚」可以當作是道具，這一道具當然也顯示了詩歌的長處，它可以把這受著視覺限制的物體用文字定型下來，並使它的瞬間化效果得到延長。閱讀詩歌時我們也看到了，「淚」經歷了五個時期，並以五種「形態」出現，就好似戲劇中的五個場面，即：

一、生命的陽春時節——淚：號饑號寒；

二、少年／酸梅時節——淚：連綿的陰雨；

三、青年／黑雲密布，雷電交加的夏季——淚：夏雨一般的滂沛；

四、中年／秋季——淚：苦、多，像秋雨一般淅瀝；

五、老年／生命的殘冬——淚：悲哀的總和。

這五個場面也就是人的一生。這首詩類似戲劇的地方除了它是旁白型的表述，從內容上來看，它還有與戲劇相似的地方。比如說，嚴格的戲劇要求遵守「三一律」，戲劇的情節集中濃縮。這首詩截取了人生的五個片斷，應該說是比較集中地展現了戲劇化的人生。當然，它是詩而不是真正的戲劇。在具體情節上，它採用的是模糊化處理方式，然而在有限的字數內，它和戲劇一樣再現了一個人的命運軌跡。

對白型的詩歌頗似於戲劇的片斷。一般意義上的詩歌，由於囿於詩人的抒情，很少採用對話體的形式，因為這種形式不便於傳達詩人的情感，可是，戲劇卻主要依借對話完成情感的抒發。聞一多試驗性地在詩歌中進行過嘗試，得益於他的語言功夫深厚。

聞一多在詩歌的語言上依舊是將語言格律化，採用的對白是口語或方言，這樣就避免了把古詩搬上舞臺的那種文縐縐的效果，讀者在閱讀或朗誦詩歌的時候可以感覺出對話者的形象，甚至還會覺得就像在目睹一臺活生生的日常生活戲。

例如〈罪過〉一詩，我們完全可以毫無困難地借助詩歌，作以下劇本式的改寫：

（某年春季。北平的街道上。）

（一位老頭兒挑著擔子在人群中行走，突然，他一個趔趄，和
肩上的擔子一起摔倒在地上）

老頭（爬起來，哆嗦地）：我知道我今日的罪過！

路人甲（關心地）：手破了，老頭兒，你自個兒瞧瞧。

路人乙（惋惜地搖搖頭）：咳！都給壓碎了。多好的櫻桃！

路人丙（驚訝地望著）：老頭兒，你別是病了罷？你怎麼直愣
　　　　著不說話？

老頭（愣愣地，眼神發直）：我知道我今日的罪過。（自言自
　　　　語）一早起我兒子直催我。我兒子他躺在床上發狠，罵
　　　　我怎麼還不出城。

（老頭兒漸漸回過神來，看著地上的櫻桃，憂愁的眼神）

老頭：我知道今日個不早了，沒想到一下子睡著了。這叫我該
　　　　怎麼辦啊？回頭一家人怎麼吃飯？

（人群立刻走散。老頭兒彎腰低頭去拾撿著滿地的白杏兒紅櫻
桃。等他才放到肩上，一個趔趄，又掉了一地。）

　　在這個經過改寫的「戲劇」裡，我們只要增添一點想像，依靠詩
歌的原版和戲劇化的形式，以賣櫻桃的老頭的生活為主要事件的詩
歌，便獲得了一般詩歌並不容易產生的戲劇化效果：即通過對話，交
代老頭兒的生活背景，並且留出了對話之外的想像空白，讓讀者利用
自己的想像力，把對白填充成有動作和情緒在內的情節，從而使詩歌
的效果呈現出來。蘇珊·朗格在論述戲劇的時候說過這樣的一句話：
「從本質上講，戲劇就是一首可以上演的詩」[15]，然而，聞一多的這
類詩剛好從相反的推論上把蘇珊·朗格的論斷推演回去：詩也可以成
為上演的戲劇。

---

15 轉引自蘇珊·朗格：《情感與形式》（北京市：中國社會科學出版社，1986年），頁
　 363。

　　聞一多的詩歌戲劇化的第二個特點就是：注意了作者和讀者的角色交流，這如戲劇中演員注意調動觀眾的情緒，尋求角色與觀眾的情感共鳴。

　　我們已經習慣的文藝理論一般都是從創作與審美兩個分割的理論板塊去觀照一部文學作品，作品往往有兩位「主人」。在創作者的自我意識高度發展時，鑑賞者若要成為創作者的知音，這便需要他靠自身的努力擺脫被安排的被動的讀者角色；在鑑賞者的自我意識高度發展時，創作者有可能被鑑賞者拒絕，創作者和鑑賞者常常可能因為他們的中介──作品而成為一對知己或一對矛盾。可是，戲劇卻有所不同：戲劇演出中，演員和劇本都可以作為中介對觀眾發生作用──作品必須通過演員的傳達，而且演員憑著高超的演技可能修飾劇作中的某些瑕疵和不足，成功地化解劇作與觀眾之間的矛盾。聞一多的戲劇化手段就是在此基礎上完成的：他在詩歌中或明或暗地安排一條邏輯線索，並預置空白點，讓讀者在循著邏輯線索補充暗含的意義時，與詩歌中的人物和作者的情感發生交流共鳴，達到戲劇的高潮和情感的震動。

　　一般的散文和小說也可能採用此法，由於這兩種體裁敘事成分的存在，即使有戲劇化的傾向，也難以使讀者主動地去靠近作者的預置。儘管中國古代詞曲有濃郁的戲劇芳香，可是聞一多的新詩戲劇化還有別於中國古典詩詞曲令，這表現在詩歌的意象上。大多的古代詩詞重意象的層層陳列和橫向疊加，類比式與擴散式的意象形態使詩歌呈散文化的趨勢，而戲劇化的新詩意象是有時間性的，是縱向生發的。

　　為了更好地說明這一點，我們不妨將聞一多的〈大鼓師〉與馬致遠的〈天淨沙·秋思〉作一點比較。聞一多的詩與馬致遠的小令都是描寫遊子之作，都引起過讀者的怦然心動，但它們在表現上不大一樣。先來看看〈天淨沙·秋思〉：

　　　枯藤老樹昏鴉，小橋流水人家，古道西風瘦馬。

　　　夕陽西下，斷腸人在天涯。

　　小令的前三句是鋪陳意象，用秋天獨有的意象來烘托整篇氛圍。第四句則交代時間，最後一句點明詩歌的主旨，將情景合一，表現一個遊子在秋天中望著凋敗的景物，迎著淒涼的秋風，騎著嶙峋的瘦馬在古道上行進，卻望不到家園的哀思。由於小令中沒有直接的抒情主人公出現，從小令的意義上去理解，那位「斷腸人」便可以看作是一個不定代詞，指代「你」、「我」、「他」都行。讀過這首小令的讀者常常會沉浸於作者描寫的情境之中，有時甚至感到自己就是那秋天中無所依伴的迷惘遊子，很大的一個原因即是作者省略了讀者與小令中間的審美距離，小令喚起的並不是讀者的同情心、共鳴，而是對漂泊的切身感受。

　　中國傳統戲劇分成淨、旦、末、丑等角色和臉譜的類型化就是在審美上作出要求，強調觀眾與劇中的人物之間存在審美距離，並不是要把觀眾隔絕在戲劇之外，劇作家和演員都有闡釋劇本並團結觀眾的責任，激發觀眾的審美積極性，但是他們又不能在觀眾席上擔任解說員而消解藝術的感染力。為此，作者必然隱身在戲劇的背後，用十分客觀的態度去營構觀眾的喜怒哀樂。聞一多的戲劇化新詩遵循著這一比較普遍的原則。

　　〈大鼓師〉中，他設置了好幾處與讀者發生共鳴的同情點。這首詩帶有敘事性質，詩歌中突現的不是〈天淨沙・秋思〉中那樣的意境，而是對事件的敘述。

　　詩歌的第一部分便含有第一個預置點：「我」帶著隨「我」周遊的大鼓回到家，久別的妻子迎上來，問「我」會不會唱自己的歌，這時，第一個空白點留下。接著，詩歌描述了「我」要妻子拿來三弦，準備彈奏自己的歌，隨著「灑不盡的雨，流不完的淚」下來，第一個

空白點處產生了第一個同情點——詩歌中第六節「我叫聲『娘子』把弦子丟了，／『今天我們拿什麼作歌來唱？／歌兒早已化作淚兒流了！』」這幾句詩是啟開讀者同情心的關鍵，同時也啟開了讀者的想像。審美距離的造成使讀者不由得隨著詩人的敘述將想像深入下去。離家賣唱、忍淚含笑的酸辛都在這幾句詩中壓縮著。

　　詩的第七節，面對妻子的驚訝與反問，詩歌又生出一個空白點：「怎麼？怎麼你也抬不起頭來？／啊！這怎麼辦，怎麼辦！……／來！你來！我兜出來的悲哀，／得讓我自己來吻它乾。」大鼓師與妻子的談話中，話中有話，它們猶如戲劇當中的潛臺詞，讓讀者感到妻子在大鼓師離家之後，遭遇的同樣是人間的白眼和淒涼，而詩歌只用幾句對話就將這份屈辱掩蓋過去。

　　當大鼓師的自悔與自懺湧上心頭時，第八節自然地開始了對妻子的讚美與依戀，使戲劇中一個小小的緊張高潮過去。然而，第九節又為讀者留下了第二個期待答案的空白點：「縱然是刀斧削出的連理枝，／你瞧，這姿勢一點也沒有扭。／我可憐的人，你莫疑我，／我原也不怪那揮刀的手」。詩中的「刀斧」和「揮刀的手」，很顯然是一個有所指的隱喻，話題由唱曲而轉到了大鼓師和妻子的關係上，暗示著他們的婚姻是一場被人安排、被人指派的婚姻。這樣的婚姻對於當事者如何呢？

　　第十節和第十一節又安排了同情點，化解兩人之間不甚諧和的關係，傾吐相濡以沫的感情，於是，詩歌的語言變得抒情起來：「你不要多心，我也不要問，／山泉到了井底，還往那裡流？／我知道你永遠起不了波瀾，／我要你永遠給我潤著歌喉。／／假如最末的希望否認了孤舟，／假如你拒絕了我，我的船塢！／我戰著風濤，日暮歸來，／誰是我的家，誰是我的歸宿？」這一番對溫暖渴望的傾訴極容易打動敏感的讀者，恐怕與《天淨沙·秋思》中的「斷腸人」的「秋思」有異曲同工之妙，都引起讀者的同情。第二次共鳴的高潮在此又一次產生。

　　詩歌的最後一節則把共鳴點推向了情感的頂峰，詩人表達了一對患難夫妻的真情：「但是，娘子啊！在你的尊前，／許我大鼓三弦都不要用；／我們委實沒有歌好唱，我們／既不是兒女，／又不是英雄。」情感似怨憤，似無奈，怨憤是社會、家族造成，無奈又是生活所逼，因而詩歌寫到這裡，讓讀者感到大悲無聲的痛徹。這一空白點再一次點燃了同情之火，將讀者和大鼓師的情感拉近而獲得共鳴。這首詩的成功要歸功於詩人精心設置的空白點。

　　像一位導演，把一件凡人小事設計成一件有吸引力的戲劇化的詩歌，聞一多在這一方面是有開創性的。預設空白點來引起讀者共鳴的戲劇化的方法，在〈什麼夢〉、〈欺負著了〉、〈漁陽鼓〉等詩歌中也有應用，此處不一一例舉。

　　聞一多還寫過一些類似劇詩的詩歌，如〈醒呀！〉與〈七子之歌〉等。這些詩歌在形式上近似戲劇，比如說詩歌中定下了各位角色，但是，各種角色又不像戲劇中的那樣，有各自的性格和形貌，它們不一定指代具體人物。〈醒呀！〉裡面的角色有五個：漢、滿、蒙、回、藏等少數民族；〈七子之歌〉中的角色是被殖民主義者侵占的澳門、香港、臺灣、威海衛、廣州灣、九龍、旅順、大連等地。此外，詩人給角色以抒情的詩性臺詞、複沓排比的表現形式，使詩歌在朗誦時具有鮮明的感染性。這些詩歌的美學效應與一般的哲理詩不同，它的一部分工作是在讀者的朗誦中完成的，這時的詩人就像是編劇兼導演，讀者需要付出的是演員式的聲情並茂，才能夠到達詩人建築起來的情感彼岸。

第二節　詩歌的音樂化

　　詩歌與音樂儘管是兩門不同類型的藝術，人們卻喜歡研究它們之間的關係，對它們進行比較。唯美主義詩人愛倫・坡說過「文字的詩

可以簡單界說為美的有韻律的創造」，他還說「也許正在音樂中，詩
的感情才被激動，從而使靈魂鬥爭最逼近那個巨大的目標。」[16]美國
詩人愛默生（Ralph Waldo Emerson）也頗看重詩與音樂的關係：「因
為詩在世界存在之前就被寫好了。只要我們被賦予敏銳的感官，能深
入那個滿是音樂氣氛的領域裡，我們就可以聽到那些原始的歌聲，想
把它們寫下來。」[17]這因為詩歌是情感的抒發，而音樂又是情感的歌
唱。所以，以情感為連接紐帶，詩歌和音樂能夠聯姻，歐洲藝術巴羅
克時期普賽爾的歌劇《女先知》中的第一段獻辭中也說過，詩歌和音
樂「一起登場時，肯定是引人入勝的，因為沒有任何事物比她們這兩
方面的結合更完滿的了，因為她們此時所顯現的就好比一個人靈魂的
和美」[18]。

　　在聞一多的詩學思想中，詩歌與音樂經過了一個怎樣的戀愛季節
才聯姻的呢？這個問題說來話長，還有些爭議。

　　一九二六年，朱湘寫了一篇〈評聞君一多的詩〉，指責聞一多的
詩中，只有〈太陽吟〉一篇算是「有音節」，〈漁陽曲〉的章尾不過是
「一種字音的有趣的試驗，不上音節」，他還斷定聞一多的詩歌有一
個「致命傷」──「便是音樂性的缺乏」，並說「無音樂性的詩！這
絕不是我們所能想像得出來的。詩而無音樂，那簡直是與花無香氣，
美人無眼珠相等了，那時候如何能成其為詩呢？」[19]

　　朱湘評論的偏頗是明顯的。聞一多並不如朱湘所說的那樣，忽視
詩歌與音樂的關係。相反，聞一多對此向來比較重視，後來還形成了
較為系統的音樂化詩學理論。

　　這一理論始於詩的音節化。

16 趙澧、徐京安主編：《唯美主義》（北京市：中國人民大學出版社，1989年），頁67。

17 伍蠡甫主編：《現代西方文論選》（下）（上海市：上海譯文出版社，1987年），頁490。

18 轉引自蔣一民：《音樂美學》（北京市：東方出版社，1991年），頁26。

19 朱湘：〈評聞君一多的詩〉，《小說月報》17卷5號（1926年5月10日）。

　　在早期的詩論裡，聞一多基本上沿循著傳統的詩歌形式批評法則，對詩歌的音節、節奏、押韻和煉字進行操作上的品評，音節論算是其中一環。就新詩評論方式來說，音節論並非為聞一多獨創，不從古代推論，僅就現代的新詩壇而言，胡適等人就是他的先驅。胡適的〈談新詩──八年來一件大事〉中有不少文字談到新體詩歌的音節，如「押韻乃是音節上最不重要的一件事。至於句中的平仄，也不重要」，「詩的音節全靠兩個重要的分子：一是語氣的自然節奏，二是每句內部所用字的自然和諧」。他還認為，新體詩中也有用舊體詩詞中雙聲疊韻的方法寫作的，新詩音節趨勢是朝「自然的音節」方向走[20]。

　　聞一多的音節論相對說來還比較粗略零碎，一般在點評詩歌的時候才有所談及。在音節觀上，他還沒有完全脫去舊體詩的評論模式，如他也是從聽覺上、從音調的悅耳鏗鏘與否來判定詩歌是否優美。〈評本學年《週刊》裡的新詩〉中聞一多對〈一回奇異的感覺〉的新詩音節評價是：「……這首詩調底音節也極好。第一節第二句底兩套雙聲尤其鏗鏘。周君自己曾講過，『──森森──松』『疊疊──潭──』很合調。那回作首彈棉詩，這韻定須記取。」[21]由聞一多的這段評論我們看到，他襲用的仍是舊體詩的評論方式，靠感覺和印象來分析詩歌，注意舊體詩靠吟誦來顯示音節，雙聲疊韻是加強舊體詩音節的一種方法。不過，在五四新詩壇運作伊始，像《女神》這類開一代自由詩風的新詩還未誕生之前，這樣的評論也並不算落伍。

　　因為音節的審美是訴諸感官上的審美，所以聞一多有關音節的印象論點在講求縝密邏輯的今天看上去十分的感官化、印象化。這還可從以下摘要的幾段文字中看出：

　　一、鑼鼓式的音節決定學不得。樂府，詞，曲底音節比較地還可

─────────────────

20 胡適：〈談新詩──八年來一件大事〉，楊匡漢、劉福春編：《中國現代詩論》（上）（廣州市：花城出版社，1985年），頁8-10。

21 聞一多：《聞一多全集》（2）（武漢市：湖北人民出版社，1993年12月），頁41。

以借用，詩的音節絕不可借。(〈評本學年《週刊》裡的新詩〉)

　　二、我們若根本地不承認帶詞曲的音節為美，我們只有兩條路可走：甘心作壞詩──沒有音節的詩，或借用別國底文字做詩。(〈《冬夜》評論〉)

　　三、音節繁促則詞句必短簡，詞句短簡則無以載濃麗繁密而且具體的意象。──這便是在詞曲底音節之勢力範圍裡，意象之所以不能發展的根由。(〈《冬夜》評論〉)

　　如果我們將這三段文字結合起來，可以看出他的三種主要的詩歌音節觀：其一，從新詩音節與古詩和古代詞曲的一些關係看，他認為新詩不應向舊詩學習，而應取法詞曲的音節，但詞曲的音節也造成詩歌的意象少濃麗繁密，且不夠具體。其二，從音節與詩的關係看，他簡單地認為沒有音節的詩是壞詩。其三，從詩的節奏上論，他覺得詩的音節不能像鑼鼓般的繁促和簡短。

　　這些觀點，很大程度上是聞一多依靠他的個人閱讀經驗提出來的。在談到音節時，他並沒有抓住現代漢語與古代漢語之間的差異和變化，僅用古代漢語作為詩歌的語言形式。例如，他過分重視詩歌的外在節奏，只承認詩歌因有音節才有節奏，忽視了新詩的內在律也可以構成詩的節奏；在節奏的快慢上，他偏向於對詩歌慢節奏的接受，沒有考慮到現代漢語中多音節的詞彙增多，詞語與它們所代表的意思並不對等，古代漢語中的一個字的意思需要一個或幾個多音節的現代漢語（可能由三四個單字組成）才能表達。可以說，聞一多的音節觀還不算周全。

　　到了〈詩的格律〉一文發表時，他的音節論又有了較大的改變。他認為詩歌的音節和諧可以使詩歌富有音樂美，並且，他還把詩的音節與句法結合起來，說「句法整齊不但於音節沒有妨礙，而且可以促成音節的調和」。至一九四〇年代，他放棄了「鑼鼓式的音節不能用」的看法，在〈時代的鼓手〉一文中他反而認為新詩的歷史，打頭

就是「質樸而健康的鼓的聲律與情緒」。同時，他還以為「鼓的聲律是音樂的生命，鼓的情緒便是生命的音樂」，如果要表現出生命的音樂，就需要鼓的情緒，因為鼓的情緒「沒有『弦外之音』，沒有『繞樑三日』的餘韻，沒有半音，沒有玩任何花頭，只是一句句樸質，乾脆，真誠的話，簡短而堅實的句子，就是一聲聲的『鼓點』，單調，但是響亮而沉重，打入你耳中，打在你心上」。

在這個時候，聞一多的音節觀發生了許多改變。他更重視表現情緒的方法，用簡短的句子、錯落的節奏傳達情緒；對於詩歌技巧與內容的吻合，他也表示了關注。如果我們承認他早期重視詩歌的音節，然而我們也得承認他後來主張的卻是詩歌的情緒化、音樂化。

我們還必須指出，聞一多的音樂化思想不是他的獨創，而是當時的一種傾向。除早期新月詩人外，王獨清、穆木天、戴望舒等人引進了法國的象徵派詩歌，這一派詩歌的一個特點就是追求「擺脫詞語的物質屬性」的純詩，著力於感覺性領域的探索。他們重視詩歌的音和色，音就是指詩歌的音樂化。瓦雷里詩說：「詩歌要求或暗示出一個迥然不同的境界，一個類似於音樂的世界，一種各種聲音的彼此關係的境界：在這個境界裡產生和流動著音樂的思維。」[22]中國的詩人詩論家們把這個詩題帶進了國門，還進行過長時期的探討。

穆木天曾在給郭沫若的一封信〈譚詩〉中明確提出「我們要求的詩是數學的而又音樂的東西」，「立體的，運動的，在空間的音樂的曲線」[23]，這被人們當作是現代派詩歌的音樂化宣言。現代派詩人的代表詩人戴望舒在經歷過一段音樂化的詩歌創作，寫出像〈雨巷〉那樣的被人們稱為具有音樂性的詩之後，又表示「詩不能借重音樂，它應

---

22 葛雷、梁棟譯：《瓦雷里詩歌全集》（北京市：中國文學出版社，1996年8月），頁289。

23 王永生主編：《中國現代文論選》（貴州市：貴州人民出版社，1982年），頁76-84。

該去了音樂的成分」[24]。詩歌到底需要不需要借重音樂呢？聞一多是對詩歌的音樂化思想日益堅定的提倡者，他提供的答案是：詩歌不應該排除音樂的成分。

聞一多是一個從浪漫主義轉向現代風格的過渡性詩人，他成熟期的詩歌創作，除了意象品格受到象徵主義的薰染，審美特徵如詩歌的音樂性，也認同象徵主義。並且，意象派詩人對詩歌音樂的看法在一定的程度上也影響著聞一多。意象主義認為詩歌的節奏是「用音樂性短語的反覆演奏，而不是用節拍器反覆演奏來進行創作」[25]的。龐德的意象信條中就說：「我相信一種『絕對的韻律』。這是一種詩的韻律。韻律最終將是他自己的，不是偽造的，也是不可偽造的」[26]，詩歌是譜了「音樂」的詞語的合成物或「組織」[27]。這些，都促使聞一多逐漸從對詩歌音節的重視而走上詩歌音樂化的道路。

聞一多強調詩歌的節奏，還用音尺來標明節奏。在音樂中，節奏被認為是一個重要的生命要素，如德國籍的著名音樂理論學家柏西‧該丘斯（Percy Goetschius）所說「節奏賦予聲音的混沌體以生命力」[28]，由於音樂要保持它的持續性，它就需要用節拍將音符按時間的長度分割為長短不同的有規律的單位，並且還要在每一拍中再細分成一小組一小組。當強聲落在每小節的第一拍上時，形成自然的強聲，產生正規的節奏。按照音樂理論，我們再對照聞一多的新格律主張和實踐，也不難發現在他的詩歌主張和實踐中，自覺不自覺地都含

---

24 楊匡漢、劉福春編：《中國現代詩論》（上）（廣州市：花城出版社，1985年），頁161。

25 〔英〕弗林特：《意象主義》，見黃晉凱等編：《象徵主義‧意象派》（北京市：中國人民大學出版社，1989年），頁133。

26 黃晉凱等編：《象徵主義‧意象派》（北京市：中國人民大學出版社，1989年），頁141-142。

27 黃晉凱等編：《象徵主義‧意象派》（北京市：中國人民大學出版社，1989年），頁151。

28 該丘斯著，繆天瑞編譯：《音樂的構成》（上海市：上海萬葉書店，1948年），頁61。

有了音樂方面的一些因素。他所講求的音尺，為二字尺或三字尺，用音樂中的行話就可以劃為二拍子或三拍子，因為二拍子是一強拍與一弱拍交互出現的，三拍子則是一強拍後繼以兩弱拍，在複雜的樂句上或不同聲部間同時出現的二拍子與三拍子稱為「交錯節奏」。聞一多在詩歌創作中，往往是二字尺與三字尺結合使用，〈死水〉的節奏即是如此。這些方面，聞一多的新格律主張與律詩的規則不盡相同，倒是近似音樂規則。

　　為此，我們不妨結合聞一多的詩歌創作來進行更全面的考察，以證實他的音樂性思想。但需要說明的是：這種作法並不是試圖在他的詩歌中發現音樂，或者一廂情願去論證他富有作曲的天才，那樣的分析顯然過於牽強附會，我們要做的是闡釋聞一多的詩歌的確存在著音樂性成分：一方面借鑑了歌曲或樂曲的一些創作技巧，另一方面是詩歌中體現了音樂美感。

　　由於對音樂的感受最先是來自聽覺的感受，因而在以後的分析中，我們要對聞一多的詩歌作一番接受上的加工，把它們從視覺的印象中淡化而提升出聽覺的美感。

　　音樂重視旋律性。在樂曲中，一般都有一段主題曲，圍繞這主題曲再展開音樂語言。這一點，中外音樂都是一致的，尤其是民間音樂，民間音樂中主題曲的重複頻率很強。民間歌謠是民間音樂的一個組成部分，聞一多對民間音樂的借鑑，主要是模仿歌謠、歌詞的創作技巧。顯然，詩歌的歌謠化或歌詞化並不等於音樂化，如朱光潛先生所說：「歌詞字句往往顛倒錯亂，不成文法，沒有什麼意義，她們（指歌唱者）自己也不能解釋。歌詞最大的功用在應和跳舞節奏，意義並不重要。」[29]《詩經》是中國最古老的一部民間詩歌總集，在它未成書之前，就是在民間流行的歌謠，它的意義確實有些顛倒錯亂，

29　朱光潛：《詩論》（北京市：生活・讀書・新知三聯書店，1984年），頁8。

但它的形式特徵非常鮮明：採用複沓（反覆）的技巧，更換每一節詩中的個別詞句，保持歌謠整體上的和諧。由於歌謠一般在口頭上流傳，便於記憶，朗朗上口，有可循的旋律或節奏是民間歌手們在創作歌謠時不約而同遵守的規則，聞一多也深知這一點。

對民間歌謠形式上的借鑑，從中國現代文學的歷史中追溯，最早的一批要數五四時期的劉半農和劉大白了。劉半農採用江陰方言創作了《瓦釜集》，劉大白運用民歌形式創作了〈賣布謠〉等。第二批以朱湘等人為主，〈採蓮曲〉以其富有江南水鄉韻味的風格，在當時也頗得詩人們的欣賞。聞一多在一九二〇年代末，雖然和饒孟侃等新月同人討論過土白作詩的問題，然而，他們那時的注意熱點在新詩的語言、新詩的格律上，還沒有關注到詩歌的韻律。可是聞一多的〈洗衣歌〉、〈忘掉她〉、〈也許〉、〈你莫怨我〉、〈狼狽〉等詩歌，在借鑑民間歌謠創作技巧時，已經體現了詩歌音韻的流暢性。

對聞一多詩歌中民間歌謠技巧和音韻的體會，需我們用心吟讀、發現。這樣一種朗讀與讀戲劇化的詩歌有所不同：在聞一多戲劇化的詩篇裡，我們容易提高我們的聲調，容易一字一句地抑揚頓挫地說著，而音樂化的詩不是那樣，它們需要用感情來吟來唱，使我們的心底，我們的感覺中彷彿有音樂的聲音，如山泉般汩汩流出。

不妨以〈你莫怨我〉為例：

你莫怨我！
這原來不算什麼，
人生是萍水相逢，
讓他萍水樣錯過。
你莫怨我！

你莫問我！

淚珠在眼邊等著，
只須你說一句話，
一句話便會碰落，
你莫問我！

你莫惹我！
不要想灰上點火，
我的心早累倒了，
最好是讓它睡著，
你莫惹我！

你莫碰我！
你想什麼，想什麼？
我們是萍水相逢，
應得輕輕的錯過。
你莫碰我！

你莫管我！
從今加上一把鎖；
再不要敲錯了門，
今回算我撞的禍，
你莫管我！

　　這首詩在借鑑民間歌謠的技巧上有以下的特徵：其一為反覆詠歎。反覆詠歎時，詩人不僅僅像《詩經》〈碩鼠〉那樣重複「碩鼠碩鼠，無食我黍」詩句，他還在詩歌的每一節的首句和尾句作相應的重複，節與節之間也用連通的詞語，習仿了《詩經》中的更換個別詞語

法。在這首詩中我們看到「你莫⊙我」這樣的一個句式，由於它在每
一節中的出現頻率為兩次，在全詩五節詩中的頻率有十次，使它成為
詩歌的主題句，並形成較強的樂感。其二為頂針法的運用。民間歌謠
中運用頂針法的主要原因就是方便歌詞的記憶。聞一多在此詩的一二
節中寫下的「萍水」和「一句話」便使用了頂針格形式。這種寫作技
巧類似作曲中的「對位法」。西方人認為此法最早源於古時的宗教音
樂，原為「音對音」的音樂創作原則，就是在原來的曲調上加入一個
新的曲調，根據此原則，原先的曲調上就會產生新的協和之音。在這
基礎上，才出現了被人們比作為音樂心臟的「和聲」體系，人們才去
區分主音音樂和複音音樂。如此詩在節與節之間改變個別字，使全詩
互相呼應，統一節奏，音韻和諧，也可說是習仿了音樂中的對位技巧。

　　眾所周知，音樂和詩歌都傳達著情感，有人把音樂看作是脫離了
語言文字的純粹的「詩意」，是「詩意」的抽象[30]。然而，音樂可以通
過節奏的快慢、音的強弱高低或停頓、或躍進、或回轉等方式來表現
情感的產生、變化和突現。迪卡爾在他的《音樂入門》中就談到過音
樂節拍的快慢對於情感的表現：「種種不同的心情狀態對英語種種不
同的節拍，例如慢節拍產生疲憊、悲傷、恐懼、傲慢等情感，快節拍
則產生相反的效果如快樂等活潑的情感」。丹尼爾·舒巴特在《關於
音樂美學的思考》中也論及到「音性格」的問題，他把音樂的調式分
為「無色彩」和「有色彩」兩種，前種當中的 C 大調是所有調式的母
體，適於表現貞潔純樸的幼稚和兒童的語言；後種分降號調式與升號
調式。降號類表達種種溫柔的、憂鬱的情感，升號類表現衝動、劇烈
的情感[31]。音樂和詩歌雖然在表達感情的時候運用的語言大不相同，
因為人類的情感最終是相通的，所以詩歌和音樂在傳達中還是有相同
的地方。

---

30 蔣一民：《音樂美學》（北京市：東方出版社，1991年），頁46。

31 以上文字皆參考蔣一民：《音樂美學》（北京市：東方出版社，1991年），頁18-19。

　　在聞一多的詩歌中，我們不否認其感情表現外露，即使是帶有象徵主義色彩的詩歌裡，他的浪漫情懷也不曾全部消隱，他的感情表現既有戲劇化的傳達方式，也有類似音樂之處。由於聞一多提倡詩歌節奏理論，這使我們還有可能在他的詩歌裡進行一定程度的音樂性審美分析。

　　儘管朱湘曾對聞一多詩歌的音樂性加以否定，我們卻不能否認他的詩歌的確有著這幾種音樂的美，在呼應著他的詩歌音樂化思想：

　　一是抒情悠緩的旋律美。要提到聞一多最有代表性的，用慢節拍來傳達內心情感，帶來悠緩音樂美的詩歌應該是這首葬歌──〈也許〉。當我們對〈也許〉的兩個版本進行比較閱讀時，對詩歌旋律美的感受或許更深刻：

原作	定稿
1　也許黃泉要鞠育你， 　　也許白蟻要保護你， 　　造物底聖旨既然如此， 　　就讓他如此，就讓他如此！	也許你真是哭得太累， 也許，也許你要睡一睡， 那麼叫夜鷹不要咳嗽， 蛙不要號，蝙蝠不要飛。
2　也許你是哭得太累， 　　也許，也許你要安睡。 　　那麼讓蒼鷺不要咳嗽， 　　蛙不要啼，蝙蝠不要飛；	不許陽光撥你的眼簾， 不許清風刷上你的眉， 無論誰都不能驚醒你， 撐一傘松蔭庇護你睡，
3　也不要讓星星瞥眼， 　　也不要讓蜘蛛章絲── 　　一切的都該讓你酣眠， 　　一切的都應該服從你！	也許你聽這蚯蚓翻泥， 聽這小草的根鬚吸水， 也許你聽著這般音樂， 比那咒罵的人聲更美；

4　也許這荒山的風露　　　　　那麼你先把眼皮閉緊，
　　真能安慰你，休息你；　　　我就讓你睡，我讓你睡，
　　我讓你休息，讓你休息，　　我把黃土輕輕蓋著你，
　　我吩咐山靈別驚動你！　　　我叫紙錢兒緩緩的飛。

5　也許你聽蚯蚓翻泥，
　　聽細草底根兒吸水——
　　也許聽這般的音樂
　　比那咒罵的人聲更美；

6　那麼你把眼皮閉緊，
　　我就讓你睡，讓你睡。
　　我把黃土輕輕蓋著你，
　　我叫紙錢兒緩緩地飛。

　　原詩有六小節，而定稿只有四節，原詩的第二節對應定稿的第一節，末尾的兩節基本上相似。雖然原詩也有音樂性特徵，但是和定稿相比，要略遜一籌。我們可以從詩歌的樂感上比較：

　　首先是音尺，原稿每一節的字數是不等的。在每一節詩中，一般前兩句的字數一致，八個字，有兩個一字尺，三個二字尺；後兩句各九個字，三個二字尺，一個三字尺。定稿的音尺比較統一：每句詩都有四組音尺，每一組音尺基本上由二字尺和三字尺組成，按音樂理論術語該是二拍與三拍交錯合成。

　　其次從詩歌的風格看，由副題所示，這首詩表現的是悲傷的主題，原稿和定稿在這一處應相同。但不同的語言表達，使它們傳達出的情感卻有一定的差異，我們可以從更換的詞語中發現這種差異。以原稿中的第二節與定稿中的第一節為例。定稿在原稿的基礎上只變換

了幾個詞，感情表現上就明顯地不同：如定稿的第一句中增添了一個「真」字，一字尺就改為了二字尺，使語氣有了迴旋的餘地；第二句二字尺「安睡」改為三字尺「睡一睡」後，由於後一個詞在語氣上有一定的時間長度，讀上去音調更加流暢，有一起一伏之感；第三句「蒼鷺」改為「夜鶯」，「夜鶯」為雙聲的輕音詞，比「蒼鷺」聽起來更像喃喃的耳語，使葬歌的音調更為婉轉低沉。這種使用雙聲疊韻詞的作法在徐志摩的〈再別康橋〉、戴望舒的〈雨巷〉中都有過成功的嘗試，聞一多的改作也應該算是一個成功之例。第四句的改變在動詞上，雖然「啼」和「號」都指青蛙發出的聲音，但「號」的音量更大，感情上顯得更悲慘；它們的發音也不同，「啼」為入聲詞，發音時間較短；而「號」的發音時間稍長，更能襯托出淒涼哀婉的氣氛。

其三，在尾詞的處理上，定稿比較協調統一，詞語多為輕聲，詞尾音拖長；而原稿的尾詞語音較為短促，如讀第一節時，先入為主的是一種急躁的感覺，缺少安祥沉穩的情感。

定稿後的〈也許〉，是一首哀傷低沉的詩歌，類似西洋音樂中的C小調式。按舒巴特的劃分法，C小調為音樂中的降號類，表達「愛的傾訴，同時也是對不幸的愛的哀怨」[32]。然而詩歌的語言和音樂的語言又截然不同，音樂是以數位的形式來表示聲音的，它們通過一定的音程和音階的排列組合來傳達感情，詩歌語言只通過聲調的高低和語氣快慢疾緩來表示。在這首定稿後的詩中，聞一多靠著文字，也實現了類似音樂中的轉調，加強或弱化了感情變化。

在第一節中，詩人試圖將悲傷排遣出內心，化為一種同情，於是，他善意地用「也許」來推測——推測「你」的死亡，是「哭得太累」，是「要睡一睡」，以顯示他不願相信死亡的現實，寧願將它在意念當中美化——這成為詩歌的主題句，相當於音樂中的主旋律。詩歌

---

32 轉引自蔣一民：《音樂美學》（北京市：東方出版社，1991年），頁18。

中繼而寫到的「夜鷹」、「蛙」和「蝙蝠」，在人們的印象裡，都是一些醜陋的東西，擾亂人們的安寧。詩人使用了命令的詞彙——「不要」：不要咳嗽，不要號，不要飛，使詩歌出現了一個反題，如同音樂中的疏遠轉調，插入同一調性中的疏遠分子。在第二節裡，詩人又使詩歌情感回向主題句，以便展現夢一般的幻境。他還是用命令句式，並用他超人般的力量和愛來營造這個幻想中的世界，這又像樂曲繼續在主旋律的範圍內展開。第三節中，詩人換上了推測的語氣，並盡力使詩歌的語調更柔和，在「蚯蚓翻泥」、「草根吸水」的意境裡充滿著天籟的聲音。詩歌好像又從婉轉的 C 小調轉到了靜寂的空靈，又像絲竹停止了彈撥。第四節中，詩人試圖恢復他的感情，似乎是憂傷的大提琴的聲音在詩歌中孤獨播放，絲竹已是用餘音在空氣中顫動，使音樂就在詩人的（和讀者的）心靈裡如煙絲霧雨一般地飄蕩起來——「讓你睡」的詩句，在重複中流露出長者的舐犢之情；「輕輕蓋著你」，「叫紙錢兒緩緩的飛」，語氣的緩慢和情感的沉重恰似哀樂的繞梁。

二是龐大交錯的交響美。龐德認為藝術都有和音樂相對應的地方，在「處理藝術中同音樂完全相對應的部分時，要表現得像一位音樂家，因為它們所用的原理是一樣的」[33]。聞一多在〈南海之神〉、〈七子之歌〉、〈長城下之哀歌〉和〈醒呀〉等詩歌中就體現出了他那交響樂作曲者的氣質，傳達出內心較快的和較為混亂的情感節奏。

交響樂和一般的音樂題材相比，具有它自己的一些特點，比如說適宜於表現重大題材，可以擁有多樂章的宏偉結構，在音樂中體現出戲劇性的矛盾衝突和豐富的情感。聞一多在這些詩歌中展現了他情感上的大起大落：有時奔突，有時遏止，有時含蓄，有時宣洩，有時寧靜，有時躁動等特徵。

---

33 黃晉凱等編：《象徵主義・意象派》（北京市：中國人民大學出版社，1989年），頁135。

　　〈南海之神〉很容易讓人聯想起貝多芬的《英雄交響曲》。貝多芬當年想把這首交響樂獻給馳騁歐洲的拿破崙，在交響樂中抒發了對英雄的崇拜之情，聞一多這首詩的風格近似，也氣勢恢宏地表現了他心目中崇仰的孫中山先生戲劇性的一生。

　　詩歌寫到孫中山的誕生、推翻滿族統治且意義重大的辛亥革命，以及對中國現代歷史進程的巨大影響。如詩歌的第二節「紀元之創造」中寫到孫中山去敲開那扇關閉了五千年的朱門：

　　　　在門扉上拳推腳踢，
　　　　在門扉上拳推腳踢，
　　　　他吼聲如雷，他淚灑如雨，……
　　　　全宇宙底震怒在他身中燒著了。
　　　　他是一座洪爐——他是洪爐中的一條火龍，
　　　　每一顆鱗甲是一顆火星，
　　　　每一條鬚髯是一條火焰。
　　　　時期到了！時期到了！他不能再思了！

　　詩行的排列不具備聞一多後來提倡的「節的勻稱」和「句的均齊」的建築美，但從詩歌的形式上看，它是自由的情感抒洩，是聽憑情感飛騰或降落而化成的詩句——句子短促簡練，錯落參差。在詩句外表的錯落中，我們又能看到詩句的齊整和對應，這就是因為詩歌中運用了音樂作曲中的反覆和對位法。比如第二句是對第一句的反覆，第八句在句內反覆，第三句和第五、六、七句都是對位交織，各自採用相同的句式，相近的詞性對應。因而，詩句雖看上去有點淩亂，情感的抒發卻是狂熱而有內在秩序的。

　　三是鏗鏘有力、陰柔相濟的節奏美。儘管朱湘把聞一多的〈漁陽曲〉看作是「字音的有趣的試驗」，但不能否認，這正是聞一多詩歌

中的一首節奏異常鮮明的詩，也是一首十分貼近中國民間音樂的詩歌。中國民間音樂的常用樂器中彈撥吹奏的有古琴、琵琶、月琴、三弦、揚琴、竹笛、二胡、嗩吶、笙簫、塤等，打擊樂器有磬、鐃鈸、編鐘，還有鼓等。中國的民間音樂中，一般在表現戰爭的樂曲中突出鼓的聲音，用鼓的輕重與快慢來表示一種氛圍或內心的情緒節奏，如經典音樂《十面埋伏》和《將軍令》中，鼓聲都成為音樂中動人靈魂以致不可忘記的聲音。聞一多的這首詩就把鼓作為一個首席樂器：

> 白日底光芒照射著朱夢，
> 丹墀上默跪著雙雙的桐影。
> 宴飲的賓客坐滿了西廂，
> 高堂上虎踞著他們的主人，
> 高堂上虎踞著威嚴的主人。
> 丁東，丁東，
> 沉默瀰漫的堂中，
> 又一個鼓手，
> 在堂前奏弄，
> 這鼓聲與眾不同。
> 丁東，丁東，
> 聽！你可聽得懂？
> 聽！你可聽得懂？

因為詩歌塑造的是中國歷史典故中擊鼓罵曹的禰衡，他是一位鼓手，聞一多試圖在詩歌中大展禰衡當年擊鼓動人的氣概，用文字為鼓點，在詩歌中也敲擊出一片音樂之聲、一股剛烈之情。這首詩一個最明顯的特點是，在每一節的第五句後採用對應的句式，特別而且反覆突出「丁東，丁東」的鼓聲模擬，再配合與之押韻的重複的詞語和短

句，詩的後半截便只有鼓聲響在我們的耳朵裡。由於詩歌按著事件的
發生和發展來結構，他在詩歌的前五句安排了對事件的敘述和描寫。
鼓點之音是陽剛的，而中國的藝術講求剛柔相濟，就像中國的民間音
樂，在有打擊樂的時候一般還加入吹奏或彈撥樂器，用它們的委婉哀
怨或悠揚高亢的旋律來使樂曲達到「中和」之美，增強樂曲的抒情
性。這首詩的前五句頗似彈奏的音樂，詩歌在整體上呈現出時緩時
急、時弱時強的節奏感和時高時低的音調，宛如熾熱而悲憤的鼓點在
由緩到急的絲竹聲中，頻繁地敲擊落下；情感須得在絲竹聲中醞釀蓄
積，爾後在震動的鼓聲裡才能夠痛痛快快地宣洩。

聞一多雖然沒有走上音樂道路，但是我們不可否認他有一副音樂
家耳朵。這副耳朵為他的詩學思想增添了音樂化內容，為他的詩歌帶
來了音樂性，導引詩人追求著純粹的詩意境界。

第三節　詩歌的美術化

聞一多以詩人、學者著名，他早年愛好並有一段時間專門學習美
術。在清華學校時，他從師於美籍美術教師，還承擔刊物的美術繪畫
工作。假期回家，揹上畫板在故鄉的溪水邊素描。一九二二年他留學
美國，專攻西洋油畫，參加過畫展，也為朋友畫肖像、設計書籍封
面。在和友人們一道開展演劇活動時，一般舞臺美術工作都是歸他去
做的。

聞一多詩歌的美術化與他的這段經歷不無關聯。我們還有更多的
理由認為，他的詩歌中有美術化傾向。

聞一多在給陳夢家的信——〈論《悔與回》〉中自白過：「我是受
過繪畫訓練的，詩的外表形式，我總不能忘記。」[34]美術訓練對於詩

---

34 聞一多：《聞一多全集》（2）（武漢市：湖北人民出版社，1993年12月），頁166。

歌創作的影響，聞一多不否認，反而加以強調。當時流行中國現代詩壇對聞一多有過影響的象徵派詩人，除追求詩歌的音樂性，也追求詩歌的色彩性。意象派詩歌強調詩歌意象精確而清晰。一九二二年，聞一多在信中就提到過意象派詩人 Fletcher（佛來琪）是位「設色的神手」，他的「充滿濃麗東方色彩」的詩歌喚醒了聞一多的「色彩的感覺」，他為之「跳著」、「叫著」，還作了一首關於「色彩底研究」的詩。

　　再者，聞一多是一個傳統文化的愛好者，他常常讚美東方藝術是「雅韻」的。我們也知道，在中國傳統文化當中，詩畫樂同源，它們都有著相同的藝術精神和藝術追求，最高的審美境界就是美的意境。聞一多重視詩歌的意境、意象，並且注重詩歌的色彩感，因而重視詩歌的美術化，也是順理成章的。

　　那麼，聞一多本人是否就一直認為詩歌一定要有美術的成分呢？倒也不是。聞一多在〈戲劇的歧途〉[35]中談到過他所主張的藝術目的，是達到純形的藝術。照此看來，詩歌也不應以美術化為其本質。另外，聞一多在一九二八年還發表過一篇論文〈先拉飛主義〉[36]，探討法國一群熱衷於詩歌創作的畫家們為什麼會走向藝術的末路。他認為原因之一就是先拉飛派的藝術家們使「藝術類型混亂」，借改造詩的方法改造畫，又借改造畫的方法改造詩，在畫上應用過的原則，也要在詩上應用，忽視繪畫與文學之間的表現上的差別：「繪畫的趣旨非借具體的物象來表現不可，詩卻可以直接達到它的鵠的。」但是，聞一多又不否認文學和繪畫的某種關聯，他認為文學和繪畫都可以借助象徵來表現神秘主義，「神秘是他們的天性，不是他們的主義；他們無所謂象徵，象徵便是實體」，並且實體（象徵）就是一種可以在美術上「創造奇蹟」的精神，文學上有了這種精神同樣可以獲得成

---

35 聞一多：《聞一多全集》（2）（武漢市：湖北人民出版社，1993年12月），頁147-150。

36 聞一多：《聞一多全集》（2）（武漢市：湖北人民出版社，1993年12月），頁151-164。

功。聞一多由此還說到：「從來那一首好詩裡沒有畫，那一幅好畫裡沒有詩。」他的意思是無論文學，還是繪畫或其他藝術，因它們在類型上不同，表達的原則當然也有所不同，如果不清晰地認識到這一點，便容易導致「藝術上的自殺政策」，但也不可懷疑它們在藝術精神上是一致的。由此我們明白聞一多重視的是藝術類型之間的差別。可是，從他的理論主張和創作實踐中我們也注意到，他本著藝術的原則，並使不同的藝術類型在一定的程度上相互交融，用最佳的方式傳達出創作者的主觀情思和藝術精神。無論是聞一多為友人設計詩集封面，還是為自己的書房裝飾，或是用刻刀刻出一道道線條，聞一多的書畫創造裡都充滿了美的韻味。他將繪畫的技巧和美術上的一些創作方法巧妙地運用於他的詩歌，使他的一部分詩歌呈現出「畫」的性質。

　　聞一多在解釋詩的繪畫美時，認為它是詞藻上的美。不少的研究者都因此認為要做到詩的繪畫美，用上繁麗的詞藻就可以了。他們的看法彷彿有一定的道理。可是就繪畫風格來說，它應是豐富多樣的，既有繁麗之風，也有樸素之格；有神秘的線條，也有如實的筆墨。就中西的繪畫表現形態來論，差別更加明顯：在中古時期，歐洲用科學的數理分析眼光來繪描景物、人物的時候，中國的畫家則和詩人們一樣在主觀的精神境界中精騖八極、神游萬仞；至近現代中西文化的大門相互開放之後，中國的寫意潑墨藝術使西方藝術家們倍感東方藝術的博大精深，而西方油畫藝術的色彩、光線、視點、明暗的原則也吸引著東方的藝術家們開始新的探索。

　　如果我們對聞一多詩歌的美術化進行分析，無疑可以加深對聞一多詩歌意象和幻象創造的進一步理解。感受聞一多詩歌中的繪畫感，則需調動我們的視覺與知覺聯想，那樣，我們的感覺將和欣賞美術的眼睛一樣，一定會得到不少美的感受。

一　神韻清麗與奇幻之美

　　重視神韻，突寫意境，使之虛實相生，陰陽相對，產生精神和情感上的美感，這是中國傳統繪畫的美學規範。在表現神韻和意境的時候，中國的畫家只以為藝術是自己精神的主觀顯現，自己也便化為藝術的一部分。主觀的精神和超常的想像力，往往在作品中表現為展示畫家性情的線條、顏色和景致。中國的美術和詩歌在某種程度上可以說是互相影響互相完成的，如王維、唐伯虎和徐文長、鄭板橋等文人他們在文學史和繪畫史上都為雙料人物。一直熱愛著中國文化、又專門學習過繪畫的聞一多，是一個被傳統文化藝術滋潤的寵兒。

　　就神韻來說，聞一多像傳統的中國畫家們一樣，著重刻畫天然神韻。他早期自然意象系統中的詩作偏好於描繪自然景物，如春天的風景似「淡山明水」的畫屏，「柳蔭下睡著一口方塘」，「聰明的燕子」唱著歌兒（〈二月盧〉）；「一氣的醋綠裡忽露出，／一角漢紋式的小紅橋」（〈春之末章〉）；「碩健的楊樹，／裹著件拼金的綠衫，／一隻手叉著腰，／守在池邊微笑；／矮小的丁香，／躲在牆角下微笑」（〈笑〉）。詩人充滿幼兒式幻想的眼睛裡看到的是自然宇宙神奇而神秘的力量，這些風景無論在色彩還是形狀上都籠罩著一種非常的超現實狀態。人文意象系統中寫就的人之神韻，一個主要的方面是傳達詩人所理會的，作為個體人的存在與人文社會之間交織的一種精神狀態。聞一多的〈末日〉可以構成一幅蘊含現代人生存危機的現代畫。在「幻象論」中我們早已體會到這首詩的奇幻，用畫論的文字講：「意欲奇幻，則筆率形顛，最忌平勻。」[37]聞一多就是從誇張和變形的藝術視角來展開詩的奇幻「畫面」，使我們從綠芭蕉、白牆壁的色

---

37 許祖良、洪橋編譯：〈夢幻居畫學簡明〉，見《中國古典畫論選譯》（瀋陽市：遼寧美術出版社，1985年8月），頁84。

彩構圖和超現實的造型中，感受到人在末日來臨時的莫名的空虛。如
詩歌中第一節的前三句構成畫面的背景部分：「露水在筧筒裡哽咽
著，／芭蕉的綠舌頭舔著玻璃窗，／四圍的堊壁都往後退。」本來應
該是靜止的物體潛在著神秘的行動能力，它們能夠「哽咽」、「舔」、
「後退」，而「我」「靜候」著，只成為背景上突現的一個主體，喪失
了主動的行動能力。在氣勢上，我們可以看到經過詩人渲染的物，對
人造成了一種壓力。並且，詩人對詩中的「我」和房間的空間作了一
定的比例設置——「我一人填不滿偌大一間房」，更使這一幅「畫」
中的人畏縮，直至被擠入到畫面的一個小小角落裡。讀者的感覺中，
他還在無限渺小下去，變成一個代表人類的小黑點，由人性的「他」
而成為物化的「它」，由具象的「他」而成為抽象的「它」。這種壓迫
性化成了詩人透過畫面而體現出來的主體精神。這種主體精神充滿了
現代感，傳達出現代人所感受到的物對於個人存在的一種強力威脅。
儘管聞一多在畫面的設計上選用傳統中國畫的典型物象，通過他用現
代精神作出的詮釋，使這首詩成為一幅印象派式的現代「圖畫」。

二　裝飾華麗與熱鬧之美

　　中國的民間藝術與文人藝術有所不同：文人藝術追求的是神韻、
是超俗；民間藝術是世俗的藝術，追求熱鬧的氛圍、裝飾性的效果。
因此，在民間工藝美術中我們常常會看到富麗堂皇、豔麗多彩的畫面。
　　就聞一多的美術才能來說，他更擅長裝幀美術。為《清華年刊》
設計的題圖，為徐志摩、林庚、梁實秋和自己設計的作品封面上，都
能發現聞一多的畫具有工筆劃特徵——細膩的線條勾勒、鮮明的色塊
對比、規範的畫面布局。這種畫風也傳染到了他的詩風。在〈李白之
死〉中，李白追月醉月，與月相遊的場面和〈劍匣〉中對劍匣描述時
所用的詞，就帶有一種珠光寶氣的民間工藝美術的風味。

　　如〈李白之死〉中李白為酒月所迷而生出瓊宮的幻象，就是通過華麗的詞語來構寫的：

> ……瓊宮開了：
> 那裡有鳴泉漱石，玲鱗怪羽，鮮花逸條；
> 又有瓊瑤的軒館同金碧的臺榭；
> 還有吹不滿旗的靈風推著雲車，
> 滿載霓裳飄渺，彩佩玲瓏的仙娥，
> 給人們頒送著馳魂宕魄的天樂。
> 啊！是一個綺麗的蓬萊底世界，
> 被一層銀色的夢輕輕地鎖著在！

　　儘管這是一段文字，但只要對中國的民間工藝有點了解的讀者便很容易由這首詩的描繪，聯想出一幅幅並不陌生的中國皇宮藏畫，或是敦煌的古代壁畫：畫面上用金筆彩線描畫著氣勢輝煌的瓊樓玉宇、瞬間變化的飄蕩雲霞、幽冷而清晰的白月，畫中還有飛天舞蹈的仙女披紗展翅，飛翔在雲彩和仙樂之間。

三　色態繁複與精緻之美

　　運用呈示色彩的琳琅滿目的詞彙來描述詩歌中的形象，並為形象造型，使詩歌的繪畫美和形態美得到加強，表現「濃麗繁密而且具體的意象」，這是聞一多早期的審美觀，也是他的創作觀。〈劍匣〉中對「劍匣」的描繪，簡直就像在引導我們去欣賞高超的工藝和精美的設計（著重點為筆者所加）：

> 我將描出白面美髯的太乙

　　　　　臥在粉紅色的荷花瓣裡，

　　　　　在象牙雕成的白雲裡飄著。

　　　　　我將用墨玉同金絲

　　　　　制出一隻雷紋鑲嵌的香爐；

　　　　　那爐裡炷著嫋嫋的篆煙，

　　　　　許只可用半透明的貓兒眼刻著。

　　　　　煙痕半消未滅之處，

　　　　　隱約地有升起了一個玉人，

　　　　　彷彿是肉袒的維納斯呢……

　　　　　這塊玫瑰玉正合伊那膚色了。

　　聞一多精思細雕的這個「劍匣」，色彩豔麗和諧，太乙仙人臥荷，玉人顯形，具有傳統的造型美。即便我們沒有親眼一睹這一驚世之作，只要依據詩句的描述，放縱我們的想像力，還是能夠還原造型。難怪詩中那位雕刻劍匣的「驍將」為了這樣的美而放棄功名，放棄世俗人生，只願與美同上天國，求得永世共存。

　　中國畫的題材有一襲承傳統，與中國古詩的相似，就是描畫（描寫）山林和花鳥。在論述聞一多詩歌的自然意象系統時，已經提到過他對這一傳統的接受和創新。如閱讀〈憶菊〉和〈秋色〉這樣的詩歌，能夠喚醒讀者的想像力，運用視覺聯想的方式，進行類似美術的再創作，必能在讀者的視覺裡產生詩人畫描物體天姿美態的印象。

　　以〈憶菊〉為例，這首詩通過了對菊花的色彩和形狀的大力渲染來表現秋意，可以說，它是用文字繪出的中國畫。

　　中國的花卉畫，有很多細節需要注意，如花蒂、花心、花葉、花枝以及花的姿態，與周圍的環境，石頭的形狀搭配等，都需要畫家在構圖時考慮。中國的花卉技巧自成一套理論，《芥子園畫傳》〈畫花卉草蟲淺說〉說到過「畫花之法，各有專形。上自花葉，下及根枝，俱

宜得勢，審察分明。至於花朵，態須輕盈。設色多端，寫之欲生。染脂傳粉，各得其情。開分向背，間以苞英。安頓枝葉，交加縱橫。密而不亂，稀而不零。窺其致備，寫其神真。因其形似，得其精神」；繪畫的美學標準，就是「活」和「脫」，講究「用意、用筆、用色、一一生動」，「筆筆醒透」，「以形勢為第一」。單就菊花來說，古代畫家們作過多種論說：在形態上，菊花一類的草花，應以「嫵媚」為勝。因為菊花的種類繁多，就要注意「有心、無心、其形色深淺、多寡之不同」³⁸。在聞一多的這首詩裡，我們能看出他的美術功底：

　　第一節詩中，聞一多寫的是菊花和各種器皿如花瓶、酒壺、螯盞在一起的形態：

　　　　插在長頸的蝦青瓷的瓶裡，
　　　　六方的水晶瓶裡的菊花，
　　　　攢在紫藤仙姑籃裡的菊花；
　　　　守著酒壺的菊花，
　　　　陪著螯盞的菊花；
　　　　未放，半放，盛放的菊花。

　　第二節至第五節描繪的是各種顏色的菊花，強調花兒繁多的顏色、花心的有無、花瓣的形狀、花形的大小，還有在不同地方、不同氣候條件下菊花所呈現的不同的美，這一部分詩歌顯露了詩人縝密的觀察力。在表現方法上，聞一多用渲染鋪陳的手法，為表現菊花顏色的繁複多樣，他又抓住了水彩畫的慣用技法──點彩法的精髓，在詩歌中大肆展示他對把握對象色彩和形態的美術才能：

---

38 以上引文皆見許祖良、洪橋編譯：《中國古典畫論選譯》（瀋陽市：遼寧美術出版社，1985年8月）。

鑲著金邊的絳色的雞爪菊；

粉紅色的碎瓣的繡球菊！

懶慵慵的江西臘喲；

倒掛著一餅蜂窩似的黃心，

彷彿是朵紫的向日葵呢。

長瓣抱心，密瓣平頂的菊花；

柔豔的尖瓣攢蕊的白菊

如同美人底蜷著的手爪，

拳心裡攫著一撮兒金粟。

　　金色、絳色、粉紅色、黃色、白色的菊花，使這首詩所顯現的畫面顏色紛呈；碎瓣、長瓣、密瓣、攢蕊、蜂窩心的菊花，都展現了各自的姿態和風采。僅就這首詩的前半部描繪而言，它可稱為「畫詩」。

　　沈從文曾在〈論聞一多的《死水》〉中談到過聞一多詩歌的美術性：「作者是畫家，使《死水》集中具備剛勁的樸素線條的美麗。同樣在畫中，必須的色的錯綜的美，《死水》中也不缺少。作者是用一個畫家的觀察，去注意一切事物的外表，又用一個畫家的手腕，在那些儼然具不同顏色的文字上，使詩的生命充溢。」[39]這些話說得再恰當不過。

　　詩歌可以是戲劇化的，音樂化的，美術化的，這是因為：藝術是真情的藝術。正如蘇珊・朗格在論說音樂與情感的關係那樣：「我們叫做『音調』的音樂結構，與人類的情感形式——增強與減弱，流動與休止，衝突與解決，以及加速、抑制、極度興奮、平緩和微妙的激發，夢的消失等等形式——在邏輯上有著驚人的相似的一致。這種一

---

39 沈從文：《沈從文文集》（11）（廣州市：花城出版社，1984年），頁148。

致恐怕不是單純的喜悅與悲哀，而是與二者或其中一者在深刻程度上，在生命感受到的一切事物的強度、簡潔和永恆流動中的一致。這是一種感覺的樣式或邏輯形式。」[40]詩歌和音樂一樣，都是表現情感的形式，無論它通過智性，還是以一種哲思的形式表現出來，最終都出於情感，歸依情感。以情感為紐帶，便可以連接一切表現情感的藝術形式。

人們還說過建築是詩的，音樂是詩的，畫是詩的。所謂的詩，就是一種詩意的存在。因而，我們也可以反過來說，傳達情感的詩是音樂的，繪畫的，乃至於戲劇的，僅僅因為它是詩意的。

之所以用其他類型的藝術形式與詩歌進行類比，這是由於我們在鑑賞詩歌的時候，不排斥發揮各種感官的接受潛能；在借助文字的同時，調動視覺的、聽覺的感官功能，使文字的詩歌成為一種既可以感知又能夠回味的情感藝術，從而將詩歌的意義提升為藝術的意義，詩人則超於一般寫作者的範疇而成為一個藝術的人。

不免又聯想到聞一多的申辯。

聞一多儘管運用了技巧，他又何嘗忽視過詩歌的真情敞開和美的展現？

我們其實應該明白聞一多為什麼不想被別人說成是技巧專家。因為他知道，無論是詩歌的戲劇化還是音樂化、美術化，這些技巧都只是一個捕魚的「筌」，一個登岸的「筏」，是一條讓熔漿般的情感衝出人體的管道，是昇華情感的一束熱烈的火焰。

---

40 〔美〕蘇珊‧朗格著：《情感與形式》（北京市：中國社會科學出版社，1986年），頁36。

結語
承前啟後的詩學之環

　　如果說空間和時間可以結成一條鏈，存在於時空當中的我們，就成了鏈條上的一個環節。

　　如果我們把中國文化、文學也看成是一條鏈，聞一多便是那鏈中之環。

　　雖然拙著將論述中心集中在聞一多的新詩方面，但我們得承認他古代學術研究成就超過了他在新詩上的貢獻。因為客觀的原因，我沒有更多的時間深入聞一多浩淼的古代學術海洋中探尋他對中國詩學全面的貢獻，在本書即將結束時，我不得不遺憾地說，我把一個很好的題材留給了他人，留給了今後。可是這並不妨礙我們從聞一多的詩學中看到他已有的價值：他是一個連接古今、弭合中西的鏈中之環。

　　郭沫若曾經說到過有兩種天才：一種是孔子式的，呈直線形發展，「以他一種特殊的天才為原點，深益求深，精益求精，向著一個方向漸漸展延，展到他可以展及的地方為止」；還有一種是歌德式，呈球形發展：「將他所具有的一切的天才，同時向四面八方，立體地發展了去。」[1]聞一多是哪一種呢？他有像孔子的一面：他研究詩歌，順著一條直線行進，從五四時期的白話詩到一九四〇年代的新詩，還有更古老的唐詩、《楚辭》，直到行至中國詩歌的源頭——《詩經》；然而，他還有像歌德的一面：他的思想體系龐雜而豐富，他在延續古代學者研究思路的同時，又借鑑了西方心理學和其他自然科學的成果。在聞一多的知識結構中，我們可以發現它的一些組織成分：

1　郭沫若等：《三葉集》（上海市：上海書店，1982年）。

在知識結構的最底層是東方文化，包括儒家文化和老莊文化；在入世
上，他傾向儒家思想；在審美上；他趨同老莊思想。第二層是近代的
思想，他崇仰西方文藝復興以來的人性解放論（對基督教的信奉只是
一時的興趣，他的理解是從道德上進行的），同時也接受由王漁洋、
袁枚等人傳播的性靈說，在藝術上他強調文藝的超功利性，強調人的
情感真實，藝術形式的繁複多樣。第三層為現代的思想，他主要接受
了西方的思想學說，比如說心理學方面的知識有佛洛伊德的意識論
等，還有叔本華、尼采的生死哲學觀，社會學說有國家主義及馬克思
主義的有關學說。再論聞一多的詩學思想來源和風格，他接受了屈原
的憂患傳統，李白的灑脫，杜甫的沉鬱，李商隱的隱晦，司空圖、嚴
羽、袁枚們等的性靈詩歌觀；同時他還受到西方詩學影響，從歌德、
席勒、華茲華斯、濟慈的浪漫派到近代王爾德的唯美主義，到現代波
德萊爾、瓦雷理的象徵主義、龐德及羅艾爾的意象主義在他的腦海裡
都發生著影響，又奇蹟般地統一在他的詩學觀念中。可以說聞一多正
是由這一個個球形環節相接組成而加入了詩學之鏈，使我們很難說清
他到底屬於哪個派別，究竟體現哪種風格。他是各種派別的綜合，各
種風格的集結，他的成功就在於他非凡的融化力！

　　而且，這種非凡的融化力中又孕育著強大的轉換生成力！

　　聞一多是一個轉型時期的學者、詩人、詩論家，在他的前面，矗
立著無數學者、詩人偉岸的文化身軀。哈羅德‧布魯姆說過：「詩人
中的強者，就是以堅韌不拔的毅力向威名顯赫的前代巨擘進行至死不
休的挑戰的詩壇主將們。」[2]聞一多融化前代詩風和詩論，將它們化
作自身的養分，在它們的滋養下，又對它們進行強有力的挑戰。新格
律理論的提出，一個方面也可說是聞一多「素喜反抗權威」的性格對
自由新詩和古代律詩的一次反撥。儘管中國新詩壇盛行自由詩，他發

2　哈羅德‧布魯頓：《影響的焦慮》（北京市：生活‧讀書‧新知三聯書店，1989年），
　頁3。

現了自由詩的弊端，同時也發現中國古代律詩已不適合中國新的時代，出於對詩歌民族性、時代性和藝術性的考慮，聞一多和同人們一道提出詩歌的格律化，提出詩歌的「三美」理論，向中國白話自由詩和古代律詩揚起一面新的旗幟，從而引導了一股詩歌的新潮流。雖然聞一多他們倡導的新格律運動早已結束，通過近七十年的發展，聞一多也以他的偉岸立在詩歌歷史當中，影響著一代又一代的中國詩人。

　　然而，這種強大的轉換力又歸結於他的遠見卓識！

　　聞一多是一個學者，他有著詩人的氣質和才華；他是個詩人，又有著學者的淵博和審慎。他創作新詩，研究新詩和古詩，目標是建設中國新詩，完善新詩藝術。所以，他能夠敏銳抓住詩歌最基本的理論問題，用最富有激情的語言，表達最具有號召力的思想。聞一多的詩歌理論大都針對具體的詩歌對象和現象而言，思想明確，目的清楚，實指性極強，鋒利而沒有阿諛的成分，睿智且出於真誠。無論是對俞平伯的《冬夜》，還是郭沫若的《女神》，或是田間、艾青的詩，他都誠懇地批評，即使有認識上的偏頗，也不諱言，表現出一個批評家應有的正直熱情和獨立清醒的批評意識。在他的詩歌創作中，堅持「真善美」的統一，堅持詩歌藝術至上，一直用美的、真的、善的詩篇迎來讀者的仰慕和尊敬。他為中國新詩提供了創建新格律詩的方法，提供了豐富的意象系統，提供了幻象的審美原則，提供了詩情的傳達方式，提供了新詩的戲劇化、音樂化和美術化的技巧……還提供了一種詩學的精神。

　　我們太需要聞一多的詩學精神，需要他這包融寬納、轉化生成和遠見卓識的能力，因為我們和他一樣，也面臨著文化的轉型。我們不想再重複過去的一段歷史，與外界缺少溝通，又堅決地關上了文庫大門，在封閉單一的環境裡製造著自產自銷的物品，人為地取消自己與世界與時代對話的機會；而且我們也不想重複沒有自己的歷史，在他人的言語中，在他人的影子裡迷失自己對理想的追求。

　　聞一多是一面鏡子，反照著當今的我們和詩壇。

　　這，是聞一多超越時代的一個更重要的價值。

附錄

附錄一
中國詩學綜論

　　自一九二七年寫下第一篇學術論文〈詩經的性欲觀〉，聞一多的學術視野開始形成。五年後，在一九三三年的九月間，聞一多給饒孟侃寫下一封喜憂參半的信：「我近來最痛苦的是發見了自己的缺陷，一種最根本的缺憾──不能適應環境。因為這樣，向外發展的路既走不通，我就不能不轉向內走。在這向內走的路上，我卻得著一個大安慰，因為我實證了自己在這向內的路上，很有發展的希望。因為不能向外走而逼得我把向內走的路走通了，這也可以說是塞翁失馬，是福而非禍。」[1]聞一多這時已經定下了學術研究疆域，他已經在進行《毛詩字典》的編寫工作，將《詩經》拆散，注明了每一個字的古音古義古形體，說明其造字的由來，在句中作何種解釋，以及 "parts of speech"（筆者注：即「每個部分」的意思），最後再編成一部字典；除此之外，他作的學術工作還有：《楚辭》的校議、《全唐詩》的校勘、《全唐詩補編》的搜集、《全唐詩人小傳》的訂補，《全唐詩人生卒年》的考證以及《杜詩新注》、〈杜甫〉傳記的寫作，這都成為他生命的忠實部分，直到一九四六年七月十六日，他去世的那一天。

　　聞一多著作等身，經多年整理，一九九三年十二月由湖北人民出版社出版了最齊全的一套《聞一多全集》，共十二卷。剔除詩集、文藝評論、日記書信和美術集四卷外，有八卷是研究中國古代文學的文章；再剔除有關遠古神話及文化人類學方面的論文，其餘的都是與中國詩歌相關的論文。按照我們現在對文學史的劃分階段，他的研究領域包含了從先秦兩漢到唐朝的文學和文字的重大研究課題，概括起來

1　聞一多：《聞一多全集》（12）（武漢市：湖北人民出版社，1993年12月），頁265。

有:《詩經》研究、《楚辭》研究、《周易》研究、《莊子》研究、《管子》研究、唐詩研究、中國文學史研究和語言文字研究——這些研究囊括了國學之精華,由此稱聞一多為國學大師也名副其實。其中,在中國詩學界產生過很大影響的論文和大綱有:〈詩經的性欲觀〉、〈詩新臺鴻字說〉、〈匡齋尺牘〉、〈說魚〉、《詩經新義》、《詩經通義甲》、〈讀騷雜記〉、〈司命考〉、〈屈原問題〉、《楚辭校補》、〈離騷解詁甲、乙〉、〈九歌的結構〉、〈東皇太一考〉、《九歌解詁》、《樂府詩箋》、《易林瓊枝》、〈類書與詩〉、〈莊子〉、〈四傑〉、〈宮體詩的自贖〉、〈賈島〉、〈杜甫〉、〈詩的唐朝〉、〈少陵先生年譜會箋〉、〈少陵先生交遊考略〉、〈中國上古文學〉、〈四千年文學大勢鳥瞰〉、〈歌與詩〉、〈文學的歷史動向〉、〈律詩底研究〉、〈說魚〉等。

儘管聞一多提出的許多學術觀點在今天的學者眼裡有些異議,如傅璇琮先生在《聞一多與唐詩研究》中所談到的:「盧照鄰的〈長安古意〉、劉希夷的〈代悲白頭翁〉、張若虛的〈春江花月夜〉是否就如聞先生所說的屬於宮體詩的範圍,它們在詩壇的意義用『宮體的自贖』來概括是否確切;『四傑』在初唐詩歌史上的出現,是一個整體,還是兩個不同的類型;孟浩然是否即是『為隱居而隱居』而沒有思想矛盾;中唐時的盧仝、劉叉,是否是『插科打諢』式的人物;賈島詩是否就那樣的陰暗灰色。」[2]這些問題可以商榷,但是作為一代學者,聞一多在他的學術領域留下了渾厚的樂音。

如果把傳統學者比喻為民族唱法的歌手,而聞一多就是一位接受了西洋發聲訓練的民族歌手。從他對中國詩學的宏觀構想到選家氣魄,從他的新的詩歌觀念到考證成就,從他的詩論語言到他的論文結構,都顯示了超越傳統的現代特徵。甚至,我們可以將聞一多認為是新國學大師!

2　傅璇琮:《唐詩論學叢考》(臺北市:文史哲出版社,1995年)。

　　以下，我們通過介紹幾篇代表性的論文和大綱，領略這位國學大師的研究態度、視野和方式。

一　史家的風範：〈四千年文學大勢鳥瞰〉[3]

　　聞一多對中國詩學有過一個宏觀的設想。雖然剛剛進行學術研究時，他只是從《詩經》「性欲」、杜甫等單部詩集的某個問題和單個詩人入手，隨著研究的深入和對研究對象透徹了解的欲望，他不斷走出前輩學者的囿限，在運用傳統的訓詁和考證研究方法的同時，他也採用社會分析與科學辯證的分析手段，以獨特的眼光注視《楚辭》、《詩經》和唐詩等。圍繞這些詩歌，聞一多的研究課題駛上了環形軌道。他說：「我的歷史課題甚至伸到歷史以前，所以我研究神話，我的文化課題超出了文化圈外，所以我又在研究以原始社會為對象的文化人類學。」[4]在〈四千年文學大勢鳥瞰〉（筆者注：以下簡稱〈鳥瞰〉）中，我們能夠從這份提綱的列舉中，觀測到他的開闊而宏偉的學術視野。

　　與以往文學史分期不同的是，〈鳥瞰〉改變傳統文學史以王朝的更替為文學史更替的劃分法則，取文化、文學、詩歌的發生、發展、變化作為文學史的分期標準，將中國文學獨創性地分為四段八大時期，並且觀照每一文學樣式在不同時期的力量對比，如詩歌的歷史，他不是僅從詩歌本體的變化上研究，而是把它置入中國文化、世界文化的歷史當中。

　　我們先對他這篇文章的主要觀點作一些陳述：

　　將四千年前的夏商至中成王（西元前2050-前1000年）的九百五十年劃作第一段的第一大期，是本土文化中心的摶成時期，也是中國

3　聞一多：《聞一多全集》（10）（武漢市：湖北人民出版社，1993年12月），頁22-36。
4　聞一多：《聞一多全集》（12）（武漢市：湖北人民出版社，1993年12月），頁381。

文學的黎明時期。

　　第二段第二大期，經歷《詩經》三百篇時代到古詩十九首時代，歷時一千二百九十一年，南北文化開始交流，本土文化形成，出現了《詩經》的歌唱，韻文成為成熟的主要形式，韻文和散文有了分歧。第三大期，隨著春秋末的記言文的新發展，記事文的崛興，在戰國時期思想戰趨白熱化，有了以莊子為代表創作的抒情散文，屈原的詩散文化，賦有了發展；到先漢時期，騷賦發展，辭賦有了先聲，至漢代，騷賦剩下餘響，辭賦在司馬相如那裡開始演進，思想戰結束，集大成的歷史鉅著誕生，樂府詩、易林這樣的民歌產生，個人意識覺醒。到了第四大期，在思想硬化、感情凍結的大背景下，賦出現了摹古與托古形式，散文有了文筆之分，詩歌以新的姿態走入文學史，五言樂府復活，出現本土化傾向，內容哀婉，形式整齊，藝術化特徵明顯。

　　第三段從曹植時代至曹雪芹時代，歷時一千五百一十九年。第五大期是「詩的黃金時代」，第一期（東漢建元元年〔196〕至晉建武元年〔317〕）的一百二十一年的悲哀與玄想當中，湧現了建安詩人、正始詩人、太康詩人。在第二期的一百六十年當中，有永嘉詩人、江表的玄言詩風、陶淵明與元嘉詩人為中流砥柱。第三期，韻文得到內容方面的成功，既有玄學高貴的內容，又有南方平民情歌、英雄的情調。在唐高宗麟德二年以後到唐玄宗天寶年間的九十年中的第四期到達了詩歌盛世，士人與新貴族階級成立，韻文創作又抬頭了。因為印度的影響，辭藻發達，聲律產生，於是增加了韻文的繪畫與音樂的官覺上的美。東晉與盛唐，天然成一段落，以二謝為代表，有華麗、溫雅、清秀、高超的特色，律詩興起為貴族的表徵，宮體詩的墮落，也就是貴族生活的墮落。到了玄宗末葉，貴族與平民通約，一改唐初貴族但有華麗而無秀雅，但有其表而靈魂就盡之勢，杜甫、元結及《篋中集》諸人開新紀元，以平民作風寫平民體裁，溫李的努力已經無效。到第五大時期終於迎來了詩的黃金時期。第六大期從唐肅宗至德

元載開始，至五百二十年後的南宋恭帝德祐二年，本土形式的抒情詩為主要地位，詩中有了更多樣性與更參差的情調與觀念，後來抒情詩的形式與內容得以純化，出現了詞。至第七大時期的元世祖至元十四年至民國六年的六百四十年中，本土形式的詩文沒落，外來的形式如小說、戲劇都得以發展，到第四段第八大時期，文學史又來了一個大循環，回到全民大眾性的第一段。

在論述中，聞一多打破了傳統文學史的常規寫作方式，體現了以下幾個特點：

一、比較的、發展的、世界性的研究眼光。聞一多認為文學史並不是文學與史的混合，而是化合，由於普通的文學史無頭緒，如煙海，因此他試圖改變這種不按照文學的史的發展線索來研究的方式，將藝術各部門及中外藝術進行比較，提煉其中特點，在世界文學中確定中國文學的地位，在整個文化中確定中國文學的地位。從〈鳥瞰〉中我們可以看到，在每一段每一期的文學發展中，聞一多都注意到文學除了本身的成長，還受到外民族以及外國文學、思潮的影響。如在文中他提到印度文化從第四大期開始輸入，到第五大期影響到中國的律詩，第六大期時，它經過民間闖入了文壇，培養了中國的故事興趣。歐洲文化也是中國文學的一大影響源，在第七大期漸次侵入，引起注意，後被大量接受。他還又將世界各國的文化起源作了一番比較。

二、善於從歷史現象中提升出普遍規律。聞一多不止於做一個歷史典籍的整理者和文學史的講解員，他只是把整理和闡釋作為一種研究的手段，他的研究目標是要總結文學的發展規律。該文中我們看到，他不但沒有割斷詩歌與詞、小說等其他文學樣式的互相關係，也不放棄分析階級、思潮對於詩歌的內容、形式的發生、發展、變異所起的作用，讓人們看到文學（詩歌）是與上層意識形態及物質基礎等各種因素相關的。聞一多提出的「大循環」規律也極富新意，他認為文學的發展是朝著世界性的趨勢發展的，中國接受的印度與歐洲文化

的影響在本質上是相似的，從文學的本質上，他將中國與希伯萊劃為
詩歌式的一組，認為印度與希臘有所不同，為故事式的一組。他還指
出，世界上這四大文化分成兩大系，其中，詩歌式是故事式的先鋒，
由印度式到歐洲式是自然的發展，又是歷史的必然發展。由我們今天
的文學和文化狀況來印證聞一多的論斷，我們當今的文學中，以敘事
為主的小說升到了文學的最高地位，而歷史更久的以抒情為主的詩歌
反倒出現了滯停狀態，但是，每一次思潮的變化，總是先在詩歌中引
起反響，然後才在小說中反映。文學的中心也從東方轉移到了歐洲。
無論人們如何反對提歐洲中心論，但實際上這已成為一個默認的事
實，歐洲的文化、思想、文學在很大程度上引導了世界的潮流，所以
說，聞一多的觀點是有著高度預見性的，也是合乎規律的。

　　三、敢於大膽提出假設。由於把握了文學的發展方向，聞一多對
傳統文學史的許多論斷敢於大膽懷疑並敢於大膽假設。如在文字未出
現前，是否有文學，如有，又是怎樣一種狀態？聞一多不是從文學的
本身出發論文學的存在，而是從金石陶器的花紋等古物上推衍早期文
學的初始形態。在一個甲骨盤盂的雕刻圖案中，他推測到散文由此而
萌芽，並且這時也產生了史詩，否定了學術界長期以來的「中國沒有
史詩」的定論，甚至把《詩經》產生之前的文學時期命名為史詩時
期。當然，這一假定是否符合歷史的真實，還有待語言學家、文字研
究者，乃至於考古工作者通過審慎認真的努力，借助於先進的儀器和
偶然的機會，才能一步步地揭開歷史的原貌，給出確鑿的答案，然而
這一假設給學術界以新的學術思路，促使研究者嘗試新的思維方式，
以反權威觀點的立場反思文學的歷史，試圖掃除蒙蔽歷史真實的灰
塵，恢復文學原貌，貼近產生文學現象的那個年代，為期待證實的文
學史正名。在聞一多此番發言後的幾十年中，隨著藏族民間史詩《格
薩爾王》、內蒙古遠古時期的英雄史詩《智勇王子喜熱圖》、納西族的
史詩《創世紀》、柯爾克孜英雄史詩《瑪納斯》等的發掘整理，聞一

多的大膽假設也得到了某些證明。據史詩研究者考察，這些史詩有些記錄在經書上，有的流傳於民眾口頭，它們記載的多為遠古時期人類的祖先們在自然神及其使者的幫助下戰勝邪惡，頑強生存的事蹟。其超自然色彩的豐富想像，怪誕奇特的非科學非理性的思維特點，也可以將這一時期的文學歷史命名為史詩時期。

　　四、關注文學樣式的產生與消亡、結合內容探討文學歷史。如〈鳥瞰〉所示，聞一多在對文學的每一段和每一期的描述中，特別關注文學樣式的更替。在他看來，文學史的意義就是文學樣式變化而產生出來的意義。在對四千年文學大勢的鳥瞰中，文學樣式的變化因此成為一個聚焦點。我們可以從他的論述中歸納出這樣的一個文學樣式變化表：

　　第一大期：文字發明，史詩時期，散文出現。

　　第二大期：詩經時期，韻文成熟，韻散分家，詩教。其中，一
　　　　　　　期：宗教禮儀樂章；二期：社會詩與情詩。

　　第三大期：一期：記言文、記事文；二期：抒情散文、詩的散文
　　　　　　　化；三期：騷賦發展、辭賦先聲；四期：騷賦餘響，
　　　　　　　辭賦演進，民歌起來。

　　第四大期：賦的摹古與托古，散文的文筆之分，詩的樂府──五
　　　　　　　言興起。

　　第五大期：一期：誕生書寫悲哀與玄想的建安、正始、太康詩
　　　　　　　人；二期：永嘉詩人、江表的玄風和陶淵明、元嘉詩
　　　　　　　人帶來詩的浪漫與寧靜；三期：韻文內容增加，賦與
　　　　　　　駢文發展；四期：詩歌盛世，宮體詩的墮落。

　　第六大期：抒情詩為基調，抒情詩新形式與內容的純化──詞的
　　　　　　　產生，故事興趣養成，散文、傳奇小說成熟，韻文
　　　　　　　（戲曲的前身俗講、諸宮調、話本、戲文）在醞釀中。

　　第七大期：散文──章回小說新發展；韻文──戲曲極盛。

　　第八大期：小說、戲劇為主要形式。

　　聞一多不僅關注文學樣式的發展變化，而且一反文學史為社會
史、王朝史、政治史的作風，使文學史歸於作家與作品的歷史。如他
劃分的文學史第三階段，跨越了東漢至清代的一千九百一十九年時
間，在他眼中成為標誌性的是兩個人物，曹植和曹雪芹，而不是國家
的權力所有者曹操或康熙。這種以文為經，以作家為緯，以社會變遷
為背景而非前景的研究視角，對今天的文學史家也應有所啟示。當一
九八〇年代的學者們強烈呼籲「重寫文學史」的時候，也不過是對作
為革命史、社會史、政治史依附的文學史現象進行反撥。聞一多這種
視文學為本的文學史家觀念是值得當今學者借鑑的。

二　論者的博學：〈中國上古文學〉[5]

　　聞一多的文學史成就除了他對文學階段的宏觀劃分，還有微觀陳
述，經學者們整理出來的〈中國上古文學〉是一篇頗有見地的論文大
綱，他把時間限定在上古時期，運用文字學、社會學、神話學的有關
知識及其比較的方法，論證了上古文學的外延與內涵。在此文中，聞
一多提出以下新觀點：
　　首先，從中國語的特點來觀照語言對文藝的影響，並論述了文言
的功用、特徵和優劣。聞一多認為，中國語是單純性的，而且由詞的
位置決定詞性，一經易位，詞即變性，這樣形成中國語的絕大彈性與
文章的簡練。中國語是剛瘠性與保守性的，形式上沒有變化，造字者
因而可因勢利導，只用一簡單固定的形體，就可以代表一個完全的意
義。漢語的這些特點給予文藝的影響，聞一多歸為四點：簡潔、駢
偶、旋律，聲調鏗鏘及聲調、助詞註定語調的姿態，在朗誦、吟哦時
增加它的嫵媚。文言的功用在聞一多看來是：文言是與古人交接的人

5　聞一多：《聞一多全集》（10）（武漢市：湖北人民出版社，1993年12月），頁37-49。

為的語言，它隨著口語發生演化，雖然文言作品對大眾公開，但是人們難以讀懂三四百年前的作品，據此，他認為文言作品富保守性，重模仿。因文言採用的是省略的人為的電報式語言，所以文學作品不能接近現實人生，導致小說與戲劇不發達，而詩最發達。最初的文言是詩，詩先天是一種人為的語言。相對詩，聞一多又對另一種文體——散文進行說明，他說，散文是口語的，以後漸變為不自然的文言，最極端的發展便是駢文。此處，他注意到文言與散文的聯繫與發展趨勢，散文在文言化之後，又產生了另一種文體。文與學，聞一多的解釋是：文的本質是人為的語言，目的是便於記誦，它的字源來自象形文字，本義係文身。從訓詁學考察，訓為飾，華，重文作彣，又作紋，即花紋。他還從《左傳》〈襄公二十五年〉中孔子所說的「言之不文，行之不遠」來印證「文」的原始意義，即作為修飾內容的一種方式技巧。因上古文學中，文有四言為主體、重疊句法和韻等特徵，這也是詩的特徵。因而聞一多認為上古時的四六文出於四言詩，二者同源，詩因此也成為中國最主要的文學樣式，成為正統文學。

　　其次，他從階級論的角度去考察上古文學，研究了詩與古文的關係，文與學的區別和文學體式的發展法則等。他以為文言是貴族階級的產物，因為他們有條件接受文言教育，他們是知識階級，中國的正統文學——詩歌，為他們所獨有，而接近平民的小說戲劇，相對說來就顯得不發達了。至於「學」，聞一多也運用階級觀的分析法，說它是知識階級所有的，他用一個詞指明了「學」的表現方式——「掉書袋」，並說明中國文學的一大現象：中國文學最重學，學的力量不時地衝擊著文的修飾。緊接著，聞一多又提出一個重要的文學觀：文學的發達，是矯正此種傳統的歷史，就此，他列出了文學史上幾個矯枉過正的時期，在這幾個時期中，散文占了主要地位，而韻文——詩，在文體上發生了很大的變化，在先秦兩漢散文的全盛時期，詩歌散文化；當宋代散文復興時，詩歌演變為詞；當白話散文興起後，對文言

散文的影響很深，五四時期白話詩文及新型的文學樣式──話劇，對文言詩幾乎進行了全面的解構。

再次，聞一多另開側路，通過對其他藝術類型的探究而進入詩的道路。聞一多從西方人的美術觀念中得到啟示：西方人認為美之觀念出於圖案。聞一多針對我國殷周時期的銅器藝術，也下了一個大膽的結論：「殷商之際文化當以銅器藝術為主峰，文學無可言。」為此，他尋找了一些論據：卜辭及早期金文皆朴質無文。〈周頌〉亦然──〈魯頌〉、〈商頌〉皆初秋作品，從銅器藝術的發展態勢上，聞一多還作了進一步的推斷，他的觀點是：上古文學為藝術的附庸，就如文字是圖案的副產品，象形文字保存了圖案的意味，「故中國文字與美術關係密切──文字本身演為書法；文字之運用──文學，特別富於裝飾意味，如賦、駢文、律詩、楹聯」。由上述觀點，聞一多對文學與美術的關係加以引申：「文學發展之形態亦受美術之支配。」無論中西藝術文學的差異如何，文學的發展都受這本土藝術的影響，聞一多還自製了一個圖表比較這種關係的演變：他認為中國藝術以圖案和繪畫為主，西方藝術以雕刻和舞蹈為主，中國的圖案直接影響到駢文，它們追求勻稱、和諧、平面中之平面，追求靜的風格和空間效果。繪畫對詩的作用頗大，詩歌對意象與意境的營造，毫無疑問受繪畫藝術的影響。西方藝術有雕刻，雕刻的形象中常蘊含著富有韻味的小說故事；舞蹈是動態的，是有一定時間長度的一種藝術，它的程式、形體動作對戲劇的影響也是不容忽視的。

聞一多針對銅器藝術的五大發展時期，按照美學風格的變化把握中國文學發展的趨勢，這是別具一格的。他認為文學與銅器藝術是「雁行」式發展的。當銅器花紋圖案在發生變化時，他注意到文學風格相應也在發生變化。如樸略期，文學史上出現了卜辭，到雄略期、雅健期、纖麗期，銅器藝術由刻鏤深厚，以雷紋為質地，至刻鏤浮淺，淺細，雷紋絕少，花紋繁瑣工細而無定格，裝飾浮於形質。文學史也在

同步演進：雖是有了金文，但文章風格由雄厚的〈周頌〉演變到雅健的《易》、《雅》、《國語》、《論語》等。以至於老、莊、孟、荀文學以及《戰國策》、《楚辭》和《古賦》。銅器藝術在墮落期時，益趨寫實，無形體美可言，裝飾全是平面風格，益脆弱繁瑣。這時的文學以《淮南子》與漢賦為代表，也走向了墮落，醞釀著新的文學樣式。

　　再次，聞一多從詩樂禮的歷史演變出發，認定詩曾一度滅亡。這與文學史上成為定論的「中國文學是詩的文學」的觀點有歧異，但他的說法不無道理。在「巫史文學」中，聞一多認為文學從口唱到書寫後，就產生了散文，書寫材料從甲骨盤盂竹帛逐漸落實到專用竹帛上。文字蕃衍後，竹帛上的記述大量增加，同時，遠古的巫術活動演變成宗教活動，成為史而被記載下來。以後，宗教活動中的禮儀樂歌又逐步喪失宗教意味，成為日常的徒歌。這樣，樂與詩分離（筆者注：聞一多還認為史即詩，詩即史），樂變為娛樂的工具，導致了弦樂發達，而記載活動的詩漸為散文替代，最後詩亡。值得指出的是，聞一多在多次在他的論文中談到的「詩」，不是我們如今常標明與小說、戲劇不同文學類型的「詩」，在〈歌與詩〉等文中，聞一多定義的「詩」只代表古時記事或口唱的文字、韻文，「『詩』字最初在古人的觀念中，卻離現在的意義太遠了。漢朝人每訓詩為志。……志與詩原來是一個字」。因而，聞一多的「詩一度滅亡」之說，也並非聳人聽聞，他的意思是詩（志）作為宗教意味的記載日漸喪失其功能。在提綱中，聞一多還談到「史」的問題，這有助於我們認識他的詩的觀念。他說：詩出於史，其前提條件是，古代學術，只有一個禮；古代學者，只有一個史，它包括了卜宗與祝這些禮儀活動，由巫術演變而成。既然史的職掌是禮，樂是禮的一部分，詩又是樂的一部分，故而，詩出於史。

　　最後，聞一多在論及「史詩問題」時有談到詩，他認為具有傳奇性與戲劇性的神話靠詩這一形式製成了文學作品。在此，他把詩看作

一種表達方式而不是體裁。同時,他將神話當成了廣義詩歌中的一類,所以他的神話觀也有了新的見地:神話有其社會功能,文化愈淺愈不能沒有神話傳說。在上古時期,故事之所以能夠流傳是依靠語言的。為了節奏明顯,便於記憶,長篇故事採用了韻文而成為歌詩,「歌詩形式決定於吟唱時伴奏的樂器」,敲擊樂器形成歌詩的節奏,管弦樂形成歌詩的旋律。聞一多還推論出夏商時期自由敲擊樂伴奏,那時的「史詩形式不能超過大雅的形式──四言為主的韻語」。在一些古書典籍裡,聞一多發現《虞夏書》多四言,先秦人所引的《尚書》多韻語,〈堯典〉與〈皋陶謨〉中的敘事繁縟,對話多,他認為這些典籍都是史詩性的,另一古本《五子之歌》是史詩的殘骸。

　　聞一多的觀點給人們以耳目一新的啟示,具有論者的魄力。但是作為聞一多的研究者,我們也應對其中一些片面的看法提出自己的觀點。

　　中西藝術的主要樣式的分別並非如聞一多所說的那樣明確。從藝術的發展歷程來看,中西藝術都是圖案、繪畫、雕刻和舞蹈共存的。據考古發現,中國的原始藝術中有壁畫,如敦煌壁畫、紅山壁畫等,西方的藝術中同樣有壁畫。舞蹈這一藝術類型,更可謂中西共備。歌、樂、舞在原始藝術中原本就是不分家的,正如李澤厚在《美的歷程》中所說:「後世的歌、舞、劇、畫、神話、咒語……,在遠古是完全糅合在這個為分化的巫術禮儀活動的混沌統一體之中的,如火如荼,如醉如狂,虔誠而蠻野,熱烈而謹嚴。」[6]李澤厚的說法不是沒有根據的,他從古代典籍《山海經》、《尚書》、《呂氏春秋》中找到不少記載原始初民載歌載舞的文本,如「帝俊有子八人,是始為歌舞」(《山海經》〈海內經〉),「擊石拊石,百獸率舞」(《尚書》〈益稷〉);「昔葛天氏之樂,三人操牛尾,投足以歌八闕」(《呂氏春秋》〈古樂

─────────────────

6　李澤厚:《美的歷程》(合肥市:安徽文藝出版社,1994年),頁17。

篇〉）。由此看來，舞蹈並非西方藝術的主要樣式，在上古時期，它和詩、樂同為一體。

西方文學中產生戲劇的原因，聞一多用舞蹈藝術的影響來解釋也不是很充分的。關於戲劇的誕生，尼采在《悲劇的誕生》說到過日神精神和酒神精神。希臘神話中的日神阿波羅象徵了美的外觀，它的本質是人的一種幻覺，酒神狄奧尼索斯則象徵著一種痛苦與狂喜交織的癲狂。古老的希臘悲劇，就是從悲劇歌隊中，而不是舞蹈中產生的，酒神在長時期內作為舞臺上的惟一登場的戲劇主角。

由聞一多的這篇提綱來看，他對中國上古文學的思考是多方位的。他從語言文字的庫藏中尋覓語言文字與文學的關係，從殷周的銅器藝術來推衍文學的產生與演變，從巫史宗教活動來觀照文學成分的增減，從神話傳說的內容上來分析史詩問題，儘管有些問題還值得進一步思考，但是他的新端異說，為研究者提供了不少富有啟發意義的研究方式和新的觀念。

三　辨者的洞察：《易林瓊枝》研究[7]

聞一多對占卜古書《易林》的研究展示了他非凡的洞察力，從沒有一部文學史敢像他那樣認為：《易林》是詩——「如果我說漢代文學不在賦而在樂府與古詩，想來是不會有多少人反對的。如果我又說除樂府、古詩外，漢代還有著兩部分非文學的文學傑作，一部分在《史記》裡，另一部分在《易林》裡；關於《史記》你當然同意，聽到《易林》這名目，你定愕然了。《易林》是詩，它的四言韻語是詩；它的『知周乎萬物』的內容尤其是詩。」聞一多給此處的「詩」以何種定義呢？這對研究他的詩學觀有十分重要的意義。

7　聞一多：《聞一多全集》（10）（武漢市：湖北人民出版社，1993年12月），頁50-68。

　　在聞一多的認識裡，「詩」的含義除了形式上是韻語外，還有「其稱名也小，其取類也大，其旨遠，其辭文，其言曲而中，其事肆而隱」。《易林》作為詩，就因為它也具備了詩的這些特徵。然而，《易林》畢竟是一步經典性的占卜書，往常，它不是作為詩被人們接受的，它與詩歌的差異顯然存在。據此，聞一多發揮他的辨者之能，在《易林瓊枝》的附錄中，他對《易林》和詩作了史無前例的比較。

　　聞一多認為：一、占卜與詩的基本態度相同──預言家與詩人都懷著超然的態度靜觀著宇宙人生。稍有不同的是，預言家離開了自身的個人的情感去看宇宙人生的秘密，詩人則更進一步，設身處地地玩索宇宙人生的秘密。與前二者持大不相同態度的是宗教家，他們不以旁觀者的身分面對宇宙人生的秘密，而圖謀拯救宇宙人生，並將他們的同情心行動化。這一點是以人與宇宙人生的距離遠近來判斷文學與巫術、宗教的關係的。二、言語的傳達方面相同──預言家與詩人傳達思想或感情「皆見於文字」，都使用比興的手法，說著神秘的語言。預言家造象指事，詩人的同情心也不宜過於露骨、廉價，在此意義上，詩人愈近於預言家。三、從精神而言，對預言家來說，他們雖是定命論者，然而他們對於命運的無可奈何之態，使他們安於生死天命，並不去做無謂的呻吟。這樣一來，反而使感情得到了淨化。這一處類似西洋悲劇，超越了占卜的實質內容，因而，《易林》與詩都「在精神不在外表」，都拍攝了人生的「鏡頭」，都熔鑄了人生的悲劇與喜劇。

　　對《易林》的占辭內容和手段的論述，聞一多並不就事論事，他獨具慧眼地將它放在文學分析的框架中。

　　在內容上，聞一多指出占辭寫的是一般人的生活，它的一般性表現在囊括了普通人的「全部生活」，敘述的也是日常生活，缺少傳奇意味，並且，在昭示生活的時候，以「性質陰暗者」為多數，暴露生活的陰暗面，在這一方面接近歐洲的自然主義文學風格，聞一多創造

性地把它歸入寫實主義之內。因為在占辭的辭義裡，處處充滿著憂患意識，處處又都顯示著普遍永恆的人生哲理，所以聞一多認為它們是真悲劇，具有悲天憫人的精神。

占辭的手段，聞一多指出是「易象」，即變換意象來隱藏不可洩露的天機。制辭者談言微中，慣用的手法是暗示、比喻，用自然界的無知識的生物來比有知識的人，將整個宇宙人格化，使它成為有知識有感情的宇宙，制辭者宛如西方人心中的上帝，他們俯瞰、統領的對象不只有人，遍及萬物。由此，聞一多對制辭者也進行了很高的評價。他認為制辭者的貢獻在於他有精深的觀察力，博大的同情心，他將《周易》和《太玄》與《易林》作了簡略的比較，指出《周易》沒有《易林》的特殊境界，《太玄》則「更墮魔窟」。

在《易林瓊枝》中，聞一多還以《易林》為注意點，論到《易》與《詩》的關係。他認為：「《易林》用《詩》多於《易》，蓋事雖《易》，其辭則《詩》也。」這就是說，《易林》具有敘事和文辭修飾的特徵，在敘事方面有《易》的特色，在文辭修飾方面有《詩》的特色，並且，《易林》的《詩》的特色要多於《易》的特色，因此，《易林》可以看作是詩。為此，聞一多還引證《易林》作者焦延壽之言：「亦自認為詩，故曰：作此哀詩，以告孔憂」。聞一多在《易林》中發現了它的文學風格，他甚至說，它是一首悲哀的詩，用來揭示心中的憂傷。

為了使論點更有說服力，聞一多還做了另一項工作，即從古代詩歌中尋找部分與《易林》中的句子相關的詩句，作實證比較。我們不妨試析一例，看看聞一多如何將古詩與《易林》連結在一起進行比較的。

如《易林》中的「鳧得水沒，喜笑自啄。毛羽悅澤，利人攻玉」（二十一條）和「鳧雁啞啞，以水為家。雌雄相和，心志娛樂。得其所欲，絕其患惡」（二十二條）。與之比較的是蘇軾的〈惠崇春江晚

景〉中的「春江水暖鴨先知」。聞一多僅將二者對比列出，沒有作更多
的說明。按照聞一多的思路，我們可以將二者的對比進行補充性說明：

　　一、表現對象相似。《易林》中的文本形象是鳧在水面的，自啄
羽毛的神態怡然的水鳥，而蘇軾筆下的是鴨子。

　　二、意境相近。《易林》中的意境是有水鳥、鳧雁雌雄相娛的場
面，充滿了喜氣洋洋的氣氛。蘇軾詩歌的意境同樣喜慶，是鴨子在春
天的江水中嬉戲的場面。

　　三、意義的深淺不同。因為《易林》的功能性特徵，它具有占卜
之效。它雖然表現的是自然界的現象，卻是人為的和為人的，每一樣
自然物，實際上都只是一個符號或一件事情的象徵，用來隱喻人世的
滄桑，其中含義只有作者和解釋者知道。對於占卜者來說，卜辭提供
的自然現象就如盲人眼中的自然現象，他不知道設卜辭的法則，也就
沒有能力發現其中的隱蔽和含蓄的內涵。而蘇軾的詩歌描寫的自然景
象不是功能性的，它給讀者帶來的是審美上的愉悅。《易林》相對蘇
軾的詩歌而言，更加曲折、隱晦，也更符合詩的美學原則，因而也更
像詩。

　　在聞一多的這一觀點影響下，錢鍾書、陳良運[8]等研究者也看到
了《易林》的詩意，突破了一般人對《易林》進行占卜意義分析的侷
限，而對它進行了修辭、音韻、情節、氣氛、意境等各方面的分析。

四　選家的氣魄：唐詩研究

　　聞一多的抱負極其宏遠，他不單單要研究唐代的詩，而是要展現
詩的唐朝風貌。憑其選家氣魄，聞一多在這片研究領域裡開闢了一塊
豐腴之田。

8　陳良運於二〇〇〇年五月出版了專著《焦氏易林詩學闡釋》（百花洲文藝出版社），
　　該書全面肯定《焦氏易林》的文學價值。

　　湖北人民出版社出版的《聞一多全集》將聞一多的唐代文學研究分成了上、中、下三卷：上卷收錄了關於唐詩的論文，有論述唐代詩人的〈四傑〉、〈陳子昂〉、〈孟浩然〉、〈賈島〉、〈杜甫〉、〈少陵先生年譜會箋〉、〈少陵先生交遊考略〉、〈岑嘉州繫年考證〉、《岑嘉州交遊事輯》等；也有關於唐代詩歌體式的論文研究，如〈類書與詩〉、〈宮體詩的自贖〉；還有對唐詩整體研究的，如〈唐詩要略〉、〈詩的唐朝〉等；另外，還有研究方法的，如〈唐詩校讀法舉例〉、〈岑參詩校讀〉等。

　　中卷則更大規模地顯示了聞一多的唐詩研究成就。在這一卷裡，聞一多自編了《唐詩大系》，自製了唐文學年表，而且還進行了全唐詩匯補、續補、辯證、校勘等工作。《說杜叢鈔》是當今類似《魯迅詞彙大全》的傳統典範，對杜甫詩句中的某些用典進行了尋源索根的探究。《唐風樓捃錄》可以說是唐代的百科全書，聞一多對唐代的文化進行了分類，並列舉了五經、儒家、道家、摩尼教、歷史、雜事、史屑、地理、政治、語言文字、詩詞文別集、總集、批評研究、小說、音樂書畫、遊藝雜品、兵法算術醫藥農藝、陰陽五行雜占堪輿、類書、雜考、雜述、異聞、偽書、唐代研究用書等典籍和史料，乃至對唐代的方言和部分典故也進行了說明，是了解唐代文化和社會不可缺少的參考資料。

　　下卷的主要內容是唐代一九九位詩人小傳和一八五位詩人小傳的補遺。從大量的史料如《舊唐書》、《新唐書》、《唐才子傳》、《唐詩紀事》中提煉出記載唐代各位有名詩人的文學成就。

　　三卷本合成一個整體，規模龐大，有對唐代社會、文化、歷史、語言的全面觀照，也有對某個詩人的細微燭照，同時，還對唐代詩人群體進行描繪，這項工作可謂是前無古人的創舉，也是聞一多對於唐代文學的重大貢獻之一。

　　若要具體而論，聞一多對於唐代文學的貢獻不可一一列出，以下

只能列舉他部分突出的學術觀點及研究方法以饗讀者。

　　論述初唐四傑的〈四傑〉[9]至今還成為唐代文學研究的參考資料。在此文中，聞一多對文學史上的「四傑」命名表示大膽的懷疑：「這四人集團中每個單元的個別情形，和相互關係，尤其他們在唐詩發展的路線網裡，究竟代表著哪一條，或數條線，和這線在網的整個體系中所擔負的人物——假若問到這些方面，『四傑』這徽號的功用與適合性，馬上就成問題了。」他認為四人並非為「一個單純的、統一的宗派」，而是「一個大宗中包孕著兩個小宗……兩個小宗之間，同點恐怕還不如異點多」，稱王、楊、盧、駱為詩的四傑，他嚴正指出「只能算借用」。為此，聞一多引用了大量的史實和說法證明四傑中盧、駱為一組，王、楊另為一組，並指出各組的區別：年齡不同輩、性格不同類型、友誼不同集團、作風不同派，更有「詩」方面的不同，如選擇形式上，盧、駱擅長七言歌行，王、楊專工五律，宮體詩在盧、駱手裡由宮廷走道市井，五律到王、楊的時代從臺閣移至江山與寒漠，才正式定型，出現完整的真正唐音的抒情詩。從發展線索看，盧、駱以後由劉希夷、張若虛繼承，王、楊則有沈、宋一脈相承。由此，聞一多提出他們各可以成為新組合的兩個「四傑」。論到盧、駱、王、楊的排名及文學史上的定位，聞一多的分析更為獨到：王、楊排名在前是因為他們貢獻了成熟的五律，而盧、駱的新式宮體詩更具有破壞性，為歌行體開出了坦途，促生了許多優秀作品，「在文學史上，盧、駱的功績並不亞於王、楊，後者是建設，前者是破壞，他們各有各的使命，負破壞使命的，本身就得犧牲，所以失敗就是他們的成功」。對文學史進行新觀念的評說，這是富有獨立思考精神的聞一多學術上的價值所在。

　　經後人整理過的〈陳子昂〉[10]的論文雖不甚完整，但是從它的體

9　聞一多：《聞一多全集》（6）（武漢市：湖北人民出版社，1993年12月），頁11-17。

10　聞一多：《聞一多全集》（6）（武漢市：湖北人民出版社，1993年12月），頁29-49。

例上看得出聞一多在傳記寫作上開闢了新路子：他首先從杜甫遊子昂
故鄉射洪縣開始而寫到子昂的讀書處，這種通過古人觀古人的視角只
在小說家的敘事策略中運用過，聞一多借此談到子昂的才華，詩人王
適曾預言「此子必為文宗」，但子昂二十一歲時入京考試失敗。可惜
的是，聞一多擅長描摹的才華到此停住，整理過的論文從以下幾個角
度對子昂進行富有新意的論述：

　　一、構思巧妙的生平敘述。與杜甫的生平敘述不同的是，聞一多
從〈獨異記〉、〈旌德碑〉、〈陳子昂別傳〉中講到子昂生性豪爽慷慨的
祖輩，談及他的道教家風，儒家風範和佛家影響，學習縱橫術、博
弈、敢諫的性格與從軍的經歷，並在子昂的詩文和別傳中找出關於他
「多病」的詩文，從〈郡齋讀書志〉中推測他的死因是四十三歲時為
武承嗣所殺。

　　二、敏銳總結子昂詩中的各種感受，其一為「孤寂感」，其二為
「玄感」，即宇宙意識感。

　　三、仔細研究子昂的創作與抄作。經過聞一多的考證，子昂有集
十卷，還有《後史記》一本亦為子昂心血。另外，聞一多還抄了八家
唐詩人的詩歌，與陳子昂的並列一起，提出初唐詩歌呈現出共同的人
生虛空感。

　　四、大量搜集後人評論。經聞一多的整理，有杜甫、盧藏、王士
禎、陳沅等後代詩論家關於子昂其人其詩的評論數篇。

　　五、從子昂的書信與後人評論中總結歸納子昂的文學主張。

　　六、精心比較，突現子昂風骨。聞一多從詩歌表現的內容上將子
昂與莊子進行比較，從詩歌呈現的社會色彩上對子昂與建安時期詩歌
進行比較。與阮籍的比較，則從詩歌的文質、處境和時代背景上進
行；與李杜的比較，從詩人的處世態度上論述。

　　七、從文學史的高度上評價子昂的詩體及解讀其〈感遇〉，也是
聞一多對於陳子昂研究的重大貢獻之一。聞一多充分肯定了陳子昂對

於古體詩的貢獻，認為子昂的玄理詩與其他古體詩不同，是「非古」的古詩，「非詩」的古詩，「前之王績，後之張九齡，皆不能比，亦李白亦不完全相同」，這就是陳子昂的特殊成績。據於此，聞一多還對陳子昂的〈感遇〉進行了較為深入的文本分析，提出不少新見：其一，聞一多抓住詩歌內涵，認為〈感遇〉的重要性在於「玄感」。他從創作起因上分析，盧照鄰、王勃、李嶠、劉希夷等詩人都因人事而發，局於小我，這樣的感慨太主觀，而王梵志、寒山子那樣的詩人卻屬於漠然無動於衷的客觀，含有預言家式的危言聳聽，王績、李白等詩人又像在強作解脫，等於自欺欺人，相比之下，陳子昂「嚴肅的正視，關切的凝思，不太主觀，亦不太客觀」。其二，聞一多認為〈感遇〉中的孤寂感與「思鄉情調」是莊周與鄒衍思想的詩化。其三，聞一多還分析了產生〈感遇〉的因素：一是從歷史長河中追溯，他認為子昂的感傷是於莊子、阮籍之後的第三度出現的高峰，並且從此絕後；二是從宗教上分析，認為該詩受唐詩的兩大壁壘——佛與道的連袂影響；三是從政治社會因素上分析，認為感傷情緒是魏晉門閥貴族走上末路後產生的消極與頹廢情緒的反映，初唐新興士人的英雄主義姿態，崇尚肉感、享樂、縱橫、神仙的積極浪漫的情調同時也出現了。聞一多站在現代學術思想的立場上，還提出新的看法：〈感遇〉充滿了生命情調、宇宙意識和社會意識，具有「悲天憫人」的思想，它不僅有正始時期縱橫家、道家神仙之超曠，又混合了建安時期儒家之熱烈的人本主義精神；它受到暉上人的影響，亦有佛家的禪寂。

在對唐代詩人的研究中，方法不一。如〈孟浩然〉[11]的論文結構顯然受到了寫過《藝術哲學》，提出過種族、環境、時代之說的丹納的影響，聞一多從王維為孟浩然的畫的像而談到「詩如其人，或人就是詩」，分析孟浩然的生活環境和時代背景，且獨闢蹊徑指出孟浩然

---

11 聞一多：《聞一多全集》（6）（武漢市：湖北人民出版社，1993年12月），頁50-55。

的隱居是「為隱居而隱居，為著一個浪漫的理想，為著對古人的一個神聖的默契而隱居」。對孟浩然作為詩人的評價，聞一多採用了文藝創作當中使用的方法——先抑後揚。先是承認孟浩然在詩歌的質和量上不如杜甫、王維、劉長卿和十才子，卻又肯定他可置於文學史上的發光之處：「真孟浩然不是將詩緊緊的築在一聯或一句裡，而是將它沖淡了，平均地分散在全篇中，……淡到看不見詩了，才是真正孟浩然的詩。」他還認為「得到了『詩的孟浩然』，便可以忘掉『孟浩然的詩』」。這樣一種評論詩人及其詩歌的方式尚為罕見。

　　聞一多的〈賈島〉作於戰亂中，戰時心態在研究對象上也有所反映，這或許是講究客觀性的學術工作者應避免的，而聞一多不這樣。在一般研究者那裡，賈島都被當成是一個窮困落魄的孤苦僧人，聞一多卻在帶有火氣的議論中展現研究對象的面目，並將研究上升到文學史的範疇。他描繪賈島生活在這樣的環境當中——「老年人中年人忙著挽救人心，改良社會，青年人反不聞不問，只顧躲在幽靜的角落裡做詩。」因為在那樣的時代裡，無論有無抱負，「做詩才有希望爬過第一層進身的階梯，詩做到合乎某種程式，如其時運也湊巧，果然混得一『第』，到那時，至少在理論上你才算在社會中『成年』了，才有說話做事的資格」。聞一多在揭示社會畸形的同時，也揭示賈島產生的前提：「萬一你的詩做得不及或超過了程式的嚴限，或詩無問題而時運不濟，那你只好做一輩子的詩，為責任做詩以自課，為情緒做詩以自遣。賈島便是在這古怪制度之下被犧牲，也被玉成了的一個。」聞一多的議論，一針見血地指出了封建時代用人取士的弊端及其對知識分子的心靈傷害。在此文中，聞一多剖析了賈島喜用五律及流露出陰霾、凜冽、峭硬的情調的原因。聞一多認為，賈島一派做五律並非是為了特殊的目的，他們採用最通行的體裁是因為五律與他們試帖的五言八韻相近，「做五律」等於做功課，五律還是一種「拈拾點景物」烘托情調的一種標準形式。此外，聞一多還利用佛洛伊德的

心理分析理論對賈島的詩歌風格進行了剖析，他認為賈島「形貌上雖是個儒生，骨子裡恐怕還有個釋子在」。因為賈島早年接受了禪房教育，使他在灰色的時代裡能感到親切與融洽，養成了愛靜、愛瘦、愛冷，也愛這些情調的象徵……甚至愛貧、病、醜和恐怖。至於賈島受讀者崇拜的原因，聞一多突破斷代文學的侷限，從接受者的角度，聯繫各時代的文學現象，指出：因為前朝的「華貴」、「壯麗」、「秀媚」都已經過去，容易引起幻滅感，因此，讀者需要一點清涼、甚至一點酸澀來換換口味。從思想傳統方面看，聞一多指出因為釋道提倡「退」，所以賈島成為晚唐五代的偶像。聞一多由此還指出：「每個朝代的末葉都有回向賈島的趨勢」，「作為一種調濟，賈島畢竟不是晚唐五代的賈島，而是唐以後各時代共同的賈島」。無論從文學史還是從現實來看，聞一多得出的結論都是值得深思的。

　　聞一多編撰和整理的《唐詩大系》的成就是巨大的。當代的唐代文學研究專家陶敏教授在他的一篇論文〈前無古人，後有來者——讀《聞一多全集·唐詩編》〉[12] 中全面評述過聞一多在這個領域內的貢獻：《全唐詩》自從康熙時期的學者胡震亨、季振宜等對其進行編刻後，直至清末，幾乎沒有人對它提出過任何批評。一九〇八年，劉師培曾撰文〈全唐詩發微〉對一些錯誤作了考辨，仍沒有超出傳統的考據範圍，而「真正認識到《全唐詩》的缺陷並著手對它進行全面整理的，聞一多先生是第一人」。並且他還指出，從劉師培到聞一多的整理，反映了唐代文學研究由傳統向現代的學術「轉型」。在輯逸方面，聞一多除了利用一般人常用的資料，還廣泛採用敦煌遺書石刻文獻、海外漢籍，石刻以及各種傳世典籍輯錄了大量逸詩。在辨重辨偽方面，聞一多指出了《全唐詩》中大批重出未注之詩，並對其中部分

---

12 此文係一九九九年九月聞一多基金會和武漢大學聯合主辦的「九九聞一多國際學術研討會」上的研討論文。

詩進行了甄別。雖還處在全面搜集材料的階段，但他已考證了不少作者的姓名、字型大小等錯誤。他看重唐代詩人的交遊唱和詩，考索詩中人名，而且創造了「交遊考」這樣的研究體式。史料方面，運用了許多文化、地方文獻等資料，賅博徵引，超越前人。聞一多還是最早運用甲骨文字、漢晉木簡、敦煌寫本、清宮檔案與金石文字等新史料發現來研究《全唐詩》的學者。在運用上，十分靈活，「似乎在任何文獻中都能發現與他研究有關的史料，也能充分而恰當地利用它們」。論文的最後，陶敏指出：聞一多的《全唐詩》研究雖然繼承了清代樸學嚴肅考據的傳統，但其視野、目光、方法和格局，顯示出一代學術大師繼往開來的恢宏氣象，代表著新的時代、新的學術潮流。近二十年的令人矚目的唐代文學研究中，隨處可見聞一多的巨大影響，甚至研究成果都在聞一多的研究視野之內，「人們不過在各自的領域中繼續、深化（在一些個案的研究方面甚至是重複）聞先生的研究而已」。

五　詩人的激奮和學者的嚴謹：以杜甫研究為例

　　在唐代文學研究中，聞一多對杜甫的研究是獨特的，他說要研究「個人想像中的『詩聖』」。對於傳統研究來講，想像參入研究是一種叛逆。而且，在〈杜甫〉[13]中他使用散文的筆法，用了詩人般的充沛感情，將研究對象置於民族文化當中考察。

　　對於研究對象的尋找，他不是論證，而是反問：「我們要追念，追念的對象在哪裡？要仰慕，仰慕的目標是什麼？要崇拜，向誰施禮？假如我們是肖子肖孫，我們應該怎樣的悲慟，怎樣的心焦？」把自己的內心交付給讀者，這是一般研究者所不為的。為了客觀面對研究對象，研究者一般都如在消毒室一樣，盡量避免與研究對象進行情

---

13 聞一多：《聞一多全集》（6）（武漢市：湖北人民出版社，1993年12月），頁72-85。

感或身體的接觸。聞一多避開分析、綜合的嚴格步驟，將對杜甫的研究心得放在散文化的敘述中陳述。

　　一般寫傳記的步驟都是：先寫傳主的出生年月、出生地、家族情況，然後寫傳主的成長、包括就學、工作、愛情經歷等，而聞一多的〈杜甫〉是破規範而作的。

　　他從杜甫的詩歌中感受杜甫的一生，用了具體的形象表現，並且採用虛構的方式，使文章更加生動。例如杜甫的〈觀公孫娘舞劍〉激發他想像出杜甫的靈性：「一個四齡童子，許是騎在爸爸肩上，歪著小脖子，看那舞女的手腳和丈長的彩帛漸漸搖起花來了，看著，看著，他也不自覺眉飛目舞，彷彿很能領略期間的妙緒。」對少年靈性的描繪中，聞一多不覺用了仰慕的口吻。

　　把杜甫推上詩壇的要位，也不是用評語式的語言做到的，而是文學創作中常用的比喻和誇張：「四歲的看客後來便成為中國有史以來第一個大詩人，四千年文化中最莊嚴、最瑰麗、最永久的一道光彩」。為了讓這一說能夠成立，聞一多用了杜甫的生平事實來補充。

　　雖然聞一多後來在考證上取得了很高的成就，但在這篇傳記中，他簡直忘記了還有嚴肅的學術語言存在。他揮灑自如地用最敬仰的言詞進行類比，描述心目中的「詩聖」：「早慧不算希奇；早慧的詩人尤其多著。只怕很少的詩人開筆開得像我們詩人那樣有重大的意義。子美第一次破口歌頌的，不是什麼凡物。這『七齡即思壯，開口詠鳳凰』的小詩人，詠的便是他自己。禽族裡再沒有比鳳凰善鳴的，詩國裡也沒有比杜甫更會唱的。鳳凰是禽中之王，杜甫是詩中之聖，詠鳳凰簡直是詩人自占的預言。」他用類比的詩歌手段來說明杜甫處女作顯出的不凡，從中暗示杜甫潛在的才能和人格力量。

　　聞一多除了不用考究的學術語言寫作，而且令一般研究者歎為觀止的是，他用的完全是日常口語寫作，有時，就像和讀者在對話，在商榷：「鳳凰你知道是神話，是子虛，是不可能。可是杜甫那偉大的

人格，偉大的天才，你定神一想，可不是太偉大了，偉大得可疑嗎？
上下數千年沒有第二個杜甫。」聞一多並沒有先擺出大量的材料來作
細緻論證，謹慎得出結論。他是詩人氣質的學者，一段富有啟發性的
言辭便把杜甫推到了中國詩人的頂峰。為了再現杜甫的學養和才氣，
聞一多使用詩人才採用的時間敘述方法和簡練記事，速寫出杜甫的歷
史，如杜甫生於書香門第，饜飫祖藏的書籍，多病的身體當不起劇烈
的戶外生活，讀書學文便自然成了惟一的消遣。他的世界由時間構
成，「沿著時間的航線，上下三、四千年，來往的飛翔，他沿途看見
的都是聖賢、豪傑、忠臣、孝子、騷人、逸士──都是魁梧奇偉、溫
馨淒豔的靈魂」。這句話充滿了現代魔幻意味，概括了杜甫飽覽詩
書，吮吸中國傳統文化的精華。在描述杜甫與古人的關係後，聞一多
寫道「他的身體不是從這些古人的身體分泌出來的嗎？」又揭示了另
一重關係──血緣宗族關係：在杜甫的祖輩裡，有「政事、武功、學
術震耀一時」的儒將十三世祖杜預，有宣言「吾文章當得屈、宋作衙
官，吾筆當得王羲之北面」的祖父，即著名詩人杜審言，有十三歲為
父報仇而被殺的叔父，有為孝女的外祖母，「死悌」的舅公……這些
家族成員，「對於一個青年的身心，潛移默化的影響，定是不可限量
的」。聞一多認為有作為的家族成員及有文名的老前輩使杜甫脫離了
庸夫俗子，從而進一步分析了養成杜甫人格與質量的外在因素。

　　聞一多流露詩人氣質時，對杜甫的描繪不單是外在的，而且還有
內在的，甚至用了上帝般的全知眼光去類比杜甫的心理狀態，從中揭
示杜甫的心理素質。如對杜甫幼時摘棗的一段描寫：「最有趣的，是
在樹頂上站直了，往下一望，離天近，離地遠，一切都在腳下，呼吸
也輕快了，他忍不住大笑一聲；那笑裡有妙不可言的勝利的莊嚴和愉
快。便是遊戲，一個人的地位也要站得超越一點，才不愧是杜甫。」
簡短的句子，不僅表現杜甫的超常心理，而且富有一定的人生哲理。

　　聞一多流露詩人氣質的同時，也有學者慣有的嚴密邏輯性。如這

篇論文的第一部分，論述杜甫的家世和素質，第二部分通過概寫杜甫的出遊，記錄了他遊歷的地方和詩作以及他的交友情況，而且比較了他和同時代大詩人李白的稟性異同：「李白的出世，是屬於天性的，出世的根性深藏在他骨子裡，出世的風神披露在他容貌上；杜甫的出世是環境機會造成的念頭，是一時的憤慨。兩人的性格根本是衝突的。」但是，聞一多有時忽略考據事實的細節，而是從二人的詩歌中推斷他們的關係，甚至設想他們的見面場合：「太白有一個朋友范十，是位隱士，住在城北的一個村子上。門前滿是酸棗樹，架上吊著碧綠的寒瓜，滃滃的白雲鎮天在古城上閑臥著——儼然是一個世外桃源……他們往往談到夜深人靜，太白忽然對著星空出神，忽然談起從前陳留採訪使李彥如何答應他介紹給北海高天師學道箓，……子美聽到那類的話，只是唯唯否否；直等話頭轉到時事上來，例如貴妃的驕奢，明皇的昏聵，以及朝裡朝外的種種險象，他的感慨才潮水般湧來。兩位詩人談著話，歎著氣。」

如果把為杜甫作傳的聞一多看作是一位富有想像力的作家，那麼，我們不免會對〈少陵先生年譜會箋〉[14]、〈少陵先生交遊考略〉[15]的同一作者——聞一多另眼相看。在後面兩文中，聞一多將原先富有的奇彩異想置換成嚴謹認真的學術語言。

〈少陵先生年譜會箋〉的一個特點是聞一多在年月上採用傳統的考據方法。他參考多種文獻典籍以及詩作，互為論證，顯示了科學態度。如關於杜甫作詩的年齡，聞一多找到了三個出處：一是來自杜甫的〈壯遊〉詩句「七齡思即壯，開口詠鳳凰」；二是杜甫的另一詩〈奉贈鮮於京兆二十二韻〉：「學詩猶孺子」；三則取自杜甫的〈進雕賦表〉：「自七歲所綴詩筆，向四十載矣，約千有餘篇。」三處引文互

14 聞一多：《聞一多全集》(6)(武漢市：湖北人民出版社，1993年12月)，頁124-187。

15 聞一多：《聞一多全集》(6)(武漢市：湖北人民出版社，1993年12月)，頁188-283。

為印證，由此得出杜甫自七歲開始作文。這樣的結論不是臆測，應當是較為謹慎的。

　　然而，〈少陵先生年譜會箋〉另有不同傳記作家之處：傳記作者一般以時間為經，圍繞時間展開傳主所經歷的事件，聞一多不是這樣。雖然他的年譜中有明確的傳主，但是對於傳主本人，既記有他的生卒年月和生平歲月，也記錄了他的家世、作詩、交遊等內容，同時還有更大的社會範圍，即國家大事、國際文化交流要事作為杜甫的生存背景，也出現在年譜當中，從而使本來平面化和單線化的年譜豐富起來。比如，杜甫出生的睿宗先天元年壬子（712），即景雲三年，若是遵循傳統的寫作，只要有這樣的信息就足夠了，聞一多的「詩的唐朝」構想卻告訴讀者更多的內容：一、朝廷之事：太子隆基立為皇帝；二、杜甫故鄉鞏縣之事：鞏縣大水，壞城邑，損居民數百家；三、詩友之事：孟浩然二十二歲，李白、王維十三歲，王灣登進士第，張九齡擢「道侔伊呂」科；四、教育之事：玄宗設置翰林院。這樣，杜甫出生的時代背景、身世以及同代人的情況都比較簡要地呈現在讀者面前，有助於了解杜詩中的憂憤和喜悅之情。

　　〈少陵先生年譜會箋〉的第三個特點是聞一多對所引之詩中的一些史實、典故作了注釋，並充分調動其歷史、文化知識，表現其博學之才。這樣的例子很多：如杜甫有一句詩「岐王宅裡尋常見，崔九堂前幾度聞」，這就讓聞一多做出了幾百字的文章。聞一多先從原注中指出崔九為殿中監崔滌，中書令湜之弟，卒於開元十四年，另一說認為當時沒有梨園弟子，杜甫不得與龜年同遊，詩中「岐王」指的是嗣岐王珍，「崔九堂」為崔氏舊堂。聞一多接下去還對梨園的設置進行考證，而且材料不只一件：從《唐會要》的記載中得出梨園設於開元二年，皇上在聽政之暇，於梨園自教法曲；他還根據《雍錄》的記載，證明梨園設於開元二年；同時聞一多還印證杜甫的〈劍器行序〉中的文字，杜甫觀舞之事，是在西元五年（或作三年），再次推出：

這時已有梨園。此外，聞一多又從《唐兩京城坊考》與〈滎陽夫人鄭氏墓誌銘〉中考證得到東都尚善坊有岐王範宅，東都有崔宅；他還從杜甫少年因病寄養姑家，而姑家居東都的史實上推出杜甫在天寶前，並沒有到過長安，聽李龜年的歌，也應在東都。據杜甫的年齡，聞一多推算後得出一個結論：在雲范、崔滌去世時，杜甫才十五歲，不大可能與這些名公貴介交友，所以天寶年後與李龜年相見，必「失之泥矣」。經過聞一多這樣旁徵博引的考證和推論，〈江南逢李龜年〉的歷史背景和作者的經歷都從詩外召喚讀者，給讀者以另一重的理解。

把〈杜甫〉看成是文學作品的話，〈少陵先生年譜會箋〉無疑就是文學史、文化史、社會史的縮影，聞一多從另一種研究角度顯示了一個社會科學家的才膽力識，一個嚴謹學者的學術風範：既有深厚廣博的傳統文化底蘊，又有創新求異的學術品格；在具體行文中，考證細緻、推理嚴密、思維既能輻散又能集中。在〈少陵先生交遊考略〉中，這樣的學術風範仍得以重現。

根據聞一多手稿整理出來的近一百頁的〈少陵先生交遊考略〉，開闢了杜甫研究的新視角，大有現代信息工程的科學性。〈考略〉分成兩個部分：為了便於查找與杜甫來往的友人人名，聞一多將杜甫詩中涉及到的姓名按姓氏予以排列，將近一一一個姓數百人次製成姓名「索引」；在第二部分，依據索引內容，安排了與索引人名有關的詩文名、所依選本卷次，及有關人名收錄在其他詩文家作品中的情況。尤其是後一種工作，具有極強的學術價值，它不但提供了理解杜甫詩歌的真實材料，而且還將散亂在各家書中的材料條理化、系統化。這項工作看似簡單，但是勞動量繁重而複雜，不博覽群書，熟讀詩文，是難以下手的。

聞一多從一個想像豐富、感情熱烈的詩人而成為一個研究杜甫生平、詩歌的學者，成為與一個古人對話，與故紙堆為友的學者，其間不知經歷了多少次的煉燒，又有多少次熄滅剛剛燃燒的詩歌靈感。放

下當前的要事，把自己和杜甫、和唐詩放在一起，和唐朝詩人、社會、政治、文化融合，所以聞一多在〈杜甫〉中寫下這樣具有凝練感的句子：「久之……不是在空間裡活著。」這本是聞一多自身的研究體會，也是他作為一個古代文學研究者所感受到的超越時空的無限樂趣和至高境界。他的詩情在詩人、詩歌研究中以另外的形式得到補償，也獲得了他的崇高的學術地位。

六　現代的觀念：以詩歌研究為例

　　如果讓〈詩經的性欲觀〉[16]提前一百年發表，聞一多肯定要遭到打成「色情狂」的厄運。聞一多以此題開始進行學術研究，而且是對中國的詩歌（文學源頭）進行研究，無不透露了他的新的詩歌觀念。

　　在此文中，聞一多沒有依據傳統的「興觀群怨」之論對詩歌的政治功利和社會性進行評說，他提出「前輩讀《詩》，總還免不掉那傳統的習氣，曲解的地方定然很多，卻已經覺得《詩經》云淫是不可諱言的了」。聞一多以此為切入口，認為要用「研究性欲的方法來研究《詩經》」，這樣才「最能了解《詩經》真相」，才能讀到真正的《詩經》。從生理學角度研究文學，在近現代學術史上聞一多也應該算是領先的。然而，他的研究又不純粹是生理學研究，他結合中國傳統的文字考證方法和修辭研究，對《詩經》中表示男女之情的詩句進行具體分析。為學術界所認可的觀點大致有：

　　一、《詩經》表現性欲的方式有五種：（一）明言性交，（二）隱喻性交，（三）暗示性交，（四）聯想性交，（五）象徵性交。

　　二、考證「邂逅」為交媾的意義。

　　三、考證「謔」有性欲的意義。

---

16 聞一多：《聞一多全集》（3）（武漢市：湖北人民出版社，1993年12月），頁169-190。

四、認為齊風之淫超過鄭衛。

五、考證「媾」訓作性交,「虹」是性交的象徵。

六、《詩經》中常常用水鳥比作男性,魚比作女性,鳥入水捕魚比作兩性的結合。

七、指出《詩經》用隱喻修辭多,詩人屢次講到捕魚的筍,不是指筍本身,而是隱喻女陰,並加以考證。

八、《詩經》中的情詩和淫詩,往往不能離開風和雨,雨是性的象徵,「風」經過聞一多考證,被認為是性欲的衝動,〈終風〉寫得最淫。

聞一多的研究角度和方式雖然「離經叛道」,但是其中經過考證的「風」、「雨」等字,已成為聞一多的一家之言,同時為更多的研究者認同,這本身就是學術的價值所在。

改變文學正史的觀念,打破文人和世俗的文學界限,這也是聞一多有意而為的。在〈匡齋尺牘〉中,聞一多曾寫下過這樣一段文字:

> 漢人功利觀念太深,把《三百篇》做了政治的課本;宋人稍好點,又拉著道學不放手,一股頭巾氣;清人較為客觀,但訓詁學不是詩;近人囊中滿是科學方法,真屬害。無奈歷史唯物史觀的與非唯物史觀的,離詩還是很遠。明明一部歌謠集,為什麼沒人認真的把它當文藝看呢!

為此,聞一多為提升《詩經》的文藝性做了很多工作。如〈說魚〉[17]中,以「魚」為例,分析了《詩經》中的隱語的用法,並認為「在中國語言中,尤其在民歌中,隱語的例子很多,說魚來代替『匹偶』或『情侶』的隱語,不過是其間之一。時代至少從東周到今天,

---

17 聞一多:《聞一多全集》(3)(武漢市:湖北人民出版社,1993年12月),頁231-252。

地域從黃河流域到珠江流域，民族至少包括漢、苗、瑤、僮，作品的種類有卜辭、故事、民間的歌曲和文人的詩詞」。而且，他指出詩歌中的「打魚」、「釣魚」等行為都是求偶的隱語，「烹魚」和「吃魚」比喻合歡或結配，還有詩歌中寫到的吃魚的鳥類鷺鷥、白鷺、和雁、或獺、野貓等獸類，是指性愛中主動的一方。

聞一多不僅揭示了《詩經》中隱語的大量存在，還從文化意義上探源。在他看來，因為在我國古代的禮俗中，重視種族的繁殖力，而魚是繁殖力最強的一種生物，「所以在古代，把一個人比作魚，在某一意義上，差不多就等於恭維他是最好的人，而在青年男女間，若稱其對方為魚，那就等於說：『你是我最理想的配偶！』」對「魚」字的隱語功能的分析和從民歌中借取大量的例證，這是聞一多〈說魚〉研究的一個特點，由此有理有據地將《詩經》從政教的說法中區分開來，還原它本來的樸素美。

〈詩新臺鴻字說〉、〈詩經新義〉、〈詩經通義甲〉、〈詩經通義乙〉、〈風詩類鈔甲〉、〈風詩類鈔乙〉、〈詩風辨體〉、〈詩經詞類〉等論文多是從語言學的角度考證或者解釋《詩經》某些篇章的字義，從聞一多的工作量和工作程度看，可以獨立成為一門《聞氏詩經學》研究。

〈宮體詩的自贖〉[18]也是對前輩文學觀念的一次挑戰。在前人的研究中，宮體詩一般是指以宮廷為中心的豔情詩，在傳統的文學史上基本上對其持否定態度。聞一多也認為宮體詩在梁簡文帝為太子時到唐太宗晏駕中間的一段時間內，沒有出過一個一流的詩人，「論到詩本身，也則為人所詬病的時期」，詩歌出現了變態的心理，「詩的本身並不能給人以更深的印象」，以致「萎靡不振」。但是他並不認為宮體詩從此墮落，他以一個辯證唯物者的態度寫道：「墮落畢竟到了盡頭，轉機也來了。……在窒息的陰霾中，四面是細弱的蟲吟，虛空而

---

18 聞一多：《聞一多全集》（6）（武漢市：湖北人民出版社，1993年12月），頁18-28。

疲倦，忽然一聲霹靂，接著的是狂風暴雨！蟲吟聽不見了，這樣便是盧照鄰〈長安古意〉的出現。」他肯定詩歌的「顛狂中有戰慄，墮落中有靈性」，有起死回生的力量，而且出現了以往宮體詩中所沒有的「諷刺」。進而，聞一多提出了一個重要的學術觀點：「庾信對於宮體詩的態度，是一味的矯正，他彷彿是要以非宮體代宮體。反之，盧照鄰只要以更有力的宮體詩救宮體詩，他所爭的是有力沒有力，不是宮體不宮體。」他還指出盧照鄰的〈長安古意〉發表後，詩壇的風氣得到很大改變，但沒有持久，直到劉希夷的出現，使宮體詩的感情返回到正常狀態，成為宮體詩的又一重大階段，這時的詩歌，「煩躁與緊張都消失了，只剩下一片晶瑩的寧靜」，而張若虛是「風雨後更寧靜更爽朗的月夜」，他的詩歌〈春江花月夜〉出現了「更夐絕的宇宙意識！一個更深沉，更寥廓，更寧靜的境界！」而且，他還高度評價「被宇宙意識昇華過的純潔的愛情，又由愛情輻射出來的同情心，這是詩中的詩，頂峰上的頂峰！」聞一多在描述宮體詩的發展過程後，以〈春江花月夜〉這樣一首宮體詩為觀照點，給宮體詩以很高的評價：「至於那一百年間梁、陳、隋、唐四代宮廷所遺下的那份最黑暗的罪孽，有了〈春江花月夜〉這樣一首宮體詩，不也就洗淨了嗎？向前替宮體詩贖清了百年的罪，因此，向後也就和另一個頂峰陳子昂分工合作，清除了盛唐的路。」

　　聞一多的研究視野具有廣焦式相機的功能，面對一樣的景色，它（他）比一般相機攝取的景色要廣得多，涵蓋量廣至四千年文學的歷史動向，從上古文學瀏覽到詩的唐朝，以至預言今後的文學發展態勢，這是文學史家的宏遠目光。然而，從細節上看，聞一多還具有長焦式相機的功能，不斷地拉長、放大，他會從文中、句中的每一個字上無數次地不厭其煩地追根溯源，尋找它的本文、原始的寫法、變化的途徑，並從訓詁學、文字學、文化學等多方位對它進行觀察、推理。可以毫不誇張地說，聞一多的成就非本人一時能夠窮盡的，相信

在以後，不斷會有更年輕的學者證實或反駁聞一多的學術觀點，這更能證明或考驗聞一多的學術成就是否輝煌。

　　我們不妨將答案留給未來。

附錄二
詩人雜論

　　若要研究一位詩人的詩歌、詩評及詩學理論，直接解讀文本或進行比較研究或成系統的研究是必不可少的。但是，如果以這樣一個視點去研究，也不乏新意：從這位詩人對他的研究對象的態度，及其與同人的交往和他日常的閱讀情況，探究他的詩學背景和詩學觀念的變化。

　　對身兼幾職的聞一多來說，這種研究尤為必要。他既是詩歌作者，又是詩歌評論者、詩歌研究者、詩歌教學者、詩歌選家和詩歌理論革新者。多棲身分使聞一多產生了圓形輻射：他評論過俞平伯、郭沫若、朱湘、汪靜之、冰心、田間、陳夢家、方瑋德、艾青等人的詩，與現代著名詩人多有來往，如徐志摩、冰心、饒孟侃、朱湘、李金髮、戴望舒、郭沫若、梁實秋、梁宗岱、林徽因、楊世恩、朱自清、馮至、卞之琳、臧克家、穆旦、王佐良、林庚等；他還編選過《現代詩抄》，詩集中共錄了六十九位詩人的詩歌一九二首，在「新詩過眼錄」中他列出了四十九位詩人的詩集六十二本，三部選集，二種詩歌專刊。從他編選的情況來看，詩人們來自各個流派，除新月詩派，郭沫若來自創造社，冰心來自文學研究會，魯藜、力揚、侯唯動、蘇金傘、田間、韓北屏等為七月派詩人，廢名、戴望舒、玲君、林庚、史衛斯、徐遲、陳江帆等為現代派詩人，俞銘傳、何達、王佐良、穆旦、杜運燮為西南聯大的詩人。如此眾多的人物集中在聞一多的視野中，他是怎樣看待，怎樣品評，怎樣研究的呢？

一　對新詩人的評價與意見

聞一多對現代詩人文本評論的文章有[1]：〈景超〈出俱樂部會場的悲哀〉附識〉、〈評本學年《週刊》裡的新詩〉、〈《冬夜》評論〉、〈《女神》之時代精神〉、〈《女神》之地方色彩〉、〈論《悔與回》〉、〈烙印序〉、〈晨夜詩庋・跋〉、〈時代的鼓手〉、〈三盤鼓・序〉、〈艾青和田間〉等。

在〈景超〈出俱樂部會場的悲哀〉附識〉裡，聞一多引借了佛洛伊德的性欲觀對詩歌作了介紹，並且表明自己的是非觀：「景超以為我們的俱樂場中底種種遊戲，總不外性欲殺欲兩個半被文化征服的原始衝動底發洩。這種衝動是破壞文化的，所以我們不應給他們發洩機會。」這一段話在認同吳景超否定原始衝動的同時，肯定了建設文化的思想──這也是聞一多一貫的思想。

〈評本學年《週刊》裡的新詩〉中，聞一多首先聲明舊詩破產，舊詩不該作，他認為新詩的「真價值在內的原素」，不在外的原素，批評首重「幻象、情感、次及聲與色底原素」，然後他依次評論了十首詩，其中重要的觀點是：一、真詩從熾烈的幻象中產生，「真詩人都是神秘家」；二、美的靈魂若不附麗與美的形體，便失去他的美了；三、女性是詩人底理想，詩人眼裡宇宙間最高潔最醇美的東西便是女性，「若是沒有女人，一大半的詩，──一大半寶貴的詩，不會產生了」；四、詩人胸中底感觸，雖到發酵底時候，也不可輕易放出，必使他熱度膨脹，自己爆裂，流火噴石，興雲致雨，如同火山一樣──必須這樣才有驚心動魄的作品；五、尋常的情操不是不能入詩的，但那是點石成金的大手筆底事，尋常人萬試不得；六、詩家須有一種哲學，那便是他賜給人類的福音，作者若有一種人生觀，這詩裡便是表現底好機會；並且若是表現的得法，這首詩也就成了好詩；

1　以上評論皆見《聞一多全集》(2)（武漢市：湖北人民出版社，1993年12月）。

七、詩不是為消遣的，做詩不能講德謨克拉西；八、詩能感人正在一種「龍文百斛鼎，筆力可獨扛」之處，這種力量有時一個字便可帶出，「造成這種力量，幻象最要緊」，詩裡不應有一個虛設的字；九、並不是說做新詩不應取材於舊詩，「其實沒有進舊詩庫裡去見過識面的人絕不配談詩。舊詩裡可取材的多得很，只要我們會選擇」。這篇文章大致談到了詩的真和美的標準，詩的性別與理想的關係，詩人的創作與選材的方式，詩的哲學表現與非遊戲觀，以及詩如何煉字，新詩與舊詩的關係等問題。總的來看，此文在論述風格上還沒有脫離傳統的詩學觀。

　　〈《冬夜》評論〉中，聞一多認為「越求創作，越要扢重批評」，他對民眾藝術持有懷疑態度，因此選評「表現時代底作風」的《冬夜》。這篇論文是聞一多第一篇引起詩歌界注意的新詩論文，一九二二年與梁實秋評康白情的《《草兒》評論》合成一個集子，列為「清華文學社叢書第一種」，由琉璃廠公記印書局排印。該書引起了人們的注意。吳景超說：「這本書多得一個讀者，詩壇中的光明，便越近一步。」[2] 郭沫若說：「如在沉黑的夜裡得見兩顆明星，如在蒸熱的炎天得飲兩杯清水……如逃荒者得聞人足音之跫然。」[3]

　　〈《冬夜》評論〉延續了〈評本學年《週刊》裡的新詩〉從音節、幻象等詩歌質素進行評論的方法，他對俞平伯的詩歌評價是：凝練、綿密、婉細是他的音節底特色，但有時修飾過火，詞曲音節底成分多，導致意境上的虧損，用粗率的詞調底詞曲底音節去表現平民的精神，而失了詩底藝術。在意象上，因弱於或完全缺乏想像力，詩中很少濃麗繁密而且具體的意象。多半的作品意思散漫，造句破碎，標

2　聞黎明、侯菊坤編：《聞一多年譜長編》（武漢市：湖北人民出版社，1994年7月），頁199。

3　聞黎明、侯菊坤編：《聞一多年譜長編》（武漢市：湖北人民出版社，1994年7月），頁199。

點過多，語言囉嗦、重複。集中最突出的一種情感是「人的熱情」——對於人類的深摯的同情，但從詩的情感質素論，十之八九是第二流的情感，一兩首有熱情的作品，又因幻象缺乏，不能超越真實性，以至流為劣等作品。太多教訓理論，太忘不掉這人間世，對西洋文學似乎缺少精深的研究。在這篇論文裡，聞一多重視藝術的本真性，及情感的真實和語言的簡練，而反感詞語的修飾過度、說理過多而幻象過少。在詩學思想上，與唯美主義思潮接近。

〈《女神》之時代精神〉標誌了聞一多評論風格向現代化的轉變，也是第一次明顯的轉變——這是聞一多最有影響的一篇詩評。他用了現代精神去觀照這一部具有現代意義的新詩集，而且還運用了熱情洋溢的語言，超越了當時人們對《女神》的種種評論。聞一多立足時代精神的高度，總結了《女神》中的現代精神，提出《女神》反映了二十世紀是個動的世紀、反抗的世紀，它還富於科學的成分，表現了全世界人類的關係的大同色彩和物質文明所帶來的絕望與消極的結果。

〈《女神》之地方色彩〉則從另一角度——民族文化的角度來考察《女神》。聞一多提出了新詩的一個發展方向：新詩逕直是「新」的，不但新於中國固有的詩，而且新於西方固有的詩；換言之，他不要做純粹的本地詩，但還要保存本地的色彩，他不要做純粹的外洋詩，但又要盡量地吸收外洋詩的長處；他要做中西藝術結婚後產生的寧馨兒。在此文中，他批評了近來詩歌出現的歐化現象，還指出舊詩缺乏時代特徵，他從地域、文化的角度上分析了詩歌缺少地方色彩的原因。他不贊同世界各民族的文學都歸成一樣，主張各國文學充分發展其地方色彩，同時又貫以一種共同的時代精神，然後互相調和。對於舊文學，他認為要恢復對它的信仰，在舊的基石上建設新的房屋，而且要了解東方的文化的韻雅的、絕對的美，因為它是人類所有的最徹底的文化。這篇論文的新意在於：聞一多在運用文化視角研究詩歌的同時，也注重文化與地域、社會的關係，而且這篇文中已經潛伏了

聞一多後來提出的國家主義思想。鮮明主張作有中國特色的詩歌，也可以說是聞一多在眾詩人的探索實踐中最先發出的振聾發聵之聲，乃至以後提出建設有中國特色的新格律詩，與此不無關係。

〈論《悔與回》〉是聞一多於一九三一年給學生陳夢家寫的一封信，談及陳夢家與方瑋德的合著《悔與回》。聞一多在自謙之餘，說自己做不出詩來，幾乎沒有資格與人談詩，而且自己絕寫不出《悔與回》那樣驚心動魄的詩。但他還是針對詩作，很認真地提出了幾個詩學觀點：一、詩應該用標點標明節奏；二、詩的文字不能丟掉暗示；三、長篇「無韻體」式的詩，每行字數似應多點，才撐得住；四、句子似應稍整齊點，不必呆板地限定字數，但隔行相差也不應太遠，這樣才顯得有分量；五、謀篇佈局應合乎一種法度，轉折處要有懸崖勒馬的神氣與力量。此文對詩歌的形式更為注意，它的寫作時間與〈詩的格律〉相去五年，也說明在這一段時期，聞一多的詩歌形式觀念有了較大的變化，對固定的樣式有所寬容。

〈烙印序〉是聞一多一九三三年為另一位學生臧克家寫下的文字。這篇序言可看出聞一多在思想上的變化。他認為詩如果寫出了生活的意義、生活的嚴重、生活的態度而忽略了詩的外形的完美也是合算的。對於生活的態度，聞一多自有看法：如果「單是嚷嚷著替別人的痛苦不平，或慫恿別人自己去不平，那至少往往像是一種『熱氣』，一種浪漫的姿勢，一種英雄氣概的表演」，有傷厚道。由此看來，聞一多對標語口號有一定程度的反感。他承認詩是生活的反映，但要求它出自內心，甚至無從分析其動機，「當我們對於一首詩的動機（意識或潛意識的）發生疑問的時候，我很擔心那首詩還有多少存在的可能性」。他認為臧克家的詩不會發生這種疑問，孟郊的詩路便應是他走的詩路，要記住自己的責任。此文從創作者的態度出發，強調了詩人入世的責任感，面向生活，充滿使命意識。聞一多的這種思想，一改他先前的形式批評和文化批評風格，向現實主義批評風格轉變。

　　〈晨夜詩庋‧跋〉只有數百字篇幅，是聞一多在一九三七年為彭麗天的詩集所作。他認為詩集有獨到的風格和種種嶄新的嘗試，但也指出當前的「新詩在旁的路線上」已經走得「很遠了」。

　　〈時代的鼓手──讀田間的詩〉為一九四三年作。聞一多自評論《女神》後，再一次將詩與時代聯繫起來，但觀點變化很大。以前他注重聲律的和諧、表達的含蓄，指出詩歌要有弦外之音，相對來說，他推崇純藝術和雅藝術，忽視民眾藝術。在此文中，他痛惜「聲律進步的代價是情緒的萎頓」，感覺愈趨細緻，導致感情愈趨脆弱。他還看到，在「民族歷史行程的大拐彎」中，需要「一句句質樸、乾脆、真誠的話，簡短而堅實的句子」，需要「一聲聲的鼓點」，單調但響亮，沉重地「打入你耳中，打在你心上」，喚起「積極的、絕對的生活欲」，「鼓舞你愛，鼓動你恨，鼓勵你活著，用最高限度的熱與力活著」。聞一多認為這就是田間詩歌的功能，能對現實產生作用。由於時代的關係，聞一多的詩學觀中有了生存意識觀，將詩的生命與人的生命相提並論，這也就是他不完全同於以前的唯美詩論，也不同於當時流行的革命現實主義詩學之處。

　　〈三盤鼓‧序〉是聞一多一九四四年為學生薛誠之的詩集寫下的序言。在此序言中，聞一多繼續張揚了他的生存詩學，認為詩裡有藥石和鞭策，在「中華民族生命的危殆」之時，很需要它們。此外，聞一多對傳統的「溫柔敦厚」詩學提出了質疑，並勸告某些心腸太軟的良善詩人不要被利用，成為「施行剝削的工具」，這是聞一多出於正義感和愛國感情的發言。

　　〈艾青和田間〉是聞一多一九四六年在昆明詩人節紀念會上的講話。他肯定艾青的詩用了「知識分子最心愛的，最崇拜的東西與裝飾」，將人民及戰爭理想化，有感傷味，而田間是胡風所說的拋棄了知識分子靈魂的戰爭詩人、民眾詩人，沒有淚和死。在比較了艾青與田間後，聞一多認為「今天需要艾青是為了教育我們進到田間，明天

的詩人」。艾青是農民的少爺，田間是少爺變農民。聞一多從直覺印象對兩位詩人的進行批評，也能看出他的觀點明顯帶有了階級論的色彩，那是時代的痕跡。

　　在以上的詩評中，我們重溫了聞一多對同時代詩人詩歌的評價，而且粗略地梳理了他的詩學觀發展線索，以及他從印象、文化、時代、地域、生命、階級等角度對詩歌進行評論的概貌，指出其創新性和變化特徵——這是聞一多與同時代詩人發生關係的一個側面。

二　書信、日記中的交往

　　我們還可以打開另一扇窗戶，從聞一多的書信、日記中觀察他與詩人們的交往——這種觀察，有助於我們認識他的詩人氣質和他的詩學思想。

（一）郭沫若

　　因熱愛郭沫若的詩集《女神》，聞一多與郭沫若結上了詩之緣。一九二二年，在致「親愛的犯人」顧一樵（毓琇）的信[4]中，聞一多寫道「我生平服膺《女神》幾於五體投地，這種觀念，實受郭君人格之影響最大」，他還向朋友講到郭沫若、田間、宗白華的友誼合作《三葉集》「最令人景仰」，他們這種為文學締結友誼的方式成為他效仿的榜樣，他也有與清華文學社中的社友「訂交」之意，「以鼓勵促進他們的文學興趣，並一位自己觀摩砥礪之資」。一九二三年十二月，他得到郭沫若對《《冬夜》《草兒》評論》的評論「驚喜欲狂」，給家人的信中說：「你們記得我在國時每每稱道郭沫若為現代第一詩人，如今果然證明他是與我們的同調者。」[5]一個月後，他讀到郭沫

4　聞一多：《聞一多全集》（12）（武漢市：湖北人民出版社，1993年12月），頁41。
5　聞一多：《聞一多全集》（12）（武漢市：湖北人民出版社，1993年12月），頁131。

若的小說《未央》——一部描寫愛情的悲劇，聞一多由此聯想自己的身世，「沫若說出了我局部的悲哀，沒有說出我全部的悲哀」，因此，他向友人大大發洩一通：「我有無限的苦痛，無窮的悲哀沒處發洩……我本無可留戀於生活的，然而我又意志薄弱，不能箝制我的生活欲……浪漫『性』我誠有的，浪漫『力』卻不是我有的。」[6]由郭沫若的小說，聞一多引出了強烈的青春失落感。

　　一九二三年的六月三日與十日，聞一多在郭沫若的創造社文學刊物《創造週報》的第四號、第五號上發表了〈《女神》之時代精神〉、〈《女神》之地方色彩〉兩文，高度讚揚了《女神》的現代精神，並中肯地批評了詩歌缺少民族性特點。同年，聞一多為郭沫若的譯詩寫了評論《莪默伽亞謨之絕句》[7]，他稱：「讀到郭譯的莪默，如聞空谷之跫音。」他還認真地指出了郭譯中的幾處錯誤，說郭詩「詞句圓活，意旨鬯達」，但存在將白話文硬湊的毛病。

　　郭沫若讀了這篇評論後，回信感謝聞一多：「我一面校對，一面對於你的感謝之念便油然而生。你所指摘的錯誤，都是我的弱點，我自己也是不十分相信的地方，有些地方更完全是我錯了，……你這懇篤的勸誘我是十分尊重的。」[8]

　　從這些文字之交裡，我們看到了七十多年前的文學青年以文學為生命、為人格的典範。同時，我們也不能否認這批文學青年堅持著自己的個性，沒有被經濟、政治等更多的因素干擾。當郭沫若熱情邀請聞一多加入創造社時，聞一多因「邇來復讀《三葉集》，而知郭沫若與吾人之眼光終有分別」[9]，並且，他說「我輩不宜加入何派以自示偏狹也」[10]，另一方面，他對創造社的某些偏激作法也有不滿：「沫若

6　聞一多：《聞一多全集》（12）（武漢市：湖北人民出版社，1993年12月），頁139。
7　聞一多：《聞一多全集》（2）（武漢市：湖北人民出版社，1993年12月），頁95-109。
8　聞一多：《聞一多全集》（2）（武漢市：湖北人民出版社，1993年12月），頁109。
9　聞一多：《聞一多全集》（12）（武漢市：湖北人民出版社，1993年12月），頁81。
10　聞一多：《聞一多全集》（12）（武漢市：湖北人民出版社，1993年12月），頁188。

等天才與精神固多可佩服，然其攻擊文學研究會至於體無完膚，殊蹈文人相輕之惡習，此我所最不滿意於彼輩者也。」[11]聞一多承認自己的作詩風格變化，與郭沫若的相近，「我近來的作風有些變更，從前受實秋底影響，專求秀麗，如〈春之首章〉、〈春之末章〉等詩便是。現在則漸趨雄渾沈勁，有些象沫若」[12]。

　　一九二三年，聞一多的《紅燭》由郭沫若介紹，在泰東圖書局出版。

　　據聞一多學生回憶，聞一多在清華大學任教時，「好稱道郭沫若先生，在他研究毛詩、楚辭及古代神話中，他多次引用郭先生研究金文的所得，他佩服郭先生的卓識，有膽量，能創造。當時郭先生正在日本作逃捕，但聞先生就曾多次表示『為了學術研究，清華大學應禮聘郭先生來講學！』」[13]

　　一九四〇年代，郭沫若去延安之前，特意會見了聞一多這位相知多年的文友。一九四五年，郭沫若還曾給吳晗去信，索要聞一多的稿子《屈原》，而三年前郭沫若寫下了著名的同名歷史劇《屈原》。郭沫若採用了「失事求似」的歷史劇寫作方式，將歷史中的屈原塑造成了一個愛國憂民的詩人，可見郭、聞二人志同道合。

　　聞一多去世後，郭沫若曾為他作了大量的工作。一九四七年，郭沫若為《聞一多全集》作序[14]，痛惜聞一多「千古文章未盡才」，「一棵茁壯的向日葵剛剛才開出燦爛的黃花，便被人連根拔掉，毀了」。他還高度評價，說聞一多的文化整理工作，發前人之所未發的「勝義」；在做學問的方法上，聞一多承繼了清代樸學大師們的考據方

11　聞一多：《聞一多全集》（12）（武漢市：湖北人民出版社，1993年12月），頁162。

12　聞一多：《聞一多全集》（12）（武漢市：湖北人民出版社，1993年12月），頁162。

13　轉引自聞黎明、侯菊坤編：《聞一多年譜長編》（武漢市：湖北人民出版社，1994年7月），頁475。

14　聞一多：《聞一多全集》（12）（武漢市：湖北人民出版社，1993年12月），頁431-441。

法，又益之以近代人的科學的緻密；他做學問的目的，「不是作為魚而游泳，而是作為魚雷而游泳的。他是為了要批判歷史而研究歷史，為了要揚棄古代而鑽進古代裡去刳它的腸肚的」。郭沫若謂聞一多為「富有發明力的天才」。

一九四一年，聞一多與學生們共同整理出來的《管子校釋》，經郭沫若增添了許多材料，郭沫若還請了許多學者參加校閱，在聞一多逝世十周年之際，一九五六年，定名為《管子集校》出版，此書可以看作是兩位詩人合作的結晶。

（二）朱湘

如果說聞一多和郭沫若之間的友誼像君子之交，和朱湘之間的友誼就不一樣了——他們之間的恩怨太多。

或許是聞一多和朱湘的個性伸張不大適宜，在給朋友的信中，朱湘多次被聞一多描寫：一次是一九二六年致梁實秋的信——「朱湘目下和我們大翻臉，說瞧志摩那張嘴臉，就不像是作詩的人，說聞一多妒嫉他，作了七千言的大文章攻擊我，聲言偏要打倒饒、楊等人的上帝。這位先生確有神經病，我們都視為同瘋狗一般，就算他是Spenser（因為 Shakespear 是他不屑於作的，他所服膺的斯賓塞）社會上也不應容留他。他的詩，在他未和我宣戰的時候，我就講了，在本質上是 sweet sentimentality，在技術上是 dull acrobatics 充其量也不過做到 Tennyson 甚至 Longfellow 一流的 kitchen poet，因為這類的作品只有 housewives 才能鑑賞。這個人只有猖狂的獸性，沒有熱烈的感情。至於他的為人，一言難盡！」[15]由此信可以看出聞一多的態度是被朱湘激怒起來的，因為被朱湘作了人身攻擊，他也失態反擊。這是聞一多和朱湘關係最壞的一次。據聞黎明在《聞一多年譜長編》中推

---

15 聞一多：《聞一多全集》（12）（武漢市：湖北人民出版社，1993年12月），頁235。

測，有兩個原因：據說是《詩鐫》第三號將朱湘最為得意的〈採蓮曲〉排在第三篇，位於饒孟侃〈洗衣曲〉之後，引起朱湘不滿。又有人說由於兩人對徐志摩的看法不一而引起的。[16]

　　但是，聞一多還是欣賞朱湘的才華。三年後，身為武漢大學文學院院長的聞一多，請朋友彭基相去信給在美國留學的朱湘，約他來武大任教。接到邀請的朱湘前嫌盡釋，給妻子高興地寫了一封信：「從前我多次想回國到底不曾回成，因為仇人太多，怕謀不了生，如今聞先生他們感情又好了。多朋友幫忙，想必不會找不到事。」[17]得到消息後的聞一多，在武大臨時校務會議上提出聘朱湘為文學院教授，但安徽大學同時也邀朱湘任外文系主任，朱湘選擇了後者。

　　同年的十一月，聞一多又不無擔心地向饒孟侃說到朱湘。他感覺到朱湘的精神狀態出現了危機，為此，他以悲天憫人的胸懷力勸朋友們都向朱湘伸出援助之手：「……子沅故態復萌，令人擔憂。這人將來要鬧到如何結局？至於他對你的行為，你當然可以原諒。這人實在可憐，朋友既沒有辦法，只希望上帝援救他。但是，子離，你在他身邊一天，還是你的責任。他需要精神的調息、撫慰。你不當拒絕他這一點，雖則是他曾經那樣惱過你。」在信中，聞一多還真誠地稱讚朋友的詩「依然是那樣一泓秋水似的清」，而謙虛地說自己感到慚愧，「故紙堆終竟是把那點靈火悶熄了。近來也頗感著技癢，只是不知道如何下筆，乾著急。怕的是朋友們問起我的詩」[18]。

　　一個月後，聞一多給朱湘、饒孟侃去信，讓他們一同分享自己的喜事：一是兩三年來沒寫過詩了，如今寫了一首長詩，即〈奇蹟〉，自己感到「第二個『叫春』的時期快到了」；二是沈從文的評論〈評

---

16 聞黎明、侯菊坤編：《聞一多年譜長編》（武漢市：湖北人民出版社，1994年7月），頁323。

17 聞黎明、侯菊坤編：《聞一多年譜長編》（武漢市：湖北人民出版社，1994年7月），頁378。

18 聞一多：《聞一多全集》（12）（武漢市：湖北人民出版社，1993年12月），頁251。

死水〉給了他不少興奮,「真叫我把眼淚都快歡喜出來了。那一句話
不中肯?正因為他所說的我的短處都說中了,所以我相信他所提到的
長處,也不是胡說」,他為得到這樣一個沒有偏見的、說中了他的
「價值和限度」的「知音」而歡喜;三是他的學生陳夢家、方瑋德合
著的《悔與回》出版了,他的門徒成了自己的勁敵、畏友,他為此而
歡欣鼓舞,「我真喜得手忙腳亂,不知怎麼辦!」[19]從聞一多的這封信
看,他心裡仍是把朱湘當作無話不談的知己,已沒有隔閡。

　　一九三一年,聞一多在致曹靖華的信中客觀地評論朱湘:說子沅
評論曹靖華的詩歌,特別是論思想的觀點,「尤中肯冇」,然而,「子
沅有一缺點,即詞句太典雅,最易流為 Mannerism」[20]。

　　一九三三年,聞一多連續兩次致信饒孟侃,描述朱湘的情況:
「子沅恐怕瘋了。今天特從城裡跑來,一句話沒講,在我家吃了一頓
飯,等我下課回來,人已經走了。」[21]他一直為朱湘的狀況憂慮。「前
天接到一張明信片,署『杭州裡西湖惠中旅館朱寄』,反面只有一句
話『我來了杭州——靠作文支持著幾個月的惟一的地方』。他在北平
時,屢次到我這裡,言談與態度的失常,已經夠明顯的了。現在似乎
連文章都寫不通了,看上面這一句話便知道。我想他靠作文支持生
活,恐怕也不能長久罷!前途不堪設想。壞的是並非我們不想救不能
救,而是他不受救。所謂救並非借幾十元錢的問題。若是如此,問題
便簡單了。譬如你若替他出點主意,教他如何如何生活,教他完全相
信你,他若能依從,或許生活能漸漸上軌道。但你一跟他談這一套,
他不是一聲不響,便是胡扯,騙你一頓。這有什麼辦法!你若有更好
的辦法,還是不必借錢給他。他二嫂似乎在杭州,所以他真需要的不
是錢。」

---

19 聞一多:《聞一多全集》(12)(武漢市:湖北人民出版社,1993年12月),頁253。

20 聞一多:《聞一多全集》(12)(武漢市:湖北人民出版社,1993年12月),頁255。

21 聞一多:《聞一多全集》(12)(武漢市:湖北人民出版社,1993年12月),頁267。

一九三四年，得到朱湘沉江的消息，他黯然給饒孟侃寫道：「子沅死的消息當然早知道了罷？前回你問我要不要寄錢給他，我勸你不要寄。當然寄了給他，不見就救了他的命，但我總覺得不安，彷彿我給你建的那議應負點責任似的。理智的說法，誠然這不是事實。但朋友死了，而且死的那樣慘，總不免令人動感情。」[22]

一九三八年，閩一多與朱湘的同學，南開大學教授羅皚鳳在南岳告別時，閩一多抄錄了朱湘的〈貓誥〉贈與他，並說「朱湘可惜死早了，如今正需要他這樣的人來鼓舞我們救亡的勇氣」[23]，對朱湘不向社會低頭的勇氣和反抗個性，閩一多有了新的認識，也許這就是閩一多內心追求的人格精神。一九四六年，閩一多臨死不懼的精神不也是這樣的表現？

在徐志摩、沈從文、蹇先艾等人的文字裡可知，一九二六年，閩一多與朱湘等其他「三子」有過為詩陶醉的一段日子，徐志摩在〈《詩刊》弁言〉中寫道：「我在兩三天前才知道閩一多的家是一群新詩人的樂窩，他們常常會面，彼此互相批評作品，討論學理。」[24]蹇先艾在〈《晨報詩刊》的始終〉[25]裡也說：有一次在劉夢葦的屋裡，遇到閩一多、朱湘、饒孟侃。這幾位詩人常常來夢葦的小屋聚會，互相傳閱和朗誦他們的新作，間或也討論一些新詩上的問題，他們正在探尋新詩的形式與格律的道路。沈從文在〈談朗誦詩〉[26]中談到過朱湘等人經常在閩一多佈置得有特色的書房裡舉行詩歌朗誦會，嘗試新詩實驗。

---

22 閩一多：《閩一多全集》（12）（武漢市：湖北人民出版社，1993年12月），頁271。

23 閩黎明、侯菊坤編：《閩一多年譜長編》（武漢市：湖北人民出版社，1994年7月），頁571。

24 閩黎明、侯菊坤編：《閩一多年譜長編》（武漢市：湖北人民出版社，1994年7月），頁317。

25 閩黎明、侯菊坤編：《閩一多年譜長編》（武漢市：湖北人民出版社，1994年7月），頁317。

26 沈從文：《沈從文文集》（11）（廣州市：花城出版社，1984年），頁249。

朱湘也作過聞一多的詩論者，他與聞一多的關係，就似聞一多與郭沫若的關係，也是一篇論文批評詩歌的不足，一篇則持肯定意見。

〈評聞君一多的詩〉發表於《小說月報》第十七卷第五號，文中寫道：聞一多被人們視為老大哥，因此不可以「失之過譽」，他指出聞一多有「一條獨創的路」，但在用韻上不講究，存在不對、不妥、不順的毛病，用字則太文、太累、太晦、太怪等。

另一篇〈聞一多與《死水》〉[27]，寫於一九三二年。這篇論文高度肯定了聞一多的學術成就和新詩實驗的成果，但聞一多看完朱湘的手稿後，不許朱湘拿出去發表，只因為他認為這篇文章寫得太好，有恭維之嫌。朱湘聽了，便要撕毀。

從朱湘和聞一多的種種關係可以看到中國知識分子的良知，他們無論是為文、為友，還是為人，都認真地本著自己的準則，不分外去討好或貶低朋友，而是始終作為直言的諍友。

(三) 徐志摩

聞一多在清華學校作學生時，聆聽過徐志摩的演講。與徐志摩的交往是在聞一多從美國歸來之後。一九二五年，聞一多給弟弟聞家駟的信中談到加入新月社的事，由徐志摩相邀，經徐志摩前妻之弟張嘉鑄介紹，於一九二五年七月認識。聞一多在給弟弟的信中表示了對徐志摩的好感：「徐志摩頃從歐洲歸來，相見如故，且於戲劇深有興趣，將來之大幫手也。」[28]其後，給三哥家騄的信中[29]，聞一多又提起徐志摩打算把《晨報》副刊的主編之職讓給他（不知何因，最後仍是由徐志摩擔任，筆者注）。

---

27 轉引自聞黎明、侯菊坤編：《聞一多年譜長編》（武漢市：湖北人民出版社，1994年7月），頁436。

28 聞一多：《聞一多全集》（12）（武漢市：湖北人民出版社，1993年12月），頁226。

29 聞一多：《聞一多全集》（12）（武漢市：湖北人民出版社，1993年12月），頁227。

　　聞一多回國後的第一份工作是徐志摩推薦的，在北京美術專門學校（後改為藝術學院）任教務長、美術史教授。此外，他還在徐志摩的幫助下，共同計畫建立藝術劇院。

　　一九二五年十月，徐志摩接管《晨報・副刊》後，曾請一部分知名人士共談藝術，共同辦報。其中，他請聞一多談的是文學。

　　徐志摩十分欣賞聞一多的藝術才能，他的詩歌、散文集如《落葉》、《巴黎的鱗爪》、《翡冷翠的一夜》等都由聞一多親自設計封面。有一次徐志摩來到聞一多的畫室，畫室的精巧設計迷住了他，也留下了一段優美的文字：「一多那三間畫室，佈置的意味先就怪。他把牆壁塗成一體墨黑，狹狹的給鑲上金邊，像一個裸體的非洲女子手臂上腳踝上套著細金圈似的情調。有一間屋子朝外壁上挖出一個方形的神龕，供著的，不消說，當然是米魯維納斯一類的雕像……一體黑的背景，別饒一種澹遠的夢趣，看了叫人想起一片倦陽中的荒蕪的草原，有幾條牛尾幾個羊頭在草叢中跳動。這是他的客室。那邊一間是他做工的屋子，基角上支著畫架，壁上掛著幾幅油色不曾幹的畫。屋子極小，但你在屋裡覺不出你的身子大；帶（筆者注：應為「戴」）金圈上的黑公主有些殺伐氣，但她不至於嚇癟你的靈性；裸體的女神（她屈著一支腿挽著往下沉的褻衣），免不了幾分引誘性，但她絕不容許你逾分的妄想。白天有太陽進來，黑壁上也沾著光；晚快黑影進來，屋子裡彷彿有梅斐士、滔佛利士的蹤跡；夜間黑影與燈光交鬥，幻出種種不成形的怪像。這是一多手造的阿房，確是一個別有氣象的所在，不比我們單知道買花樣糊紙牆，買花席子鋪地，買樣式木器填房子的鄉蠢。有意識的安排，不論是一間屋，一身衣服，一瓶花，就有一種激發想像的暗示，就有一種特具的引力。難怪一多家裡見天有那些詩人去團聚，——我羨慕他！」[30]

---

30 徐志摩：〈《詩刊》弁言〉，轉引自王永生編：《中國現代文論選》（1）（貴州市：貴州人民出版社，1984年），頁91-94。

　　聞一多和他的同人提出創建新格律詩，為了有一片供他們馳騁的創作天地，聞一多和徐志摩達成共識，攜手合作，在創作上也開始了相互的影響。徐志摩在《猛虎集》的「自序」中說：「我想這五六年來我們幾個寫詩的朋友，多少都受到《死水》的作者的影響。我的筆本來是最不受羈勒的一匹野馬，看到了一多謹嚴作品我方才憧憬到我自己的野性」，他還認為「我的第二詩集──《翡冷翠的一夜》──可以說是我的生活上的又一個較大的波折的留痕，我把詩稿送給一多看，他回信說『這比《志摩的詩》確乎進步了──一個絕大的進步』。」[31]

　　在徐志摩的鼎力相助下，《晨報》副刊《詩鐫》成為了現代文學史上第二個專門發表詩與詩評的專刊。聞一多在上面刊登了他最有代表性和創建性的新詩論文〈詩的格律〉，最優秀的詩作〈死水〉，饒孟侃的〈新詩與音節〉等論文也集中在此發表，這些論文和詩作奠定了新格律詩的理論基礎，引發了規模不小的新格律詩運動。沒有徐志摩，或沒有聞一多，沒有他們二者的連袂，這活動是不可能在當時引起人們重視的。

　　自此，徐志摩和聞一多同時為研究者注意，將二人相提並論的研究者有蘇雪林。一九三四年，她在〈論聞一多的詩〉中提到：「徐志摩與聞一多為《詩刊》派的一對柱石。徐名高於聞，但實際上徐受聞之影響不少。……徐天才較高，氣魄較大，而疵病亦較多，如長江大河挾泥沙並下，聞則如逼陽之城，雖小而堅不可破。他們都是好朋友，作品之進步得於切磋者至大，我們若戲謂徐為韓愈，聞便是孟郊了。」[32]

---

31 徐志摩：《猛虎集》〈序〉，《徐志摩詩全集》（上海市：學林出版社，1992年），頁580-584。

32 轉引自聞黎明、侯菊坤編：《聞一多年譜長編》（武漢市：湖北人民出版社，1994年7月），頁335。

　　《晨報》創辦《劇刊》後，聞一多在上面發表了〈戲劇的歧途〉，嚴肅指出中國從西方引進戲劇步入歧途的原因是將「思想」當作「戲劇的第一個條件」等。聞一多在藝術觀上和徐志摩類似，都重視作品的藝術性。

　　一九二七年七月，聞一多與徐志摩在上海創辦了新月書店，聞一多為開幕紀念冊設計了封面。對於聞一多的工作，徐志摩充滿了欽仰之情。一九二八年，聞一多翻譯的〈白朗寧夫人的情詩〉出版時，徐志摩高度評價：「一多這次試驗也不是輕率的，他那耐心先就不易」，「引起了我們文學界對於新體詩的注意」[33]。

　　一九三一年，徐志摩在上海又創辦了一個《詩刊》，他向聞一多約稿。沉默了三年的聞一多，為了友誼，終於寫出〈奇蹟〉一詩。徐志摩於是在友人面前大力地誇獎聞一多，「我們要說的奇蹟是一多『三年不鳴，一鳴驚人』的奇蹟」[34]。

　　同年底，徐志摩因飛機失事身亡，正在青島大學任教的聞一多委託沈從文打聽此事，讓他的朋友們奇怪的是，這位感情濃郁的人竟然沒有為這位友情頗深的友人寫下一段追悼文字。他對學生臧克家這樣說：「志摩一生，全是浪漫的故事，這文章怎麼個作法呢？」[35]對比朱湘之死，由此可見，聞一多在對人格和文格有著某種不變的要求。

（四）梁實秋

　　在聞一多的友人圈裡如果不提到梁實秋則是一個大大的遺漏。據

---

[33] 聞黎明、侯菊坤編：《聞一多年譜長編》（武漢市：湖北人民出版社，1994年7月），頁369。

[34] 聞黎明、侯菊坤編：《聞一多年譜長編》（武漢市：湖北人民出版社，1994年7月），頁394。

[35] 聞黎明、侯菊坤編：《聞一多年譜長編》（武漢市：湖北人民出版社，1994年7月），頁417。

聞一多所說，他和梁實秋「以詩友始」，「以心友終」[36]。他們的友誼真正始於兩人青少年共同就讀的清華學校。梁實秋小聞一多兩歲，當他成為癸亥級的學生時，聞一多早已為辛酉級的老生。

　　一九二一年，清華學校成立了清華文學社，梁實秋為幹事，聞一多為書記，也是詩組的領袖。在梁實秋的記憶中，聞一多是個多才多藝的人，心理及學識修養方面都較一般人成熟，被同學當作老大哥。在五四潮流中，聞一多嶄露頭角，他雖然不是公開的運動領袖，但他埋頭苦幹，「撰通電，寫宣言，製標誌」[37]，他「長於圖畫，而且國文根柢也很堅實，作詩仿韓昌黎，硬語盤空，雄渾恣肆，而且感情豐富，正直無私」[38]，他們常一起作白話詩，「朝夕觀摩，引為樂事」，聞一多也為與梁實秋結識而喜於言表：「我於偶然留校的一年中得觀三四年來日夜禱祝文學社之成立，更於此社中得與詩人梁實秋締交，真已喜出望外」[39]。在文學社中，他們經常展開文學討論，如探討：〈詩是什麼〉、〈詩的音節問題〉、〈文學與人生〉、〈英國詩人莎士比亞、斯賓塞、彌爾敦〉、〈文學可以職業化麼？〉、〈文學與文人〉、〈討論 Wordsworth，Colerlidge，Scott 的詩〉等，他們還互相鼓勵多出產品，這種文學友誼，奠定了聞一多、梁實秋最初的文學成績。聞一多的《紅燭》集在留美之前託付梁實秋編訂，後於一九二三年九月出版。

　　一九二二年聞一多赴美求學前回家成婚，他返校後的痛苦神情留在了梁實秋的眼裡：「一多對他的婚姻不願多談，但是朋友們都知道

36　聞一多：《聞一多全集》（12）（武漢市：湖北人民出版社，1993年12月），頁160。

37　轉引自聞黎明、侯菊坤編：《聞一多年譜長編》（武漢市：湖北人民出版社，1994年7月），頁76。

38　轉引自聞黎明、侯菊坤編：《聞一多年譜長編》（武漢市：湖北人民出版社，1994年7月），頁145。

39　轉引自聞黎明、侯菊坤編：《聞一多年譜長編》（武漢市：湖北人民出版社，1994年7月），頁145。

那是怎樣的一般經驗」[40]，梁實秋還知道聞一多想做一個「東方的人」，不願做「美國的機器」[41]，他崇拜的是唯美主義，對於本國的文學藝術他一向有極濃厚的興趣。他去美國僅是因為有這麼一個出去走走的機會。梁實秋曾作過一首〈送一多留美〉的詩，序中充滿了戀戀不捨之情，說聞一多赴美，「全社有失依之感」[42]。

　　聞一多與梁實秋通信不少，在他們的信中，常討論的是詩歌：由陸游而論到「『惟我獨尊』是詩人普通態度，而放翁尤甚。詩人非襟懷開曠，操守正大，自信不移者，不能勉強作此狂語」[43]，他還主張「新詩中用舊典」[44]。赴美途中，聞一多將沿途及到達後的所見所聞寫成文字，寄給梁實秋等清華文學社社友，在信中，流露了他對中國人所遭受的種族歧視以及中國學生的「四分八裂」而感到的頹唐，也告訴他們自己對於美國藝術的新印象：「美國人審美的態度比我們高多了」[45]。

　　留學美國的聞一多過上了一段孤獨、苦悶、彷徨的日子，眼見同學在戀愛自由的美國社會卻時時不能擺脫原先的情感約束而自殺，且因自己情感上的困惑，聞一多深入思考起生與死的問題，他和朋友們說要把挽救自己生命的希望寄託在藝術和宗教上。在給梁實秋的信中，他寫道：「我對藝術的信心深固，我相信藝術可以救我；我對於宗教的信心還沒有減退，我相信宗教可以救我」[46]。聞一多的〈寄懷

---

40 轉引自聞黎明、侯菊坤編：《聞一多年譜長編》（武漢市：湖北人民出版社，1994年7月），頁158。

41 轉引自聞黎明、侯菊坤編：《聞一多年譜長編》（武漢市：湖北人民出版社，1994年7月），頁169。

42 轉引自聞黎明、侯菊坤編：《聞一多年譜長編》（武漢市：湖北人民出版社，1994年7月），頁169。

43 聞一多：《聞一多全集》（12）（武漢市：湖北人民出版社，1993年12月），頁36。

44 聞一多：《聞一多全集》（12）（武漢市：湖北人民出版社，1993年12月），頁52。

45 聞一多：《聞一多全集》（12）（武漢市：湖北人民出版社，1993年12月），頁52。

46 聞一多：《聞一多全集》（12）（武漢市：湖北人民出版社，1993年12月），頁68。

實秋〉、〈笑〉、〈紅燭〉、〈深夜底淚〉、〈遊戲之禍〉、〈春寒〉、〈幻中之
邂逅〉、〈春之首章〉、〈春之末章〉、〈憶菊〉、〈秋林〉等詩，第一讀者
都是梁實秋，甚至聞一多當時的寫詩心境，也為梁氏所知。聞一多還
向梁實秋等朋友提出過想合辦出版物的想法，他的主張是「不僅與國
內文壇交換意見，逕直要領袖一種之文學潮流或派別」。因為聞一多
考慮到要使文學批評保持獨立的價值，「若有專一之出版物以發表
之，則易受群眾之注意——收效速而且普遍」，如果「寄人籬下，朝
秦暮楚」，表現作者個性的色彩「定歸堙沒」[47]，基於此，聞一多和梁
實秋連袂著成《《冬夜》《草兒》評論》。一九二二年十一月，他們終
於如願以償，使該著作成為「清華文學社叢書」第一種，由清華文學
社出版。

　　《紅燭》的出版之功也要歸功於梁實秋。聞一多到達美國後，對
《紅燭》書稿不斷進行增刪，成書時，為他作校對工作和作序的是梁
實秋。與此同時，梁實秋的詩集也出版了，作序人請的也是了解他的
聞一多，聞一多親自為該詩集設計了封面。聞一多曾在信中說：「我
想我們在互作的序中，固不妨誠實地發表自己的意見，但也要避開標
榜底嫌疑。這是我要請你注意的」[48]。由此可以看出聞一多對中國文
人間習以為常的互相吹捧之風很是反感（聞一多給梁實秋的《荷花池
畔》序中沒有提優點，也是出於避嫌疑，而且他還認為西方在一種詩
集出版時，從未有如中國人這樣小氣，帶上一篇喝采式的序言以教訓
讀眾），但他對梁實秋說道，對不同風格的文人要寬容，「只要是個藝
術家，以思想為骨髓也可，以情感為骨髓亦無不可，以沖淡為風格也
可，以濃麗為風格亦無不可」[49]。他向梁實秋提出，他們的文學社要

47　聞一多：《聞一多全集》（12）（武漢市：湖北人民出版社，1993年12月），頁80-81。
48　聞一多：《聞一多全集》（12）（武漢市：湖北人民出版社，1993年12月），頁124。
49　聞一多：《聞一多全集》（12）（武漢市：湖北人民出版社，1993年12月），頁127。

以美為藝術的核心，崇拜的對象是「東方之義山，西方之濟慈」⁵⁰。

聞一多與梁實秋的通信，幾乎是無話不談，無所不談。在精神上常常互相慰藉。當聞一多大歎「情的生活完了」，「浪漫『性』我誠有的，浪漫『力』卻不是我有的」⁵¹，梁實秋便寄去「勸勉撫慰的信」，聞一多因此還為友誼發誓：「我將為勸勉我者，撫慰我者，寵愛我者，重視我者，惋惜我者……努力作個不墮落的詩人。」⁵²當梁實秋負氣辭去文學社的編輯不幹，聞一多批評他是 Childishly selfish（孩子氣的自私），並充滿感情地說道：「偌大的清華，這麼多的有志於文學者，連一個社都維持不住，也要算吾輩的恥事了。」⁵³在又看到清華《週刊》重煥生機，他給梁實秋等社友發去熱烈的信表示祝賀：「我對於你們中興的名臣不能不肅然起敬」，他還提出邀集已來美國和將赴美的文學社社員捐一筆款子作為母校文學獎獎金，以獎勵在詩、小說、戲劇等方面有成績的創作者⁵⁴。在他得知《文藝增刊》停辦的消息，他向梁實秋說道：「如今這個噩耗傳來，我的感覺彷彿是世界底末日到了似的。」⁵⁵他將刊物、文學看作是生命中的養分，生命中的生命。

一九二三年九月，梁實秋抵達科羅拉多，在科羅拉多大學英語系四年級入學，那時他給在芝加哥學習美術的聞一多寄去一信和十二張珂泉的風景片，還在上面寫了一句：「你看看這個地方，比芝加哥如何？」這使正在考慮去波士頓上學的聞一多改變了主意，一聲不響地

---

50 聞一多：《聞一多全集》（12）（武漢市：湖北人民出版社，1993年12月），頁128。
51 聞一多：《聞一多全集》（12）（武漢市：湖北人民出版社，1993年12月），頁139。
52 聞一多：《聞一多全集》（12）（武漢市：湖北人民出版社，1993年12月），頁150。
53 聞一多：《聞一多全集》（12）（武漢市：湖北人民出版社，1993年12月），頁159-160。
54 聞一多：《聞一多全集》（12）（武漢市：湖北人民出版社，1993年12月），頁165。
55 聞一多：《聞一多全集》（12）（武漢市：湖北人民出版社，1993年12月），頁174-175。

拎著皮箱從芝加哥來到了科羅拉多，作了藝術系的特別生。與梁實秋
為伴，使他從精神孤獨中解放了，他高興不已，在給弟弟聞家駟的信
中寫道：「珂泉有美術學校或不及芝校，然與實秋同居討論文學，酬
喝之樂，當遠勝於拘守芝城也」[56]，「於文學之創作，能與實秋相砥
礪，相酬唱，成績必佳也。」[57]他有極大的自信，和梁實秋以「自強
不息」相敬，想為文學做些實事。第一件就是與郭沫若聯繫，在《創
造》上為英國詩人拜倫的百年祭辰出一期專號。他和梁實秋「一同上
課，一同準備，一同研討」，選修了「丁尼生與伯朗寧」和「現代英
美詩」等課，這更加深了他對文學的興趣、對英美詩的了解。生活上
他也感到了趣味，與梁實秋合夥做飯，買了一個電氣爐子，自己炒雞
蛋白菜肉絲，以為「在異國得每日食此，真南面王不易也」[58]。

　　在梁實秋的回憶裡，聞一多受到科羅拉多大學的美術系系主任利
明斯姊妹的重視[59]，「一多的天才和性格都使他立刻得到了利明斯的賞
識。我記得利明斯有一次對我說：『密斯脫聞，真是少有的藝術家，
他的作品先不論，他這個人就是一件藝術品，你看他臉上的紋路，嘴
角上的笑，有極其完美的節奏！』」他們友好往來。聞一多因參加紐
約一年一度的畫展，「如中瘋魔一般拼命的畫」，其中一幅美國偵探畫
得了一顆銀星，對聞一多是一個很重的打擊──梁實秋認為，聞一多
決定拋棄「繪畫的決心」自此始。

　　梁實秋還提到過聞一多的種族感十分強烈。如梁實秋和中國學生
駕車外出，與美國人的車相撞，中國人被收監；如畢業生領取文憑排

---

56 聞一多：《聞一多全集》（12）（武漢市：湖北人民出版社，1993年12月），頁185-
　186。

57 聞一多：《聞一多全集》（12）（武漢市：湖北人民出版社，1993年12月），頁187。

58 聞黎明、侯菊坤編：《聞一多年譜長編》（武漢市：湖北人民出版社，1994年7月），
　頁232。

59 聞黎明、侯菊坤編：《聞一多年譜長編》（武漢市：湖北人民出版社，1994年7月），
　頁233。

隊時，美國女孩不願與中國男學生並排走；如理髮店拒絕為中國人理髮，這些事發生時，梁實秋見到聞一多總是義憤填膺。一九二四年七月，聞一多和梁實秋分別，一個前往紐約，一個奔赴哈佛大學。分別之際，聞一多送給梁實秋的是霍斯曼與葉芝的詩集，梁實秋回贈聞一多以琺瑯香爐，因他知道聞一多常愛「焚香默坐」。他們先是同行到芝加哥的清華留學生的夏令營裡，出於憂國憂民，他們和其他留學生一起，決定成立大江學會，提倡國家主義（nationalism）。聞一多到達紐約後，蓄起長髮，與趙太侔等戲劇愛好者過起了波西米亞的生活：排戲，並幫助梁實秋等波士頓的留學生排演梁實秋翻譯的明代戲劇《琵琶記》。聞一多在給梁實秋的信中大展名士風度：「君子固貧非病，越窮越浪漫」[60]。聞一多回國前，得知梁實秋想讀國內的新詩集，便把自己所有的新詩集都一齊寄了過去。

　　以後，聞一多和梁實秋又都成為新月派的成員。聞一多在離開武漢大學後，和梁實秋一道去青島大學任教。聞一多主持中文系工作兼文學院院長，梁實秋主持外文系工作，兼圖書館館長。徐志摩為《詩刊》組稿時，有時候還通過梁實秋去督促聞一多，聞一多的〈奇蹟〉就是通過此種方式誕生的。

　　一九三一年，胡適到青島，受到聞一多和梁實秋等人的歡迎，後者還自謂：「酒壓膠濟一帶，拳打兩北兩京」，嚇得胡適拿出刻有「戒酒」的戒指要求免戰。此外，他們三人還商議了翻譯莎士比亞著作之事。胡適擬請聞一多、梁實秋等五人組成翻譯莎翁全集委員會，由聞一多任主任。

　　梁實秋在《談聞一多》[61]中還記載了與聞一多的友誼：聞一多在開始研究《詩經》的時候，與兼任圖書館館長的他商量過研究方法，

---

60 聞一多：《聞一多全集》（12）（武漢市：湖北人民出版社，1993年12月），頁220。
61 轉引自聞黎明、侯菊坤編：《聞一多年譜長編》（武漢市：湖北人民出版社，1994年7月），頁413-414。

並索閱莎士比亞的版本作為參考，梁實秋把剛買到的佛奈斯新集注本
二十冊給他，後來人們才陸續見到了聞一多的〈匡齋尺牘〉和不同於
舊研究方法的《詩經》研究。

　　青島大學風潮過後，一九三二年七月，聞一多辭職離開了青島，
前往北平，應聘為國立清華大學中文系教授。一九三四年，梁實秋也
到了北平，任北京大學外文系主任。

（五）陳夢家、臧克家

　　聞一多的青島書齋被曹未鳳在《辜勒律己與聞一多》[62]中描寫
過，他特別談到書桌上的兩張相片：「他（指聞一多）時常對客人
說：『我左有夢家，右有克家』，言下不勝得意之至。」這是繼新月
「四子」之後，聞一多新結識的兩位學生朋友。聞一多給了他們作
詩、做學問以及生活上的終身影響。

　　陳夢家於一九二七年冬第一次拜訪了聞一多。那時陳夢家是南京
第四中山大學的學生。聞一多受聘為該校文學院外國文學系主任，開
設了英美詩、戲劇、散文等課，陳夢家成了他的入室弟子。

　　一九三〇年，陳夢家將與方瑋德合著的《悔與回》詩集交給先生
看，聞一多激動不已地回信，說這「自然是本年詩壇最可紀念的一件
事」。而且，他還謙虛地說：「我在捏著一把汗誇獎你們——我的兩個
學生；因為我知道自己絕寫不出那樣驚心動魄的詩來，即使有了你們
那哀豔淒馨的材料。」[63]在信中，他還談到新詩的節奏性與暗示性，
及詩句的結構、謀篇布局的技巧等問題。

　　一次，聞一多讀到陳夢家發表在《新月》第三卷第五、六號合刊

---

62 轉引自聞黎明、侯菊坤編：《聞一多年譜長編》（武漢市：湖北人民出版社，1994年
　7月），頁420。
63 聞一多：〈論《悔與回》〉，《聞一多全集》（2）（武漢市：湖北人民出版社，1993年12
　月），頁165。

上的商籟體〈太湖之夜〉時，他又給學生去一信，細談如何做商籟體。

　　一九三一年，陳夢家作為後期新月社的中堅分子主持選編《新月詩選》，聞一多的詩歌排在徐志摩之後，共六首。在序言中[64]，他對聞一多的評語是：苦煉是聞一多寫詩的精神，他的詩是「不斷的鍛鍊不斷的雕琢後成就的結晶」。陳夢家繼續發展了聞一多的新格律主張，他說：我們不怕格律，格律是圈，它使詩更明顯、更美，我們求規範的利用，詩有格律，才不失掉合理的相稱、度量。

　　徐志摩曾打算請聞一多擔任《詩刊》主編，陳夢家、邵洵美為編輯，後未果。徐志摩去世後，陳夢家再一次請求聞一多任主編，聞一多還是沒有接手。一九三二年三月，從上海參加抗戰回來的陳夢家追隨他的導師聞一多，來到青島大學做他的助教。聞一多非常器重他。當青島大學學生鬧學潮，驅趕聞一多時，陳夢家還陪聞一多同遊了泰山，「談笑終日而不及學校之事」。聞一多從未與陳夢家講過學潮的起因。一九五六年，陳夢家還在《藝術的聞一多先生》中說「不知道為了什麼，青島大學鬧風潮趕他」[65]。聞一多在致饒孟侃的信中卻談到過起因，由此可以看出他對學生的愛護：「我與實秋都是遭反對的，我們的罪名是『新月派包辦青大』。我把陳夢家找來當個小助教，他們便說我濫用私人，鬧得夢家幾乎不能安身。」[66]師生的泰山之遊與其說是學生勸慰老師，還不如說是老師體恤學生。

　　抗日戰爭時期，陳夢家又得到了與聞一多共事的機會。聞一多在任代理文學院中國文學系主任期間，不忘提拔後學者。一九四一年，他為陳夢家晉職副教授致函清華大學聘任委員會，呈表陳夢家的學術成果：「本系講師陳夢家先生，研究甲骨、銅器文字及相關問題成績

---

64 楊匡漢、劉福春編：《中國現代詩論》（廣州市：花城出版社，1985年），頁152。

65 轉引自聞黎明、侯菊坤編：《聞一多年譜長編》（武漢市：湖北人民出版社，1994年7月），頁427。

66 聞一多：《聞一多全集》（12）（武漢市：湖北人民出版社，1993年12月），頁257。

卓著，歷年所撰論文十餘篇，釋疑解惑發明甚多」[67]。

　　三年後，聞一多又奮筆疾書致校長梅貽琦，說陳夢家在任職三年間，於授課之餘肆力著述。「初不以物質生活之清苦，圖書設備之簡陋稍改其志。……陳先生於研究金文之餘亦嘗兼及《尚書》，而於兩周年代及史實之考證貢獻尤夥。年曆學為治理古史之基礎，輓近學著漸加注意，實邇來史學界之一新進步。陳先生本其研究金文之心得致力斯學，不啻異軍突起，凡時賢所不能解決之問題，往往一經陳氏之處理，輒能怡然理順，豁然貫通。」[68]在信後，聞一多還列出陳夢家的的著作，甘願青出於藍的心情溢於言表。聞一多可謂是陳夢家一生的「伯樂」。

　　臧克家於一九三〇年成為聞一多的「詩的學徒」，當初他考入青島大學外文系，「但記憶力差，吃不消，想轉中文系」[69]。又因他作文考試得了第一名，留給時任中文系主任的聞一多的印象很好，所以當他轉系時，頗受聞一多的重視，相當順利。留在臧克家腦海裡的聞一多「很重感情，學生作業中只要有『情』，總可以得到好分數」[70]。臧克家的第一本詩集《烙印》的序言，就是請聞一多作的，得到聞一多很高的評價。聞一多把臧克家比作是孟郊（一年後，蘇雪林在〈論聞一多的詩〉中也將聞一多比孟郊，由此可見聞詩和臧詩在風格某方面的一致性），並極力肯定：「克家的詩，沒有一首不具有一種極頂真的生活的意義。沒有克家的經驗，便不知道生活的嚴重。」[71]一九四三

---

67 聞一多：《聞一多全集》(12)（武漢市：湖北人民出版社，1993年12月），頁371。

68 聞一多：《聞一多全集》(12)（武漢市：湖北人民出版社，1993年12月），頁383。

69 聞黎明、侯菊坤編：《聞一多年譜長編》（武漢市：湖北人民出版社，1994年7月），頁391。

70 轉引自聞黎明、侯菊坤編：《聞一多年譜長編》（武漢市：湖北人民出版社，1994年7月），頁397。

71 聞一多：《聞一多全集》(2)（武漢市：湖北人民出版社，1993年12月），頁174。

年，聞一多給臧克家寫過一封回信[72]。從信的內容看，臧克家對他的老師有某種程度的誤解，但是他的老師對他並不存芥蒂，相當坦誠地對著他叫屈，那種態度竟然帶著幾分天真：「你們做詩的人老是這樣窄狹，一口咬定世上除了詩什麼也不存在。有比歷史更偉大的詩篇嗎？」他還抱怨自己的學生道「你誣枉了我，當我是一個蠹魚，不曉得我是殺蠹的芸香」，還有「你還口口聲聲隨著別人人云亦云的說《死水》的作者只長於技巧。天啊，這冤從何處訴？」但他把學生當作學友，向他說起自己的研究情況：做《中國新詩選譯》的工作是因為「曾經一度寫過詩，所以現在有攬取這項工作的熱心，唯其現在不再寫詩了，所以有應付這工作的冷靜頭腦而不至於對某種詩有所偏愛或偏惡」；他請臧克家幫助他搜集詩選材料，並將臧克家自己的詩作寄給他。同時，聞一多在信中還談及自己的研究課題伸展到史前，研究神話，研究以原始社會為對象的文化人類學。還能見出師生情誼的是一九四四年，聞一多在給臧克家寄去他索要的條幅和宣傳單時，他在信中懇切勸告學生另覓樂土：「本年聯大未添一人，因米貼名額教育部有限制，此間人人吃不飽，你一死要來，何苦來。樂土是有的，但不在此間，你何曾想過？」[73]這時的聞一多更像是臧克家一位慈和的兄弟。

（六）聞家駟

聞家駟是聞一多的同胞弟弟。可以說在聞家駟的人生道路上，聞一多一直是走在他前方的引路人。

聞一多自一九一三年離家去清華上學後，常關照弟弟聞家駟的學習，指導他讀一些新學刊，教給他讀書的方法，詢問他是否感到了進

---

72 聞一多：《聞一多全集》（12）（武漢市：湖北人民出版社，1993年12月），頁380-382。

73 聞一多：《聞一多全集》（12）（武漢市：湖北人民出版社，1993年12月），頁395。

步，並與他約定：「歸家時試觀弟程度如何。」[74]他對弟弟的古文功底
也十分重視，以自己「嘗求閑暇稍讀經、史，以補昔之不逮，竟不可
得，因動私自咎悔」來鼓勵弟弟「經、史務必多讀，且正湛思冥鞫，
以通其義，勿蹈兄之覆轍」[75]，在致父母的信中[76]，「感於日寇欺忤中
國，憤懣填膺」，並告誡駟弟「當知二十世紀少年當有二十世紀人之
思想，即愛國思想」，要他知道：「忠孝二途，並非相悖，盡忠即所以
盡孝也」，「今日無人作愛國之事，亦無人出愛國之言，相習成風，至
不知愛國為何物，優人稍言愛國，必私相驚異，以為不落實與狂妄，
豈不可悲！」此外，他也像對朋友一樣，把自己正在忙什麼，正在想
什麼或是正在寫什麼都告訴弟弟。在清華學校時，聞一多為教師索薪
之事，遭校方的留級處分，後來處分取消，他對兄弟大力強調人格不
容受辱：「我們『求仁得仁』，何『悔』之有？……我現在決定仍舊做
我因罷課自願受罰而多留一年之學生，並不因別人賣人格底機會，占
一絲毫便宜，得一絲毫好處。」[77]《紅燭》詩集的出版計畫：「我的
《紅燭》（我的詩集）已滿四五十首，計畫到暑假當可得六十首，同
學多勸我付印問世者，我亦甚有此意。現擬於出洋之前將全稿託梁君
治華編訂，託時君昭瀛經理印刷。我於此道亦稍有把握，不致太落人
後。」[78]他也對弟弟訴說創作新詩的自信：「我很相信我的詩在胡適、
俞平伯、康白情三人之上，郭沫若（《女神》底作者）則頗視為勁
敵。一般朋友也這樣講。但雖然有這種情形，我還是覺得能先有一本
著作出去，把我的主張給人家知道了（筆者注：指打算作的《新詩論
叢》，上部講藝術與新詩的意見，下部批評《嘗試集》、《女神》、《冬

74 聞一多：《聞一多全集》（12）（武漢市：湖北人民出版社，1993年12月），頁6。

75 聞一多：《聞一多全集》（12）（武漢市：湖北人民出版社，1993年12月），頁13。

76 聞一多：《聞一多全集》（12）（武漢市：湖北人民出版社，1993年12月），頁17-19。

77 聞一多：《聞一多全集》（12）（武漢市：湖北人民出版社，1993年12月），頁28129。

78 聞一多：《聞一多全集》（12）（武漢市：湖北人民出版社，1993年12月），頁27。

夜》、《草兒》及其他），然後拿詩出來，更要好多了。況且我相信我在美學同詩底理論上，懂得並不比別人少；若要作點文章，也不致全無價值。」[79]他在同學面前不提婚姻之事，卻在弟弟面前坦言：「馴弟！家庭是怎樣地妨礙個人底發展啊！……大家庭之外，我又將有了一個小家庭。我一想起，我便為之切齒指髮！我不肯結婚，逼迫我結婚，不肯養子，逼迫我養——誰管得了這些？馴弟！我將什麼也不要了……我真怕再進那家庭之黑窟！」[80]

在國外留學的聞一多，對家中最為記掛的便是聞家駟，包括他如何交友，上什麼學校，他的健康狀況。聞一多對弟弟的學習方法指導具體，當弟弟的札記寫得有進步時，他告訴弟弟「閱讀更要緊」，要養成批評精神，會思，但「思而不學則殆」，「讀書甚少，僅就管窺蠡測之智識，『思來思去』，則縱能洋洋大篇，議論批導，恐終於萬言不值一杯水耳」。因而他希望弟弟能「保存現有之批評精神以多讀書史」，「學」與「思」並進。至於讀書方法，他要求弟弟「凡讀文學書，如小說、詩詞等，不妨細讀，反覆吟詠，再四抽繹，以深領其文詞之美。若讀哲史或科學則當速讀，但觀大意，不求甚解，即把捉其想思而不斤斤於字句之穿鑿也。」[81]當有一天，聞一多見到弟弟的文章「理論辟透，文字煥發，氣勢渾厚」，便在信中接二連三地寫上「我快樂極了！我快樂極了！」他鼓勵弟弟：「你當努力，你可以作個詩人，或小說家，或戲劇家」[82]。果然，在兄長的鼓勵下，聞家駟後來留學法國，攻讀法國文學，一九四〇年代在西南聯大與其兄聞一多共事。

---

79 聞一多：《聞一多全集》（12）（武漢市：湖北人民出版社，1993年12月），頁33。

80 聞一多：《聞一多全集》（12）（武漢市：湖北人民出版社，1993年12月），頁33。

81 聞一多：《聞一多全集》（12）（武漢市：湖北人民出版社，1993年12月），頁179。

82 聞一多：《聞一多全集》（12）（武漢市：湖北人民出版社，1993年12月），頁161。

（七）西南聯大新詩社

　　聞一多在二十世紀二十年代和三十年代間，先後為清華文學社、新月社的詩歌創作中堅分子，起過領袖作用，到了一九四〇年代，當他成為西南聯大教授時，他的心又為詩和年輕人激動，因為他擔任了西南聯大新詩社的詩歌導師。

　　一九四四年四月九日，當西南聯大十二位學生來到聞一多先生的家中，帶去了自己稚嫩的詩作，請求他任導師時，他對學生們談了對詩的見解，講述了寫詩與做人的關係，並說：「我們的詩社，應該是『新』的詩社，全新的詩社。不僅要寫新詩，更要做新的詩人。」在聞一多的這番話的影響下，他們決定把新成立的詩社命名為「新詩社」，並定下了四條綱領：「一、我們把詩當作生命，不是玩物；當作工作，不是享受；當作獻禮，不是商品。二、我們反對一切頹廢的、晦澀的、自私的詩；追求健康的、爽朗的、集體的詩。三、我們認為生活的道路，就是創作的道路；民主的前途，就是詩歌的前途。四、我們之間是坦白的、直率的、團結的、友愛的。」[83]這些綱領，與聞一多的思想一致。聞一多常對學生們說：今天的新詩人，必須到群眾中去，為人民服務，向人民學習，這是文藝青年的必由之路。

83　史集：《聞一多先生和新詩社》，《雲南師範大學學報》1987年。

附錄三
論聞一多詩歌中的生命意識

　　生命意識是從群體意識中剝離出來的個體性意識。意識到生命也就意識到了生存的意義，意識到生命也便體味到生與死、哀與喜、痛苦與歡樂……的人生滋味。在僅求生活的人們心中，生命意識常如滿地散落的花瓣，任其散落成塵而不知收撿，然而，在聞一多那裡，在他的詩歌裡，生命意識化成了一粒青色的種子，它先是在岩石縫隙間尋覓陽光雨露，尋覓生長的空間，最後才堅挺於岩間，以招展的姿態揚起生命的風旗，傳送從深埋的根部散發出來的生命的光彩。

　　《紅燭》時期的聞一多，在經歷了二十幾個春秋之後，在家長直接把婚姻遞交給他的時候，混沌已久的生命意識這才從沉睡的夢裡甦醒過來。生命的甦醒立即使他的思想、他的文筆、他的創造力生動起來，愛、生、死、美、真的體驗無不令他倍覺新鮮，「生命」成為一個主題詞，在他的詩裡不斷地頻繁出現：

　　　一、我敢說那已消的春夢底餘痕，／還永遠是你我的生命底生
　　　　　命……今冬底假眠，也不過是明春底／更烈的命所必須的
　　　　　休息。(〈花兒開過了〉)
　　　二、有兩樣東西，／我總想撇開，／卻又總捨不得：／我的生
　　　　　命，／同為了愛人兒的相思。(〈紅豆篇〉八)
　　　三、我們站在桌子底兩斜對角上，／悄悄地燒著我們的生命，
　　　　　給他們湊熱鬧。／他們吃完了，／我們的生命也燒盡了。
　　　　　(〈紅豆篇〉二十六)

四、生命是張沒有價值的白紙，……從此以後，／我便溺愛於
　　我的生命。（〈色彩〉）

五、撲不滅的相思，／莫非是生命之原上底野燒？／株株小草
　　底綠意，／都要被他燒焦了啊！（〈紅豆篇〉二十）

　　這五段引詩裡，「生命」為其核心，無論是對季節的感應或是對
人生的感慨，還是對文化的理解，它都是詩人欲解的結。生命意識在
這些詩裡大致包含了三重含義：前三首詩中的「生命」指的是客觀存
在著的生物體，是自然界給予的最原始意義上的生命——除了生，它
的極端就是死。在生（活）的時候，它還可能要經歷由幼小到成熟到
病衰的有限的生理過程。所以在〈花兒開過了〉的詩裡，詩人把由季
節的替換而生發出生命存在形式轉換成詩意。花兒謝了，是為著明年
春天的勃發而作短暫的休息。〈紅豆篇〉中提到「我」的或「我們」
的生命和相思的情感共生，也可能像蠟燭一樣被燒毀，不在人世。這
是一重本源的「生命」含義。第二重意義是文化含義上的「生命」，
如第四首詩裡的「生命」，已經文化的浸薰而人世化、道義化了，它
既非原始自然所給予的存在物，也非活著這樣一種存在形式，它是由
情熱、忠義、高潔、希望、悲哀和死等這些道德倫理和品格情愫組成
的社會所期望的一種生命，這個被暗喻的「生命」指示了「人應該如
何保存生命，實現生命價值」的意味。第三重意義可以從第五首引詩
中品悟，詩人用了將抽象物以具象比喻的方法來描寫生命——有著
「株株小草底綠意」的「生命之原」，它也長著「相思」，在這兒，
「生命」更富有形而上的意義，它指的是生物體的本能。當然，除了
愛，還有生、死、欲望等；由此看來，生命意識在聞一多的詩中形成
這樣的：自然——文化——哲理三個層面，自然的層面是聞詩生命意
識流露的基點。

　　聞一多早期的詩歌，常常還是從自然的層面切入生命意識，

「生」的張揚總是和自然界的變化在一起，如〈春之首章〉、〈春之末章〉等詩中，生就是生物體的萌芽與復甦：「金魚兒今天許不大怕冷了？／個個都敢於浮上來呢！……丁香枝上豆大的蓓蕾，／包滿了包不住的生意。」但是，我們如果結合《死水》中有關「生」的詩篇看，這種感時應節的詩篇不免簡單了一些。到了春季，大自然神奇般地給動植物，給種種風景以新的生命或重生的感覺，日月的循環更替使「生」無數次地開始，結束，又開始……這種無止盡的「生」的形式也使『死』的意識同樣地沒有深重感，如〈秋深了〉、〈秋之末日〉、〈廢園〉等詩雖寫到了「春底榮華逝了，／夏底榮華逝了」，「秋深了，人病了」，「秋是墮淚底時期」（〈秋深了〉），這種蕭條傷感的句子，可並不是一種無可挽回的絕望感。

在這一時期，聞一多對生還存著輪迴涅槃的觀念，生既可以再生，死照樣可以再死且再生。〈爛果〉一詩中，他的表述十分清楚：「我的肉早被黑蟲子咬爛了」，詩裡的「我」，是擬人化的「爛果」，已瀕臨死亡，看上去絲毫不擔心死亡的來臨「我睡在冷辣的青苔上，／索性讓爛的越加爛了」，一個「索性」可以看出「我」對生與死的超然，「只等爛穿了我的核甲，／爛破了我的監牢，／我的幽閉的靈魂／便穿著豆綠的背心，／笑迷迷地要跳出來了！」「我」並不怕「死」，反倒願意快點「死」，因為「死」後才會新「生」，才會有更加自由的生命。

這樣一種對「死」的禮讚，讓我們想起五四時期郭沫若的〈鳳凰涅槃〉，「我們更生了；我們更生了」，曾是那樣熱烈的時代呼聲，對人性掙脫束縛的嚮往，對嶄新世界的歌唱，留在他的開一代詩風的詩篇中。聞詩雖有這個內涵在，但只能說是對郭詩的回應，開掘尚不深。和郭詩放在一起，聞詩更容易顯其「唯美」性。郭詩的「死」意味著對社會的破壞與創造，聞詩中的「死」有著迷人的誘惑力，是人生的一種美麗：「啊！　我靈魂底靈魂！／我的生命底生命，／我一生

底失敗，一生底虧欠／如今要都在你身上補足追償。」這是詩人在以〈死〉為題的詩中對「死」的歌頌。在他心中，死和生同為生命的原動力，它還是人生的終極目的，因為它能夠在生命的最後一刻修飾人生，成就人們一生的期望——圓滿，使人們永不能安慰的心靈得到片刻的安慰。浮士德博士曾為生的美麗提出過停留的請求，聞一多卻為死的美麗而懇求「讓我淹死在你眼睛底汪波裡，／讓我燒死在你心房底熔爐裡！／讓我醉死在你的瓊醪裡！／讓我悶死在你呼吸底馥郁裡！」在這裡，「死」提供了神態、聽覺和嗅覺、味覺上的快感，宛如一位美神，快樂神。

我們應該如何理解聞一多此時詩中的「死」的意蘊呢？確切來說，他的「死亡」觀從自然的層面直接躍進到了哲理的層面。他詩中的「死」有別於中國古詩中常有的那種大氣凜然的悲壯氣概：「死去元知萬事空」，「人生自古誰無死」。這裡的「死」強調的是不可逆回的一次性離開人世，為最終的結束，聞一多詩中的「死」更具有宗教上的神秘色彩，美麗的自然孕育美麗的生死，生死和自然一樣可以輪迴，死後另有極樂世界。

另外，從接受上看，聞一多開始詩歌寫作時深受英國唯美主義的影響，像唯美主義代表人王爾德的《莎樂美》在五四時期的中國產生過轟動效應，如白薇的《琳麗》、陶晶孫的《黑衣人》等皆有《莎》劇的影子，唯美思潮一度在中國也流行開來，他們都把恐怖的死描繪成神秘的美，這無疑都是形成學生時代聞一多生死觀的重要因素。例如表現了中國理想人格的詩篇〈李白之死〉，其中寫到李白騎鯨捉月，死於水底，並沒有強調中國傳統詩人臨死的痛苦與大義，而是傳達出「死」的美，或者說是為美而死的聲音。

《紅燭》中對「死」的偏愛，對「生」所作的自然化理解，都說明詩人生命意識的存在，但是他的這種感受並不特別強烈，如他對愛的理解一樣，也有些飄渺。〈紅豆篇〉應該算是他早期流露生命意識

最強的詩篇了。〈紅豆篇〉這組由四十二首短詩組成的篇章，據說是在他留學期間，聽說妻子即將分娩，他感到生命得以延續的喜悅而連續五晝夜做成的，但是突如其來的喜悅在詩中幻化成想像，他對生命意識的真切感受並不是在兩人結合之時，而是將來，詩中的相思是進行態和將來態的：「我們有一天／相見接吻時，／若是我沒小心，／掉出一滴苦淚，／漬痛了你的粉頰，／你可不要驚訝！／那裡有多少年底／生了鏽的情熱底成分啊！」（〈紅豆篇〉一二）詩中的愛是由生命意識促成的，幻想成分多於現實成分，它還沒有下面這封信真實，「……我本無可留戀於生活的，然而我又意志薄弱，不能箝制我的生活欲。……浪漫『性』我誠有的，浪漫『力』卻不是我有的。」[1] 信中倒是真實地流露了被生命意識所驚醒的痛苦：執意地追求生命欲望卻又被另一種欲望所壓制，他的詩卻展現出一種理想的生活，詩與現實無可迴避的生命衝突竟然被詩人迴避了。不過，《死水》時期對愛與欲的表現使他的生命意識得以強化，這一方面也顯示出了詩人的成熟。

　　從文學史的角度來說，生命意識在五四時期的作品中就不是一個新穎的超前主題了。「人的解放」的提出和叔本華、尼采、佛洛伊德等的現代哲學思潮直接把「生命」的問題擺在了當時的知識分子面前，魯迅、冰心、茅盾、王統照、盧隱等作家紛紛在作品中探討人的生存價值，《紅燭》也可以說是五四思潮的延伸。如果我們認為《紅燭》還只輕微地觸及了生命意識的淺層，停留在對生命意識的抽象化的關心上，用了單純的浪漫眼光和詩筆來修飾現實，那麼，我們會說《死水》讓我們感到了真正的生命遭遇。

　　《死水》期詩人的藝術世界受到了現實社會的猛烈衝擊。留學美國，文化上的巨大差異，外族人的種族偏見，情感的煎熬，似點燃聞一多生命意識的火種；回國後他又見軍閥混戰，同胞自戕，殖民者在

1　聞一多：《聞一多全集》（12）（武漢市：湖北人民出版社，1993年12月），頁139。

使生靈塗炭……這一切無不讓他感到真正的生命存在是和社會和政治緊密聯繫在一起的。在個體的生存中，生非為自然中一個周而復始的現象，死也並不潛蘊著生的意志，生與死是對抗性的兩極模式；它們也並不是一種自律的行為，而是他律的行為。人，無法擺脫它們，無法掌握它們，反而被動地成為它們的控制對象。《死水》集中的生命意識便在此基礎上深化了《紅燭》的生命意識。最為明顯的標誌就是悲劇性的感受在詩歌中反覆呈現。

　　我們的分析不妨從詩集的題目開始。「紅燭」和「死水」在詞的結構上皆屬於偏正詞組，「紅」和「死」這兩個定語並不為同一類別，「紅」是用來描述視覺效果的形容詞，而「死」呈示的是感知型的生命狀態，並且，它在客觀上只有，也僅有一個相對立的形態——生，「死」表示著生命的終結。死去的人及生物體在生命終結之後往往回歸大地，重返自然，空間上不能再現，無蹤無跡。然而，「死」了的「水」不同，它不會消失，它卻不動地出現在人們的視野之內，生命在形式上還存在著，只不過它生命的活力受到限制而已。儘管它令人「絕望」，「清風吹不起半點漪淪」，還「酵成」了一溝「綠酒」，「飄滿了珍珠似的白沫」，但是它能夠永不消逝地展覽它的生命枯竭狀態，讓人們隨時感受生命的可厭，死亡的可惡，自由不可得的可悲。在「死水」這個詩題上，已有沉重的生命感在內。

　　如果說《紅燭》中的生命意識還只是從自然的層面去描述生命如嫩芽如花朵般的萌發與開放，枯萎或凋謝，那麼《死水》中的〈淚雨〉已經注意到一個社會的人的一生辛勞了。詩歌雖然也採用了季節化的類比來象徵主人公的坎坷生命歷程，但其中的意味不是感物傷時的歡欣或憂傷：「他在那生命的陽春時節，／曾流著號饑號寒的眼淚；／那原是舒生解凍的春霖，／卻也兆徵了生命的哀悲。／／他少年的淚是連綿的陰雨，／暗中澆熟了酸苦的黃梅；／如今黑雲密佈，雷電交加，／他的淚像夏雨一般的滂沛。／／中途的悵惘，老大的磋

跎，／他知道中年的苦淚更多，／中年的淚定似秋雨淅瀝，／梧桐葉
上敲著永夜的悲歌。／／誰說生命的殘冬沒有眼淚？／老年的淚是悲
哀的總和；／他還有一掬結晶的老淚，／要開作漫天愁人的花朵。」
這首詩，直接寫到了人的生命，並將主人公的生命用中心意象——
「淚」來凝結。從生理學上說，淚和笑一樣，都是人的情感外現，假
如排除生理上的疾病，那麼應該說淚比笑更加深刻，它的比重比笑更
大，它促使人們潛入到生命海洋的底部去窺探生命的真實。本來生命
意識的形成就是這樣：在生存倍感艱難之時，在人的理想遭到破壞而
感到煩、畏、困惑、孤獨、恐懼、疲憊之時，生命意識才真正地走近
人的心靈。詩人作為一個描述者，還是懷著悲傷來講這個淚的故事，
儘管故事的詳細情節退到了幕後：陽春季節的淚兆徵了生命的哀悲，
少年以後的淚似連綿的陰雨，滂沱的夏雨，中年的淚如淅瀝的秋雨，
老年的淚似漫天飛舞的雪。這些如雨的淚是由什麼原因產生出來的
呢？一定是生存的艱難所致，不然，他也不會將一生泡在淚裡，在淚
水裡討生活了，這四季流不盡的淚水裡定含有太多的苦楚。這首詩用
四季作人生道路的象徵，用四季中的自然現象雨為人的眼淚的視覺象
徵，使讀者讀此詩時，感覺到人的一生如此淒涼和寒冷，悲劇色彩也
更強烈。

　　《死水》中對「死」的感受也在變化。它不是詩人早期懷著迷戀
情懷所歌詠的對象了，這一時期的「死」有一種恐怖感，它讓人感到
生存的壓力。如〈末日〉中當「我」在靜候一位遠道的「客人」時，
「露水在筧筒裡哽咽著，／芭蕉的綠舌頭舐著玻璃窗，四周的堊壁都
往後退，／我一人填不滿偌大一間房」。由這題目看，這位遠道而來
的客人就是死神，詩中的景象都是死神逼近的景象；露水發出哽咽
聲，芭蕉舐窗的姿態；牆壁往後退，這些聲音和動作彷彿都有了人的
活力；而人呢，「填不滿偌大一間房」。在環境的逼迫下，反而使人覺
得自己虛弱，渺小，勢單力薄，無法抵禦環境，更無力阻擋死神的到

來，只好束手就擒，靜候它來提取「我」的生命。詩中最後兩句有過兩個版本，如對兩個版本進行闡釋，筆者覺得能更深入地看到詩人的生命體悟。第一個版本是：「……原來客人就在我跟前，／我眼皮一閉，就跟著客人走。」眼皮「閉」上，一個看似本能的動作，也許「我」的內心有萬般無奈與痛苦，但就在「閉」的時候，無聲的語言便化作了沉默，繼之以「跟著走」。這一「走」，是一種被動的行走，離開這間屋子，也就是離開生之地，走向茫然、死亡。第二個版本改後加重了生命的悲愴成分，「……原來客人就在我眼前，／我咳嗽一聲，就跟著客人來」，這一聲「咳嗽」，是一次小小的反抗，用渺小弱勢的「我」的聲音來反抗「客人」和環境的威力，儘管無濟於事。「跟著客人來」，來的又是什麼地方？「來」是一個指向性介詞，朝著說話者的方向行進；那麼來的地方就是那間露水哽咽，芭蕉舐窗的空房。原來，這些詭譎的景象也都是客人（死神）的魔力使然，「客人就在我眼前」，同樣「我」就在「客人」的監視之下，「我」坐的這間空屋其實就是地獄，「我」卻渾然不知。這樣一改，死神無時不在，無處不在，它給人造成的恐怖心理就表現了出來。對死亡的恐懼，本身就體現了人生的悲劇性。

《死水》中飄散著陰陰鬱鬱的死亡氣息，還如〈夜歌〉、〈也許〉、〈忘掉她〉、〈天安門〉、〈飛毛腿〉及非常著名的同名詩〈死水〉等都披上了死亡的黑紗衣在聞一多的詩歌世界裡飛舞。

這一時期詩人繼續將「死亡」作為主題不僅僅是受西方唯美主義、象徵主義和現代主義的哲學影響，我認為有兩個相關的不容忽視的原因：一是詩人並不是為了表現死亡的恐怖而抒寫死亡，他想用「死亡」的意象來寄託並抒洩他消極、悲觀，乃至於憤怒的情緒，生的悲哀，然而這樣一種情緒又直接來源於現實：戰亂、國敗、人亡，這種不穩定不安全的生活再也不能使人樂觀求美，已經在人海中求生存的聞一多也不像早期那樣呼喚「死」的賜予了。在有死亡陷阱的地

方，人們常常是小心地走著每一步，隨時提防著死神的翩然而至。於是，自由的生命形態也成了不可觸及的幻夢，聞一多的詩中寫下了被死神拘束的人的命運和境況：「神秘的靜夜」裡他聽見「四鄰的呻吟」，「死神」的「咆哮聲」，看見「寡婦孤兒抖顫的身影」，「戰壕裡的痙攣，／瘋人咬著病榻，／和各種慘劇在生活的磨子下」（〈靜夜〉）；在河裡，見到了「拉了半天車得半天歇著，／醉醺醺一死兒拉著人談天兒」的飛毛腿屍首飄著（〈飛毛腿〉）；在荒村，人都失蹤了，只有「蝦蟆蹲在甑上，水瓢裡開白蓮；／桌椅板凳在田塍裡飄著；／蜘蛛的繩橋從東屋往西屋遷？／門框裡嵌棺材，窗櫺裡鑲石塊」（〈荒村〉）；到天安門，見到「那黑漆漆的，／沒腦袋的，蹺腿的」，還「搖著白旗兒說話」，嚇得連「小禿子」都掉了魂的怪物（〈天安門〉）……在這些場景裡，已是人鬼難分，人間地獄難辨，什麼是生，什麼是死，也混亂成一片。聞一多在《紅燭》中所表現的生死的互變、互生性在這兒只有了生死的不可逆性、生死的唯一性。詩人儘管在詩句裡只是描寫和敘述，卻無不飽含著生命中感受到的寒涼。

　　在表現性愛意識的詩篇裡，聞一多的這種寒涼也不曾揮去。本來，性愛意識最能夠張揚原始的生命力，因為它是「宇宙中一切存在的始初起源，是人類命運的重要因素」[2]，歌詠愛情的詩篇如不表達朦朧的情愫，那它也會是激動和熱情的，但聞一多卻像是一個啞了的歌手，把活蹦蹦的生命意識如化石一般壓在山石之下，對生命意識進行壓抑和束結。如〈狼狽〉、〈收回〉、〈你指著太陽起誓〉、〈大鼓師〉、〈你莫怨我〉等詩中充滿著愛的矛盾、衝突，即使表現愛的忠貞與對愛的珍視，也顯得顧慮重重。這使聞一多的愛情詩以獨異的風格出現在中國的新詩史裡，他對生命意識的社會壓迫性作出了一番蒼涼的歌唱。〈什麼夢〉是其中有代表性的一首。這首詩中的主人公是一

2　瓦西列夫：《情愛論》（北京市：生活‧讀書‧新知三聯書店，1984年）。

位寡婦，寡婦代表著社會給她的固定身分。在傳統中國，女性身分要求她首先認定自己是有家庭的人，必須忠誠於自己的丈夫，自己的婆家，乃至於宗族祖先，而且不管丈夫是活著還是死了，是否有真情，都不能和第三者發生情愛關係，她的責任就是守貞守潔，更何況寡婦呢！詩歌分四節表現了這位寡婦對生命欲望的克制過程。第一節當成排的大雁飛過，她感到自己的孤獨，把雁鳴當作愛人的聲音，她的生命意識此時被喚醒，但是她立即就有一種「劇痛」感。在詩的第二節裡，她被剎時喚醒的生命意識所嚇倒，社會倫理規範阻擋了她朝潛意識的行進，她自問：這到底，到底有什麼意義？第三節詩，寡婦覺得自己既然得不到愛，人生的道路那麼長，獨自走著彷彿如夜裡行走感到黑暗索味，人生對於她已經無意義了，於是她想到了死。可是兒子的哭使她的「絕斷」立即取消了。她想死，兒子還得活著，兒子也是一條生命，兒子還需要她的愛。讓兒子活，給兒子愛，又意味著自己還得一次次忍受生命意識的挑動，讓自己活在倫理規範裡，活得不倫不類，活得找不到自己，活得沒有任何欲望。詩中的第四節把生命意識的深刻性揭示了出來：不可選擇的無意識生存是對生命意識的扼殺。然而，筆者認為，這個寡婦還只是詩人筆下的象徵體，聯繫詩人的情感經歷，還有更多的經歷，她又何嘗不是受著過多羈絆的人類生存一種的象徵呢？這一形象的塑造，詩人是飽含著人道主義深情的，內心是矛盾而痛苦的，它寫盡了人的「生命不能承受」禮教規範的悲哀，勉強的生活譜就的只是一曲悲哀的歌。

　　從《紅燭》到《死水》，聞一多的生命意識由單純走向了複雜，彷彿把一條條的彩帶絞成了一股麻繩。或許，這裡面才有真正的生命蘊味，裝滿了生命的沉澱。

　　那粒青色種子長成大樹時必定也刻上了累累的傷痕吧。但，那就是生命。

附錄四
聞一多詩歌詩論研究綜述

　　聞一多是中國現代學術界一個著名的學者、詩人，他的詩歌創作和評論開始於他的清華學校讀書期間。作為《清華學刊》的一名學生編輯，他經常在刊物上發表自己對於新詩和同學的詩歌創作的一些見解，並且和清華文學社的同學們相互切磋詩藝，創作新詩。聞一多先後出版過《紅燭》和《死水》兩部詩集，還編訂過《屠龍集》、《真我集》等。從聞一多詩集出版的那時到今天，他的詩歌都為研究者們所注意。聞一多的評論和有關的新詩理論，如〈《冬夜》評論〉、〈《女神》之時代精神〉、〈《女神》之地方色彩〉、〈烙印序〉、〈時代的鼓手〉和〈詩的格律〉等都受到現代文學研究界的關注。對於聞一多的評論和研究也有不少，現將研究情況大致綜合如下：

一　聞一多詩歌詩論的早期研究

　　學術界對聞一多的詩歌詩論進行最早研究的文章，可以追溯到一九二二年十二月二十二日《清華週刊》上發表的一篇讀後感〈讀《《冬夜》《草兒》評論》〉，其後梁實秋在該刊的第二六九期（1923年2月）也評論過聞一多的詩歌，以後有沈從文、朱湘、朱自清、蘇雪林等學者、詩人對聞一多的詩歌進行過評論。

　　朱湘一九二六年五月十日發表於《小說月報》十七卷五號上的〈評聞君一多的詩〉是篇較早引起中國現代詩壇注意的評論，在同人中有一定的影響。這篇論文以十分嚴肅的態度──「寧可失之酷，不可失之過譽」，對聞一多的《屠龍集》作了形式上的批評。在朱湘看

來，聞一多的詩歌有三個致命的短處，即：一、用韻不講究，不對、不妥、不順；二、用字的時候太文、太累、太晦、太怪；三、音樂性的缺乏。

　　一九三〇年，沈從文對聞一多的《死水》集作了一次批評，使聞一多本人產生了「不少的奮興」（一九三〇年十二月十九日聞一多致朱湘、饒孟侃信中所說）。這篇論文卻是對聞一多詩歌的高度評價，沈從文[1]認為：《死水》在文字上達到的純粹，擺脫了朱湘《草莽集》為詞所支配的氣息，「而另外重新為中國建立一種新詩完整風格的成就，實較之國內任何詩人皆多」，雖然《死水》並不是「熱鬧」的詩，然而它卻是「近年來一本標準的詩歌」！它在體裁和文字上影響著其他的作者，使很多現代國內作者向那風格努力。沈從文還預言到：在某一時節，它還會使讀者的興味發生轉向，「《死水》當成為一本更不能使人忘記的詩」！此外，沈從文對聞一多詩歌的顏色、節奏的和諧以及詩歌的冷靜風格、想像、組織和格律等作了印象式的品味。

　　蘇雪林的〈聞一多的詩〉[2]發表於一九三四年的《現代》雜誌四卷三期，這篇論文著重論述了聞一多的詩歌風格，大致是：聞一多的詩歌創作在題材上「完全是本色的」，在字句的鍛鍊上是精工的，他的詩歌將無生命的物體生命化，而且意致幽窈深細。在此文中，蘇雪林第一次將聞一多的《紅燭》集與《死水》集作了比較，她認為在短短的五年內，聞一多的作詩技巧有「驚人的進步」，她說：「《紅燭》注意聲色，《死水》則極其淡遠，（筆者注：此處應為「；」）《紅燭》尚有錘鍊的痕跡，《死水》則到了爐火純青之候；《紅燭》大部分為自由詩，《死水》則都是嚴密結構的體制；《紅燭》十九可以懂，《死水》則幾乎全部難懂。」

1　沈從文：〈論聞一多的《死水》〉，見《沈從文文集》（11）（廣州市：花城出版社，1984年），頁146-151。

2　蘇雪林：《蘇雪林文集》（3）（合肥市：安徽文藝出版社，1996年4月），頁174-184。

　　早期對聞一多的詩歌評論最多而且評價最高的應該是朱自清。一九三五年，朱自清在《中國新文學大系》〈詩集導言〉[3]中對聞一多進行了高度的評價：他認為在《詩鐫》裡數聞一多的影響最大，他才是「最有興味探討詩的理論和藝術的」。在此文中，他也對聞一多的《紅燭》和《死水》兩部詩集作了客觀的評論：「《死水》前還有《紅燭》，講究用比喻，有喜歡用別的新詩人用不到的中國典故最為繁麗，真教人有藝術至上之感。《死水》轉向幽玄，更為嚴謹；他作詩有點像李賀的雕鏤而出，是靠理智的控制比情感的驅遣多些。但他的詩不失其為情詩。另一方面他又是個愛國詩人，而且幾乎可以說是惟一的愛國詩人」。由於這一套大系是中國現代文學史上第一套比較全面比較客觀的文學作品選集，朱自清的這段簡練精要的論斷第一次給聞一多在文學史上定下了一個的位置。後來，朱自清還在多篇論文，如〈詩與幽默〉[4]、〈愛國詩〉[5]、〈詩的形式〉[6]中以聞一多的詩歌為例子談到聞一多詩歌的幽默風格、愛國主題和他的新格律運動。就聞一多的新格律運動而言，朱自清認為聞一多是「第一個使人注意『商籟』的人」，並且他在「輸入外國詩體和外國詩的格律說」的同時，「在創造中國新詩體，指示中國詩的新道路」[7]。一九四七年朱自清在〈聞一多先生與新詩〉[8]的一篇講話中，再一次談到聞一多是「一位愛國詩人」，並且指出聞一多與新月派的詩人不一樣，他「對現實的關心比別人深」，在「人道主義的作品上，聞先生寫得更具體」，而且他還說到聞一多自己不願承認《紅燭》的創作，認為那是「帶有唯

3　楊匡漢、劉福春編：《中國現代詩論》（上）（廣州市：花城出版社，1985年），頁245-246。
4　朱自清：《朱自清全集》（2）（南京市：江蘇教育出版社，1996年），頁337-344。
5　朱自清：《朱自清全集》（2）（南京市：江蘇教育出版社，1996年），頁355-360。
6　朱自清：《朱自清全集》（2）（南京市：江蘇教育出版社，1996年），頁396-401。
7　朱自清：《朱自清全集》（2）（南京市：江蘇教育出版社，1996年），頁397。
8　朱自清：《朱自清全集》（4）（南京市：江蘇教育出版社，1996年），頁466-468。

美派寫法的詩」，他的新詩多半揭發著醜惡，他要粗線條的詩，刺激
情調的詩。他很喜歡朗誦詩，態度是訴諸大眾的。這些觀點都成為以
後聞一多研究的權威性觀點。因為朱自清和聞一多是西南聯大的同事
的緣故，在聞一多去世後，朱自清和同事雷海宗、潘光旦、吳晗、蒲
江清、許維遹組成「整理聞一多先生遺著委員會」，負責《聞一多全
集》的整理工作，整理後的文集共有四冊八集，約一二〇萬字，新詩
創作和文學評論也包含其中。朱自清和郭沫若分別為此書作了序言，
朱自清在序言〈聞一多先生怎樣走著中國文學的道路〉[9]中，充分肯
定了聞一多集合著「鬥士、詩人、學者」三重人格，就時間而論，
「學者的時期最長，鬥士的時期最短，然而他始終不失為一個詩
人」。在此文裡，朱自清還對聞一多的詩歌研究和評論工作的影響作
了介紹，指出聞一多對詩歌的貢獻在於：「創作《死水》，研究唐詩以
至《詩經》、《楚辭》，一直追求到神話，又批評新詩，抄選新詩，在
被難的前三個月，更動手將《九歌》編成現代的歌舞短劇，將古代和
現代打成一片。

二　五十年代後的聞一多詩歌詩論研究

　　一九四九年後的聞一多詩歌研究的序幕由艾青的《愛國詩人聞一
多》揭開，艾青在他的論文裡再一次充分肯定聞一多「是一個真正的
愛國詩人」。一九五一年七月，茅盾主編的新文學選集《聞一多選集》
（李廣田作序）出版，其中選了聞一多一九二〇至一九三一年間的詩
歌三十五首，它們多選自聞一多的詩集《紅燭》與《死水》，另加上
了一首〈奇蹟〉。
　　一九五一年由開明書店出版的第一部文學史著作——王瑤先生的

9　聞一多：《聞一多全集》（12）（武漢市：湖北人民出版社，1993年12月），頁442-451。

《中國新文學史稿》第一次將聞一多倡導格律詩和愛國思想寫入了書中，由於王瑤先生此書的影響，以後的文學史大都依仿王先生的體例，從這兩個方面對聞一多進行評價。

一九八○年代，聞一多的研究開始活躍起來。成績最大的是介紹、刊發聞一多的逸詩、文、書信和學術論著。詩歌方面，由郭道暉、孫敦恆搜集整理、雲南人民出版社出版了《聞一多青少年詩文集》，收錄聞一多在清華學校期間至留美初期發表的詩文八十八篇。

一九八四年，周良沛編輯了《聞一多詩集》，將聞一多的全部詩歌（包括逸詩）收入其中，該書由四川人民出版社出版。同年，中共中央宣傳部發出《關於整理出版聞一多著作的通知》，武漢大學成立了聞一多研究室，一九八五年整理出版了《聞一多論新詩》（武漢大學出版），該書搜集了聞一多有關新詩評論的書信、論文、評論等。繼之，聞一多研究室著手新編《聞一多全集》的資料收集與整理工作，由孫黨伯、袁謇正先生擔任主編。他們本著全面和真實的原則，把所搜集到的聞一多的詩文和可以整理成文的未刊手稿全部整理編入，並且忠於原作，保持原貌，為讀者提供了可信的版本。八年後，這套全集由湖北人民出版社資助出版了。該書共十二卷，字數達四五六萬字，其中第一卷為詩集，包括了《紅燭》、《死水》、《真我集》、《集外詩》、《舊體詩》、《譯詩》、《現代詩鈔》；第二卷文藝評論與散文、雜文；第三卷為神話編與《詩經》編（上）；第四卷為《詩經》編（下）；第五卷為楚辭編和樂府詩編；第六、七、八卷為唐詩編；第九卷為《莊子》編；第十卷為文學史編、《周易》編、《管子》編、璞堂雜業編、語言文字編；第十一卷為美術；第十二卷為書信、日記、附錄。目前，這套全集可以認為是聞一多文集之善本。

一九九四年，湖北人民出版社還出版了由聞黎明、侯菊坤編輯的《聞一多年譜長編》[10]。這部年譜字數達八十四萬之多，由譜前、正

10　《聞一多年譜長編》增訂版（上下卷）（上海市：上海交通大學出版社，2014年）。

譜、譜後三部分組成。據編者所說，譜前包括故鄉、家世，正譜包括
求學、初期社會活動、文藝創作、文藝理論、學術研究、教學工作、
政治活動、思想發展、家庭生活、個人情操、友朋交誼及其他。譜後
記述的是聞一多殉難後的三個月內的國內外反響、追悼、紀念。該書
的資料來源頗廣，不但來自已出版的《聞一多全集》和諸種文集、詩
集，還有發表但未編輯的逸詩逸文，曾發表的手稿、書信、聯名文章
以及題字題詞、篆刻銘文，起草修改潤色的各類宣言。函電，他人記
錄的演講、聽課筆記、時事問答，親朋好友學生的回憶、日記以及編
者的走訪記錄、信訪復函和報刊、雜誌的報導、檔案文獻，等等。

　　一九八〇年代以來，除了在聞一多的資料整理上取得了新的成
績，對聞一多的詩歌詩論的研究也取得了豐碩的成果。我們可以從以
下幾個方面來看：

　　首先是專題研究日趨深入。

　　有關聞一多詩歌詩論研究方面的論文，是整個聞一多研究取得的
最重要的成果之一。就研究論文來看，專題研究大致包括詩人研究、
詩歌主題研究、美學研究、文化心理研究。

　　詩人研究包括對詩人聞一多生平、思想經歷的考察，分辨一些歷
史事實，澄清詩人聞一多的思想發展道路，推動聞一多研究走向真實
性和科學性。如探討聞一多的詩學主張中關於唯美主義的研究文章有
李思樂的〈聞一多是唯美主義詩人嗎？〉、吳詮元的〈論得益於唯美
主義的聞一多〉、盛海耕的〈早期的聞一多與唯美主義〉、劉欽偉的
〈早期唯美主義述評〉、韋秋桐的〈講究美，未必就唯美──讀聞一
多斷想〉等。

　　這些文章基本上形成兩種相對的觀點：一種認為聞一多是一個唯
美主義者，為藝術而藝術。他們認為聞一多與歐洲唯美主義有明顯的
血緣關係，無論是唯美主義的濟慈、戈狄埃，還是唯美主義運動的創
始人羅賽蒂、羅金斯和後繼者佩特、王爾德等，聞一多和他們都有過

接觸、作過了解，並作過辨析和取捨。如他引用了格魯斯的藝術遊戲說和康德的「不夾雜利害感的美」的唯美主義學說，將戈狄埃「為藝術而藝術」作為自己的主張。從佩特那裡學習到藝術形式必須與內容相關，堅信王爾德「生活是對藝術的模仿」、濟慈的「真善美合一」和「藝術確是改造社會底急務」等觀念。因為唯美主義的美學主張，使聞一多創作出了「至性至情」的詩歌，自覺地建設新詩格律理論，強調詩中的感覺。另一種觀點認為，雖然「客觀環境的薰陶，主觀目的的追求，嚮往目標的幻滅，悲觀情緒的縈繞」使聞一多產生了唯美傾向，但是不能因此給他戴上「唯美主義詩人的」帽子，因為他還極為重視藝術與時代、藝術與生活的關係，寫下了許多的愛國詩，肯定了藝術與政治鬥爭之間有一定的聯繫。譬如《死水》就具有嚴峻的批判現實主義的力量。他們還認為〈奇蹟〉就是聞一多對自己多年來所受的唯美主義藝術觀影響的總的回顧與清算，是他對新的理想境界的尋覓與探求。

對詩人生平和活動研究的文章有呂家鄉的〈簡論聞一多、徐志摩及新月詩派〉、張勁的〈聞一多與「新月派」辨析〉等，這些文章主要討論的是聞一多是否是新月社的成員，他與新月社有什麼關係。如張文認為，聞一多雖然名義上加入了新月社，但並不投合，把他說成是格律派詩人更為準確。這和聞一多與唯美主義的問題一樣，是聞一多研究中的兩個爭議比較大的問題。

聞一多與他的同時代的人的來往，也是研究中的一個題目。如李思樂的〈聞一多與顧一樵〉、許毓峰的〈談魯迅與聞一多〉、商金林的〈聞一多的采風——聞一多與胡適、梁實秋、吳晗、朱自清、魯迅之比較〉等文章高度讚揚了聞一多的高風亮節。

聞一多的國家主義活動，也引起了研究者的興趣。李思樂的〈聞一多與「大江會」及《大江季刊》〉、葉志方的〈探索中的迷誤，前進中的曲折——談談聞一多與國家主義派〉等文章認為一九二〇年代的

國家主義主要受沒落資產階級民族沙文主義的影響，是一股反動的思潮，由於它打著愛國主義、繼承五四傳統、繼承民族文化遺產的幌子，對一部分知識分子有欺騙性，聞一多與其成員有原則的區別，他反對種族歧視、列強侵略，發表鼓吹國家主義的愛國詩篇。

其次是對聞一多的詩歌作品進行的研究。

作品研究中以著作形式出現的有，一九八二年廣西人民出版社出版的凡尼、魯非的《聞一多作品欣賞》和一九九三年中國和平出版社出版、由王富仁主編的《聞一多名作欣賞》，這兩部著作都是對聞一多的詩作及其代表論作進行解讀分析，特別是後者，對聞一多的所有詩歌都作了闡釋，運用了新批評、心理分析、文化分析和哲學分析的方法，從語言學的、美學的、心理學的和文化學、哲學的層面對聞一多的詩歌作了多角度的全面的審視，挖掘出許多詩歌的新的含義。

一九八二年香港的波文書局出版了許芥昱的專著《新詩的開路人——聞一多》，唐鴻棣一九九六年由學林出版社出版的《詩人聞一多的世界》，都是近年來卓有新見的學術著作。

以論文形式出現的研究文章有：陸耀東的〈論聞一多的詩〉、凡尼和魯非合寫的《聞一多詩歌的思想藝術成就》、李思樂的《聞一多與新格律詩》、藍棣之的《論聞一多詩歌創作的歷史演變》、《聞一多的創造性思維》、陳山的《論聞一多詩歌藝術的審美特徵》、龍泉明的《聞一多的詩歌美學觀及其變化：從積極浪漫主義到革命現實主義的美學歷程》。

用比較的方法研究的論文有范東興的〈聞一多與丁尼生〉等，對聞一多和西方詩人進行橫向比較。比較詩歌創作及其他藝術類型的論文還有黃延復的〈聞一多與戲劇〉、聞立鵬的〈藝術的忠臣——聞一多與美術〉等。

如果按照詩歌研究的細目來分，集中於研究聞一多詩歌的愛國主題的論文較多。有陸耀東的〈論聞一多的愛國詩〉、杜秀華的〈聞一

多的愛國主義詩篇〉、鄺維垣的〈論聞一多的愛國詩〉、丁文慶的〈不熄滅的愛國詩魂——淺論聞一多的詩〉、翟大炳的〈聞一多愛國主義詩篇的一個輪廓回顧〉、李思樂的〈聞一多詩歌創作中的愛國主義思想〉、胡鋼的〈論聞一多的愛國主義精神〉等。這些文章多從社會政治分析的角度，採用知人論世的方式來論述聞一多愛國詩的主要內容。如陸耀東先生的論文中將聞一多的愛國詩概括為四個方面：一是直抒愛國心情，二是通過歌頌祖國悠久燦爛的歷史表達愛國之情，三是將愛國情與反帝意識融化在一起，四是對半封建半殖民地的舊中國不滿，通過失望的情緒來表達對祖國的愛。本著實事求是的態度，研究者也指出了聞一多愛國主題中的瑕疵：聞一多前期對布爾什維克的模糊認識，對傳統的封建思想或封建文化缺乏分析和批判，他既不了解中國近代衰敗的真正原因，又不知道，救國的偉大力量和領導何在，更不明救國的途徑，不能科學地預見祖國的未來，他還過分誇大我國文化在世界文化中的地位。研究聞一多愛情詩主題的有雷銳的〈中西藝術結合的寧馨兒——讀聞一多的愛情詩〉等。

　　對聞一多詩歌藝術特色的研究也進一步深入。論述聞一多的煉字功夫的有艾華的〈淺談聞一多詩的煉字〉，還有對聞一多的詩歌進行「三美」觀照的，如何益明的〈聞一多詩歌的建築美〉、林植漢的〈論聞一多詩歌的音樂美〉、邱文治的〈聞一多詩歌的「繪畫美」蠡測〉；也有從詩歌的美學風格上進行分析的。如張芳彥的〈聞一多詩歌的意境美〉、李愷玲的〈初探聞一多詩歌中的意象〉、孫玉石的〈聞一多詩歌藝術追求探索〉等。

　　對《紅燭》與《死水》的研究逐步深入。對這兩部詩集進行整體性研究的論文有謝冕的〈死水下面的火山——論聞一多的《紅燭》及《死水》〉和馮國鈞的〈洋溢著愛國主義激情的詩篇——關於聞一多詩集《紅燭》和《死水》〉；也有就聞一多的一部詩集而論的，如陳明華的〈試論《紅燭》〉。作比較式研究的有江錫銓的〈聞一多的《死

水》與莊子研究〉。還有的論文在細讀某一首作品，發掘其中的蘊含
意義和創作背景，這類論文有葉志方的〈太陽・東方和祖國——談聞
一多的〈太陽吟〉〉、李一痕的〈聞一多是怎樣寫〈紅豆詩〉的〉。前
蘇聯學者 B・T・蘇霍普科夫的論文值得一提，他在〈聞一多詩歌中
的民族傳統與西方影響〉論文中指出聞一多的《死水》詩向純抒情詩
的復歸，愛國詩是聞一多對一九二〇年代詩壇的最大貢獻，悼亡詩是
聞一多最大的藝術成就之一。

　　對聞一多的逸詩的研究，主要成績在對詩歌的介紹和考證上。如
劉烜的〈關於聞一多的長詩〈園內〉及其通信〉介紹的就是聞一多在
留美時期創作的一清華生活為題材的詩歌〈園內〉的誕生經過。孫敦
恆的〈聞一多《真我集》之我見〉考證了聞一多自編的詩集的寫作時
間和思想傾向。

　　新時期的聞一多研究出現了有組織性的特點。一九八〇年代的聞
一多研究場面比較熱烈。從一九八四年起，一共召開了六次比較大型
的聞一多研究學術討論會。首屆會議在湖北黃石召開，一九八五年五
月、一九八六年十月、一九八八年十月、一九九四年十二月、一九九
九年九月分別在武漢、昆明、北京等地召開，會後還出版了會議論文
集：即季鎮淮主編的《聞一多研究四十年》（清華大學出版社，1988
年1月）、武大聞一多研究室編輯的《聞一多研究叢刊》第一輯（武漢
大學出版社，1989年4月）、中國聞一多研究會和聞一多基金會合編的
《聞一多研究叢刊》第二輯（武漢出版社，1998年12月）、余嘉華、
熊朝雋主編的《聞一多研究文集》（雲南教育出版社，1990年11月）。
為了使對聞一多的研究更具有深度和影響力，一九九二年七月，武漢
市成立了聞一多基金會，其宗旨和任務是：「通過資金贊助，開展紀
念聞一多的活動，學習和宣傳聞一多為人民、愛祖國的奉獻精神，推
動對聞一多作品、思想和生活道路的研究；組織編寫以聞一多為題材
的優秀作品；獎勵對聞一多研究有突出成就的學者和以聞一多為題材

的優秀文藝作品；開展與海內外研究聞一多的學術團體與學者專家的友好往來和相互合作。」一九九六年十二月十九日在北京召開「聞一多研究工作座談會」，討論宣傳聞一多的工作計畫，鼓勵青年學者投入對聞一多的研究，資助高校教師開設聞一多研究課程，資助碩士生和博士生進行關於聞一多的學術研究工作，目前，基金會已於一九九四年進行了首屆聞一多研究優秀成果的評獎和頒獎，在全國十四所院校為開設「聞一多研究」專題課提供資助，為全國的二十二所院校博士點和碩士點中的聞一多研究學位論文寫作提供了資助。中國現代文化學會專門組織了聞一多研究專業委員會，至一九九九年八月已出版「聞一多研究動態」二十四期，主要介紹有關聞一多的研究成果，包括《聞一多》電視劇的開拍信息，《精讀聞一多》的出版和重要的研究論文發表等情況。這些工作和努力，都促使這塊學術原野越來越茂盛。

　　新時期的聞一多研究隊伍相對以前的確有所壯大。國內的學者有老中青三代。老一代有聞一多的學生薛誠之、季鎮淮等，次之有孫黨伯、袁謇正、陸耀東、劉烜、孫玉石、凡尼、魯非等。年輕的一輩有王富仁、藍棣之、俞兆平、陳山、程光煒等。此外，聞一多研究在國外也形成了一批研究者，如前蘇聯的學者 B・T・蘇霍普科夫和日本的楠原俊代等。中外學者的共同努力使聞一多研究走向深入。

　　隨著研究隊伍的壯大，研究方法也在不斷地革新、改進，由單一而轉向了多元。新時期初的研究多從詩歌的愛國主題入手，八十年代對新方法的借鑑，使聞一多研究的方法也日趨豐富多樣。既有從文化角度進行闡述的，也有從美學的角度展開細緻的分析的；既有針對文本作辨析的，也有通過比較來確定聞一多的詩歌特色的，甚至還有對聞一多的思維特徵進行分析的。研究觀念同時也在演進：研究者們從廣泛地歌頌聞一多的鬥士的人格典範進而研究他的詩歌、學術和美術等方面的貢獻，近年來的研究文章還從他的詩歌入手並向他的精神世

界潛進，把捉他的思維機制、創作心理，剖析他的人格結構。就詩歌研究的局部範圍來看，研究者們已衝破社會分析的研究視角而更為全面地朝聞一多挺進。

學術原野是一片廣闊的原野，儘管聞一多研究開出了如此絢爛之花，但還是有許多工作等待一代又一代的研究者去努力，正如陸耀東先生在一九九九年九月二十至二十四日召開的「聞一多國際學術研討會」開幕式上的講話：「聞先生在學術上的貢獻是多方面的，在古籍和古典文學研究上，對神話、《周易》、《詩經》、《莊子》、楚辭、唐詩的研究，都有獨到的建樹；對古代語言文字、文學史和中國詩學，都有精深的見解。除在許多領域、一系列學術研究所取得的成果外，還表現在新觀念新方法的運用上。他在這一方面的嘗試，也是值得稱道的。他較早地將文化人類學、心理分析學、神話批評、民俗學、歷史學、考古學、語言學等綜合運用於文學研究，雖然他並非是第一人，但也是前行者之一，其功績和積極影響不可低估。這一方面的再研究，也是今後學人的一個活動空間。」這正是聞一多研究工作的新誘惑。

附錄五
艱難的轉型
──聞一多在武漢大學

　　聞一多讀書期間就有文學夢，為此他一直努力。留學美國以及回國，他學美術、教美術，寫詩，探索新詩新式、出詩集、辦刊物、參演話劇，推動國劇。各種活動都是為了指向傳揚中國文化，做一名文學教授。任武漢大學文學院院長前，這些工作使他的人生軌跡越來越清晰，在武漢大學的任課與案頭準備，終於成就了他後來的文學教授之夢，成為一個標新立意的新派國學教授。

　　一九二五年六月一日，聞一多在上海登岸，結束了他在美國的三年留學生活──他是帶著一堆理想回國的。一上岸，他便把褂子當掉，與朋友們在餐館痛吃了一頓。這個時候的上海，剛剛發生「五卅」慘案，這群帶著熱情和理想回國的海歸們，親眼看到地上還淌著鮮血。這也預示著，聞一多與歸國的朋友們，將度過一段不是特別安定的日子。此年，離武漢大學成立尚有三年時間。

一　夢與碎：武漢大學任職前的聞一多

　　一九二二年七月十六日，聞一多與清華學校的同學從上海乘坐海輪赴美。儘管那時的他不是很想留學，但覺得有公派機會去美國，走一趟也好。八月一日，他和同學抵達美國西岸西雅圖，七日，再達目的地──中部的芝加哥。此時的芝加哥有中國留學生二百餘人，聞一多入芝加哥美術學院學習。

　　聞一多來到芝加哥，正遇上「芝加哥文藝復興運動」的巔峰時

期。雖然聞一多留學選擇的專業是美術，但他自己已有明確目標，留學歸國後，要做文學教授。在美國，他依然熱衷寫新詩，親自翻譯美國現代詩，鑽研中國古典詩文。飯後，跟朋友上華盛頓公園「讀杜甫、李白、蘇軾」[1]。跟親友談的是，他正做陸游、韓愈等詩人的讀書筆記。家信中，他表達過專業學習與未來志向之間的困惑：「我在此習者，美術也，將或以美術知名於儕輩。歸國後孰肯延我教授文學哉？求文學教員者又孰肯延留學西洋者教中文哉？我既不肯再沒棄美術而習文學，又決意歸國必教文學，於是遂成莫決之問題焉」[2]。到美兩個月後，他給父母的信中明確寫到：「三年之後我決即回國」，其理由是：「恐怕我對於文學的興味比美術還深。我在文學中已得的成就比美術亦大。此一層別人恐不深悉，但我確有把握。」[3]

　　留美期間，聞一多對文學的興趣一直未減。他的宏願在他與同仁們的通信中也可看到。一九二二年九月二十五日，芝加哥美術學院開學的時候，聞一多給清華同仁的信，談的依舊是文學問題，「我的宗旨不僅與國內文壇交換意見，逕直要領袖一種之文學文學潮流或派別。」[4]為此，他省吃儉用，張羅著出版自己的第一部詩集《紅燭》（1923，上海泰東）[5]。聞一多的重要詩篇不少出自留學時期，如〈紅豆篇〉、〈孤雁篇〉（〈孤雁〉、〈太陽吟〉、〈憶菊〉、〈秋色〉等），《紅燭》結集時，為最後兩個部分。〈也許〉、〈大鼓師〉、〈你看〉、

1　聞一多：〈致梁實秋、吳景超〉，《聞一多全集》（12）（武漢市：湖北人民出版社，1994年），頁68。

2　聞一多：〈致父母親〉，《聞一多全集》（12）（武漢市：湖北人民出版社，1994年），頁49。

3　聞一多：〈致父母親〉，《聞一多全集》（12）（武漢市：湖北人民出版社，1994年），頁108-109。

4　聞一多：〈致梁實秋、吳景超〉，《聞一多全集》（12）（武漢市：湖北人民出版社，1994年），頁80。

5　此前，一九二二年一月，聞一多與梁實秋已合集出版了《〈冬夜〉〈草兒〉評論》，為清華文學社叢書第一種。

〈洗衣歌〉等詩，收入他的第二部詩集《死水》（上海新月書店，1928年）。文論方面，聞一多參與了中國早期的詩歌評論寫作。一九二三年六月，在《創造週報》上發表〈女神之地方色彩〉，一九二三年十二月，在《時事新報‧學燈》發表〈泰果爾批評〉等重要論文，都寫於此期。

在美讀書，聞一多三年更換了三處：芝加哥、科羅拉多和紐約城，從美國中部大城市遊學到東部的大城市。這一段經歷，使聞一多比其他同學有更多機會多方面接觸到美國的文壇與藝術界，獲取異域的文學藝術信息及經驗。

剛到芝加哥不久，經一位「支那熱太太」浦西夫人[6]介紹，聞一多在芝加哥認識了美國詩人卡爾‧桑德堡[7]和門羅[8]。這兩位詩人正是提倡美國詩歌革命的新詩人。一九二二年十一月，他結識了芝加哥大學法文副教授溫特[9]，聞一多與溫特討論詩歌翻譯，聞一多給他講中國詩，他給聞一多介紹英國詩的格律。十二月遇見美國女詩人 Eunice Tietjens[10]，一九二三年二月，聞一多認識美國意象派領袖愛米‧羅艾爾[11]。在科羅拉多期間，與梁實秋一同選修「丁尼生與伯朗甯」「現代英美詩」等選修課。與美國詩人、學者的近距離交流，無疑給聞一多

6　聞一多：〈致吳景超、梁實秋〉信中提到的Mrs. Bush，《聞一多全集（12）（武漢市：湖北人民出版社，1994年），頁98。

7　聞一多：〈致父母親〉即信中提到的山得北先生，Carl Sandburg，《聞一多全集》（12）（武漢市：湖北人民出版社，1994年），頁93。

8　聞一多：〈致吳景超、梁實秋〉即信中提到的Miss Harriet Monroe，《聞一多全集》（12）（武漢市：湖北人民出版社，1994年），頁98。

9　後來聞一多與同學聯名將溫特推薦到清華大學任教。聞一多：〈致梁實秋〉，《聞一多全集》（12）（武漢市：湖北人民出版社，1994年），頁126。

10　聞一多：〈致吳景超〉，《聞一多全集》（12）（武漢市：湖北人民出版社，1994年），頁122。

11　聞一多：〈致家人〉即信中提到的盧威爾，Amy Lowell（1874-1925）《聞一多全集》（12）（武漢市：湖北人民出版社，1994年），頁152-153。

未來的詩歌寫作和研究帶來了新鮮的經驗，幫助他走中西合璧之探索道路。

　　聞一多在美國學習美術，並非一無所成。他的油畫曾獲過獎。赴美第二年，聞一多順利從科羅拉多大學畢業。雖然沒有拿到學士學位[12]，但他的專業成績非常優秀。《聞一多年譜長編》裡有一個聞一多在芝加哥美術學院的學習材料，係芝加哥美術學院註冊幹事致華盛頓特區中國教育代表團趙團長的信，上面說到他於一九二二年九月二十七日至一九二三年六月一日間的成績：生物速寫、靜物素描、雕刻字、藝術史、透視畫法、設計、構圖、研究等，得五個優，兩個良+[13]。信中還說到，如他攻讀完畢三年的繪畫課程，將可於一九二五年六月畢業。聞一多的朋友們也知道他在美術上的特長。在清華學校時，學校的報刊由他畫題頭，朋友們演戲，舞臺設計、服裝設計、化妝都由他一人完成。據他的朋友顧毓琇、冰心等人回憶，為聞一多曾為波士頓留學生的《琵琶記》演出幫過忙，他用油畫為顧毓琇畫過一件龍袍和舞臺上的大屏風，並替演員化妝[14]。

　　聞一多既然抱著到美國走一趟看看的想法，他並沒有完全遵照學校的安排，三年都在芝加哥美術學院度過。他之所以三年換三個地方，有朋友的關係，更有興趣的原因。因為好友梁實秋一九二三年赴到科羅拉多留學，同年九月，聞一多也轉學到科羅拉多大學。然而一年後，梁實秋去哈佛大學繼續求學，一九二四年九月，聞一多遂轉學

---

12 一九二四年六月，聞一多畢業於科羅拉多大學，未獲學位。他給家人去信的時候，說「學校大考已畢。此校今年中國人得學士學位者六人。我亦得畢業證書，習美術者不以學位論也。前月舉行成績展覽會，以我之作品為最佳，頗得此地報紙之讚美」。見聞一多：〈致家人〉，《聞一多全集》（12）（武漢市：湖北人民出版社，1994年），頁202。

13 聞黎明、侯菊坤著：《聞一多年譜長編》（武漢市：湖北人民出版社，1994年7月），頁227。

14 聞黎明、侯菊坤著：《聞一多年譜長編》（武漢市：湖北人民出版社，1994年7月），頁264。

入紐約藝術學院，跟戲劇界的中國朋友們一起，倡導國劇。不過，據
梁實秋的描述，聞一多那時對政治興趣濃厚，他熱衷大江的國家主
義，並且是中堅分子，熱誠也維持得最長久[15]。在紐約，一年下來，
聞一多並沒有好好上課，三天打魚兩天曬網，後來索性不去上學了。
蓄起來長髮，做藝術家狀，過著波西米亞的生活，忙得不可開交。聞
一多認識哥倫比亞大學研究戲劇的留學生熊佛西後，與他一起編寫獨
幕劇，切磋戲劇藝術，排演戲劇，把劇本譯成英文，化妝布景照舊是
聞一多分內之事。

　　一九二五年，聞一多參與發起「中華戲劇改進社」。這時，他的
夢想開始飛騰，他渴望在復興中華戲劇方面做一番貢獻。他沒有放棄
詩歌寫作，而是更加勤奮。當時與他居住一處的好友熊佛西在後來的
追憶文章寫到：此時的聞一多「你終於覺得幹戲不是你的本行，不久
你仍回到研究詩的崗位上。自此，你寫下許多動人的詩篇。你往往從
半夜寫到天命。為了努力於詩的創作，你時常廢寢忘餐。」[16]這些
詩，多在國內發表，後來結集在《死水》集中。也就是說，聞一多雖
留學美國，他的詩名響於國內。這為他以後從事文學教育，有了最初
的積澱。

　　一九二五年六月，聞一多攜帶不少現代英文詩集，與余上沅、趙
太侔等友人在上海登岸。後又一同赴北京，租屋而居，據說「景況相
當淒涼」[17]。然而，他們是有夢想的人，想從文化上改變中國。

　　回到中國，聞一多的國家主義意識愈強，他寫了愛國題材的〈醒
啊〉、〈七子之歌〉等詩，被當時的讀者認為是「愛國詩」，認為與那

15　聞黎明、侯菊坤著：《聞一多年譜長編》（武漢市：湖北人民出版社，1994年7月），
　　頁245。

16　聞黎明、侯菊坤著：《聞一多年譜長編》（武漢市：湖北人民出版社，1994年7月），
　　頁263。

17　聞黎明、侯菊坤著：《聞一多年譜長編》（武漢市：湖北人民出版社，1994年7月），
　　頁267。

些吻香的戀情詩，形而上的哲理詩，手槍炸彈的革命詩，都不同。

一九二五年七月十五日，聞一多與他的朋友們繼續在政治上努力。他們成立大江會，創辦《大江季刊》，其〈發刊詞〉由聞一多撰寫，他們強調國家主義的立場為中華人民，他們的主張是「中華人民謀中華政治的自由發展，中華人民謀中華經濟的自由抉擇，中華人民謀中華文化的自由演進」。為此，他們竭盡全力。同月，他們擬《北京藝術劇院計畫大綱》，組織概略、劇場建築、營業方法、練習生功課都有詳細設計[18]，準備設置一個將學習與演出兼顧，學校與劇院相結合的新形式。八月九日，這群國家主義的支持者又一同加入新月社，目的只有一個，為中國文化的發展。

回頭仔細審視那一段歷史，聞一多回國適逢國家發展新時機。中國舊文化，舊體制被五四新文化運動強力拆毀，處在一個創建時期。學堂教育向西式的大學教育體制學習，如一九一一年設立的清華學堂，一九二五年設立大學部，一九二八年更名國立清華大學。處在起步階段的大學，急缺教師，科目設立都還沒有具體的參照。胡適、魯迅、徐志摩這些海歸留學生，不一定拿到學位，但都通過特殊的舉薦機制，同兼幾所大學教授。聞一多到北京不久，機會也跟著來了。

經新月社同仁徐志摩推薦，聞一多與一同回國的余上沅、趙太侔等被聘為北京美術專門學校（後改為藝術學院，國立藝術專門學校）籌備委員。學校成立後，聞一多任教務主任，考試委員會委員。一九二五年十一月，學校開學，聞一多教美術史。雖然還不是從事他設想好的文學研究，但聞一多畢竟留學所學的科目是美術，他回國找到的第一份工作，應該說專業對口，適得其所。然而，這所新辦的學校遇到了經費上的難處，他們籌辦的「北京藝術劇院」，進展同樣艱難。

---

18 聞黎明、侯菊坤著：《聞一多年譜長編》（武漢市：湖北人民出版社，1994年7月），頁277-283。

為了理想，聞一多在學校教務方面進行改革，招收旁聽生，按小時收費。他的政治理想也沒放棄。同年十二月，聞一多與羅隆基代表大江會參與籌辦北京國家主義團體，他自己解釋其原因來於在國外受了極大刺激，渴望建成一個「內除國賊，外抗強權；內部妥協，外不親善；全民革命，全民政治」。

在北京這段時間，聞一多把家人從老家接到了北京。下班時，他會和朋友在書房聚會談詩、朗誦詩，徐志摩、沈從文等同人不約而同談起過聞一多設計的黑色書房。沈從文在〈談朗誦詩〉一文中提到過，在聞一多那裡聽到朗誦詩的感受，「比較起前一時所謂五四運動時代的作品，稍稍不同，修正了前期的『自由』，那種毫無拘束的自由，給形式和辭藻都留下一點地位。對文學革命而言，似顯得稍稍有點走回頭路」。可見，聞一多工作之餘在進行詩歌格律探討。

好景不長，藝專戲劇系的經費出現問題，學生只有二十來個，不太理想，尤其缺女生。不久，校長劉百昭表示要辭職。為新校長由林風眠還是蔡元培上任，大家又鬧得不可開交，也有人以為聞一多要做校長。而聞一多在致梁實秋的信中說到，「當教務長不是我的事業。」學校職員為新校長的事情又分成兩派了。而聞一多自己對於報載要當校長之事，以為笑話，且無奈：「富貴於我如浮雲」[19]。當藝專由林風眠接任後，聞一多請辭。在藝專期間，他的詩歌產量明顯減產，回國後詩只做了兩首。聞一多更醉心政治，熱衷大江會的活動，據他給友人的信說，他為大江會寫的《大江宣言》為人喜歡，有人手抄，有人剽襲。[20]但是於一九二六年九月，他們回國不過一年又三個月的時間，余上沅刊登在《晨報劇刊》上的〈一個半破的夢〉，承認

---

19 聞一多：〈致梁實秋〉，《聞一多全集》（12）（武漢市：湖北人民出版社，1994年），頁230。

20 聞一多：〈致梁實秋、熊佛西〉，《聞一多全集》（12）（武漢市：湖北人民出版社，1994年），頁231。

了一個失敗「社會既不要戲劇，你如何去勉強它？」[21]

　　學校換了校長，聞一多選擇辭職。之後，他除了參與大江社的工作，全身心投身文藝工作。一九二六年四月，他在《晨報》的副刊主編徐志摩的支持下，創刊《晨報·詩鐫》。他的代表作《死水》英譯詩〈英譯李白詩〉和重要的論文〈詩的格律〉都發表在副刊上。這奠定了他在新詩界的地位。同時，他也刊發了同仁，如饒孟侃的《新詩與音節》等文。他在美國的文學理想，此時正在實現。

　　事業不順，時局不穩，聞一多於一九二六年七月攜家人回歸故里。八月，他再次來到上海。受聘為吳淞國立政治大學教授兼訓導長。從他找工作看，他靠的多是朋友關係，這所大學的校長張君勱是他同學的哥哥。學校裡有較多的清華校友。終究因時局不穩，聞一多也有些恐慌，一九二六年冬，聞一多給饒孟侃的信中說談及生活現狀：「時局不靖，政大內部亦起恐慌……萬一大局不變，君勱仍在彼方，弟自亦無問題。否則恐須另謀生路。這年頭兒我輩真當效參軍痛哭。」他的信一般涉及到寫詩和未來前途，此時，詩思淤塞，倍於昔時。數月僅得詩一首，且不佳。中國文學研究，是他詩思枯竭後的一個補充，他對朋友說，「將來遂由創作著變為研究者乎？」[22]

　　饒孟侃[23]是聞一多在清華學校時結交的好友，由此信息可見，聞一多由於時局、國家情懷、個人情況，他有轉向的打算。二月，春節過後，聞一多從故鄉浠水到達武昌，真的參軍。加入國民革命軍北伐軍總政治部，任藝術股股長，兼政治部英文秘書。

---

21 聞一多、侯菊坤著：《聞一多年譜長編》（武漢市：湖北人民出版社，1994年），頁388。

22 聞一多：〈致饒孟侃〉，《聞一多全集》（12）（武漢市：湖北人民出版社，1994年），頁237。

23 饒孟侃，一九〇二年生，一九一六年進入清華學校，一九二四年赴美國芝加哥大學留學。聞一多，一八九九年生，一九一二年進清華學校，一九二二年前往芝加哥美術學院留學。

　　據說這是聞一多自己不願提及的歷史。在鄧演達的幫助下，聞一多加入國民革命軍的北伐軍總政治部，任藝術股股長，兼任政治部英文秘書。這段從軍經歷只持續了一個月，聞一多再回到上海吳淞政治大學。但是，四月份政府取締了該所大學，說這裡是國家主義的據點。

　　賦閑在家，振興戲劇、中國文化的大夢都暫時放下。聞一多繼續個人的文學夢想。他通過翻譯、寫詩，表達對時局不滿。此外，操刀刻印，朋友們眼裡的印象是，他這是總是栖栖皇皇不可終日的樣子。一九二七年七月一日，新月書店在上海開張，聞一多也入了股。

　　一九二七年七月十四日，聞一多的第一篇學術論文〈詩經的性欲觀〉刊登在《時事新報・學燈》上。《時事新報・學燈》是張東蓀等主持的一份報紙，提倡新學說。聞一多不僅觀點出新，他的論文語言並非學究式語言，有詩意的描述，也有熱情洋溢的議論。西方的科學術語在文學論文中引用。生理學的、歷史學的、文化學、文字學的知識都拿來為他所用。

　　這是中國現代學術史上最早運用文化人類學方法撰寫的論文，與以往的《詩經》研究都不同，他提出《詩經》是一部淫詩。這種大膽的作法，意味著聞一多要在做學術上的巨大的努力。

　　期間，據梁實秋的《談聞一多》所寫，一九二七年暑期，聞一多由朋友介紹，到南京土地局任過職，時間很短，因為朋友離職，他也失去了工作，甚至都沒有跟梁實秋具體談過[24]。八月，聞一多與東南大學的文學院院長宗白華接洽過，準備到外文系任教授兼主任。後來東南大學併入新成立的南京第四中山大學，聞一多被聘。一九二七年十一月，他把家人接到南京，自己榮選為教授代表，有資格參加校務會議。在這裡，陳夢家、方瑋德等成為他的學生，他的第二部詩集《死水》由上海新月書店印行。在南京，聞一多擔任文哲學院的本科

---

24 聞黎明、侯菊坤：《聞一多年譜長編》（武漢市：湖北人民出版社，1994年7月），頁349。

生指導員，上海創刊的《新月月刊》，也掛名編輯，他的文學理想再次起飛。他用格律的方式，翻譯了不少外國詩歌，與葉公超合譯《近代英美詩選》。當時此書刊登在《新月月刊》上的廣告寫到：這選本不但是專門研究文學的一個人唯一的嚮導，而且是大學近代文學課程裡一部必不可少的教科書。對聞一多的介紹是「聞一多先生在新詩壇裡的地位早已經為一般人所公認」。這時的聞一多除了譯詩，自己也試寫商籟體。

這是聞一多在武漢大學之前的學習和工作。回國三年間，他一共待過三所學校，從軍過，進過政府機構。學校由於經費、政局不穩，他都沒有待很長時間；從政還是仰仗朋友的關係——可以說，帶著夢想回來的聞一多，這時碰壁碰得鼻青臉腫。

但是這些經歷，也是聞一多能夠到武漢大學工作的資本。他有行政經歷，他上過美術、詩歌、英文課，他正在研究中國古典文學，辦刊、提倡新的寫作，寫發刊詞等，聞一多有一般年輕學者沒有的經驗。進武漢大學前，聞一多完成了新派學者的初構。寫詩、譯詩，寫評論，提倡新格律詩，反詩經的無邪傳統觀，提倡新的學術態度。

這時的聞一多，對於中國的夢想，基於三個方面：一是自己比較容易做到，也一直在做的，即現代詩歌寫作，這是從新文化運動之後他開始實踐的。回國之後，聞一多的詩歌中愛國主義意識愈濃。與徐志摩合辦《晨報‧詩鐫》，出版了十一期，參與新月社的活動與出版，都是讓他實現文學夢的地方。《死水》出版，〈詩的格律〉發表，實踐了他在美國時的宏願：逕直開創一個流派，他用自己的創作和理論主張，試圖在中國格律詩與西方意象詩歌中找到一條新的路徑。從朱自清的《中國新文學大系》的〈詩歌導言〉、沈從文〈論聞一多的《死水》〉、蘇雪林〈聞一多的詩〉、徐志摩等人的多篇文章中，我們也可以看到，聞一多在《詩鐫》中的影響力最大，是一九二〇年代中後期不可忽略的新詩人。二是聞一多在美國最後一年，由戲劇界朋友

引發出的對中國戲劇的強烈熱愛。聞一多極其渴望中國文藝的復興，他想借助戲劇，發展國劇。在《詩鐫》結束後，他們創刊了《晨報‧劇刊》，聞一多也參與組稿，發表過〈戲劇的歧途〉等文。無論是在北京美術學院工作還是設想北京藝術劇院的建設，聞一多都走在實現夢想的路上。聞一多這時也還作畫，不是抽象或象徵作品。他的畫作也關聯著中國的文化。據朱湘的文章〈聞一多與《死水》〉中說到，他打算在屈原、杜甫、陸游的詩歌內，揀選出三個作意來，製成三幅圖畫。陸游的一幅是繪成了」[25]。三是聞一多還在繼續積累中國古代詩人的閱讀材料。自陸游、韓愈後，他的興趣轉移到杜甫身上。在武漢大學上任前後，他有〈杜甫〉、〈少陵先生年譜會〉等論文發表，以後，這些研究將他從美術教學、英詩教學等看上去更專業、更有興趣的工作中轉移過來。相對新興的學科，在那個時期的中國，古典文學研究才是正宗。然而，畢竟接受了西方文化的薰染，聞一多不甘重複古人的作法，他的研究儘管也立足於《詩經》、「楚辭」「唐詩」等，除了運用中國的小學研究方式，他也運用西方的新發現，如佛洛伊德的潛意識研究，在他論及《詩經》和宮體詞時闡發了新意。在學術上，他給中國學術界帶來新的風尚，是一股新潮流。

　　一九二八年七月，湖北省教育廳廳長劉樹杞親自找到聞一多，談武漢大學籌備事項。

二　煎熬與轉型：武漢大學的聞一多教授

　　聞一多就像歌德筆下的浮士德博士一樣，他有著遠大的政治抱負、藝術抱負，為此上下求索。聞一多沒有在魔鬼靡菲斯特的引導下走，他在中國的現實中生活，留學，回國。成立社團、辦刊，從軍、

---

25 聞黎明、侯菊坤：《聞一多年譜長編》（武漢市：湖北人民出版社，1994年7月），頁300。

當官，這些由於時局不穩，經費不足，興趣不合，都不足以實現他的
理想。故鄉的國立武漢大學成立，湖北省教育廳廳長親自聘請他當文
學院院長，命運再次給了他伸出一條綠色的橄欖枝。

　　一九二八年七月，聞一多答應，八月全家搬回湖北，九月出席武
漢大學第一次臨時校務會議，任文學院院長。十月二日，第一次參加
正式校務會議，工作進入正常狀態。一九三〇年六月，聞一多請辭武
漢大學文學院院長，期間兩年不到。但是在這兩年間，聞一多完成了
他的職業轉變。

　　聞一多渴望做一名文學教授。赴武大之前，出版過兩部個人詩
集，與友人合譯詩集（未出版），這些創作不足以在大學安身立命。
但聞一多一直沒有放棄學術上的努力。除了一九二七年〈詩經的性欲
觀〉引來研究界的震動，一九二八年，去武大正式就職之前，聞一多
的〈杜甫〉一文正好在《新月》上發表──這又是一次破天荒的寫作
探索，聞一多運用了戲劇表現的方式，展現杜甫的一生。[26]

　　國立武漢大學是由武昌中山大學、武昌商科大學、醫科大學、私
立大學等合併成的。作為新聘院長和教授，聞一多可謂事務纏身。從
《聞一多年譜長編》中列出的一系列校務會議內容，大致能看到聞一
多的付出，儘管他以前跟朋友抱怨過不想做這類事情。

　　了解武漢大學歷史的人大多知道，聞一多為武漢大學的羅家山取
了一個優美的文字[27]（參看《聞一多年譜長編》，頁375）。不僅如此，
他還為武大設計了校徽，書寫了學校大名「國立武漢大學」。這是美
好的記錄。繁雜的事項，《聞一多年譜長編》記載，根據《武漢大學
週刊》刊登的〈國立武漢大學校務會議記事錄〉，一九二八至一九二

26　具體論述此處不展開，可參看筆者的《聞一多詩學論》的附錄〈中國詩學綜論〉，
　　談到聞一多對杜甫的研究和對詩經的研究（桂林市：廣西師範大學出版社，2000
　　年），頁249-256。

27　可參看《聞一多年譜長編》（武漢市：湖北人民出版社，1994年7月），頁375。

九年之間，聞一多參與的學校會議以及湖北省教育廳以及美術方面的會議歸納如下：

（一）一九二八年九月至十二月

（1）九月十日，與同事組成武漢大學學生入學審查委員會，評閱上海考生試卷。

（2）九月十三日，出席第一次臨時校務會議，與劉樹杞等人商量增設本科，舉行編級試驗，聘請教授、編制預算，籌備開學等事宜。

（3）九月二十一日，聘教授二十八人，聞一多為文學院院長。有中國文學、外國文學二系，一年級一個班。

（4）九月二十六日，出席第三次臨時校務會議，討論各校畢業生諸問題。

（5）十月二日，武漢大學第一次正式校務會議。聞一多是文學院院長。

（6）十月十九日，湖北省教育廳藝術教育委員會召開第九次會議，決定聘請聞一多為第一屆美術展覽會審查及評判委員長。

（7）十月三十一日，出席武漢大學第六次校務會議，決定成立圖書委員會，聞一多為委員。

（8）十一月十四日出席武漢大學第八次校務會議，討論群組織群育委員會等方案，聞一多為委員會主席。

（9）十一月二十日出席第九次校務會議，決定補行開學典禮儀式，聞一多被安排做主持籌備。同日，武大新校址勘定，珞珈山由聞一多建議改名。設計校徽、書寫校名等。

（10）十一月二日出席湖北省第一屆美術展覽會審查兼評判會議，討論審查評判標準及辦法等。

（11）十二月二十四日，《武漢大學週刊》第四期刊登，聞一多任群育會主席和入學審查委員會主席，還擔任圖書、出版、訓育各委員會委員。

（12）十二月三十一日，以文學院院長出任大學評議會評議員。

（二）一九二九年

（1）一月五日，參加武漢大學開學典禮。

（2）一月十三日，出席第十五次校務會議。討論併入武大師範生畢業考試問題，組織考試委員會。

（3）二月二十六日，出席第二十三次校務會。決定組織課程委員會，為委員長。

（4）三月四日，出席武大第一次評議會議。討論增設學院學系、經費預算、教員聘任規則，待遇規則等。

（5）三月十三日，出席二十五次教務會議，討論增設音樂課程案，聞一多酌辦。

（6）三月二十六日，出席二十七次校務會議，參與籌畫「總理奉安會員會總幹事孔祥熙函轉總理奉安賻贈物品及紀念樹木辦法請查照案」。

（7）四月三十日，出席三十二次校務會。討論孫中山奉安典禮應辦事，聞一多參與辦理石碑事。

（8）五月二十八日，出席三十六次校務會。討論武漢奉安委員會為奉安典禮各界應各備祭文一份，並推主祭人案，議決結果是祭文請聞院長擬就。

（9）六月一日，奉安典禮，聞一多的祭文。

（10）九月二十日，出席武漢大學四次臨時校務會議。聘朱湘為教授。

（11）十月四日，出席四十八次校務會議。討論國慶紀念儀式、刊

　　行頂起刊物及五大叢書等決議，與陳源承擔文學院季刊規劃。

（12）十月十一日，出席四十九次校務會議，討論關於軍事訓練實
　　施辦法等案。

（13）十月二十五日，出席五十一次校務會議，討論圖書委員會內
　　設置中文圖書審查委員會。擔任中文圖書審查委員會委員長。

（14）十一月二十八日，出席五十六次校務會議，討論審查文哲季
　　刊規則等案。聞一多參與籌備。

　　這部分會議情況僅來自《聞一多年譜長編》中所展示的材料。是
不是聞一多參加了每一次校務會議，或者還有更多的事情要承擔，材
料中有遺漏，暫不探討。從已知的材料，可以看到，曾經有遠大抱負
的聞一多，現在開始承擔一個學校一所學院領導所承擔的責任。不僅
僅招生、送學生畢業，備課、上課。為配合學校這臺機器的運作，聞
一多還要承擔圖書出版審查、辦刊以及審查、學生軍訓、奉安大典的
安排，撰稿等需親力而為。這些工作，證明聞一多的行政才能在武漢
大學得到了公認。

　　因留學所學的專業是美術，聞一多在武漢大學文學院開設的課程
為西洋美術史。他參與湖北美術評價工作，擔任武昌藝術專科學校的
校董，都與他原本的專業有關。設計武漢大學校徽，為武漢大學題名，
也能看出，聞一多那時還是以藝術才華，而非學者身分進行活動的。

　　儘管理想是做一名古代文學研究者，終究專業和繁重的事務所
限，使聞一多在武大開設的課，還不是中國古典文學方面的課程。第
一年他開設的是選修課，文學院的為公共選修課：西洋美術史，他的
本行。給外文系開設的是「現代英美詩」，他的興趣。第二年九月，
聞一多開設的課程是「英詩初步」。

　　在唐達暉先生的文章〈聞一多在武漢大學事蹟的幾點考辨〉中談
到：聞一多發表了杜甫的研究論文，上的是外文系的課，《英詩初

步》。但是他寫了關於杜甫的〈少陵先生年譜會箋〉，這篇學術文章發表於一九三〇年國立武漢大學《文史哲》一至四期。

其後，聞一多又寫了〈少陵先生交遊考略〉，《聞一多全集》中說是根據北京圖書館藏作者手稿照相影本收入。於何年寫並不知。據年譜長編還提到，聞一多在這期間還發表了一篇論文《莊子》[28]。後來，圍繞莊子，聞一多完成的工作有《莊子內篇校釋》、《莊子章句》、《莊子校補》、《莊子義疏》、《道教的精神》，收入在《聞一多全集第九卷》。

也就是說，武漢大學期間，聞一多仍處在蟄伏期，做著中國古典文學的案頭準備工作，已有相對明確的方向，而且逐見成效。

值得一提的是，聞一多在武漢大學任院長期間，經他之手，聘用過朱東潤、游國恩兩位講師，他們對聞一多後來的文學研究有過很大的幫助。朱東潤一八九六年生，留學英國，一九二九年，聞一多把他從南通師範學校調任，開設中國文學批評史，也因此成就了他，他的《中國文學批評史大綱》是近代中國最早的文學批評史專著之一，是這門學科的奠基之作，由此成為這方面的學術權威。游國恩生於一八九九年，一九二六年畢業於北京大學，在江西的一所中學任教。一九二九年，聞一多把他聘至武漢大學做講師，他講授的是《楚辭》，後來也成為著名的文學史專家，楚辭專家。他是最早啟發聞一多讀《楚辭》的人。聞一多後來的學術生涯，有文學史的研究，如〈唐詩要略〉、〈文學的歷史動向〉、〈四千年文學大勢鳥瞰〉、〈中國上古文學年表〉、〈唐文學年表〉等。聞一多在楚辭方面取得的成就，堪比他在《詩經》、唐詩和《周易》研究。相關的成果有《離騷解詁》、《楚辭校補》、〈讀騷雜記〉、《什麼是九歌》、《〈九歌〉的結構》等[29]。聞一多在繼承清代樸學大師考據的傳統上，發揮了他的興趣特長，運用文化

28　《聞一多年譜長編》（武漢市：湖北人民出版社，1994年7月），頁382。

29　參看《聞一多全集》（5）。

人類學的研究視角以及結構學、戲劇學的角度，解讀研究楚辭，給學術界開闢了新的研究途徑。當然這都是後話，他的交友，善於使用人才，互相學習，取長補短，也使他成為出色的國學研究者。

　　在武漢大學，聞一多幫助過學生。有一個叫費鑒照的學生曾把自己寫英國詩人的文章給聞一多看，聞一多給他鼓勵，並推薦到《新月》發表，後來新月書店幫助出版了《現代英國詩人》[30]。

三　離去與發展：離開武漢大學的聞一多

　　一九三〇年六月，聞一多辭去武漢大學文學院院長職務。為何？是聞一多厭倦了會議多，責任重的文學院院長之職？還是學校待遇差，聞一多打算另謀高就？或是，聞一多已下定決心，要做一個中國文學的研究者。可是在武漢大學開出的課程確是美術史與英詩課程。聞一多的美術成就和英文水平也足以擔任這兩門課程。聞一多後來文學成就大，他的美術被人們遺忘了。從《聞一多全集第9卷美術》可以看到聞一多一九一七年給《辛酉鏡》所作的封面設計，一九二一年起《清華年刊》的題圖設計，線條精準，構圖合適。他先後給徐志摩的散文集《落葉》、《巴黎的鱗爪》、詩集《猛虎集》、潘光旦的小說《馮小青》、林庚的詩集《夜》、梁實秋的論文集《浪漫的與古典的》做過精緻新潮的裝幀設計，也給《晨報·詩鐫》提刊名。他的書法、篆刻等，充當美術教師，或者美術史教師，應該都沒有問題。然而他還是傾心於中國文學的研究，實現復甦中華文化的夢嗎？

　　這些原因僅僅是猜測。季鎮淮在《聞一多年譜》中提及：武大起了學潮，攻擊先生，先生就貼了一張布告，說對於自己的職位，如「鴟雛之視腐鼠」，並聲明辭職離校。後來學校挽留，到底沒有留

住。據武大檔案室保留的一份未刊材料《武大最初兩事回憶錄》中記錄的是：聞一多不同意刊登劉華瑞教授的有關江漢文化的文章，引起劉的不滿，他慫恿學生攻擊聞一多。儘管文學院教授陳源、校長王世傑都出面挽留，但他去意已決。第二說是聞一多侄子聞立勳回憶，聞一多離開是武漢大學文學院爭奪院長之職引起的派系之爭。[31]之後，武昌藝術專科學校校長欲聘聞一多任教，他婉謝了，此時，恰好清華大學文學院院長楊振聲受南京教育部指派，籌備國立青島大學，楊教授於當年六月在上海見到聞一多，請他前往青島大學主持中文系工作，並編輯《新月》。他的好友梁實秋也應邀去主持外文系，於是聞一多與梁實秋相約去青島。在楊振聲的宴席上，聞一多答應接受青島大學聘書。此時，清華大學也提請聘任聞一多為中文系專任教授，聞一多最終放棄母校。

　　由這些材料大致可以推斷：聞一多離開武漢大學，是被迫選擇的。到青島大學，有時局的原因，也有他看重友誼的原因。

　　《聞一多年譜長編》[32]描述，《國立青島大學一覽・職教員錄》中記載的是，聞一多於「十九年八月到校」，即一九三〇年的八月。九月開學，他被聘為教授，兼文學院院長，中文系主任，為中文系學生講授中國文學史、唐詩、名著選讀。同時他還給外文系學生開設英詩課。同年十一月，聞一多給饒孟侃的信中說「故紙堆終竟是把那點靈火悶熄了。……關於乘輿和服飾，我正想整理一番」。第二年，據好友梁實秋回憶，到青島後，聞一多開始草寫唐代詩人列傳，即現存的《全唐詩人小傳》，收集唐代詩人四〇六位，字數達六十萬字。據《聞一多年譜長編》中有具體的說法，聞一多留下大量的手稿，疏證方面有《唐詩箋證》、〈唐詩校讀法舉例〉、《全唐詩辯證》、《全唐詩校勘記》等；表譜方面的有《唐文學年表》、《唐詩人生卒考》（附進士

31　《聞一多年譜長編》（武漢市：湖北人民出版社，1994年7月），頁386。

32　《聞一多年譜長編》（武漢市：湖北人民出版社，1994年7月），頁388。

登第年齡考〉、《新舊唐書人名引得》、《初唐四傑合譜》等；史料收集方面的有《唐詩大系》、《全唐詩補傳》、《全唐詩續補》、《全唐詩匯補》；札記方面有《唐風樓攟錄》、《璞堂雜記》、〈唐詩要略〉、〈詩的唐朝〉等，他的《詩經》研究也鋪開了[33]。可見，青島的工作，正是聞一多渴望的，他轉向了古代社會與文化的研究，故紙堆沒有熄滅，而是把他點燃了。

　　聞一多在青島的工作開始是愜意的。因為此地有很多新月社同人；聞一多的家在離浴場不遠處；梁實秋也在此處。除了招生閱卷，後來還參加中華教育基金董事會組織的翻譯世界名著的工作。在這裡，聞一多培養了臧克家等學生。然而，在青島大學的結束跟武漢大學類似，學生的學潮引起。學生貼標語攻擊他，甚至印出了〈驅聞宣言〉「聞一多是準法西斯蒂主義者，他以一個不學無術的學痞，很僥倖與很湊合的在中國學術界與教育界竊取了一隅地位」。

　　一九三二年七月，心灰意冷的聞一多拒絕繼續應聘，隻身赴北平[34]。

　　一九三二年八月，聞一多應聘清華大學，但拒絕做系主任。多年後情況有所變化，一九四〇年六月八日，清華大學召開第三十次校務會議，決定恢復文科研究所中國文學部，聞一多擔任文學部主任。七月朱自清休假，清華大學校長梅貽琦請聞一多代理文學院中國文學系主任職務，聞一多表示不願接受，而推薦王力擔任。一九四一年朱自清休假結束，返學後請辭清華大學中文系主任，聞一多正式接任。

　　在清華大學授課的聞一多教授，開設「文學專家研究課程」，講授「王維及其同派詩人」，還講授「先秦漢魏六朝詩」。與文學大家劉文典、俞平伯、浦江清等同堂入室，講「大一國文」。從此，聞一多走上了國學研究者之路，他的學術夢想實現了。

---

33 《聞一多年譜長編》（武漢市：湖北人民出版社，1994年7月），頁413。

34 《聞一多年譜長編》（武漢市：湖北人民出版社，1994年7月），頁422-427。

　　美國學者易社強出版的《戰爭與革命中的西南聯大》有一段文字特別評價聞一多：清華的聞一多是中文系大師級人物。抗戰前，他在文藝界以多才多藝文明，戰後成為時代良知的代言人，名聲大振。抵達昆明之際，他由二十世紀二十年代的浪漫詩人，轉變成三十年代的古典學者。在昆明，他把大部分精力用於文字學研究。在研究《詩經》、《楚辭》、《易經》、《莊子》和《管子》等中國古代詩歌、散文和哲學著作時，他別出心裁，新見迭出。後來，對古詩的興趣引導他轉向社會、風俗和神話。展示的經歷促使他從歷史學、文字學和社會學的角度解釋古代傳說，尤其是屈原的傳說。在同時白英（Robert Payne）看來，聞一多「能夠敏銳地把我聯大整個群體的思想」，並把他對中國學生的影響與五四時期的陳獨秀相比並論。抗戰後期，他被視為聯大的完人——富有創造力的學者，精力充沛的老師，道德上和政治上的楷模。[35]

　　國內學者研究聞一多學術的也不少，且不論郭沫若等人的評價，肯定聞一多古代文學研究的論文，可以看到很多：如馬達的《聞一多對楚辭研究的貢獻》、文之的《生殖崇拜的揭示：論聞一多《詩經》研究的獨特文化視角》、侯美珍的《古典的新意：談聞一多解〈詩〉對佛洛德學說的運用》、梅瓊林的《論聞一多詩騷研究方法及其對傳統訓詁學的創造性超越》等，對聞一多的學術研究的創新性，學術界一直給予高度肯定。

——本文原刊於《福州大學學報》（哲學社會科學版）

二〇一七年三期

35　〔美〕易社強著，饒佳榮譯：《戰爭與革命中的西南聯大》（北京市：九州出版社，2012年），頁121-122。

附錄六
「奇蹟」的誕生
──評聞一多的新詩社團活動

　　聞一多在中國現代文學史上的形象與他提出新詩「三美」有關，而他與新月詩社以外的新詩社團的整體關係，處於被遮蔽的研究狀態。筆者發現：聞一多發詩歌之言時，與詩歌社團經歷相關。布迪厄認為「研究文學場除了要考慮文學作品、作者和讀者因素，還需關注贊助商、出版人、監察機構等行動者和社會制度的影響力」[1]，在筆者看來，文學社團作為一個因素亦可納入文學場的考察當中。既然文學社團是參與者創造性精神張揚之場所，是指導教師教育思想再現之載體，也是培養文藝愛好者的重要基地。與指導教師、同仁之間切磋、討論，吸收或辨別傳統或現代的文藝思潮，從而形成個人（或流派）的文藝思想，亦為文學社團的功能。本文將著重探討文學社團在聞一多詩學思想形成中所起到的作用。

　　聞一多一生愛好眾多，從青少年開始，參加過美術社、戲劇社、愛國政治社團上社、大江學會、民主同盟等，其中三次與文學社團關係發生密切關係。

一　清華文學社：中西文化視野中的抉擇

　　清華文學社是中國現代史上較早成立的學校文學社團之一。清華

1　張意：〈文學場〉，見趙一凡等主編：《西方文論關鍵字》（北京市：外語教學與研究出版社，2006年1月），頁583。

學校試圖通過美式教育，造就「中國未來的領袖」[2]。然而，經過十年西式教育的聞一多在畢業前寫下〈美國化的清華〉[3]，表示對美國化不滿，願意做「東方老憨」，因為他看到學校「講新也新的不徹底，講舊也舊得不徹透」。不容易趨同的氣質個性，促使聞一多一直都在尋求一條自新的道路，這也成為他日後貫穿創作、評論和學術生涯的精神引線。

在清華學校期間，聞一多有很強的參與意識意識。他興趣廣泛，參加文學社的編劇、演劇、美術和新詩創作活動。曾在五四運動中組織清華學生代表團，做過《清華學報》的編輯。一九一五年出版的《清華年報》，是中國高等學校中最早的周年出版物，聞一多擔任圖畫副編輯。

一九二一年一月，北平的知識分子們組成了文學研究會，成立五四文化運動中最早的文學社團。十個月後，在聞一多的建議下，清華學校的小說研究社改成清華文學社，聞一多任書記和詩組領袖。

聞一多喜歡做詩，寫下了〈十一年一月二日作〉、〈貢臣〉等大量白話詩。在他的影響下，梁實秋、吳景超等朋友也開始了新詩創作。他們還探討外國詩歌，並表現出對詩學理論的興趣。如他們第一次聚會就是討論《詩是什麼》。

一九二一年十二月間，聞一多參與《詩的音節問題》討論，對「一般無韻之新詩及美國新興之自由詩」表示懷疑，用英文寫下了第一篇詩歌論文大綱〈詩底節奏的研究〉。文中較系統列出了節奏的來歷、含義以及它的生理基礎、證據、特性、作用等，他指出詩歌的節奏與音樂、舞蹈、造型藝術的節奏不一樣，詩歌節奏可分成內部和外部的，詩歌節奏是一種美的、表達情感、憑藉想像加以理想化的一種

2　黃延復：《二三十年代清華校園文化》（桂林市：廣西師範大學出版社，2000年3月），頁8。

3　聞一多：〈美國化的清華〉，《清華週刊》第247期（1922年5月12日），署名一多。

手段，而自由詩打破規律，使詩歌成為一種文字遊戲，目的性不明確，產生平庸、粗糙、軟弱無力的後果。從他列舉的參考書目中，我們可以看到大量的參考著作來自西方詩學，如朱里‧貢巴里歐的《音樂，及其規律和演變》，吉‧貝爾格‧艾森偉恩等人的《詩歌格律的藝術》等。

為了豐富詩學理論與彌補中國詩學的缺欠，一九二二年聞一多寫成〈律詩底研究〉。與〈詩底節奏的研究〉不同的是，這是一篇參考了二十餘種中國古代詩歌論著的論文。前後兩篇詩歌論文互為呼應，從西方與中國傳統的詩論中汲取源泉。乃至有研究者認為：這是五四運動以後，較早用新的方法，系統研究中國詩歌的民族傳統的長篇著作。

聞一多擅長評論，並引導同學涉略當下詩歌和詩歌理論。一九二一年三月，他在《週刊》上發表〈敬告落伍的詩家〉，表示「要做詩，定得做新詩」。他提出的理由包括胡適的兩篇論文：〈我為什麼要做新詩？〉和〈談新詩〉。

一九二一年六月，因為週刊要出批評號，聞一多便以「初學的批評家批評初學的作家」，發表〈評本學年裡的新詩〉。當時的情形是，週刊辦刊一年來，共刊登了十六首新詩，其中六首是聞一多自己創作。在這篇評論中，他對同學的詩一一品評，提出最初的新詩觀：一、新詩標準。他認為新詩的評論標準在於幻象、情感、聲與色的原素，真詩人都是神秘家，詩歌音韻要和諧，「美的靈魂若不附麗於美的形體，便失去他的美了。」二、新詩表現對象。他還從精神分析的角度去評析詩。指出女性是詩人底理想，詩人眼裡宇宙間最高潔醇美的東西便是女性。三、詩歌創作心理。談到詩歌是因為詩人的情感「熱度膨脹，自己爆裂了，流火噴石，興雲致雨，如同火山一樣」這樣才能產生「驚心動魄」的作品。四、詩歌的功能。他認為「詩家須有一種哲學，那便是他賜給人類的福音」，詩不是為消遣的。

一九二二年五月二十一日，聞一多得到赴美消息，文學社給他和

兩位同仁開了歡送會，聞一多表達依依不捨之情，表示「肉體雖然奮力，精神還是在一起」[4]。

　　在五四時期的詩人中，在創作、評論和理論建構上同步進行嘗試，放眼世界詩學，聞一多應該算是一個繼胡適、郭沫若之後的有心人。

二　新月期：文學的自覺與觀念的成熟

　　一九二二年，聞一多留學美國。因文學的趣味深於美術，他花了更多的時間關注英美現代詩，與清華文學社有著精神上的聯繫，經常與清華文學社的學弟梁實秋和吳景超通信，談詩歌創作，談韻的作用。聞一多表示想與國內文壇交換意見，領導文學潮流或派別[5]。儘管離開清華文學社，聞一多的社團意識還是很濃，自信「若有專一之出版物以發表之，則易受群眾之注意——收效速而且普遍」[6]。乃至《清華週刊》商議改組，聞一多受委託徵求留美同學意見。

　　一九二二年十一月，身在美國的聞一多，與梁實秋合著《〈冬夜〉〈草兒〉評論》，為俞平伯、康白情詩集評論，並作為《清華文學社叢書》出版了。這本評論著作中，聞一多挑出了新詩的很多積弊，為此得到郭沫若的讚賞「如同在沉黑的夜裡得見兩顆明星，如在蒸熱的炎天得飲兩杯清水」[7]。一九二三年六月，聞一多先後在《創造週報》上發表了〈《女神》之時代精神〉、〈《女神》之地方色彩〉，從詩

4　聞黎明、侯菊坤：《聞一多年譜長編》（武漢市：湖北人民出版社，1994年7月），頁173。

5　聞黎明、侯菊坤：《聞一多年譜長編》（武漢市：湖北人民出版社，1994年7月），頁191。

6　聞黎明、侯菊坤：《聞一多年譜長編》（武漢市：湖北人民出版社，1994年7月），頁191。

7　聞黎明、侯菊坤：《聞一多年譜長編》（武漢市：湖北人民出版社，1994年7月），頁199。

歌發生的時間與空間角度對《女神》進行肯定，指出《女神》中表現
了二十世紀是動的世紀、反抗的世紀，詩集表現了科學成分，並有懺
悔革新精神。他指出新詩發展的方向是：新詩要做「中西藝術結婚後
產生的寧馨兒」，「只有各國文學充分發展其地方色彩，同時又貫以一
種共同的時代精神」。經歷了五四文學革新運動的聞一多，此時沒有
全盤反對中國傳統文化，而是特別提出：當恢復對舊文學底信仰，更
應了解東方文化。一九二三年聞一多將他在清華時期的詩歌創作出版
了，帶有中國傳統印跡的《紅燭》成為他第一部詩集的名字。

聞一多在美三年間，人生觀與詩歌觀都發生了很大的變化。一九
二四年七月，他參加了一個宣傳國家主義的政治性團體──大江學
會，在他的詩歌創作和言論中，更多了對中國傳統文化的讚美。聞一
多在美時期可稱之為後清華期或准新月期。

一九二五年，回國之後的聞一多與以歐美留學生為主的新月社有
了密切的聯繫。新月社是從美英留學回國的徐志摩、胡適等人在北京
組織的一個文學沙龍，他們在《晨報》上開闢專欄「詩鐫」和「劇
刊」，發表詩歌和戲劇作品，後成立新月書局，創辦了《新月》雜
誌，出版報刊。聞一多自美國回來後，由於志趣相投加入其中。聞一
多在新月詩派的影響見諸三個方面：

（一）理論與刊物建設

一九二六年發表的《詩的格律》可以說是聞一多對新月社，也是
對中國現代詩歌界的最大貢獻。文中提出新詩要具有「音樂的美（音
節），繪畫的美（詞藻），並且還有建築的美（節的勻稱和句的均
齊）」。開創了新格律體創作潮流，影響了不少後起詩人。既是站在中
西方詩歌的發展高度而提的一個概括性綱領，也是給中國新詩探索指
出了一個明確的目標。〈詩的格律〉是建立在〈律詩的研究〉和〈律

詩底研究〉基礎之上一篇成熟論文[8]。

(二) 理論付諸實踐的實驗

一九二八年，上海新月書店出版了聞一多的第二部詩集《死水》，詩歌表現了聞一多詩歌由浪漫主義轉向象徵主義，詩歌口語化、戲劇化特徵增強，詩歌力圖實踐聞一多的「三美」理想，並擴大了詩歌表現的內容：從早期《紅燭》對於理想愛情的想像，中國古典文化的憧憬而轉向對現實的關注（〈死水〉、〈發現〉），對中國普通百姓的同情（〈罪過〉、〈飛毛腿〉、〈天安門〉），對於西方不平等態度的憤慨（〈洗衣歌〉），對中華文化、中華民族的讚美（〈一個觀念〉、〈祈禱〉、〈一句話〉）以及對生命意識的探討（〈末日〉），其中〈死水〉和〈發現〉等詩代表了聞一多詩歌的最高成就。

蘇雪林於一九三四年在《現代》雜誌發表〈聞一多的詩〉[9]，評論到「有一位抱著杜甫語不驚人死不休和頗學陰和苦用心作新詩的詩人，使讀者改變了輕視新詩的看法，那便是聞一多」說他的詩是用氣力做得，完全是本色的，字句鍛鍊精工、無生物的生命化、意志的幽窈深細，與《紅燭》相比，技巧有「驚人的進步」，到了「爐火純青」之候，是一部「標準的詩歌」。此外，聞一多還與葉公超合譯《近代英美詩選》，以翻譯郝斯曼與白朗寧夫人詩為最多，其中借翻譯《白朗寧夫人的情詩》，以向文學界推出「商籟體」。對於這一舉動，徐志摩認為「一多這次試驗也不是輕率的，」將引起「文學界對於新詩體的注意」[10]。朱自清也肯定聞一多借譯西方詩歌來試驗漢詩的格

---

8 有關這部分的內容，請參看拙著《聞一多詩學論》的「格律論」（桂林市：廣西師範大學出版社，2000年）。

9 蘇雪林：〈聞一多的詩〉，《現代》第4卷第3期（1934年1月）。

10 徐志摩：〈白朗寧夫人的情詩〉，《新月》第1卷第2號（1929年）。

律，曾評價說：聞一多是「第一個使人注意『商籟體』的人。」[11]

（三）參與新月活動，培植新月詩人

　　新月社是一個鬆散的組織，聞一多加入後，與徐志摩一起成為核心人物。他先是在徐志摩主編的《晨報·詩鐫》發表論文，一九二八年與同人成立新月書局，創刊的《新月》上聞一多也是一個主要作者。從第一卷第一號到第八號都有他創作或翻譯的詩歌。正應了他曾經在美國留學時所說的，要有一個刊物，並領導潮流。聞一多起到了詩歌領袖的作用。後來由於他忙於武漢大學的教學和教務工作，參與新月社事務減少。新月社在副刊、新月書店刊行的書籍，在當時出版業並不發達的年代，有著標竿性的效應。

　　聞一多與徐志摩互相呼應。當聞一多提出「詩的格律」，徐志摩立刻回應，並在《猛虎集》〈序〉中說「我的筆本是最不受羈勒的一匹野馬，看到了一多謹嚴作品我方才憧憬到我自己的野性」[12]在新月社中，聞一多培養了「新月四子」：朱湘（子沅）、饒孟侃（子離）、楊世恩（子惠）、劉夢葦（子潛）等。他們合辦《晨報·詩鐫》，在《新月》上，朱湘和饒孟侃是創作主力，饒孟侃繼續聞一多的譯詩事業。陳夢家也是聞一多一手提攜出來的詩人，成為後期新月頂樑柱，編選出版了《新月詩選》。

　　參與新月社活動的聞一多，由於提出詩歌的「三美」理論，率先領頭進行詩歌的格律化嘗試並因成熟的《死水》而得以走進中國現代文學史。

11　朱自清：〈詩的形式〉，《朱自清全集》（2）（南京市：江蘇教育出版社，1996年），頁397。

12　徐志摩：《猛虎集》〈序〉（上海市：新月書店，1931年）。

三　西南聯大詩歌群：中年意識與人文關懷

　　一九三一年，自徐志摩去世，新月社的凝聚力隨之減弱。身為大學教授的聞一多在很長一段時間從事於中國古典文學研究，開設英美詩歌課，創作與詩歌評論漸少。抗日戰爭爆發，西南聯大的成立，給聞一多提供了再次與詩歌社團互相影響的機會。

　　據聞一多的學生回憶，一九三八年二月，聞一多與同赴昆明的師生一起從長沙出發，步行入滇，途中就有同學商量，到昆明成立詩社，將請聞一多擔任導師[13]。這就是一九三八年四月在蒙自成立的南湖詩社（一九三八年暑期，因該詩社遷回昆明，改名為高原文藝社）。該社成員多達二十多人，有中文系的劉綏松、外文系的趙瑞蕻、查良錚等人。聞一多還指導其中一學生劉兆吉採集民間歌謠。後來又有群社、冬青社成立，杜運燮、穆旦、蕭珊、汪曾祺等學生都得到過聞一多的指導[14]。

　　西南聯大還有一個詩社出現在何達的回憶錄《聞一多・新詩社・西南聯大》中。他談到聞一多借田間的詩強調民族危機時代，是需要「鼓手的時代」。受聞一多的感染，何達寫了一篇〈擂鼓的詩人和聽鼓的詩人〉，聞一多後來也寫了〈擂鼓的詩人〉宣揚田間。因為聞一多的熱情和詩的力量感召了何達，何達找到志趣相同的同學，成立新詩社，請聞一多作指導教師。直到一九四六年，西南聯大結束了在昆明的歷史，聞一多在詩社話別會時，還說到，他與新詩社的關係是「肉血不可分」的。

　　一個崇拜聞一多而改名為聞山的學生在〈聞一多導師和西南聯大

13　聞黎明、侯菊坤：《聞一多年譜長編》（武漢市：湖北人民出版社，1994年7月），頁527。

14　轉引自姚丹：《西南聯大歷史情境中的文學活動》（桂林市：廣西師範大學出版社，2000年5月）。

新詩社〉[15]中回憶，聞一多曾參與制訂新詩社綱領，提出「把詩當做生命」，追求「健康的爽朗的集體的詩」，認為「生活的道路，就是創作的道路；民主的前途，就是詩歌的前途」，詩人之間是「坦白的、直率的、團結的、友愛的」。可看出，綱領明顯吸收了來自延安的精神，如集體主義、民主前途等。一九四〇年代的聞一多重新確立了詩歌的價值：如果說他在新月時期對詩歌的外在形式進行了較多的關注，而在四十年代，更注意詩歌表現的內容。聞一多的這一詩歌觀念轉向，可以看作是他對復古和西漸立場的拋棄。他立足於現實，對詩歌本體重新審視，確立時代性的詩歌觀念。

在西南聯大時期，聞一多作為教師，給學生更多的是以下指導：

（1）挑選當下頗受歡迎的詩人詩作，引導學生品詩。如在學生開展的詩歌討論會上，聞一多給學生們介紹品鑑艾青、田間等人的詩。他借評田間的詩向學生們鼓動，只有鼓的情緒，才能給人生活欲，「鼓舞你愛，鼓動你恨，鼓勵你活著，用最高限度的熱與力活著，」[16]

（2）為學生詩集作序，提出自己的詩學觀。聞一多在給詩社學生劉吉兆編選的《西南采風錄》作序中暗示詩歌的原動力，「我們試驗自己血中是否還有著那隻猙獰的動物」[17]。聞一多為薛成之的《仙人掌》作的序中談到詩歌的變化：「二十年前，我曾替溫柔敦厚擔心，還怕它會絕跡呢！現在變了。這個時代一個特點是詩的題材注意農民、工人、兵士及貧苦的人民」[18]。

---

15 聞山：〈聞一多導師和西南聯大新詩社〉，見《中華讀書報》（2007年11月14日）。

16 聞黎明、侯菊坤：《聞一多年譜長編》（武漢市：湖北人民出版社，1994年7月），頁201。

17 聞一多：〈西南采風錄序〉，見《聞一多全集》(2)（武漢市：湖北人民出版社，1993年），頁196。

18 聞黎明、侯菊坤：《聞一多年譜長編》（武漢市：湖北人民出版社，1994年7月），頁784。

（3）繼續撰寫詩學論文，闡述詩學變化。在〈詩與批評〉中，聞一多重視詩的社會價值，「詩是社會的產物。若不是於社會有用的工具，社會是不要他的」，提出「詩人從個人的圈子走出來，從小我而走向大我」[19]，強調文學與現實的關係，「中國新文藝應該徹底盡到它反應現實的任務」[20]，還要求詩參加現實鬥爭。

（4）編選《現代詩鈔》。聞一多認為詩是與時代共同呼吸的，要以價值論詩。他提出需要懂得人生、懂得效率、價值的批評家來編選詩本。為實踐這一理念，聞一多在一九四〇年代中期編輯了一部中國現代新詩選集《現代詩鈔》。他選定六十五個詩人的詩歌，另有四十九位詩人，包括部分未名詩人的詩集也過目了。在「待訪錄」中可看到，從胡適的《嘗試集》到施蟄存的詩集預告，七月派詩人的多本詩集，選集、專刊等，都在他的視線範圍內，搜羅的範圍較廣。從《詩鈔》中還可以看到，在聞一多的影響下，一部分學生寫出了優秀詩篇，被選入的有九位來自西南聯大的學生，穆旦被選的篇目的有十一首。

一九四〇年代的民族危亡時期，不少詩人發生了較大的轉變，聞一多也決定不做「何妨一下樓」主人，走下樓，向學生們指出詩要與人民結合在一起。因此，在生命的困境中，聞一多沒有選擇逆來順受，也沒有遺世獨立，凜然面對恐嚇的槍口，大聲呼籲「前腳跨出大門，後腳就不準備再跨進大門」，用自己的身軀，對中國詩歌進行取義成仁式的個人行動書寫。

從詩歌的時代性、地域性關注開始，到對詩歌形式的探究，思考戰爭期間人民與詩歌的關係。對中國文化、中化民族習性的諳熟，使

---

19 聞一多：〈詩與批評〉，見《聞一多全集》（2）（武漢市：湖北人民出版社，1993年），頁221。

20 聞一多：《五四與中國新文藝》，見《聞一多全集》（2）（武漢市：湖北人民出版社，1993年），頁231。

他注重詩歌的原生態和人民性。在多元的詩歌環境中，聞一多表現出藝術上相對保守，思想上相對進步的特點，與新詩社團共同成長。

四　詩人學者對文學社團的影響

在中國現代文學史上，文學社團是文學史的一個組成部分，人們往往注意研究一個社團形成與離散的原因，社團的風格及成員的成就。社團對於個人的促進作用，社團組織者與導師對成員的影響是值得關注的。

美國的文化評論家保羅・福塞爾[21]曾經談到過惡俗的詩歌現象：一個沒有多少文學才能的人，想獲取詩歌的「特權與榮耀」，採用的辦法有：製造一個富於轟動性的色情的開頭，或是按順序把各種不相關的名目列在一起，稱自己是一位超現實主義者；或是設計無法解讀的詩，讓文盲肅然起敬，等等。其中，惡俗詩人最大的心願就是成為某個團體的成員，往身上貼標籤，以此成名。

聞一多提出新詩的格律化，在於他在清華文學社時，熱心參與詩歌創作和討論活動。五四新詩創作在改造舊詩詞、民間化與西化的道路上探索，聞一多及其同仁提供的第四條道路，擺脫了二元對立的五四思維模式中。既非全盤繼承，也非全盤西化，在漢語寫作的基礎上，借鑑西方和中國古代詩歌的格律、節奏，創作中國的新詩，成為新月社對中國現代文學的一個有力貢獻，一切都與聞一多的社團意識有關。這讓我們認識到：一個文學社團，與文學成員，應該是處在一個共生的狀態。一個積極的有追求有創意的成員，給文學社團以強烈的號召力，給文學社團灌注強盛的生命力。

聞一多生命中的三個時期一九一二至一九二三，一九二五至一九

---

21 〔美〕保羅・福塞爾著，何縱譯：《惡俗》（北京市：中央編譯出版社，2000年1月）。

三二，一九三八至一九四六，跨越了中國現代歷史的三十餘年，三次與中國詩歌社團發生聯繫。可以說，第一次，青少年時期的聞一多，由詩歌討論而進入到中國現代詩歌中的命運思考當中來。第二次，作為一個學習藝術，同時見習了西方藝術，又渴望保存中國文化傳統的聞一多，實現了詩歌觀念上中西合璧的設想。步入教途，聞一多作為一個中年教師，生逢亂世，更多地表現出中國知識分子的一種責任感。或許我們今天會認為他的一些詩學觀點看上去並不成熟，甚至是美學上的大倒退。但是，在民族危機的歷史環境中，一個文人，強調民族意識，強調頑強的生命力，或許是美學上的暫時倒退，但彰顯了由生命意識所激發的自衛能力，具有歷史性意義。

文學社團是文化精神顯現的知識場域。由清華文學社、新月社的領袖性人物，到學生的詩歌導師，聞一多在現代文學史上產生作用不是他的詩集《紅燭》、《死水》和論文〈詩的格律〉所能夠概括的。聞一多參與社團活動，體現出一種極強的集體意識，這使他能跨入時代潮流，和同學一起探索中國詩歌改革的步驟及方向。他的身上，散發出濃郁的精英意識，這跟他敏銳洞察詩歌發展方向的能力有關。革新意識是促使他積極投入詩歌文體的創造當中的動力。集體意識、精英意識、革新意識都可視作聞一多文化精神的具體表現。

聞一多一九三一年寫過一首〈奇蹟〉，其中一句：「只要奇蹟一露面，我馬上就放棄平凡」。「奇蹟」是聞一多嚮往與追求的事物。梳理聞一多與詩歌社團的關係時，讓我們看到了從一個詩歌愛好者到詩人和詩論家的成長過程，這是聞一多本身發生的奇蹟。分析這一「奇蹟」的誕生，希望給平凡卻愛好詩歌創作的老師、學生及詩歌社團的成員們以啟示。

——本文原刊於《徐州師範大學學報》（哲學社會科學版）
二〇一〇年二期

參考書目

該丘斯著　繆天瑞編譯　《音樂的構成》　上海市　萬葉書店　1948年

王　力　《詩詞格律》　北京市　中華書局　1977年12月

《音樂知識》　北京市　人民音樂出版社　1978年

王　康　《聞一多傳》　武漢市　湖北人民出版社　1979年

《聞一多紀念文集》　北京市　生活・讀書・新知三聯書店　1980年

艾　青　《詩論》　北京市　人民文學出版社　1980年

中國社會科學院外國文學研究所編　《歐美古典作家論現實主義和浪漫主義》　北京市　中國社會科學出版社　1980年3月

馮　至　《馮至詩選》　成都市　四川人民出版社　1980年8月

〔奧〕愛德華・漢斯立克　《論音樂的美》　北京市　人民音樂出版社　1980年12月

《中國新文學大系（1917-1927）》　上海市　上海文藝出版社　1981年

譚霈生　《論戲劇性》　北京市　北京大學出版社　1981年

凡尼、魯非　《聞一多作品欣賞》　南寧市　廣西人民出版社　1982年

王永生主編　《中國現代文論選》　貴陽市　貴州人民出版社　1982年

薛鋒、王學林編　《簡明美術辭典》　哈爾濱市　黑龍江人民出版社　1982年

時萌《聞一多、朱自清論》上海市上海文藝出版社　1982年6月

《外國詩》　北京市　外國文學出版社　1983年

姚柯夫編　《《人間詞話》及評論彙編》　北京市　書目文獻出版社　1983年

梁宗岱　《詩與真・詩與真二集》　北京市　外國文學出版社　1984年

〔美〕魯道夫・阿恩海姆　《藝術與視知覺》　北京市　中國社會科
　　　學出版社　1984年

武漢大學中文系古代文論室　《歷代詩話詞話選》　武漢市　武漢大
　　　學出版社　1984年

卞之琳　《人與詩：憶舊說新》　北京市　生活・讀書・新知三聯書
　　　店　1984年11月

薛良編　《音樂知識手冊》　北京市　中國文聯出版公司　1984年11月

楊匡漢、劉福春編　《中國現代詩論》（上、下）　廣州市　花城出
　　　版社　1985年

陸耀東　《二十年代中國各流派詩人論》　北京市　中國社會科學出
　　　版社　1985年

趙毅衡編譯　《美國現代派詩選》　北京市　外國文學出版社　1985年

錢倉水、周仲器編　《中國新格律詩選》　南京市　江蘇人民出版社
　　　1985年

鄒絳編　《中國現代格律詩選1919-1984》　重慶市　重慶出版社
　　　1985年

許祖良、洪橋編譯　《中國古典畫論選譯》　瀋陽市　遼寧美術出版
　　　社　1985年8月

王世德主編　《美學辭典》北京市　知識出版社　1986年

〔美〕蘇珊・朗格　《情感與形式》　北京市　中國社會科學出版社
　　　1986年

劉烜　《聞一多評傳》　北京市　北京大學出版社　1987年

孫黨伯　《郭沫若評傳》　北京市　人民文學出版社　1987年

易竹賢　《胡適傳》　武漢市　湖北人民出版社　1987年

〔德〕瑪克斯・德索　《美學與藝術理論》　北京市　中國社會科學
　　　出版社　1987年

〔波〕簡・斯特里勞　《氣質心理學》　瀋陽市　遼寧人民出版社
　　　1987年

榮　格　《心理學與文學》　北京市　生活‧讀書‧新知三聯書店
　　　　1987年

〔美〕馬斯洛　《動機與人格》　北京市　華夏出版社　1987年

朱光潛　《朱光潛全集》　合肥市　安徽教育出版社　1987年8月

祝　寬　《五四新詩史》　西安市　陝西師大出版社　1987年12月

季鎮淮主編　《聞一多研究四十年》　北京市　清華大學出版社
　　　　1988年

袁可嘉　《論新詩現代化》　北京市　生活‧讀書‧新知三聯書店
　　　　1988年

陸耀東　《中國現代四作家論》　武漢市　武漢大學出版社　1988年

孫玉石　《中國初期象徵派詩歌研究》　北京市　北京大學出版社
　　　　1988年

上海大學中文系編　《《現代》詩綜》　南昌市　江西人民出版社
　　　　1988年

蔣孔陽主編　《二十世紀西方美學名著選》（上下）　上海市　復旦
　　　　大學出版社　1988年

羅曼‧英伽登　《對文學的藝術作品的認識》　北京市　中國文聯出
　　　　版公司　1988年

廖星橋主編　《西方現代派文學500題》　瀋陽市　遼寧人民出版社
　　　　1988年

〔美〕B‧R‧赫根漢　《人格心理學》　北京市　作家出版社
　　　　1988年

周文柏　《文藝心理研究》　北京市　中國人民大學出版社　1988年

俞兆平　《聞一多美學思想論稿》　上海市　上海文藝出版社　1988
　　　　年1月

哈羅德‧布魯姆　《影響的焦慮》　北京市　生活‧讀書‧新知三聯
　　　　書店　1989年

本雅明　《發達資本主義時代的抒情詩人》　北京市　生活・讀書・
　　　　新知三聯書店　1989年

黃晉凱等主編　《象徵主義・現代派》　北京市　中國人民大學出版
　　　　社　1989年

孟昭蘭　《人類情緒》　上海市　上海人民出版社　1989年

武漢大學聞一多研究室編　《聞一多研究叢刊》（第一輯）　武漢市
　　　　武漢大學出版社　1989年4月

蔣孔陽等主編　《十九世紀西方美學名著選》（英法美、德國卷）
　　　　上海市　復旦大學出版社　1990年

王國維著　佛雛校輯　《新訂《人間詞話》・廣《人間詞話》》　上海
　　　　市　華東師大出版社　1990年

吳　曉　《意象符號與情感空間》　北京市　中國社會科學出版社
　　　　1990年

〔美〕傑克・斯佩克特　《藝術與精神分析》　北京市　文化藝術出
　　　　版社　1990年

余嘉華、熊朝雋編　《聞一多研究文集》　昆明市　雲南教育出版社
　　　　1990年11月

周良沛編選　《中國新詩庫・饒孟侃卷》　武漢市　長江文藝出版社
　　　　1991年

潘頌德　《中國現代詩論四十家》　重慶市　重慶出版社　1991年

雅克・馬利坦　《藝術與詩中的創造性直覺》　北京市　生活・讀
　　　　書・新知三聯書店　1991年

許霆、魯德俊　《新格律詩研究》　銀川市　寧夏人民出版社　1991年

蔣一民　《音樂美學》　北京市　東方出版社　1991年

徐書城　《繪畫美學》　北京市　東方出版社　1991年

王慶生　《繪畫：東西方文化的衝撞》　北京市　北京大學出版社
　　　　1991年

樂齊、孫玉蓉編　《俞平伯詩全編》　杭州市　浙江文藝出版社
　　　　1992年

顧永棣　《徐志摩詩全集》　上海市　學林出版社　1992年

龍泉明　《在歷史與現實的交合點上》　西安市　陝西人民出版社
　　　　1992年

蔣廣學、趙憲章主編　《二十世紀文史哲名著精義》　南京市　江蘇
　　　　文藝出版社　1992年

布林頓　《詩歌解剖》　北京市　生活‧讀書‧新知三聯書店　1992年

成窮等譯　《海德格爾詩學文集》　武漢市　華中師大出版社　1992年

陳良運　《中國詩學體系論》　北京市　中國社會科學出版社　1992年

黃曼君主編　《中國近百年文學理論批評史》　武漢市　湖北教育出
　　　　版社　1993年

王富仁主編　《聞一多名作欣賞》　北京市　中國和平出版社　1993年

洪子誠、劉登翰　《中國當代新詩史》　北京市　人民文學出版社
　　　　1993年

聞一多　《聞一多全集》（12）　武漢市　湖北人民出版社　1993年
　　　　12月

夏之放　《文學意象論》　汕頭市　汕頭大學出版社　1993年12月

許　霆　《新詩理論發展史（1917-1927）》　蘭州市　甘肅文化出版
　　　　社　1994年

吳方、越寧編　《朱湘詩全編》　杭州市　浙江文藝出版社　1994年

托‧斯‧艾略特　《愛略特文學論文集》　南昌市　百花洲文藝出版
　　　　社　1994年

里爾克　《給一個青年詩人的十封信》　北京市　生活‧讀書‧新知
　　　　三聯書店　1994年3月

聞黎明、侯菊坤編　《聞一多年譜長編》　武漢市　湖北人民出版社
　　　　1994年7月

藍棣之　《現代詩的情感與形式》　北京市　華夏出版社　1994年9月

方平、李文俊主編　《英美桂冠詩人詩選》　上海市　上海文藝出版
　　　社　1994年9月

吳中傑、吳立昌主編　《1900-1949：中國現代主義尋蹤》　上海市
　　　學林出版社　1995年

張曼儀編　《中國現代作家選集・卞之琳》　北京市　人民文學出版
　　　社　1995年

藍棣之編　《何其芳詩全編》　杭州市　浙江文藝出版社　1995年

陳良運主編　《中國歷代詩學論著選》　南昌市　百花洲文藝出版社
　　　1995年

劉讓言等注　《中國古典詩歌選注》　蘭州市　甘肅人民出版社
　　　1995年

深圳中國現代格律詩學會會刊　《現代格律詩壇》　1995-1996年

朱喬森編　《朱自清全集》　南京市　江蘇教育出版社　1996年

藍華增　《意境論》　昆明市　雲南人民出版社　1996年

張海濤主編　《中國人：社會與人生梁漱溟文選》　北京市　中國文
　　　聯出版公司　1996年

辜鴻銘　《中國人的精神》　海口市　海南出版社　1996年

蘇雪林　《蘇雪林文集》　合肥市　安徽文藝出版社　1996年4月

唐鴻棣　《詩人聞一多的世界》　上海市　學林出版社　1996年10月

跋

　　不單因為我一直關注中國現代詩歌才選擇聞一多作為研究對象。聞一多的博學多才、激情浪漫、理想精神，還有經他命名的珞珈山都吸引著我。珞珈山原名叫羅家山，一個如此普通的名字經過聞一多的手，就變得美麗而充滿詩意，如它的四季：春天，櫻花淡紅；夏天，荷花嫣然；秋天，桂子飄香；冬天，臘梅傲雪，這就是武漢大學的校園。在今天的校園裡，我們還能在最醒目的地方，看到聞一多親手題寫的篆書校牌和他沉思的雕像。

　　一九九五至一九九八年間，校園的每條小徑上都有過我漫步的身影，而我的房間面對珞珈山不過數米之遙。常在聆聽山中鳥語或山中寧靜的時候，想起馮至的詩「在我們心靈的原野裡／也有幾條宛轉的小路，／但曾經在路上走過的／行人多半已不知去處」。

　　就這樣，富有文化意味的珞珈山使我有了尋找歷史，尋找聞一多的迫切渴望。三年間，珞珈山和聞一多共同存在，給我帶來一種歷史的厚重感。

　　聞一多先生是湖北浠水人氏，曾為武漢大學的籌建人之一，擔任過文學院院長。雖然學生時代的他首選專業並不是文學，在文學界，他卻有著很高的威望，不僅是二十年代就有關於他創作的評論，一直到九十年代，對他的研究從沒有停止，而且還成立了聞一多研究會，除了魯迅、郭沫若的研究，聞一多的研究算是歷時較長的了。對我來說，我得到了進入武大文學院學習的機會，是我與聞一多的第一份緣。武大文學院下屬的中文系，設立了著名的聞一多研究中心，這裡有陸耀東、孫黨伯、袁謇正等先生在這兒工作，湖北人民出版社出版

的一套資料最全的《聞一多全集》都是經過他們搜集、整理的，而我的導師就是陸先生，這對我了解這位在中國的新詩史上創下不凡偉績的詩人、學者，是天賜良機。在論文的寫作過程中，雖然我時時也感到困難重重，因為關於聞一多先生的研究文章數以千計，要在這些文章之外重新確立自己的學術視野，對我這樣一個剛剛步入學術領地的小字輩，是一個極大的難題，我為此常感困惑、疑慮，有時還向在天的聞一多之靈祈禱。

　　呼吸聞先生賦予珞珈山的靈氣使我思路大開。

　　武大中文系博士生指導小組的七位老師陸耀東、易竹賢、孫黨伯、龍泉明、陳美蘭、於可訓、昌切諸先生給了我許多建議和鼓勵，特別是我的導師陸耀東先生，從我的論文寫作開始，就給我提出了嚴厲而寶貴的意見，讓我的研究目標步步深入，不斷有新的體會和新的發現，視野也逐漸開闊。我在廣西師大的老師林煥標、蘇關鑫、張明非和中文系原主任王杰和現系主任張利群等教授對我的教誨，師兄鄭納新、王毅、陳國恩、黃獻文、師姐張箭飛、師妹蕭映以及朋友臧蘭、曹宏慶、陳青等給我的幫助，我也難以忘記。聞一多基金會從未見過面，卻給我無私寄來購買資料經費的同人，以及編寫《聞一多年譜長編》的聞黎明[1]、侯菊坤夫婦都讓我銘記在心。在此一併向他們表示由衷的感謝。

　　還有我的父母家人，多年來供養我，從物質到精神。當我感到疲乏洩氣的時候，他們總是站在我的身後，成為我堅強的後盾。是他們不斷的激勵，才使我堅持下來，一直讀到博士學位。

　　與這本書同時誕生的，有我的愛情。當我苦苦思索而不得的時

---

[1] 一九九九年九月二十至二十四日在武漢首義飯店召開的「九九聞一多國際學術討論會」上經孫黨伯教授介紹，有幸認識了聞一多先生的長孫聞黎明先生，有似曾相識之感（長相頗似聞一多先生）。我衷心向他表示感謝：這個中國社會科學院近代史所的研究員給我做了許多資料準備工作！

候，在日本留學的男友劉海清不時給我精神鼓勵，當論文完稿的時
候，回到我身邊的他又成了最仔細的校對員。

　　最後，還要感謝本書的責任編輯李濤小姐，她認真地閱讀校對書
稿，並給我這個剛出校門不久的學生提出切實的修改意見。

　　目前呈現在讀者面前的薄薄的書頁由兩部分組成，主體部分為修
改後的博士論文，附錄部分為有關聞一多的未傾吐完的思緒。與聞一
多的這份「友誼」並不因此書的出版而中斷，我想，這只是交付給寄
厚望於我的老師朋友、父母親人的微不足道的答卷。因為他們的愛使
我有信心再沿著這條寂寞而漫長的學術道路繼續前行。

　　　　　　　　　　　　　　一九九六至一九九八年九月初稿
　　　　　　　　　　一九九九年九月聞一多國際學術研討會後定稿

新跋

　　一晃經年，我的博士論文《聞一多詩學論》問世二十年了。它不僅給了我學位的殊榮，更給我帶來生命的豐富。只要想起它，自然會想起與聞一多同在的珞珈山和東湖水，珞珈山的浪漫和東湖水的詩意；想起二〇一〇年去世的導師陸耀東先生以及現在仍給我家人般關懷的他的家人和陸門弟子；想起二〇〇八年去世的父親和他的欣慰，他一生熱愛的詩和書籍有了接班人；也想起我快樂的母親及家人，他們一直給我激勵，允許我在詩歌世界中，忘記人間塵埃。它還讓我想起不再回來的青蔥歲月，那些印在萍鄉、南昌、桂林、武漢、加州大衛斯，紐約的伊薩卡等地的腳印，溫暖的友誼和愛……與聞一多詩學論相關和後來發生的一切，使我真真切切地活在人生的春天中。

　　多美！

　　這種美，如今又通過在臺灣再版，綻放一次。

　　感謝！

二〇一八年六月五日於福州

作者簡介

陳　　衛

　　江西萍鄉人。先後就學於江西師範大學、廣西師範大學、武漢大學中文系，獲文學博士學位。現為福建師範大學文學院教授。出版詩學著作《聞一多詩學論》、《中國當代詩歌現場》、《中國詩人詩想錄》；主編《臺灣現代詩選》，詩集《旗山詩歌練習簿》，散文集《美國家書》等。

本書簡介

　　本書是作者在博士論文基礎上擴充的一部專著。以「意象論」、「幻象論」、「情感論」、「格律論」、「技巧論」為核心，展開對聞一多詩學與詩歌的論述，並關聯當下詩歌問題進行探討。

福建師範大學文學院百年學術論叢·第五輯 1702E06

聞一多詩學論

作　　者	陳　衛
總 策 畫	鄭家建　李建華

發 行 人	陳滿銘
總 經 理	梁錦興
總 編 輯	陳滿銘
副總編輯	張晏瑞
編 輯 所	萬卷樓圖書股份有限公司
排　　版	林曉敏
印　　刷	百通科技股份有限公司

發　　行　萬卷樓圖書股份有限公司
　　臺北市羅斯福路二段 41 號 6 樓之 3
　　電話 (02)23216565
　　傳真 (02)23218698
　　電郵 SERVICE@WANJUAN.COM.TW
香港經銷　香港聯合書刊物流有限公司
　　電話 (852)21502100
　　傳真 (852)23560735

ISBN 978-986-478-262-8
2019 年 5 月再版
2019 年 1 月初版
定價：新臺幣 560 元

如何購買本書：

1. 劃撥購書，請透過以下郵政劃撥帳號：
　帳號：15624015
　戶名：萬卷樓圖書股份有限公司
2. 轉帳購書，請透過以下帳戶
　合作金庫銀行　古亭分行
　戶名：萬卷樓圖書股份有限公司
　帳號：0877717092596
3. 網路購書，請透過萬卷樓網站
　網址 WWW.WANJUAN.COM.TW

大量購書，請直接聯繫我們，將有專人為
您服務。客服：(02)23216565 分機 610

如有缺頁、破損或裝訂錯誤，請寄回更換

國家圖書館出版品預行編目資料

聞一多詩學論 / 陳衛著. -- 再版. -- 臺北
市 ： 萬卷樓, 2019.05
　面 ；　公分. -- (福建師範大學文學院百
年學術論叢. 第五輯 ；1702E06)
ISBN 978-986-478-262-8(平裝)

1.聞一多 2.詩學 3.詩評

820.8　　　　　　　　　　　108000220